MENTIRAS
INOFENSIVAS

Katie Dale

MENTIRAS INOFENSIVAS

Tradução:
Priscila Catão

Benvirá

ISBN 978-85-5717-083-4

DADOS INTERNACIONAIS DE CATALOGAÇÃO NA PUBLICAÇÃO (CIP)
ALINE GRAZIELE BENITEZ CRB8/9922

D141m Dale, Katie
1.ed. Mentiras inofensivas: quando a sua vida é uma mentira, em quem você pode confiar? / Katie Dale; tradução Priscila Catão. – 1.ed. – São Paulo: Benvirá, 2017.

ISBN: 978-85-5717-083-4

1. Literatura inglesa. 2. Ficção. 3. Suspense. 4. Jovem. Catão, Priscila. II. Título

CDD 820

Índices para catálogo sistemático:
Literatura inglesa: ficção 820

SOMOS EDUCAÇÃO | Benvirá

Av. das Nações Unidas, 7221, 1º Andar, Setor B
Pinheiros – São Paulo – SP – CEP: 05425-902

SAC
0800-0117875
De 2ª a 6ª, das 8h às 18h
www.editorasaraiva.com.br/contato

Presidente Eduardo Mufarej
Vice-presidente Claudio Lensing
Diretora editorial Flávia Alves Bravin
Gerente editorial Rogério Eduardo Alves
Editoras Débora Guterman, Ligia Maria Marques, Paula Carvalho, Tatiana Allegro
Produtores editoriais Deborah Mattos, Rosana Peroni Fazolari
Suporte editorial Juliana Bojczuk

Preparação Carla Bitelli
Revisão Laila Guilherme e Vivian Miwa Matsushita
Diagramação Johannes C. Bergmann
Capa Adaptada do projeto original por Caio Cardoso
Imagem de capa © 2014 by Nikki Smith/Arcangel Images
Impressão e acabamento Gráfica Paym

547.482.001.001

Título original: *Little White Lies*

1ª edição, 2017

CL 670369 CAE 609361 EDITAR 15724

A Chris e ao nosso maravilhoso encontro acidental na Universidade de Sheffield, o qual mudou minha vida.

Ah, que teia emaranhada tecemos
Quando começamos a mentir!
Sir Walter Scott

Prólogo

O suor escorre pela minha nuca ao conferir o relógio do computador pela milionésima vez.

– *Vai logo!*

– Calma, Titch – Kenny me repreende. – Não se deve apressar um gênio!

Ele dá uma piscada. Seus olhos são a única parte visível do rosto, escondido debaixo da balaclava.

Meu coração bate como doido na escuridão.

– Está demorando demais – eu sussurro. – Tem certeza que vai conseguir?

– É moleza – Kenny me tranquiliza. As pontas de seus dedos enluvados dançam pelo teclado do escritório, iluminadas pela tela do computador insuportavelmente brilhante. – Confie em mim.

Uma mulher ri bem alto lá fora, e meus olhos voam na direção das janelas descobertas.

– Não dá pra reduzir o brilho ou algo assim? – imploro. – Alguém pode ver.

– Relaxa, estou quase conseguindo.

Kenny clica no mouse enquanto a seta se mexe rápida pela tela.

Olho mais uma vez para as persianas abertas e ando com cuidado pelo escritório escuro até chegar à janela. Estendo o braço para pegar o cordão, mas de repente faróis atravessam a sala.

Eu me jogo no chão, com o pulso em disparada.

– Merda!

Kenny olha para mim.

– Titch. É sério. Calma. Ninguém consegue ver a gente.

Engulo seco e levanto.

– A não ser que você fique na frente da janela, claro – acrescenta ele. – Volte pra cá.

Sigo apressadamente para o lado dele, mas então congelo.

– O que foi isso?!

– O quê? – Kenny pergunta baixinho.

– Achei que tinha escutado alguma coisa.

Ele revira os olhos.

– Você está paranoi…

Uma porta bate com força, interrompendo-o.

Os olhos de Kenny arregalam enquanto passos ecoam pela escada.

– Rápido!

Ele desliga a tela, me agarra e se esconde debaixo da mesa do computador bem no instante em que as lâmpadas fluorescentes se acendem, inundando o cômodo com uma luz branca e ofuscante. Eu me encolho para perto de Kenny, com o coração dele martelando contra o meu ouvido.

– Ainda bem que tivemos que voltar aqui, né, cara? – diz a voz de um homem. – Harris teria ficado furioso com você de manhã!

– Não sei o que houve – diz um segundo homem. – Juro que ativei o alarme quando saí.

Os olhos de Kenny encontram os meus porque nós dois reconhecemos a voz de Neil, o supervisor do estágio que fiz na última semana para aprender como as coisas funcionam (e também para secretamente decorar os códigos do alarme contra roubo dos computadores). Pelo jeito o meu orientador vocacional tinha razão; fazer estágio tem *mesmo* valor inestimável.

– Você está ficando gagá! – diz o primeiro homem com uma risadinha.

– Cuidado, Trev. Você é mais velho que eu, lembra? – brinca Neil.

– Mais velho e mais sábio – responde Trev, rindo. – Pelo menos não me esqueço das coisas! Onde foi que deixou seu telefone desta vez?

– Deve estar na minha mesa.

Merda. Na mesa de Neil. Estamos nos escondendo debaixo dela!

Prendo a respiração, e meu sangue faz um barulho ensurdecedor nos meus ouvidos enquanto os passos pesados e ruidosos se aproximam.

Meu Deus, vou ser presa. Vou direto para a cadeia. O que eu estava pensando?!

Dobro os joelhos até o peito, tentando me encolher o máximo possível, e fecho os olhos com força, rezando de um jeito desesperado, louco, inútil…

Por favor, não encontre a gente. Por favor, não encontre a gente. Por favor, por favor, por favor…

Os passos ficam mais ruidosos, mais próximos... e então um celular apita.

– Ei, Neil!

Os passos param. Prendo a respiração.

– Alarme falso. Você deixou seu telefone em casa, sua anta!

Meu coração para. *Não acredito!*

– O quê? – diz Neil.

– Acabei de receber uma mensagem do seu celular. Sua esposa está com ele. Venha, vamos dar o fora daqui antes que você enlouqueça de vez!

Os passos se afastam rapidamente, e a porta bate mais uma vez.

– Ei. – Kenny me cutuca após alguns momentos. – Eles foram embora.

Abro um olho. O cômodo está escuro de novo.

– O que aconteceu?

Ele ergue um celular, e uma mensagem reluz na tela:

> Enviada para TREVOR: Oi, Trev, pode avisar a Neil que ele esqueceu o celular aqui em casa?

– Este é o celular de Neil? – Fico encarando-o. – Foi *você* quem mandou a mensagem?!

Ele sorri.

– Quanto você me ama?

– Kenny, você é um gênio!

– Dã, claro. – Ele dá de ombros. – Acho que assim nós ganhamos tempo para sair daqui. Vamos.

Sinto um aperto no coração.

– Mas e…

– Isto aqui?

Kenny dá uma piscada. Seus olhos escuros brilham ao me mostrar um pen-drive.

– Você conseguiu? – Fico encarando-o. – Conseguiu *mesmo*?!

– Eu nunca quebro promessas – diz ele, sorrindo. – Quanto isto vale?

Pego o precioso pen-drive e lanço os braços ao redor de Kenny. A adrenalina corre pelas minhas veias; não consigo acreditar no que finalmente tenho em mãos.

– O valor disto é mais do que imensurável – sussurro. – Obrigada mesmo, Kenny.

– Agradeça depois. – Ele sorri. – Primeiro precisamos dar o fora daqui.

Capítulo um

– Corra! – grito para trás enquanto acelero o máximo possível. – *Vamos!*

Dobro uma esquina e faço um bando de pombos agitados voar para as árvores. Meu coração bate com a mesma força dos meus pés na calçada de concreto. Olho para trás, mas o caminho está vazio. Paro de correr, ofegante, e espero por um tempo, mas não há nenhum sinal da minha amiga. Refaço meus passos apressadamente, e é apenas quando chego à esquina que vejo a silhueta familiar esparramada na grama.

– Estou morrendo! – grunhe ela.

– Como você é dramática! – Sorrio e corro até ela.

– E você é uma tirana! – diz Vix, gemendo.

– Foi você que quis correr comigo! – Dou uma risada. – Não se lembra de ontem à noite?

– Não! – diz ela, piscando para mim. – Ontem eu estava bêbada. Ou louca. Ou as duas coisas. *Claro* que eu não estava falando sério.

– Então não quer ficar em forma para pegar um calouro gatinho?

– Bem, eu quero – admite Vix de má vontade. – Mas por que a gente tem que correr *tão* cedo?!

– Que horas são? – pergunto, dando uma olhada no lindo parque iluminado pela luz do sol.

Já há outros corredores pela área, famílias a caminho da escola e alguns passeadores de cachorros.

Mas ainda não vi nenhum sinal dele.

Vix confere o relógio:

– São 8h10.

Franzo a testa. Ele já devia estar aqui.

– Você me escutou? São *oito* e dez! – exclama Vix. – E ainda nem tomei café da manhã! Não sei nem como é que estou funcionando…

– Vamos, bicho-preguiça. – Seguro a mão dela. – Só mais alguns metros.

– Não dá – diz ela. – Não consigo me mexer.

– Tem um café bem ali.

Vix olha para cima.

– Lá tem café?

– Sim. – Dou risada e a ajudo a se levantar. – Tem café, sofás confortáveis, uma bela vista e…

De repente meu coração dispara. *Lá está ele.* Rápido, eu me curvo para amarrar os cadarços enquanto ele passa por nós.

– A-há! – Vix sorri. – Então é por *isso* que você tem corrido toda manhã.

Olho para cima bruscamente:

– O quê?

Ela ergue a sobrancelha:

– Aquele gostoso alto, moreno e lindo que quase fez você ter um ataque do coração.

Merda. *Dei tão na cara assim?*

– Você está ficando vermelha! – exclama ela com a voz aguda.

– *Shh!* – sibilo, conferindo se ele não escutou.

Ele entra no café. Apesar da manhã quente e ensolarada, seu cabelo preto bagunçado está coberto pelo capuz do casaco vermelho.

– Então não é à toa que os calouros gatinhos só quebram a cara com você. Está totalmente encantada pelo senhor Gostosão ali! – Vix dá um sorriso. – Não que a culpa seja sua. Ele é bem sarado. E olha só aquela *bunda*! Aquilo, sim, me deixa animada pra fazer exercício. Qual o nome dele?

Dou de ombros.

– Você sequer *falou* com ele? – Vix me encara. – Vamos!

– Não. Vix! – protesto, agarrando seu braço enquanto ela vai em direção ao café. – Não posso chegar e falar com ele do nada. Eu não sei nada sobre ele!

– Bem, e como é que você vai *descobrir* algo sobre ele sem conhecê-lo?

Um pavor escorre frio pelas minhas costas. Será que tenho coragem de conhecê-lo *de verdade*?

– Sério, gata, qual a pior coisa que pode acontecer?

Estremeço. *Ah, se ela soubesse...*

– Se não rolar clima, você se despede e dorme até mais tarde amanhã. – Vix sorri. – E, enfim, você sabe *algumas* coisas sobre ele – argumenta ela. – Sabe que ele é gatinho, sabe que é sarado...

– Eu sei que você é superficial!

– E *você* é uma *medrosa*! – exclama Vix. – A vida é curta demais. Eu vou entrar lá!

– Não, Vix! – digo e agarro o braço dela.

– Então entre *você*!

– Mas...

– Tchau!

Ela balança o braço e consegue se soltar.

– Tá bom.

Passo apressadamente por ela na direção da entrada do café.

– Isso aí, menina! – grita Vix.

Entro de cabeça baixa, vou direto até o balcão e peço dois cafés gelados antes de arriscar uma olhada pelo local.

Vejo-o quase de imediato. Ele está sentado de costas para mim numa mesa no canto, com uma garrafa de suco de laranja. Observo-o tirar o casaco e colocá-lo no encosto da cadeira, deixando à mostra braços musculosos e bronzeados.

Suor brota na minha testa, e sinto que meu próprio moletom encolheu dois tamanhos.

Pago os cafés, pego minha bandeja e respiro fundo.

É agora.

Vou na direção dele, com meus dedos apertando a bandeja.

Eu consigo fazer isso, digo para mim mesma, obrigando meus pés a se mexer. *Um pé na frente do outro. É simples.*

Então por que de repente parece a coisa mais difícil que já fiz na vida?

É só falar com ele. São só algumas palavras.

Pela janela, Vix faz um sinal de positivo. Que ótimo. Tenho plateia.

Mais um passo. Depois outro.

A bandeja estremece, e o café escorre pela borda dos copos. Minha força de vontade me obriga a manter os olhos fixos na parte de trás da cabeça dele.

Mais um passo...

Minha bandeja escorrega dos meus dedos, a louça faz uma barulheira ao cair no chão, o café respinga para todo lado, *inclusive nas costas dele*, que salta da cadeira, derrubando o casaco no chão.

– Meu Deus, me desculpa! – digo.

Ele olha para cima, e fico paralisada quando seus olhos azul-claros encontram os meus, fazendo arrepios descer pelos meus braços enquanto tento respirar. Desvio rápido o olhar, minhas bochechas ardem.

– Ah, não. O seu casaco!

Pego o casaco, agarro um guardanapo da mesa e tento limpar as manchas de café.

– Não tem problema, sério. – Ele sorri para mim.

– Desculpa mesmo. Eu pago a lavanderia – ofereço.

– Pode deixar. – Ele sorri de novo, pegando o casaco e o suco de laranja. – Isso é o destino dizendo que já está mais do que na hora de eu lavar roupa.

– Desculpa... – falo mais uma vez, estupidamente, enquanto o vejo sair apressado do café.

– *O que* foi *aquilo?!* – pergunta Vix ao entrar correndo, com jeito de quem está horrorizada ao mesmo tempo que acha graça.

– Sutil, né? – suspiro.

– *Agora* eu entendi por que você não queria se apresentar. – Ela ri. – Ainda bem que não era café quente... Ele teria ido parar no hospital!

– Que desastre! – Afundo a cabeça nas mãos. – Ou, pensando bem, talvez não…

– Sério? – Vix sorri. – Exatamente *que* parte dos últimos cinco minutos não foi uma catástrofe total?

Estendo o braço e pego uma coisa no chão.

– A parte em que o senhor Gostosão deixou a carteira cair…

Capítulo dois

– Está linda! – Vix sorri para meu reflexo. – Ah, e tenho um blush perfeito no meu quarto.

– Vix, não quero…

– Já volto!

Suspiro ao vê-la desaparecer pelo corredor, depois viro para o espelho e encaro a garota desconhecida que olha para mim.

Alguns meses atrás, meu cabelo estava na altura dos ombros, escorrido e castanho-claro. Agora ele tem cachos e ondas, e eu mesma o tingi de loiro há algumas semanas. Vix o prendeu e arrumou, e ainda encheu meu rosto com tanta maquiagem que só meus olhos com lápis preto estão reconhecíveis. Mas tem algo diferente *por trás* deles também. Será um certo... entusiasmo? Ou medo?

Talvez as duas coisas.

– Aqui está... – Vix entra saltando no meu quarto. – Sorria!

Faço uma careta enquanto ela passa um pincel macio nas minhas bochechas.

– Caramba! Espero que se esforce mais quando vir o senhor Gostosão! – ela me repreende. – Não é à toa que ele saiu correndo!

Meu coração acelera com a ideia de vê-lo de novo.

– Pronto! – diz ela por fim, se afastando e admirando o trabalho. – O que acha?

– Não estou nem me reconhecendo – digo com sinceridade.

– Claro, *dã*! – ela brinca. – É esse o objetivo! Esta é sua segunda semana aqui na universidade, não tem época melhor para se reinventar, né? – Ela sorri. – Você está maravilhosa, Lou. Vá por mim. Ostente sua beleza. É o fim da Louise Shepherd estabanada, da menina tímida e desajeitada com garotos. Agora você é *Lou*, uma *femme fatale* inteligente, culta e confiante. – Ela dá uma risadinha. – O senhor Gostosão não vai conseguir resistir.

– Espero que tenha razão. – Lambo nervosa meus lábios com gloss sabor morango. – Agora vamos.

– Só um segundo. – Ela pega o *babyliss*.

– *Vix!* Quanto tempo mais isso vai demorar?

– Só um segundo! São os retoques finais…

– Você está dizendo isso há um tempão! – reclamo. – Era pra gente ter devolvido a carteira dele na hora combinada.

– Não deu! – protesta Vix. – A gente teve que ir pra aula.

– Mas a gente passou pela casa dele voltando do parque hoje de manhã – lembro a ela. – Podíamos ter deixado lá.

– Mas *ele* não sabe disso. – Vix sorri. – Além do mais, você não estava *nada* apresentável. Agora vai poder dar uma ótima segunda impressão. Só Deus sabe quanto precisa disso depois da primeira!

– Que tranquilizador – digo gemendo. – Anda logo com isso, vai. E se Christian tiver passado a manhã toda surtando por causa da carteira?

– Agora é *Christian*, é? – diz Vix, com um sorriso convencido nos lábios.

Minhas bochechas ficam vermelhas.

– É o que diz na carteira de motorista dele: Christian Marcus Webb.

Encaro a pequena carteira, que, com grande utilidade, mostra o nome dele, data de nascimento, endereço e aqueles olhos penetrantes que parecem enxergar até minha alma.

– Bem, *Christian* vai ficar tão abalado com sua aparência que nem vai ligar para a carteira. – Vix sorri, abaixando o *babyliss*. – Pronto. Acabei. Podemos ir.

– Finalmente.

Pego minha bolsa debaixo da cama e apresso Vix para fora do quarto, trancando a porta atrás de nós, depois desço correndo os dois andares de escada até a recepção movimentada da nossa residência estudantil.

– Lou! Vix! – chama Matt, no meio de um grupo de estudantes que relaxa nos sofás. – Estamos pensando em ir hoje àquela boate que abriu na rua Division, a Lush. Topam?

– Parece ótimo! – diz Vix, alegre.

– Excelente! – Ele sorri.

– E você, Lou? – pergunta Dan, o amigo dele. – Mudou o cabelo? Está bonito.

– Ah. Obrigada – agradeço.

– Lou só vai poder decidir depois. – Vix dá uma risadinha. – Talvez ela tenha um grande encontro esta noite!

Dan fica desanimado.

– Encontro? Com quem?

– Ninguém – digo a ele, unindo meu braço ao de Vix. – Até mais. Vamos, Vix.

– Não é justo. – Vix faz um biquinho enquanto a arrasto na direção da saída. – Por que todos os caras legais só gostam de *você*?

– Que mentira! – protesto.

– Ah, por favor. Tão bonita e tão cega…

– Matt gosta de você – argumento. – E ele parece bem legal.

– Sim, mas ele é um nerd que estuda computação. – Ela revira os olhos. – Não vale. Aah, o correio!

Ela se solta de mim e vai até a caixa de correspondência para ver se tem alguma coisa.

– *Vix!* – chamo. – Vamos logo!

– Calma, flor. A casa do Christian fica tipo a dois minutos de carro daqui!

– Você quer ir de carro? E aquele papo de ficar em forma?

– Eu corri de manhã, não foi?

– Quase nada. – Sorrio.

– Além disso, correr de tênis num belo parque plano é *totalmente* diferente de subir e descer as malditas colinas de Sheffield. Já basta ter que atravessar metade da cidade para assistir às aulas... Eu devia *mesmo* ter ido morar no campus da universidade. *Nunca* que vou subir colina de *salto*! – diz ela veemente. – Além disso, achei que quisesse devolver logo a carteira de Christian. E não vai querer chegar lá toda ofegante e suada depois de passar tanto tempo se arrumando, vai?

– Tá bom! – Dou risada da mudança de tática repentina. – Vamos no carro do meu tio.

– Legal. – Ela sorri e franze a testa enquanto mexe na pilha de envelopes na mão. – Ainda não tive notícias da empresa de empréstimo estudantil, você teve? Preciso saber quando o meu dinheiro vai chegar.

Suspiro e confiro minha própria correspondência.

– Hum, Lou, por que está procurando na caixa de correios da letra *W*? Você ainda não é a senhora Webb, sabia?

– Ah, é verdade.

Minhas bochechas ficam vermelhas e vou até a caixa da letra *S*. Preciso *parar* com isso. Louise Shepherd. Meu nome é *Louise Shepherd*. Remexo nas cartas e congelo ao avistar o familiar carimbo postal.

– Contas, contas, contas! – geme Vix, abrindo sua correspondência. – Recebeu algo interessante?

– O mesmo que você – minto rapidamente, enfiando a carta na bolsa enquanto ela entrelaça o braço no meu. – Vou ter que começar a procurar emprego em breve!

– Pois é! – Vix concorda. – Ninguém nunca comenta quanto a universidade é cara! Achei que eram só noitadas e dormir até tarde, beber e transar, diversão e…

– Boas notas? – Ergo a sobrancelha.

– Está parecendo meu pai. – Vix geme enquanto entramos no carro. – "A universidade não é só para passar o dia todo bebendo, Victoria. É o seu futuro que está em jogo." Ele ainda está chateado por eu não ter entrado em Cambridge como o queridinho do *Darius*. – Ela faz uma careta. – Pais! Deve ser mais fácil morar com o seu tio e sua tia, né? Menos pressão?

Hesito. *Quem dera*. Devo tudo a eles. Eles não tinham a mínima obrigação de me adotar, então é cem vezes pior quando os desaponto.

E, *nossa*, como os desapontei.

– Não estou dizendo que foi fácil perder seus pais – Vix emenda rapidamente. – É que... diz logo para eu calar a minha boca gigante.

– Não tem problema. – Manobro o carro. – Eu não conheci meus pais muito bem, mas acho que meus tios me tratam da mesma maneira como tratam minhas primas. Só acho que meu tio as protege um pouco mais, mas deve ser porque elas são mais novas que eu.

Sorrio ao pensar na pequena e destemida Millie e na sua visão cômica do mundo. Ela topa tudo, basta ter a menor oportunidade.

– Nem me fale – Vix reclama. – Ser a mais nova é um pesadelo. Especialmente com Darius como irmão mais velho. Parece até que tenho outro pai!

Dou risada.

– Mas você e suas primas se dão bem? – pergunta ela.

– Até demais. Penso nelas mais como irmãs, na verdade. Uma é apenas um ano mais nova que eu, então sempre fizemos tudo juntas: aula de equitação, de balé, mesmo professor particular de piano, mesmo técnico de natação, mesmo colégio... Até o ensino médio, pelo menos.

– Por quê? O que aconteceu?

Sinto um aperto no coração. *Foi quando tudo mudou.*

– Meu tio sempre quis que a gente estudasse no colégio interno em que ele estudou durante o ensino médio, para garantir que a gente tirasse as melhores notas. Lá só se aceitavam garotas começando o ensino médio, e eu tinha um ano a mais que ela, então... foi a primeira vez que nos separamos na vida.

E eu queria nunca ter ido. Nunca ter me separado dela.

– Eu queria ter irmãs. – Vix suspira. – Tudo o que escuto é: "Victoria, por que você não pode ser mais como seu irmão?". Meu pai não entende que eu não *quero* ser uma advogada sanguessuga, e jornalismo investigativo é uma carreira tão válida quanto. Mas ele acha que é só *paparazzi* andando por aí em cima de uma moto. – Ela suspira de novo. – Sabia que ele deu a Darius um Porsche de aniversário de 21 anos? Um *Porsche*? E ele não deixa nem eu dirigir o *Volvo* antigo dele. Não acredito que seu tio te emprestou o carro. Você tem sorte. E é câmbio automático, tão fácil de dirigir…

– Pois é, é fácil mesmo, exceto quando a pessoa tem que subir e descer todas essas colinas!

– E por que você pôde pegar o carro do seu tio? – pergunta Vix. – Ele não vai precisar?

– Não por um tempo.

Não onde ele está.

– Ele está viajando? – pergunta Vix.

Faço que sim.

– Trabalho ou lazer?

– Trabalho – retruco, me concentrando na rua à frente, uma colina íngreme, e torcendo para que Vix mude de assunto.

Penso no envelope no bolso do meu casaco. *Não é lazer mesmo.*

– Ele não tem medo de que aconteça alguma coisa com o carro dele? – pergunta ela. – Eu ficaria completamente paranoica para não deixar nem um arranhãozinho, senão meu pai surtaria de vez.

Sorrio.

– Meu tio não se incomoda mais com esse tipo de coisa.

– Não se incomoda mais? – Vix ergue a sobrancelha.

Hesito. Conheço Vix há apenas duas semanas. Apesar de a gente ter se dado bem logo de cara, fazer amizade e compartilhar segredos não é uma prioridade para mim neste momento. Não sei quanto eu quero que ela saiba da minha vida.

– Ele... ele costumava beber um pouco, e uma vez, anos atrás, alguém riscou o carro novo dele com a chave. Ele pirou, deu um murro numa parede e quebrou a mão.

– Nossa! – diz Vix.

– Mas ele fez um curso de controle de agressividade e agora está bem tranquilo. – Sorrio, lembrando como ele ri ao contar a história, mostrando a cicatriz na junta do dedo. – Hoje em dia ele bebe muito pouco, e sempre conta a história quando quer nos alertar sobre os perigos do álcool.

– Nem me fale! – Vix sorri. – "Álcool é um veneno do demônio, Victoria. Não sucumba às tentações maléficas dele." Ainda bem que meu pai não me viu ontem à noite.

Dou risada.

– Nem anteontem à noite, na verdade. Ou na semana passada inteira, ou... aah, chegamos!

Ela aponta pela janela. Meu coração acelera quando paro na frente de uma casa de porta verde.

Rua Bromley, número 12.

– Acredita que passava por essa casa todas as manhãs no caminho para o parque? – Vix sorri para mim. – Sem fazer ideia de que o homem dos seus sonhos morava bem aí!

O homem dos meus sonhos. Ah, se ela soubesse…

Olho para a pequena casa cinza de pedras. Apesar de eu já ter passado por ali muitas vezes, meus braços ficam arrepiados. Será que vou mesmo conseguir fazer isso?

– Não se preocupe. – Vix aperta meu braço. – Sei que não deu muito certo da primeira vez, mas agora você é a heroína que veio devolver a preciosa carteira dele. Não tem como ele não ficar contente quando encontrar você! – Ela sorri.

Respondo com um sorriso tenso e depois respiro fundo, saio do carro, atravesso o portão e sigo pelo caminho do jardim. Engulo em seco e bato timidamente na porta.

Não acontece nada.

– Mais forte! – grita Vix pela janela aberta do carro.

Hesito e bato mais forte.

Nada ainda.

– Ah, pelo amor de Deus!

Vix sai do carro, percorre o caminho com rapidez e bate na porta com força.

– Vix!

– O que foi?

Mesmo assim, nada. Sinto um aperto no coração. *Ele não está.*

– Estão procurando Christian?

Vix e eu nos viramos ao mesmo tempo.

– Sim! – Minha amiga sorri, aproximando-se do ruivo magro encostado no portão.

– Então estão com sorte. – Ele responde, simpático. – Sei exatamente onde ele está.

Não me sinto com sorte. Fico paralisada na entrada da casa, sem conseguir acreditar no que estou vendo.

– Que coincidência! – Ela sorri de novo. – Sou Vix. Esta é Louise.

– Prazer!

Um calafrio desce pelas minhas costas quando seus olhos escuros e reluzentes encontram os meus.

– Sou Kenny.

Capítulo três

– Christian trabalha no pub The Flying Pig, fica mais na frente aqui na rua – diz Kenny. – Eu acompanho vocês.

– Obrigada! – Vix agradece.

– Não precisa, não – emendo. – Se puder nos explicar como chegar lá, já está ótimo. Não queremos dar trabalho.

– Não é trabalho. – Kenny sorri. – Estou indo naquela direção mesmo.

– Maravilha! – diz Vix, alegre.

Pois é. Maravilha.

– E o seu salto, Vix? – protesto.

– Não seja boba! – Ela lança um olhar para mim. – Não é um problema! Além disso, vai ser bom tomar ar fresco.

– Você estuda aqui? *Leigh*, não é? – pergunta Kenny enquanto o acompanho relutante.

– *Louise*. – Lanço um olhar para ele. – Sim. Estudo literatura inglesa.

– Ah, ficção. – Ele faz cara de entendido. – Claro.

Merda. Ele vai arruinar tudo. Lá se vai meu plano de me reinventar.

– Nós duas estudamos aqui. Foi assim que nos conhecemos – diz Vix. – Lou e eu moramos na mesma residência estudantil e também assistimos a algumas aulas juntas, mas vou me formar em jornalismo.

– Salve o poder da imprensa! – Kenny faz uma reverência. – A mídia criou e destruiu mais carreiras do que qualquer outra força conhecida pelo homem.

Excelente. Ele pode contar *tudo* para ela. Vix, a maldita aspirante a repórter investigativa.

– Ah, eu só me interesso por fatos – diz ela com honestidade. – Acredito que essa é a verdadeira função da mídia.

– Tem razão. – Kenny sorri. – *Fato* e *ficção*. Vocês duas formam uma dupla intrigante.

– O pub fica longe? – pergunto ao virar numa rua repleta de casas com terraços e não avistar o bar.

– Não. – Kenny sorri. – Não é longe.

– Você também é estudante, Kenny? – pergunta Vix.

– Sim. Vou me formar em ciência da computação.

– Nossa, deve ser interessante – diz ela, encantada. – Sempre achei incrível o fato de os computadores serem programados por código. É como uma linguagem secreta ou algo do tipo!

O quê? Lanço um olhar para minha amiga. Ela mudou o jeito de falar.

– Ah, e é quando se desvenda o código que a coisa fica interessante. – Kenny dá uma piscadela. – Depois de hackear um computador, você consegue hackear qualquer outro.

Meu coração acelera.

– E como conhece Christian, Kenny? – pergunto, mudando de assunto.

– Receio que seja pelo meu hábito de beber. O pub fica bem perto do meu apartamento...

– Você mora num apartamento, não numa residência? – questiona Vix, impressionada.

– Sim, cansei de moradia estudantil depois do colégio interno. – Ele estremece. – Eu me mudei pra cá há algumas semanas para me adaptar, e conheci Christian no primeiro pub em que entrei. A casa dele fica quase na frente da loja de bebidas mais próxima, então também o encontrei algumas vezes na rua. E vocês?

– Ah, a gente não o conhece... ainda. – Vix sorri.

Kenny ergue a sobrancelha.

– Então por que estão procurando o moço?

– Bem... – começa a falar Vix.

– Ele deixou a carteira cair – respondo. – A gente quer devolver, só isso.

– Ah! Duas boas samaritanas, é?

Estou nauseada.

– Ei, você podia pedir um emprego para ele, Lou – sugere Vix. – Quem sabe não mata dois coelhos com uma cajadada só? Afinal, devolver a carteira dele prova que você é confiável.

Kenny faz que sim.

– Confiança é algo que não dá pra comprar.

Estremeço. *Exceto quando dá...*

"Pode confiar em mim", disse Kenny no primeiro dia em que falei com ele, no colégio interno Oakwood Grange. Mas não acreditei nele, não de imediato. Apesar de termos estudado um ano inteiro juntos, eu mal o conhecia. Nossas esferas sociais ficavam a galáxias de distância. Até aquele dia. Até eu precisar dele.

Invadi uma reunião do clube de computação e encontrei Kenny mostrando o novo site que tinha criado para os amigos nerds.

– Impressionante – disse eu, ao que todos se viraram, assustados. Eram poucas as garotas no colégio (a média era de três garotos para cada garota), mas na sala de informática elas estavam extintas havia muito tempo. – Belo trabalho. – Deixei meu cabelo perfumado de Chanel roçar no ombro de Kenny enquanto me inclinava na direção da tela. – O que mais sabe fazer?

Ele passou o restante da noite mostrando todos os seus códigos e truques, até eu por fim pedir para ele me acompanhar até a minha residência do colégio.

– A verdade, Kenny, é que preciso da sua ajuda – suspirei quando ficamos a sós. – Estou em apuros, e você é a única pessoa capaz de me salvar.

Eu disse que estava com dificuldade em biologia e logo teria um teste que determinaria a minha nota e, consequentemente, as universidades em que poderia me inscrever.

– Você não quer que eu dê aula particular pra você, não é? Porque eu nem estou estudando biologia. – Ele ergueu a sobrancelha.

– Não exatamente.

– Então o que é?

Respirei fundo.

– O teste está no sistema do computador do colégio...

– Pera aí. – Ele arregalou os olhos. – Você quer que eu *hackeie* o sistema para poder *colar* na prova? – Ele passou a mão no cabelo ruivo e grosso. – Caraca!

– Por favor, Kenny, você é minha última esperança – pedi desesperada, agarrando a mão dele e apertando-a com força. – Não posso tirar nota baixa. Se eu tirar, não vou ter a *mínima* chance de ser aceita nas universidades que quero. E minha tia e meu tio me matariam. Eles gastaram uma fortuna para eu estudar aqui em Oakwood!

– Ainda assim você precisaria tirar notas boas no vestibular de verão. – Kenny franziu o rosto. – Senão, as universidades não vão aprová-la.

– Até lá eu compenso – insisti. – É que nos últimos tempos ando meio... distraída. Pode deixar que *eu* me preocupo com o vestibular. – Olhei para ele, implorando. – Ou acha difícil demais?

– Até parece! – Ele zombou, me encarando por um longo momento. – Tá bom, eu topo. Tudo por uma dama em apuros.

– Obrigada! – exclamei, jogando os braços ao redor do pescoço dele.

– De nada, Titch. – Ele riu, me abraçando com força. – Mas vou querer um favor em troca.

O preço foi acompanhá-lo no casamento da prima. Aceitei, claro. Era um preço baixo a pagar se ele de fato fizesse o que pedi e, mais importante, se não desse um pio sobre o assunto.

E ele cumpriu as duas coisas. Nunca contou a ninguém o que a gente tinha feito. Passei no teste, e ele passou no *meu* teste. Com o tempo, sondei o conhecimento dele de informática, sua habilidade e sua lealdade. Parecia que ele gostava de se exibir, e toda vez era aprovado com nota máxima. Foi então que eu fiz a proposta mais importante de todas.

Estremeço só de pensar naquela noite no escritório de Neil. Depois daquilo, achei que nunca mais veria Kenny. Não *devíamos* nos ver nunca mais. Aqui está ele, porém, a centenas de quilômetros de onde nos vimos da última vez. *Por quê?*

– Pronta? – Vix para de repente e me encara, me tirando dos meus pensamentos.

Olho para ela, surpresa.

– Para o quê?

– Para a hora da verdade! – exclama Vix.

Fico paralisada. Será que perdi alguma coisa? Será que Kenny contou para ela?

– Lou, vamos, está com a carteira na mão?

Carteira? Ah, é, *Christian*. Então percebo que estamos na frente de um pub.

– Não. – Minha cabeça roda ao ver a placa do The Flying Pig e as pessoas sentadas, conversando e rindo nas mesas externas. – Só... preciso de um minutinho, tá?

– Claro. – Ela concorda e olha para Kenny. – Com licença, a gente precisa retocar a maquiagem. Vamos, Lou?

– *Hum?* – Olho para ela.

– Você vem? – Vix ergue as sobrancelhas.

– Não, obrigada.

Esta é minha chance de conversar a sós com Kenny.

– *Tem certeza?* – Ela franze a testa, confusa.

– Absoluta. A gente se vê num instante.

Kenny olha de Vix para mim, sua curiosidade reluz nos olhos.

– Tá bom! Vocês dois pegam uma mesa aqui fora. Eu já volto.

Vix me fulmina com o olhar enquanto desaparece para dentro do pub.

– Xiii. – Kenny sorri, sentando à mesa. – Acho que não percebeu as indiretas dela.

– Não estou nem aí – digo baixinho. – O que *diabos* está acontecendo, Kenny?

– Calma, *Louise*. – Ele dá uma piscadela. – Achei que loiras se divertissem mais, não? Ah, talvez sejam só as loiras *naturais*.

Meu sangue congela.

– Por que está aqui?

Ele dá de ombros.

– Para me formar.

– Mas por que *aqui*? – pergunto. – Por que *Sheffield*?

– Pela mesma razão que você. – Ele dá de ombros. – Entrei na segunda chamada.

– Mas *por que* você teve que esperar pela segunda chamada? – Encaro-o. – Você não é como eu, que reprovei em todas as provas. Você é um gênio!

– Ah, valeu, querida. – Ele sorri.

– O que quero dizer é que podia ter escolhido qualquer universidade – insisto. – Por que escolheu *esta*?

– De todos os bares do mundo, por que entrei no seu?

– Exatamente!

– Simples. – Ele dá de ombros. – Você está aqui.

Um calafrio gélido desce pelas minhas costas. Sinto meu mundo inteiro desmoronar na minha frente. Era essa a minha chance, e Kenny a arruinou. Acabou. Antes mesmo de começar. A não ser que…

– O que você quer, Kenny?

– Calma, querida, eu sei guardar segredo. Você sabe muito bem disso.

– Mas tem um preço, não é? – Meu sorriso é sombrio.

Ele franze o rosto.

– Estou magoado, Titch. Não quero nada. Além disso, eu estava brincando, senhorita Ego. O mundo inteiro não gira ao seu redor, sabia?

Olho para ele com desconfiança.

– Então...?

– Eu simplesmente decidi que Oxford não era para mim. – Ele suspira. – Cansei de pátios retangulares e pináculos. Além disso, muitos dos esnobes metidos de Oakwood iam estudar lá. E também o professor Kentley, um dos meus heróis, foi transferido para o corpo docente de Sheffield... Foi uma escolha óbvia.

– Então não passa de uma coincidência? – digo, cautelosa.

– É o destino! – diz ele com alegria.

Movo os pés. *Sorte* não é, de jeito nenhum...

– Agora posso ajudá-la.

– O quê?

– Estava preocupado com você. – A expressão no rosto de Kenny suaviza. – Deve ser bem difícil recomeçar a vida com uma identidade nova, tendo que mentir para todo mundo...

– *Shh* – sussurro enquanto um grupo de garotas da minha residência passa. – Então que papo foi aquele de "fato e ficção"?

– Estava apenas me divertindo um pouco. Desculpa, tá? Não vou te entregar pra ninguém, prometo.

Investigo seus olhos, tentando descobrir o que está pensando, sem saber se acredito nele ou não.

– Entendo por que está fazendo isso, sabe? – diz ele com doçura. – Se tivesse sido com minha família, eu faria a mesma coisa. – Seu olhar abranda. – Como ela está?

Sinto um aperto no coração.

– Igual.

Ele faz que compreende.

– E seu tio?

– Como acha que ele está? – retruco.

– Ei, estou do seu lado. Só estou perguntando porque... bem, não tenho visto nada sobre isso nos jornais.

– Ainda bem.

Foi quase impossível sair de casa depois que a imprensa ficou sabendo da história. E no colégio era como se de repente eu tivesse duas cabeças. Todo lugar aonde ia, as pessoas me encaravam. As conversas paravam assim que eu chegava aos lugares, virando sussurros animados no instante em que eu saía. Por um tempo, tudo o que quis foi esquecer, ser normal, ser como os outros.

E agora isso é uma realidade.

– Ninguém sabe quem sou, Kenny. Para eles, sou apenas Louise Shepherd, uma caloura como qualquer outra.

– Entendi – diz ele, sério. – Honestamente, não estou aqui para criar problemas, Titch. Só achei que seria bom você ver um rosto conhecido. Ter alguém com quem conversar. Alguém para quem não precise mentir.

Suspiro. É *mesmo* cansativo mentir o tempo inteiro. Vix tinha razão: a melhor parte da universidade, de morar em residências com centenas de outros alunos, é que é o melhor lugar para se reinventar. Ninguém conhece você, seu passado, sua família, de onde você vem... Então você pode ser quem quiser.

Teoricamente.

O problema de fingir ser outra pessoa é que não dá pra baixar a guarda nem por um segundo. Em especial quando você se tornou amiga de uma aspirante a jornalista investigativa.

– Estou aqui para o que precisar, Titch – diz Kenny com firmeza, segurando minha mão. – Não guardei seu segredo até agora?

Faço que sim. *O maior segredo de todos.*

– Pode confiar em mim. – Ele aperta minha mão. – Prometo. Deixe-me ajudá-la.

Sorrio de leve. Até parece que tenho escolha. Se Kenny veio para ficar, é mais seguro mantê-lo do meu lado.

– O que eu perdi? – pergunta Vix, saindo do pub com duas cervejas.

Solto a mão de Kenny tarde demais.

– Saúde, Vix! – Ele sorri enquanto ela dá um gole na cerveja e passa o outro copo para ele. – Não pegou bebida para a Lou?

– Achei que ela fosse querer ir ao bar *sozinha*. – O rosto de Vix se fecha, e ela me encara. – Afinal, é por isso que estamos aqui!

Hesito.

– Quer que eu vá com você? – ela oferece. Fico dividida entre o perigo de deixá-la a sós com Kenny e a tortura de ter uma plateia enquanto tento falar com Christian.

– Vamos! – Vix agarra meu braço, decidindo por mim enquanto me arrasta para dentro do pub. – *O que está fazendo?* – Ela vira-se para mim assim que estamos a salvo no bar.

– O quê?

– Achei que gostasse do *Christian*.

– E gosto!

– Então por que está tentando ficar com Kenny, o único cara que conheci que é... aceitável? – pergunta ela.

– Não é nada disso! Não estou interessada no Kenny, ele não faz meu tipo – explico.

Mas também não quero que *Vix* se interesse por ele…

– Além disso, ele parece um pouco... estranho – acrescento.

– Ele não é estranho! – ela protesta. – Ele é excêntrico. Eu gosto de excêntricos. E ele é sarado.

– Sim, mas... tem alguma coisa nele que parece meio... desonesta.

– Caramba, Louise! Não julgue um livro pela capa. A gente acabou de conhecer o cara!

Hesito. Não é como se eu pudesse contar a ela sobre Oakwood…

– Mas você odeia computação! – lembro. – Disse que era coisa de nerd!

– E daí?

– Então que papo era aquele de código de computador ser uma "linguagem secreta incrível"?

– Lou, isso se chama *dar em cima* de alguém. – Vix ri. – Descobrir do que o cara gosta e fingir interesse para parecer mais atraente. Devia fazer o mesmo com Christian, a não ser que ele tenha saído correndo de novo. – Ela franze o rosto ao nos aproximarmos do bar. – Ele estava aqui um minuto atrás, foi ele quem me serviu. Acha que viu você chegando?

Apesar do tom de brincadeira, sinto um aperto na barriga. *Aonde ele foi?*

– Posso ajudá-las? – Uma bartender nos encara enquanto passa um pano em uma mesa. Vix me cutuca.

– Hum, sim, eu queria só saber... – Vacilo, confusa. – Estou procurando emprego – digo rapidamente.

Vix ergue as sobrancelhas para mim.

– Já trabalhei em bares e preciso de um emprego de meio período – prossigo. – Será que teria algum turno aqui pra mim?

– Acho difícil. – Ela faz uma careta. – O gerente não está aqui hoje, mas mande seu currículo por e-mail, ele faz tudo pela internet. – Ela anota um endereço de e-mail num guardanapo e o entrega para mim.

– Obrigada. – Sorrio.

Vix me cutuca de novo.

– Desejam mais alguma coisa? – A bartender ergue a sobrancelha.

– Hum... é que... Christian está trabalhando hoje?

– Está, sim. Ele só foi lá atrás levar uma entrega. Deve voltar a qualquer instante. – Ela vira. – E por falar no diabo…

Sigo o olhar dela até avistar Christian voltando da área externa do bar, conversando com uma bela morena.

Fico tensa ao avistar os dois juntos.

– Aquela é a namorada dele?

– Não. – A bartender sorri enquanto vai para trás do balcão. – Pelo que sei, está bem solteiro. As garotas vivem chamando o cara para sair, mas ele nunca vai.

– Por quê? – Vix franze o rosto. – Ele é gay?

– Não! – A bartender ri. – Ele com certeza é hétero, apenas é... bem discreto, sabe? Desde que o conheci, dois meses atrás, nunca saiu com ninguém.

– Dois meses? – digo.

– Desde que ele se mudou pra cá – explica a bartender. – No verão.

– De onde ele é? – pergunta Vix.

– Não sei. – Ela dá de ombros. – Como disse, ele é bem discreto. Mas vai ver ele está só esperando a garota ideal aparecer. Boa sorte! – Ela sorri para mim e se afasta para limpar outra mesa.

– Vá lá, então! – encoraja Vix. – O que está esperando? Se não fisgá-lo logo, outra pessoa vai fazer isso!

Talvez ela tenha razão.

– Quer que eu vá com você? – oferece-se Vix.

– Não. – Balanço a cabeça. – Mas será que pode esperar aqui? – Longe tanto de Christian quanto de Kenny...

– Claro. – Ela sorri. – É só me chamar se precisar de apoio moral. Não que isso vá acontecer. Você consegue, Shepherd. Uma *femme fatale* tranquila, relaxada e confiante, o.k.?

– Isso – concordo. *Eu consigo.*

Respiro fundo e me obrigo a ir até o balcão. Sento num banco, observando Christian servir uma taça de vinho para a morena, e finalmente limpo a garganta.

– Com licença, Christian Marcus Webb?

Ele fica tenso. Arrepios cobrem minha pele quando seus olhos azul-claros encontram os meus.

– Desculpe, a gente se conhece? – Ele franze o rosto. – Você me parece familiar.

– Nós nos conhecemos hoje de manhã – digo, nervosa.

– Ah, é? – Ele ergue a sobrancelha.

Faço que sim.

– No café do parque... Eu derramei café em você. Isso é meio difícil de esquecer!

– Ah, sim, claro! – Sua expressão desanuvia. – Meu Deus, desculpe, acho que tenho alguma espécie de dislexia para rostos. Sou péssimo em lembrar quem as pessoas são... O que não é nada legal, já que passo o dia inteiro com clientes! Mas com números é diferente, decoro qualquer número sem nem tentar. – Ele dá de ombros. – Acho que estou no emprego errado! Enfim, como sabia meu nome?

– Na verdade, é por isso que estou aqui. – Entrego-lhe a carteira. – Você deixou cair.

– Você encontrou! – exclama ele, e seu rosto inteiro transforma-se ao sorrir, curvando com delicadeza os lábios, os olhos brilhando de alegria. – Salvou minha vida, muito obrigado mesmo!

– Bem, não exatamente – confesso. – Foi por minha causa que você a derrubou. Eu a encontrei no café depois que você fugiu de lá.

Ele ri.

– Muito obrigado mesmo por devolvê-la. Como foi que me achou?

– Vi seu endereço na carteira de motorista. – Sorrio. – Aliás, bela foto.

Ele faz uma careta.

– Nem me fale.

– Não se preocupe, todo mundo parece criminoso nas fotos de documento.

O sorriso dele diminui.

– Então liguei pra sua casa e me disseram que trabalhava neste pub – emendo rápido. – E aqui estou. Desculpe por não ter devolvido antes, eu tinha aula.

– É estudante?

– Sim. Estudo literatura inglesa – explico. – É mais leitura mesmo.

– Ah. Preguiçosa.

– Quanta gratidão!

Ele ri.

– Deixe eu pagar um drinque pra você.

– Não precisa…

– Eu insisto. Teve o trabalho de vir até aqui devolver minha carteira, perdendo um tempo valioso de sono, quer dizer, de *leitura*...

Reviro os olhos.

– É o mínimo que posso fazer. – Ele sorri.

– Bem, se é assim... – Sorrio de volta. – Mas só se eu também pagar um pra você, para me desculpar pelo casaco. Prometo não derrubar o drinque em você.

– Combinado. Então, o que vai querer? Qualquer coisa, menos café.

– Vinho branco, por favor. Assim não corre o risco de manchar.

– Ótima ideia! – Christian ri. – Identidade?

Meu coração acelera.

– Sério? – digo gemendo. – Minha foto é horrível.

– "*Todo mundo* parece criminoso nas fotos de documento" – ele me imita.

Sorrio, constrangida. *Ah, se ele soubesse*...

– Você viu a minha, é mais do que justo – insiste ele. – E é obrigação legal, um bônus do meu trabalho. – Dá de ombros.

– Tá bom. – Passo a identidade falsa que Kenny fez para mim.

Ele faz uma careta.

– Tem razão, é igual a foto de ficha criminal!

– Ei! – Tento puxá-la de volta.

– É brincadeira. – Ele sorri, segurando-a fora do meu alcance. – Louise Charlotte Shepherd – lê. – Qual sua data de nascimento?

Fico sem reação.

– O quê?

– Preciso conferir se não é falsa. – Ele ergue a sobrancelha.

Sorrio, confiante. Não é a *data* que é falsa...

– Onze de outubro – digo. – Libra do início ao fim.

Para minha surpresa, ele balança a cabeça e faz um muxoxo.

– Vá para a prisão. Direto para a prisão. Não passe pelo Ponto de Partida. Não receba duzentos.

Merda. Encaro-o. Será que Kenny colocou a data errada? Vou matá-lo!

– Estou brincando. – Christian dá uma piscadela e devolve o documento. – Pode passar do Ponto de Partida, pode tomar vinho.

Ufa.

– Engraçadinho.

– Desculpe. – Ele sorri. – Você tinha que ter visto sua cara!

Imagino.

Observo-o servir o vinho.

– Você é leonino, não é?

Seu sorriso desaparece, e o vinho transborda da taça. Ele me encara.

– O quê?

Meu pulso dispara, imaginando se não fui longe demais.

– Sua carteira de motorista… – explico. – Lá diz que seu aniversário é em agosto, então você é leonino, não é? Ou é virginiano?

Christian pisca e sorri rapidamente.

– Ah! Sim. Leonino. Desculpe, não entendo muito dessas coisas de astrologia. – Ele pega um pano e enxuga o vinho derramado.

– Ainda bem que desta vez não foi café! – comento, constrangida. – Desculpe, eu devia ter um pisca-alerta ou algo assim.

– Não, foi culpa minha. Eu não devia ter me distraído tanto com um rosto bonito. – Ele dá uma piscadela.

Fico curtindo o momento.

– Bem, se estiver a fim de se distrair mais tarde, eu e um pessoal vamos para aquela boate nova, a Lush. Dizem que é bem legal e…

– Desculpe, não posso.

– Prometo só tomar líquidos sem cor. Nada que deixe mancha!

Ele sorri.

– Desculpe. Estou ocupado esta noite.

– Christian! – A morena indica a taça vazia.

– Aproveite seu vinho. – Ele sorri e se afasta.

– Espere! – chamo, odiando o desespero na minha voz. – Ainda estou devendo um drinque pra você.

– Eu preciso ir, estou trabalhando.

– Christian? – chama a morena mais uma vez.

– Obrigado de novo por devolver minha carteira.

Christian sorri, e meu coração despenca até os pés quando ele vira e se afasta.

Estraguei tudo.

Capítulo quatro

– Caramba, você é a maior ditadora quando está brava! – reclama Vix enquanto corremos pela rua que leva ao parque. – Já achava que você era viciada em exercícios antes, mas agora… enlouqueceu!

– Não estou brava – minto. – Além do quê, deixei você dormir um pouco mais, já que é sábado.

– Só para evitar um certo gostosão que vem correr mais cedo. – Vix ergue a sobrancelha. – Você não me engana, Shepherd. Devia ter voltado lá e conversado com ele. Se não deu certo da primeira vez…

– Tente de novo e pareça a maior desesperada? – Balanço a cabeça. – Acho que não. Vou manter distância. Já basta a gente ainda ter que passar pela casa dele pra chegar no parque. – Olho para cima enquanto nos aproximamos da casa de porta verde. – Vamos acelerar um pouco. Assim, quem sabe ele nem vê a gente.

– Quão rápido você acha que consigo correr? – Vix ri. – Sou invisível! – zomba ela. – Não passo de um borrão!

– Engraça… Ai! – De repente, tropeço desajeitada e caio. – *Ai!* Ai, merda, ai!

– Lou! – exclama Vix. – Você está bem? O que aconteceu?

– Acho que torci o tornozelo. – Faço uma careta ao tentar mexê-lo.

– Meu Deus! – exclama ela. – É o destino!

Encaro Vix.

– O destino *queria* que eu torcesse o tornozelo?

– A-hã. – Ela sorri com alegria. – *Bem na frente da casa de Christian!* Meu Deus, é igual a Willoughby e Marianne em *Razão e sensibilidade*. Sem o cavalo, o que é uma pena, mas, olha só, ele tem uma moto, o que é quase tão bom quanto. Que romântico! – exclama Vix de maneira sentimental, correndo pelo caminho do jardim.

– Vix, não, espera! *Ai!* – Eu me contraio quando ela toca a campainha.

Como ninguém responde logo, ela martela a porta até que uma fresta se abre. Christian dá uma espiada cuidadosa, com o cabelo pingando de tão molhado.

– Socorro! – exclama Vix. – Lou não consegue andar!

– *O quê?* – Christian olha para mim, assustado. A porta se abre um pouco mais, deixando à mostra o lado esquerdo do corpo dele, e percebo que está pelado, exceto pela toalha amarrada na cintura. Ele devia estar no banho. Meus olhos correm involuntariamente até seu peito, onde há um tufo de cabelo com o formato perfeito de um coração e uma cicatriz logo abaixo. Não consigo desviar o olhar. – Louise?

– O quê? – Olho para cima, morrendo de vergonha por ele talvez ter percebido minha secada.

– O que aconteceu? – pergunta ele.

– Ela caiu na rua! – explica Vix.

– Tropecei no meio-fio. – Dou de ombros.

– Ela torceu o tornozelo – me corrige Vix.

– Tome, eu vou... – Ele se move como se fosse dar um passo para a frente, mas hesita. – Por favor, entre, eu só preciso... Volto num segundo.

Ele desaparece para dentro da casa, e Vix me ajuda a percorrer o caminho mancando.

– Willoughby carregou Marianne – grunhe ela.

A porta da frente se abre, deixando à mostra a abarrotada sala de estar de Christian. Enquanto Vix me leva até uma cadeira, meus olhos assimilam rapidamente os arredores.

Descubra os interesses dele...

Parece mais a casa de uma senhora idosa, com papel de parede estampado floral, carpete marrom estilo anos setenta e um conjunto de sofá e duas poltronas de aparência desgastada e enfeitados com franjas. A prateleira a meu lado tem CDs, DVDs e jogos de Xbox enfileirados, além de livros, especialmente de arte, música e culinária tailandesa, e alguns cadernos de esboços. Dou uma olhada no calendário na parede, onde os turnos de Christian no pub estão rabiscados em todos os dias, exceto no domingo, onde está escrito *Santo Agostinho 9h30* com caneta vermelha.

– Desculpe!

Eu me viro e vejo Christian entrar apressadamente na sala, agora de calça jeans e um moletom com capuz. *Será que ele me viu encarando as coisas?*

– Posso carregá-la até o banheiro, Louise? – pergunta ele. – O meu kit de primeiro socorros está lá.

Faço que sim, mas, tão logo os braços fortes de Christian me cercam, tudo dentro de mim congela. Sinto seu cheiro fresco, como de uma floresta depois da chuva. Ele me carrega sem nenhuma dificuldade pelo banheiro cor de pêssego do térreo e me pousa gentilmente na tampa do vaso sanitário. Apoia meu pé no seu colo e senta na lateral da banheira. Vix acompanha o movimento, observando ansiosa da porta.

– Agora vamos dar uma olhada nesse tornozelo. – Ele tira meu sapato com delicadeza, e me contraio involuntariamente quando sua pele quente encosta no meu pé, fazendo calafrios subir pela minha perna inteira. – Como isso aconteceu?

– Não sei direito – digo. – Eu estava correndo e tropecei... Não deve ser nada.

– Consegue flexionar os dedos?

Eu me contraio ao tentar dobrá-los.

– Não, não, quis dizer assim… – Ele ergue a barra da perna direita da calça para demonstrar, mas muda de ideia e puxa de volta para baixo. – Consegue fazer ponta de pé de bailarina? Eu não sou um bom exemplo!

– Ah, tá. – Devagar, estendo meus dedos. – Consigo, mas dói. – Faço uma careta.

– Tudo bem, relaxe – instrui ele. – A boa notícia é que não acho que tenha quebrado seu pé.

– Está vendo? – digo para Vix.

– Como sabe? – Ela franze o rosto.

– Fiz um curso de primeiros socorros – diz ele. – A má notícia é que a gente vai precisar amputá-lo.

– *O quê?* – Sorrio sem querer.

– Infelizmente não temos opção. – Ele suspira. – Vai precisar amputar o pé todo.

– Que curso foi esse que você disse que fez? – Vix ergue a sobrancelha.

– Primeiros socorros. Mas admito que foi só sobre ressuscitação cardíaca e tal, nada sobre machucados no tornozelo, então talvez seja bom você escutar uma segunda opinião sobre essa história de amputação.

– Provavelmente. – Sorrio.

– Enfim, o que eu *sei* é que gelo ajuda a diminuir o inchaço. Vou pegar um pouco no congelador.

– Descansar também ajuda, não é? – diz Vix, piscando para mim. – Na verdade, acho que é melhor ela ficar parada por algumas horas…

– Pois é, acho que ela não devia andar com esse pé. – Christian sorri. – Mas infelizmente vocês não podem ficar aqui; preciso ir trabalhar. Nem todo mundo pode passar o dia lendo, sabe?

Reviro os olhos, e ele sorri.

– Vou chamar um táxi para vocês.

– Obrigada – digo.

– Valeu a tentativa. – Vix dá de ombros depois que ele vai embora. – Mandou bem, Shepherd! Ele é engraçado, sarado e meigo. Viu que ele se vestiu antes de deixar a gente entrar? Que fofo. Foi uma pena ele ter coberto aquele abdômen maravilhoso. Por outro lado foi até bom, porque você estava ba-ban-do!

– Que mentira! – protesto.

– Não que eu culpe você! – Ela ri. – Sério, como é que ele pode ser tímido com um corpo *daqueles*? Enfim, vou deixar vocês dois a sós.

– Não! – sussurro, agarrando sua manga. – Não me deixe sozinha com ele!

Ela me encara.

– Achei que gostasse dele.

– Eu gosto, é que… – Fico pensando por um instante. – É que acabei de conhecê-lo e…

– E o quê? Por que está com tanto medo? – Ela sorri. – O que é que pode acontecer de tão terrível?

Continuo no meu silêncio infeliz. Como vou explicar?

– Lou – diz Vix baixinho, com uma preocupação surgindo nos olhos. – Aconteceu alguma coisa com você?

– Eu… – Hesito. Alguma coisa, sim. Mas não o que ela está pensando. – Eu… não quero falar sobre isso.

– É por isso que não confia nos homens. – Lentamente, sua expressão suaviza. – Você não confiou em Kenny, e agora Christian… É por isso que sempre diz *não* aos garotos sarados que a convidam para sair? Por que não confia neles?

– Não confio em rapazes que acabei de conhecer – digo com firmeza. – A confiança precisa ser conquistada.

– Sim, mas precisa se abrir mais – diz Vix com delicadeza. – Não pode deixar algo que aconteceu no passado impedi-la de seguir em frente. E Christian parece ser um cara superlegal.

– As aparências enganam – murmuro, sombria.

– É verdade – reconhece ela.

– Olha, tenho certeza de que tem razão. – Suspiro. – E que Christian é maravilhoso. Ele é gentil, engraçado e o maior gato… Mas é que… não me sinto pronta para ficar sozinha aqui nessa casa com ele. Ainda não. É só isso. Entende?

– Claro. – Ela aperta minha mão. – Não se preocupe. Não vou a lugar algum.

– Valeu, Vix.

Ela pisca para mim, vira-se e abre o armário do banheiro.

– O que está fazendo? – sussurro.

– Pesquisando – diz ela, remexendo em frascos e caixas. – Você está certa, acabou de conhecer o cara, não sabe nada sobre ele. Dá pra descobrir muito sobre uma pessoa pelo banheiro dela.

– Tipo o quê? – pergunto cética. – O xampu preferido dela?

– Não. – Vix sorri. – Tipo os segredos mais obscuros! – Ela tira uma caixa de tinta de cabelo preta com os olhos reluzindo. – Pelo jeito, Christian está escondendo algo!

– É mesmo? – diz Christian, abrindo a porta.

Vix solta a caixa, surpresa.

– Eu… é… eu estava procurando um analgésico – mente ela. – A coitada da Lou está com muita dor.

– Na segunda prateleira – diz Christian secamente. Ele pega a tinta de cabelo. – Quanto ao meu segredo… – Ele suspira. – É na verdade uma maldição.

– Uma maldição? – Os olhos de Vix se animam.

– Pois é. – Ele faz um *sim* dramático. – Na minha família, todos têm cabelos brancos bem novos. Precisa ver meu pai.

– Tem alguma foto dele? – pergunto.

– Hã… não – diz Christian.

– Nenhuma? – Vix franze as sobrancelhas.

– Não. Por quê?

– Assim daria pra ver como você vai ficar quando for mais velho. – Ela dá de ombros. – Dizem que os homens puxam ao pai.

– Xiii… Isso, *sim*, seria uma maldição! – Christian ri. – Tome, Lou, isto vai ajudar.

Ele coloca delicadamente um saco de ervilhas congeladas no meu tornozelo.

Eu tremo, e ele franze o rosto.

– Talvez ainda esteja em choque. Seria bom tomar um chazinho – diz ele. – Vix, pode colocar a chaleira no fogo, por favor, enquanto eu cuido do tornozelo da Lou?

– Hum... – Ela olha para mim, ansiosa.

– Eu estou bem, Christian, sério – protesto. – Além disso, bebida quente na minha mão nunca dá certo.

– Com supervisão, não vai ter problema. – Ele sorri. – Já me disseram uma vez que qualquer coisa pode ser curada com o ABC: um Amigo, um Biscoitinho e um Chá.

Sinto um aperto no estômago. Já ouvi isso em algum lugar...

– A cozinha é o segundo cômodo à esquerda – explica Christian para Vix.

– Hum... claro – diz ela, olhando para mim como quem pede desculpas e saindo do banheiro. – Volto num segundo. Estou logo aqui na cozinha.

Ótimo.

Christian fecha a porta após ela sair, e o banheiro de repente fica menor. O ar se esvai, e começo a me sentir ridiculamente constrangida enquanto ele me olha com aqueles olhos azuis intensos que fazem meu pulso disparar. *Controle-se!*, eu me repreendo. *Fique calma...*

– A gente já se conhecia? – pergunta Christian de supetão.

Eu tusso.

– O quê?

– Quero dizer, antes de ontem. Não sou muito bom com rostos, mas o seu me parece bem familiar.

– Não. Nunca – digo. – Quer dizer, talvez tenha me visto correndo no parque.

– Não. – Ele franze o rosto. – Não é isso.

– Deve ter sido o trauma – sugiro. – Meu rosto se impregnou na sua mente: *pessoa perigosa, evitar de todo jeito.*

– E não está dando muito certo. – Ele sorri. – Nos encontramos três vezes em dois dias.

Eu me contorço.

– É verdade. Já está enjoando de mim. Ainda bem que não foi com a gente para a boate ontem!

– Na verdade, não sou muito de boate – confessa ele.

– Nem eu – admito. – Prefiro uma comida indiana e um Xbox do que sair para dançar – acrescento, pensando no livro de culinária e nos jogos que vi na sala dele.

Ele ri.

– Uma garota que me entende.

Ah, se ele soubesse…

– Mas na universidade isso de sair pra balada é meio que esperado. – Dou de ombros. – Se a pessoa é estudante, ela frequenta boates, não é?

– Isso é lei? – Christian sorri.

– Não, mas… não sei. Toda essa história de ser estudante é estranha, sabe? – tagarelo. – Deixar de repente sua vida inteira para trás, todos os seus amigos e família, e do nada mergulhar numa vida nova, numa cidade nova, onde você não conhece *ninguém*… É esquisito.

Ele faz que sim.

– É difícil começar uma vida nova.

– Então você não é daqui?

– O quê? – Ele pisca, sem reação. – Não. Me mudei para cá alguns meses atrás.

– Por quê? – insisto no assunto.

– Por que não? – Ele sorri, mas não com os olhos.

– Não sente falta de casa? – pergunto.

– Todo mundo sente no início, não? – Ele dá de ombros. – Pelo menos sempre posso voltar para casa. – Ele sorri triste, e eu desvio o olhar.

Minha casa. Uma que não existe mais. Não de verdade. Não depois do que aconteceu.

– Aqui eu me sinto uma pessoa completamente diferente – conto baixinho. – Às vezes é como se… como se eu estivesse usando uma máscara ou algo assim, fingindo ser alguém que não sou, só para me enturmar.

Desvio a vista para cima e percebo que ele está com o olhar fixo no meu.

– Me desculpe – digo, com as bochechas corando. – Deve achar que sou louca.

– Não – diz ele baixinho. – De jeito nenhum. Entendo exatamente o que está dizendo.

O silêncio se estende.

– E, enfim, é por isso que vou a boates. – Dou de ombros. – Para me enturmar.

Ele sorri:

– Seu segredo está guardado a sete chaves.

Observo os olhos dele.

– Você é bom em guardar segredos?

Uma expressão estranha surge em suas feições.

– Você não faz ideia.

Estremeço de novo.

– Você está congelando. Vista isto aqui. – Christian abre o zíper do moletom, deixando à mostra uma camiseta de gola V. Meus olhos lançam-se para a cicatriz que percebi antes.

– O que aconteceu com seu peito? – pergunto.

– O quê? – Ele olha para cima repentinamente. – Ah, não foi nada. É marca de nascença. Tome, para você se aquecer.

– Obrigada – digo, sem desviar o olhar da cicatriz que obviamente não é uma marca de nascença. Ele me envolve com o moletom, que está com o calor do corpo dele e o mesmo cheiro de floresta que enche meus pulmões. Quando seus olhos azuis encontram os meus mais uma vez, paro de respirar. – É melhor eu ir.

Eu me levanto apressada, esquecendo que ele ainda está segurando o saco de ervilhas congeladas no meu pé.

– Cuidado!

Perco o equilíbrio, mas Christian me segura, e a eletricidade sacode meu corpo quando ele me puxa com força contra o peito, deixando meus pulmões sem ar. Ficamos nos encarando enquanto ele me mantém perto dele.

– Eu *conheço* você, não?

Meu coração martela minhas costelas, e ele afasta meu cabelo do rosto com delicadeza.

– De verdade, Louise, tem alguma coisa em você que me parece tão familiar…

Engulo em seco.

O súbito toque do telefone nos faz pular. O toque para, e dou um passo para trás, envolvendo meus próprios braços. Passos percorrem o corredor.

– Christian! – Vix coloca a cabeça na porta. – Ligação pra você. Quantos empregos você tem?

– O quê? – Ele se vira.

– Bartender, guru de primeiros socorros, taxista…

Ele geme.

– Por que chamou um táxi se *você* é taxista? – Vix franze o rosto.

– Não sou taxista – diz ele, zangado. – Diga que ligaram para o número errado. De novo!

– Tá bom… – Vix vai embora, deixando a porta aberta de propósito.

– De novo? – pergunto.

– Não sei o que está acontecendo. – Ele suspira. – Está na cara que alguma empresa de táxi tem o telefone parecido com o meu, ou que imprimiram o número errado nos cartões. Faz mais ou menos uma semana que não paro de receber ligações de pessoas pedindo táxi.

– Deve ser bem irritante.

– É mais do que irritante! – Ele geme. – Especialmente no meio da noite! E você precisa ver como me xingam quando digo que ligaram para o número errado!

– Não pode fazer nada pra resolver isso? – pergunto.

– Tipo o quê? Não posso ligar para a empresa de táxi, pois não sei o verdadeiro número. Não posso deixar o telefone fora do gancho, porque pode acontecer alguma emergência. Vou ter que mudar de número se isso continuar por muito tempo.

– Não é caro fazer isso?

– Sim, mas valeria a pena; eu daria tudo para dormir bem. Um dia, fiquei tão cansado que nem acordei com o despertador e me atrasei para o trabalho.

– Que péssimo. Seu chefe reclamou?

– Foi a primeira falta – ele explica, triste. – Três, e vou pra rua. Por falar nisso, é melhor eu ir, senão vou me atrasar de novo!

– Desculpe, não queria atrapalhá-lo.

– Tudo bem. – Ele sorri. – Fico feliz em ajudar. Além disso, até parece que você machucaria seu tornozelo de propósito, não é?

Mordo o lábio.

– Bem, pessoal, a boa notícia é que o chá está pronto – diz Vix ao voltar. – A má notícia é que o táxi acabou de chegar.

– Obrigada por ter me socorrido. – Sorrio para Christian. – E pela blusa. – Tiro-a dos ombros e a devolvo enquanto vou na direção da porta.

– Espere – diz ele. – Cind...

– O quê?! – Eu me viro abruptamente. – Do que me chamou?

– Hum... de Cinderela. – Seu olhar é estranho ao estender a mão que segura meu tênis. – Não vá esquecer seu tênis.

– Ah. É mesmo. – Pego o tênis, com minhas bochechas vermelhas. – Obrigada. Tchau.

– A gente se vê mais tarde no pub – diz Vix, alegre. – Vamos almoçar lá com Kenny, não é, Lou?

Pisco, sem reação.

– Vamos?

– Sim, ele mandou uma mensagem ontem à noite me convidando para almoçar. Não avisei?

Fico encarando-a. Não, ela com certeza *não* me avisou que Kenny a convidou para sair. Qual a intenção dele com isso?

– Enfim, seria ótimo se você viesse com a gente, já que eu *acabei de conhecê-lo*! – Ela me imita de propósito. – Vamos, por favor, por favor, por favor, por favor, por favor, por favor, por favor! – Ela pestaneja os cílios como doida.

– Vá, Louise. – Christian ri. – Afinal, ainda está me devendo aquele drinque.

Sorrio, indefesa.

– Como posso negar?

Capítulo cinco

– Caramba, como está lotado! – Vix arfa diante da dificuldade para entrar no The Flying Pig. – O que está acontecendo?

– Não faço ideia. – Dou de ombros. Avisto Christian discutindo com um grupo de rapazes no balcão.

– Vamos – chama Vix. – Preciso de cafeína.

– Como? A gente nem consegue chegar no bar de tanta gente!

– Aleijada passando! – grita ela. – Abram espaço, pessoal, ela está machucada! – Ela cria um caminho até o bar no meio da multidão e grita com um rapaz até ele ceder o banco.

– Que sutil. – Sorrio irônica, e ela me ajuda a sentar. – Mas o meu tornozelo não está tão mau assim.

– Não é essa a questão. – Ela dá uma piscadela. – Nada deve se intrometer entre uma garota e seu verdadeiro amor. E o meu café. – Ela encara a máquina de café com desejo enquanto esperamos ser atendidas.

A bartender com quem conversamos ontem se aproxima com rapidez, parecendo agitada.

– Oi, garotas, estão de volta? Desculpem a demora. O que desejam?

– Um *latte*, por favor – peço.

– Expresso duplo – responde Vix. – Pra mim o que importa é a cafeína. – Ela lança um olhar pelo bar. – Aonde Christian foi?

– Ele está numa ligação com o chefe – responde a bartender. – É importante?

– Não, é que... estou devendo um drinque pra ele. – Dou de ombros.

– Então vocês se deram bem? – A bartender sorri enquanto faz o café. – Você o convidou pra sair?

– Sim, mas ele recusou. – Suspiro. – Disse que estava ocupado.

– Ele trabalhou a noite inteira? – pergunta Vix, esperançosa.

– Não, Christian não trabalha à noite. Mas é como eu disse, não leve para o lado pessoal. – A bartender sorri, solidarizando-se.

– Ele é bem resguardado. – Concordo, me lembrando de como ele habilmente evitou as perguntas que fiz sobre por que ele se mudou para cá e como ganhou a cicatriz. Bem que ele disse que era bom em guardar segredos...

– Oi, meninas.

Vix e eu viramos.

– Kenny! – exclama ela com alegria enquanto eu forço um sorriso.

– Oi, Kenny. – A bartender entrega nossos cafés. – O mesmo de sempre?

– Heidi, você leu minha mente. – Ele sorri de volta.

– Ei, eu cheguei primeiro! – exclama um rapaz do outro lado do bar.

– Já vou aí, querido! – Heidi sorri simpática para ele.

– Na verdade, quero dois – acrescenta Kenny.

– Deixa comigo. – Ela brinca: – Mas você sabe que a promoção do Facebook é só para cerveja, né?

– Promoção do Facebook?

Ela suspira:

– Todo mundo está dizendo que tem uma promoção de cerveja em dobro na nossa página do Facebook, mas não estamos sabendo de nada. Foi por isso que Christian ligou para Mike agora. Queria que ele voltasse logo, estou sozinha aqui.

– Que estranho – comento.

– Um cappuccino. – Heidi desliza uma xícara na direção de Kenny. – Daqui a um instante faço o outro.

– Obrigado – agradece Kenny. – Mas este aqui é pra você.

O sorriso de Vix some.

– Um sachê de açúcar, certo? – Ele abre o sachê.

– Perfeito! Obrigada, Kenny!

– Se ao menos todos os funcionários daqui se impressionassem com tanta facilidade... – murmura Vix mal-humorada, observando Heidi fazer o segundo cappuccino. – Talvez devesse ter comprado um cappuccino para Christian, não, Lou?

Surpreendo-me.

– Depois de derramar café nele?

– Ah, é verdade – admite ela.

– Você derramou café nele? – Kenny ergue a sobrancelha. – Então acho que não foi contratada, né?

– Ah, por falar nisso... – Heidi entrega o segundo café para Kenny e se vira para mim. – Falei de você para meu chefe. Ele disse que recebeu o seu currículo por e-mail, mas que não está precisando contratar ninguém agora. Lamento.

– Está brincando? – Kenny dá uma olhada no bar lotado. – Nem mesmo hoje? Está lotado aqui dentro!

Ela dá de ombros:

– Ele não sabe.

– Agora sabe. – Christian chega, parecendo agitado. – Oi, pessoal. Finalmente consegui falar com Mike. Ele disse que vamos ter que aceitar a promoção da cerveja, mas está surtando com essa história toda.

– Mas a culpa é dele! Deve ter sido erro de digitação – diz Heidi. – E ele pelo menos vai mandar alguém pra ajudar a gente? Estamos atolados.

– Não – suspira Christian. – Ele tentou, mas não tem ninguém disponível.

– Lou poderia ajudar – sugere Kenny. – Ela já trabalhou em bares, está disponível e mandou o currículo. Oportunidade e demanda, não é?

– Lamento – diz Heidi. – Não podemos contratar nem demitir ninguém.

– Só Mike pode – acrescenta Christian. – E ele está num batizado até mais tarde. Como está seu tornozelo?

– Machucou o tornozelo? – Kenny vira-se para mim, preocupado.

– Está melhor. – Explico para Kenny: – Tropecei mais cedo. Não foi nada.

– Não devia andar se estiver torcido – insiste ele.

– Não está torcido, só um pouco machucado – argumento.

– De todo jeito, devia deixá-lo de repouso.

– Eu *estou* deixando ele de repouso, tá? Estou sentada, não é? – Fulmino Christian com o olhar.

– Ei! – grita um rapaz do outro lado do bar. – Não tem ninguém servindo as pessoas aqui não, é?

– Nada de descanso. – Christian sorri, virando-se para ir até lá.

– Eu cuido deles – insiste Heidi. – Termine de servi-los aqui. – Ela pisca para mim.

– Eu pago o de vocês. – Kenny pega a carteira.

– Não, não precisa – digo, já abrindo a bolsa. A última coisa que quero é dever ainda mais a Kenny.

– Eu insisto. – Ele sorri.

– Não, *sério*. – Puxo minha bolsa tão rápido que todo o conteúdo dela se esparrama pelo chão. – Merda! – Salto do banco.

– Lou, não, seu tornozelo! – exclama Vix.

– Merda de novo! – Eu me seguro no balcão.

– Deixe eu ajudar. – Vix começa a juntar minhas coisas.

– Valeu – digo, me xingando por me sentir tão irritada perto de Kenny e *o* xingando por ele ter aparecido de novo em minha vida.

– O que é isso? – Vix pega um envelope, e fico paralisada.

Merda. Esqueci completamente que a carta existia desde que a peguei na minha caixa de correspondência.

– *HMP Stonegate.* – Ela lê o carimbo postal. – O que é HMP?

– "Her Majesty's Prison." – Christian olha para mim, e sinto um aperto no coração.

Vix me olha.

– Quem você conhece na prisão, Lou?

– Eu... – Sinto minhas bochechas corar e encaro a carta. – Ninguém...

Ela franze a testa.

– O quê?

– Deve ser a carta que mencionou ontem, Lou – interrompe Kenny, pegando o envelope de Vix.

Encaro-o. *É agora. Ele vai contar tudo para eles.*

– Do programa de correspondência de prisioneiros, não é? – instiga ele, devolvendo a carta para mim. – Já respondeu?

Pisco sem reação, surpresa.

– Hum... Ainda não... – Enfio o envelope bem no fundo do bolso.

– Não é estranho escrever para um criminoso qualquer? – Vix franze o rosto.

– Eu acho ótimo – diz Christian de repente. – Acho que eles devem se sentir bem sozinhos, isolados da família e dos amigos, de todos que conhecem. – Seus olhos encontram os meus.

– Mas não é esse o propósito? – argumenta Vix. – É parte do castigo deles. Eles são criminosos, infringiram a lei.

– Nem todo mundo na prisão infringiu a lei – argumenta Christian.

Vix revira os olhos:

– A maioria, sim.

– Você ficaria surpresa – diz ele, com um tom de voz grosseiro.

Eu o encaro.

– O que a pessoa com quem está se correspondendo fez? – pergunta Vix para mim. – Ou ela é *inocente*?

Kenny e Christian se viram para mim. Minhas bochechas queimam sob o olhar dos dois.

– Hum... hã... – Engulo em seco e balanço a cabeça. – Ele não fez nada de errado – conto a eles. – Não devia estar na cadeia.

– Coitado – diz Christian baixinho. – É muito ruim ser acusado erroneamente.

– Bem, todos dizem isso. – Vix dá de ombros. – Caso contrário você nem escreveria para eles, não é, Lou?

– Eu... – Parece que minha cabeça vai explodir. Preciso fugir de todo mundo antes que eu surte de vez. – Desculpe, não estou me sentindo muito... – Eu me viro e manco até o banheiro, tranco a porta e fecho os olhos.

O que estou fazendo? Meu sangue lateja nas têmporas, lágrimas fazem minha garganta arder. Como pude ser tão *idiota*? Tão *descuidada*? Quase estraguei *tudo*!

– Lou? – Vix me chama delicadamente de fora do cubículo. – Você está bem?

Controle-se. Engulo em seco, tentando acalmar a respiração.

– Estou, sim – respondo, trêmula. – É que... estou me sentindo um pouco estranha, só isso. Deve ter sido o susto de cair ou algo assim.

– Tá certo... – diz ela, insegura. – Quer que eu vá buscar algo pra você? Um copo d'água?

– Não, só... me dá um minutinho, tá? Já já eu saio.

– Tá bom – diz ela com relutância. – Até daqui a pouco.

Fecho os olhos e fico escutando até ter certeza de que ela foi embora. Respiro fundo e tiro o envelope do bolso.

Como é que fui me esquecer desta carta?

A primeira carta, o primeiro contato em *semanas*, e eu simplesmente a deixo largada e fechada na bolsa?!

Encaro o envelope e o carimbo postal da prisão, sentindo um peso no coração. Com cuidado e delicadeza, abro e tiro a folha de papel, uma única, com a letra bem familiar dançando pela página e mexendo comigo.

Querida,

Espero que as primeiras semanas na universidade estejam sendo boas. Com certeza vai ser difícil no começo. É sempre difícil se mudar para um lugar novo, em especial se não conhece ninguém – acredite em mim, eu sei como é.

Mas tenho certeza de que vai fazer boas amizades. Você tem sido uma amiga e prima incrível para as minhas filhas – tem sido como uma irmã –, e tenho muito orgulho de enxergar em você uma filha minha. Você é inteligente e bondosa e tão, tão forte. Teve que enfrentar muitas coisas apesar de ser tão nova, e lamento ter dificultado ainda mais a sua vida com a minha situação atual, com a fama que tudo ganhou e com a minha ausência forçada da sua vida.

Compreendo a sua decisão de alterar seu nome para a universidade e acho sensato. Espero que sua nova vida tenha toda a felicidade que merece.

Com todo o meu amor, sempre,

Tio Jim

Engasgo com as lágrimas. *Toda a felicidade que mereço.* Não mereço nenhuma. *Eu causei* essa bagunça toda! A culpa escorre pelas minhas veias ao pensar nele sozinho numa cela de prisão.

Está tudo *tão* errado! Tio Jim não é um criminoso. Ele devia estar em casa com tia Grace e suas lindas filhas, vivendo feliz para sempre. E ele *estaria* lá se não fosse por mim. *É tudo culpa minha!*

Bem, a culpa não é *toda* minha… Fecho os olhos, e aquele rosto surge na minha cabeça. Os mesmos olhos que assombram meus sonhos desde o julgamento, penetrando minha alma.

Se não fosse por *ele*, nenhum de nós estaria nessa situação.

E chegou a hora de eu corrigir as coisas, de uma vez por todas…

Capítulo seis

– Estava… – Vix suspira, encostando os talheres no prato – … delicioso.

– Muito bom – minto, forçando um sorriso.

Não senti o gosto de nada. A refeição inteira foi insuportável, com Vix sendo cuidadosa demais comigo e Kenny me lançando sorrisos secretos por ter limpado minha barra.

Acho que era para eu me sentir grata, afinal ele encobriu o meu segredo, porém eu nunca teria deixado a maldita carta cair se não fosse por ele, se ele não tivesse me seguido até aqui, se não me deixasse tão tensa. Sinto como se ele fosse uma bomba relógio.

– Que bom que gostaram. – Kenny sorri, alegre. – Quem quer mais um drinque? Eu pago.

– Não, esses *eu* pago – insisto. – Você já fez o suficiente.

– De nada. – Ele pisca.

– Vou com você – diz Vix, entrelaçando o braço no meu enquanto manco até o bar ainda lotado. – Ele é um partido e tanto, não é? – Ela dá um sorriso.

– Quem?

– *Kenny!* – sussurra ela, com os olhos brilhando. – Sabia que ele rejeitou *Oxford*? Gatinho, inteligente e rico. É uma ameaça e tanto para os outros candidatos, não?

Olho para ele mexendo no iPhone. Kenny é mesmo uma ameaça, mas não da maneira como Vix imagina.

– Mas ele não faz seu tipo, faz? – pergunto.

Ela fica com uma expressão desanimada:

– Por quê? Porque ele é gatinho e inteligente?

– Não, é que... você gosta de rapazes mais atléticos, e Kenny é todo... desajeitado e meio que grudento – explico. – Quer dizer, a gente o conheceu ontem, e ele parece um pouco empolgado demais.

– Só porque ele me convidou pra sair em vez de me rejeitar completamente? – Ela lança um olhar para Christian.

– Não, é que... Acho que você consegue de arranjar alguém melhor, só isso – digo.

– Só porque ele não está ficando grisalho?

Reviro os olhos:

– Vix...

– Kenny só tem sido simpático com você, Lou... Ele tentou arranjar trabalho pra você aqui, pagou nossas bebidas, e você quase arrancou a cabeça dele porque ele se preocupou com seu tornozelo. Qual o seu problema? Por que não gosta dele?

– Vix, eu... – Hesito. Não posso contar a verdade.

– O quê? – pergunta ela.

– É que... Acho que não confio nele, só isso – digo com sinceridade. – Não quero que se magoe.

– Você não confia em homem *nenhum* – argumenta ela.

– *E* ele parece paquerar toda mulher que vê – acrescento para garantir. – Não fui *eu* que estava dando em cima *dele* ontem, e está na cara que não foi a primeira vez que ele pagou um café para Heidi...

Ela franze o rosto.

– Só... fique um pouco mais na sua, sabe? – sugiro. – Afinal, acabou de conhecê-lo.

– O que desejam? – pergunta Christian, ofegante, quando finalmente se aproxima 00ida gente.

– Três cervejas, por favor – digo. – Aliás, quatro. Estou lhe devendo uma bebida, e pelo jeito você está precisando.

– Obrigado, mas não bebo.

– Não bebe? – Vix encara-o. – Como confiar num bartender que não bebe?

Ele dá um sorriso e diz:

– Aceito uma limonada, pode ser?

– Claro. – Sorrio. – Você está bem? Cadê Heidi?

– Ela foi ao banheiro faz um milênio. – Ele dá de ombros. – Será que poderia ir lá dar uma olhada nela? Estou lascado aqui.

– Eu vou – diz Vix.

– Por que não apaga a promoção do Facebook? – pergunto.

– Apaguei, mas parece que também está no Twitter e em todas as outras redes sociais do mundo, mas não sei as senhas, e Mike desligou o celular de novo – explica ele. – O nosso avanço tecnológico está nos prejudicando.

– Má notícia. – Vix vem correndo até o bar. – Heidi está doente.

– O quê? – pergunta Christian, parecendo assustado.

– Ela se trancou num cubículo e não parece *nada* bem. – Vix faz uma careta.

– Ela precisa de algum remédio? – pergunta Christian. – Um copo d'água?

– Ela já passou dessa fase. – Vix balança a cabeça. – Aquela garota precisa ir pra *casa.*

– Merda! – diz Christian. – Ela não pode... Eu não dou conta disso sozinho. Está lotado!

– Ela não pode trabalhar – argumenta Vix. – Ela não está conseguindo nem sair de perto da privada. A coisa está bem feia.

– Droga! – Christian geme. – Vou ter que fechar o pub. Não consigo manter isso aqui sozinho. Mike não vai gostar nem um pouco, mas nem posso avisar porque a porcaria do telefone dele está desligada.

– Eu posso ajudar – ofereço. – Como disse, já trabalhei em bar.

– E está com o tornozelo machucado – lembra Christian.

– Isso não é um problema – argumento. – Talvez eu não consiga correr de um lado para o outro, mas consigo ficar sentada num banco servindo cervejas, e o pessoal só está pedindo cerveja mesmo.

Ele suspira.

– Mas é verdade o que Heidi disse: só Mike pode contratar e demitir pessoas.

– Bem, é melhor do que fechar o pub – argumento. – Digamos que seja um teste. Se não der certo, você fecha o pub e Mike nunca vai saber. Mas vale a pena tentar, não acha?

Ele suspira e faz que sim.

– Obrigado, Lou.

– Não me agradeça ainda. – Sorrio. – Vamos ver o andar da carruagem.

***

Tudo corre bem demais. Sirvo as cervejas sem parar enquanto Christian cuida de todos os outros pedidos, e, apesar de Kenny ter hackeado os sites de mídias sociais e tirado a promoção da cerveja, os clientes continuam bebendo alegres, vendo o jogo de futebol. Quando o próximo turno começar, o pub ainda vai estar agitado, mas sob controle.

– O que deseja? – Sorrio para um homem calvo de meia-idade que se aproxima do bar.

– Óculos.

– Óculos? – pergunto.

Ele franze o rosto:

– Ou meus olhos estão me enganando, ou você não é Heidi.

– Não. – Sorrio. – Não sou, eu...

– Mike! – Christian vem correndo até mim. – Heidi está doente, ela teve que ir pra casa.

– E quem é esta?

– Louise – apresenta Christian. – Ela está procurando um emprego de meio período.

– Mandei meu currículo por e-mail ontem – acrescento.

– Então pensei em fazer um teste com ela…

– Alguém que eu nunca *vi* está trabalhando no *meu* bar, vendendo *minha* cerveja, abrindo o *meu* caixa? – interrompe Mike. – *Eu* que decido quem contratar. – Ele fulmina Christian com o olhar. – E quem demitir!

– Ela nos fez um favor – argumenta Christian. – Heidi passou muito mal, e não tinha ninguém disponível. Lou salvou a pele da gente hoje. Devia agradecer a ela, isso sim.

– Ah, é?

Faço uma careta quando Mike puxa o caixa com força para abrir.

– Sim – diz Christian, irritado. – Você desligou o telefone, e, se Lou não tivesse se oferecido, eu teria que fechar o pub.

– E quem tomou essa decisão? Heidi? – pergunta Mike, remexendo no caixa. – Essa é uma decisão de gerente.

– Não, fui eu – confessa Christian. – Heidi não teve nada a ver com isso. Ela nem soube.

Mike olha para ele.

– Foi *você*, é?

Christian faz que sim.

Mike suspira.

– Então acho que vai ser promovido.

Vejo Christian piscar os olhos, sem reação.

– *O quê?*

– Há meses que o pub não fatura tanto durante o dia – diz ele, sorrindo para a pilha de dinheiro que tirou do caixa. – A confusão do Facebook foi na verdade uma bênção.

Olho-o, incrédula.

– Rapaz, você manteve a cabeça fria numa situação difícil. Manteve o pub com pessoas para servir, aberto e funcionando. Muito bem.

– Ele fecha o caixa e joga para Christian um molho de chaves com um chaveiro do Pernalonga. – Então acabou de virar o vice-gerente, e seu primeiro dever é abrir o pub amanhã.

Christian o encara.

– Bem, não fique aí parado só olhando. Tem clientes esperando, e eu tenho que guardar isso aqui no cofre.

– Na verdade, meu turno está acabando... – Christian olha para o relógio. – Preciso ir. Pode ser?

Mike dá de ombros.

– Se Louise puder ficar.

– O quê? – Olho para ele.

– Que horas começou a servir hoje, moça?

– Hum, umas 15h30.

– Bem, se puder ficar até a hora de fecharmos e trabalhar amanhã também, está contratada. Vou precisar de uma pessoa a mais agora à noite, quem sabe quando Heidi vai poder voltar ao trabalho, e vamos precisar de mais funcionários no fim de semana se formos fazer mais promoções. Vou até incluir um jantar gratuito.

Fico sem reação.

– Claro. Obrigada!

– Ótimo. – Ele dá uma piscadela. – Bem-vinda à equipe.

– Parabéns, Lou! – grita Vix, vendo Mike seguir para os fundos do pub. – Conseguiu o emprego!

– Sabia que conseguiria se tivesse uma chance. – Kenny dá uma piscada.

– Não acredito – diz Christian. – Eu achava que ia ser demitido!

– Eu também – admito.

– Você me salvou. – Ele sorri. – Obrigado.

– Pelo jeito está me devendo um drinque. – Sorrio de volta.

– Com certeza. Mas não hoje.

– Sorriam, seus bartenders ocupados! – exclama Vix. – Este é um momento pra ficar guardado!

Eu me viro enquanto ela aponta a câmera do telefone para nós. *Flash!*

– *NÃO!* – Christian salta para trás como se tivesse levado um tiro, com as mãos voando para o rosto.

Vix olha para ele.

– Desculpe...

– Não, me desculpe – murmura ele. – É que... não sou... muito fotogênico.

– *Sério?* – Vix ergue a sobrancelha.

– É verdade, devia ver a carteira de motorista dele. – Brinco, constrangida.

– Enfim, eu preciso... ir embora – diz Christian, indo em direção aos ganchos dos casacos.

– Não pode ficar nem para um drinque? – pergunto. – Pelo menos até a chuva diminuir. Está o maior pé-d'água lá fora.

– Não tem problema, estou com meu casaco – diz ele, pegando-o no cabideiro e guardando as chaves do pub no bolso.

– Como está o coitado do seu casaco? – Pego-o das mãos dele. – Nossa, não ficou nenhuma marca.

– Parece novinho em folha. – Christian sorri. – É como se nunca tivesse acontecido. Ninguém adivinharia.

Se ao menos todas as marcas fossem tão fáceis assim de remover...

– Obrigado de novo pela ajuda hoje, pessoal – diz Christian, vestindo o casaco.

– De nada, cara. – Kenny o abraça com força. – Disponha sempre.

– Nossa, tem alguém que fica todo carinhoso depois de alguns drinques! – Christian ri, dando um tapinha nas costas de Kenny quando ele enfim o solta. – Boa noite, gente!

– Qual é, Christian, ainda está cedo! – protesta Vix. – O que é tão importante pra você precisar voltar pra casa às 18h30 de um sábado?

Christian suspira:

– Você não entenderia.

– Ah, não? – ironiza ela.

Observo-o com atenção.

– Não posso perder *Doctor Who*!

Vix grunhe:

– Nerd.

– Meu segredo foi revelado. – Christian sorri. – Tchau!

– Tchau, cara! – Kenny acena.

– Que sem graça… – comenta Vix depois que ele vai embora.

– Com certeza – concordo, desanimada.

Capítulo sete

– Você está viva! – exclama Vix ao telefone na manhã seguinte. – Graças a Deus! Fiquei superpreocupada quando não abriu a porta do seu quarto ontem de madrugada. Achei que estivesse dormindo, mas bati de novo hoje de manhã e você não respondeu, aí comecei a entrar em pânico achando que tinha desaparecido!

– Você bateu na minha porta ontem de *madrugada*? – Franzo o rosto. – Que horas?

– Quando voltei da balada, um pouco depois das 2h30.

– *Duas e meia?* – exclamo. – Ainda bem que meu sono é profundo. Eu não teria ficado *nada* feliz em ser acordada a essa hora!

– Desculpe. Eu estava bêbada e... só queria me desculpar por ter ido pra balada sem você. Você é minha melhor amiga aqui, e eu não devia abandoná-la quando seu tornozelo está machucado.

– Vix... – Sorrio. – Não tem problema. Sério. Não devia deixar de sair só porque não posso dançar a noite inteira.

– Obrigada, Lou. Você é o máximo. E onde é que você está, hein? Que barulho é esse?

– É o relógio da igreja de Santo Agostinho. – Do meu banco, viro o pescoço para ver a hora: 10h. – Estou fazendo pesquisa. Para o nosso trabalho de escrita criativa, lembra?

Na verdade, estou aqui desde 9h30, na esperança de esbarrar com Christian e conseguir passar um tempinho a sós com ele, apesar do ambiente público. É impossível conversar direito quando ele está trabalhando, é muita gente por perto, e vou parecer ridícula se o convidar mais uma vez para tomar um drinque. Meu plano é que a gente consiga passar um tempo juntos "acidentalmente".

Por mais que o acidente seja proposital.

Mas ainda não vi nenhum sinal dele, então o que começou como um pretexto inventado para estar aqui tornou-se a verdade.

– Pesquisa? – diz Vix, inexpressiva. – Que pesquisa? Nós só precisamos escrever uma história sobre fantasmas, não é?

– Baseada numa pessoa real – acrescento.

– Então foi procurar num cemitério e conferir os mortos?

– Mais ou menos isso.

– Querida, a gente está na época da *internet*. Podemos pesquisar sem nem sair da cama! Estou com meu laptop aqui, vou *provar* pra você.

Suspiro.

– Não é a mesma coisa.

– Lá vamos nós. Obituários on-line. Uuuh, que tal Rita "Margarita" Chevalier? "Ela viveu a vida como seus infinitos coquetéis: borbulhando!" Parece meu tipo de mulher! Ou que tal Gemma Fotherington? Nascida em 1998... merda. Muito nova.

Paro de imediato.

– Como ela morreu?

Vix hesita.

– Ela foi morta.

Minha pele congela.

– *Morta?*

– Sim. Por um incêndio na casa dela.

– Ah, tá! – Pisco. – Achei que quisesse dizer…

– O quê? *Assassinada*? – pergunta Vix. – Assim a história sobre fantasmas ficaria *bem* melhor: um espírito querendo se vingar do assassino.

– Quem mais tem aí? – pergunto.

– Hum... Harold Booth? Açougueiro morto por um touro em fuga. – Ela ri. – Que ironia!

– Vix, essas pessoas são reais! – exclamo de repente, perdendo a calma. – Elas estão mortas. Não é uma piada.

– Eu sei. Desculpe. – Vix parece abalada. – Não tinha nenhuma intenção, Lou, é só... me desculpe.

– Tudo bem. Escute, eu preciso ir, tem uma ligação aqui na espera – minto.

– Tá bom. Nos vemos mais tarde, então?

– Vou trabalhar até as 16h – digo. – Tchau.

Desligo, chocada com o meu surto. Preciso me controlar. Afinal, Vix não sabe o que aconteceu, pelo menos ela não sabe que foi com minha família. Eu não devia ser tão sensível. Desse jeito vou acabar estragando tudo.

Respiro fundo, tentando me acalmar enquanto olho para os túmulos que se erguem como estátuas ao meu redor. Meus olhos percorrem datas, nomes e inscrições.

É aqui que todos nós vamos parar, de um jeito ou de outro.

Algumas lápides parecem novas, com as beiradas limpas e bem marcadas, quase brilhantes; outras têm datas antigas quase ilegíveis, desgastadas pela mão indiscriminada do tempo. Assim como todas as coisas.

Escuto barulho no cascalho atrás de mim e vejo uma senhora passando devagar. Ela para perto de uma lápide, e consigo ler a inscrição: *John Fielding, amado marido, pai e avô.* Delicadamente, ela coloca um ramo de flores no túmulo e as posiciona com cuidado e amor.

Onde estão elas agora, essas pessoas que viveram e amaram? Será que a alma delas está em algum lugar lá em cima, no céu? Ou flutuando invisível na Terra?

Será que minha mãe e meu pai estão me observando neste momento?

Puxo meu casaco para mais perto do corpo, sentindo um frio repentino apesar do sol da manhã.

Será que eles sentiriam orgulho de mim? Da pessoa que me tornei? Ou do que estou fazendo? Ou será que ficariam desapontados?

Estremeço quando a brisa faz as árvores farfalhar. Em seguida, tiro meu caderno. Em vez de uma história sobre fantasmas, porém, surge uma carta:

> Caro tio Jim,
>
> Sinto muito sua falta.
>
> Esta semana temos que escrever uma história sobre fantasmas, mas só consigo pensar em como a gente se esparramava no jardim dos fundos durante o verão, com a grama macia sob a cabeça, observando as estrelas piscar no céu que escurecia, com nossos sorrisos grudentos de ketchup e sorvete derretido. Lembra? Você me disse que as estrelas eram buracos no céu, por onde os anjos nos olhavam. Que mamãe e papai estavam lá em cima, me observando e protegendo. Aquilo fez com que eu me sentisse segura.
>
> Mas agora tudo mudou, e parece que é por culpa minha. Me desculpe mesmo.
>
> O que eu mais queria era poder voltar no tempo, para que todos nós ficássemos juntos de novo, voltar para aqueles verões... Achava que eles iam durar para sempre. Mas agora sei que nada dura para sempre.
>
> E se mamãe e papai não estiverem me protegendo? E se fantasmas não existirem? Nem o céu, o inferno, o dia do julgamento, a reencarnação, nem nada?
>
> E se não houver nada?
>
> E se for só isto que nós temos: alguns anos para viver nossa vida da melhor maneira possível, sejamos novos ou velhos, santos ou assassinos?

– Louise?

Eu me viro rapidamente, assustada, deixando o caderno cair na lama.

– Desculpe! – exclama Christian, abaixando-se para pegá-lo, mas eu o agarro antes, limpando a terra com a manga da blusa.

Há quanto tempo será que ele está aqui?

Seus olhos ficam sérios.

– Você está bem?

– Estou, estou bem.

Desvio o olhar. A senhora que deixou as flores foi embora, mas há pessoas perambulando na entrada da igreja. O culto deve ter acabado.

– O que está fazendo num cemitério? – pergunto a ele.

– Ah. – Ele dá de ombros. – Procurando gatinhas.

Pisco e ele faz que sim, com o rosto sério.

– Ficaria surpresa se soubesse quantas garotas ficam zanzando por aqui atrás de Edward ou Stefan ou sei lá quem. É o maior point da paquera.

Sorrio apesar de não querer, e ele ri.

– Na verdade, não. Toco órgão aqui todo domingo de manhã.

– Sério? – Então era *isso* que significava a anotação no calendário dele. – Você é religioso?

Ele olha para a multidão saindo da igreja e fala mais baixo.

– Não muito, mas não conte pra ninguém – confidencia ele. – É algo que se encaixa com os meus turnos no pub, e são mais trinta contos no meu bolso toda semana, além de ser um instrumento tão bonito... Eu tinha um piano em casa, mas... – Ele não termina a frase e remexe os pés. – E o que você está fazendo aqui?

– A gente tem que escrever uma história de fantasma sobre uma pessoa real – digo. – Então vim aqui pesquisar. Mas acabei me distraindo. Fiquei desenhando.

– Você desenha? – Seus olhos alegram-se e ele senta ao meu lado, mordendo a isca.

– Ah, são apenas uns esboços – blefo, deslizando o caderno de volta para a bolsa com rapidez e apertando-a com firmeza. – Não são muito bons.

– Não podem ser piores do que os meus. – Ele sorri.

– Você também desenha? – Finjo surpresa.

– É meio que uma obsessão minha. – Ele sorri de esguelha. – Toda vez que vejo um rosto interessante, fico com vontade de desenhá-lo. Então carrego um caderno de esboços comigo para todo canto. – Ele dá um tapinha na bolsa.

– Que maravilha! Posso ver?

– Bem, eu até mostraria, mas, sabe... – Ele dá de ombros. – Depois eu teria que matar você.

Meu corpo se contrai involuntariamente.

– São tão ruins assim, é? – pergunto.

Ele ri.

– Sim. São péssimos. Não sou nenhum Lucien Freud.

– Gosta de Freud? Mesmo? – me empolgo. É um dos pintores que pesquisei depois de avistar o livro dele na sala de Christian.

Ele faz que sim.

– Meu pintor preferido.

– Não acredito, é o meu também! – exclamo.

– Sério? – Os olhos de Christian brilham e me focam.

Merda. Será que fui longe demais? Ele está suspeitando?

– Qual seu quadro preferido? – pergunta ele.

– Ah, eu... É difícil escolher. – Entro em pânico, revirando o cérebro para lembrar o que li na internet. – *The Brigadier*, eu acho. Mas os quadros que retratam a mãe dele são maravilhosos. Sabia que ele passou quatro mil horas apenas pintando a mãe?

Ele sorri, e o alívio toma conta de mim. Se era um teste, acho que passei…

– Eu li isso – diz Christian. – Também adoro esses. Ele é tão... honesto, sabe? Admiro muito o fato de não tentar disfarçar nada nem deixar a arte bonita por estar mais interessado em remover as camadas, encontrar a verdade sobre uma pessoa: as rugas, os defeitos, a humanidade…

Meu corpo se contrai. Espero que ele não consiga remover as *minhas* camadas para encontrar a verdade.

– Desculpe – diz ele. – Posso ficar tagarelando o dia todo. Então veio aqui para escrever uma história de fantasmas?

– Ah. É. – Pisco. – É pra ser sobre uma pessoa de verdade, então pensei em me inspirar nas lápides.

– Não sei se dá pra sentir quem uma pessoa foi pela lápide. – Ele franze o rosto. – São todas iguais: amado tal e tal, lembrado com carinho, saudoso etc. etc. Se ama uma pessoa, essas coisas precisam ser ditas quando ela está viva, quando ela é capaz de escutar o que você diz, quando o que é dito faz alguma diferença. – Ele suspira. – Antes que seja tarde demais.

Sinto meu coração se contorcer.

– Tem razão.

– Conhece alguém que morreu? – pergunta ele.

Hesito, sem saber quanto devo contar.

– Na verdade, sim. Meus pais morreram num acidente de carro quando eu era pequena.

– Ah, droga, sinto muito. – Ele franze o rosto. – Você fica achando que os pais sempre vão estar presentes, não importa o que aconteça. Só percebe quanto precisa deles, quanto vai sentir falta deles, quando saem pra sempre da sua vida.

Faço uma careta.

– Mas tenho certeza de que eles ainda estão tomando conta de você. – Ele sorri.

– O quê, como fantasmas? – Ergo a sobrancelha. – Acho que não.

– Não acredita em fantasmas?

Balanço a cabeça.

– As pessoas só inventam isso para assustar as outras.

– Fantasmas não são assustadores – diz Christian baixinho. – Eles são tristes.

Olho para ele, surpresa.

– A vida deles acabou, mas eles ainda estão aqui, mal existindo, fadados a observar o que costumavam ter, sabendo que nunca vão poder voltar, por mais que queiram, incapazes de seguir em frente.

– Nas histórias, os fantasmas normalmente fizeram algo terrível, e é por isso que estão presos aqui – digo para ele, sentindo um aperto na barriga. – Talvez algumas pessoas devessem mesmo ser incapazes de esquecer algumas coisas, de seguir em frente. Talvez esse seja o propósito.

– Não acho que elas esqueçam – diz Christian. – As lembranças não desaparecem e ponto. Elas assombram a pessoa. Os segredos, o arrependimento, a culpa…

Quando seus olhos encontram os meus, eles parecem enxergar minha alma, meus segredos, meu arrependimento e minha culpa, que nadam como bile na minha barriga.

– Todos temos que conviver com as consequências das nossas ações. – Ele suspira pesadamente. – Não dá para mudar o passado, por mais que a pessoa queira. Essa é a maior tragédia de todas.

Fecho os olhos, incapaz de conter as lágrimas.

– Ei, Lou, desculpa. Você está bem? – Christian põe a mão na minha e eu a afasto com um puxão, como se tivesse sido queimada. – Louise? – Seus olhos arregalam-se de preocupação.

– Eu... estou bem, é só... Eu... – Sou interrompida por um toque de celular barulhento e desconhecido.

– Desculpe. – Christian remexe no bolso e tira um aparelho. – É Mike. Alô?

Salva pelo gongo.

– Nos vemos depois.

Volto apressada para o carro, fecho a porta, pego meu celular e disco um número de cabeça.

Christian tem razão. Se ama uma pessoa, precisa dizer isso para ela. Antes que seja tarde demais.

– Alô? – vovó atende.

Respiro fundo, tentando manter a voz normal.

– Oi, vovó. Onde está?

– Ah, oi, querida, estou apenas visitando Poppy, depois vou almoçar na casa de Grace.

Exatamente o que eu esperava. A rotina da manhã de domingo dela é bem rígida.

– Está tudo bem? – pergunta vovó, ansiosa.

– Sim, eu só... Posso falar com ela?

– Claro. – Escuto-a afastar o telefone sorrindo. – Só um instante. Vou colocar no viva voz.

– Oi, querida, como você está? – digo, com lágrimas ardendo nos olhos enquanto pressiono o celular no ouvido, louca para escutar algum som, mas claro que não há nada além do silêncio. Queria que ela pudesse responder. É tão difícil estar longe dela, ter conversas unilaterais pelo telefone.

– Ela está escutando – tranquiliza-me vovó. – Continue.

– Logo mais estarei aí, o.k., meu amor? Vou visitá-la em breve. – Suspiro. – Estou com saudade. Nossa, *muita* saudade. – Canto a música preferida dela, "Yellow", do Coldplay. – Bons sonhos, Poppy – sussurro. – Até breve. – Desligo devagar e fecho os olhos, tomada pela culpa.

Todos temos que conviver com as consequências das nossas ações.

Capítulo oito

Uma batida na janela do carro quase me mata do coração.

– Christian!

– Desculpe! – diz ele. – Não queria assustá-la de novo. Você está bem?

– Estou – respondo, enxugando os olhos. *Quanto da conversa será que ele ouviu?* – E aí?

– Mike acabou de ligar. Ele quer nós dois no pub quanto antes.

– Por quê? – Franzo o rosto, olhando para o relógio. – Não estamos atrasados, estamos?

– Não, nos domingos só abrimos ao meio-dia. Mas ele parecia bem agitado.

E ele está mesmo bem agitado, andando de um lado para o outro na frente do The Flying Pig. Ao parar o carro no estacionamento do pub, vejo uma viatura policial.

– Meu Deus! – Arfo, saindo do carro e me aproximando rápido. – O que aconteceu?

– Mike? – exclama Christian, saltando da moto e correndo até ele. – O que foi?

– Fomos roubados – diz ele, furioso. – Mas não levaram nada. Ainda bem que esvaziei o cofre no fim da noite, não foi, Lou? Então tecnicamente foi apenas uma invasão. Mas também não tem nenhum sinal de arrombamento. Apenas câmeras quebradas, um cofre destrancado, uma porta aberta e... – ele fulmina Christian com o olhar – ... chaves.

– Com licença. – Um policial sai do pub. – Quem são vocês?

– Meus funcionários do bar – diz Mike para ele. – Christian Webb é a pessoa de quem falei.

Olho para Christian.

– Soube que tem um molho de chaves do pub, não é, Christian? – diz o policial.

Christian assente:

– Mike me deu ontem. Era para eu abrir o pub hoje.

– E onde estão elas agora? – pergunta o policial.

Christian enfia a mão no bolso do casaco e franze o rosto:

– Devo ter deixado em casa.

– Suas chaves são *estas* aqui? – O policial ergue um molho com o chaveiro do Pernalonga.

– Eu... não estou entendendo. – Christian as encara. – Devo ter deixado elas caírem, ou…

– Quando foi a última vez que viu essas chaves, senhor?

– Ontem à noite, quando Mike me entregou. Guardei no bolso do casaco e fui para casa.

– E não percebeu que elas tinham sumido?

– Não. – Ele franze o rosto. – Eu não... não fazia ideia.

– Onde estava ontem às 2h15 da manhã, senhor?

Christian pisca os olhos, sem reação:

– Espera, calma aí! Vocês não acham que eu tive algo a ver com…

– Responda! – retruca Mike. – Onde estava às 2h15, quando minhas câmeras de segurança foram quebradas? Quando alguém usou as *suas* chaves para abrir o *meu* cofre?

Observo perplexa o rosto de Christian empalidecer. Ele parece estar com medo.

– Por favor, senhor – diz o policial com calma. – Deixe que eu faça as perguntas. Senhor Webb?

– Eu estava em casa – responde Christian, seco. – Na cama.

– Alguém pode comprovar isso?

– Eu... Não, mas…

– Senhorita?

– O quê? – Olho para o policial. – Não, eu *não* posso comprovar isso!

– Não... – O policial abre um pequeno sorriso. – Onde estava ontem à noite?

– Ah. Na residência estudantil. Na cama. Sozinha – digo rapidamente, com as bochechas vermelhas.

– Não seja burro, não foi ela! – diz Mike. – Já disse, ela estava aqui na hora de fechar, quando esvaziei o cofre e levei o dinheiro para o banco. Ela sabia que estava vazio.

– Quem teria achado que o cofre estava cheio?

Christian. Olho para ele.

– Qualquer pessoa que estivesse no bar. – Mike suspira. – Falo demais e estava contente com os lucros do dia, então comentei isso enquanto transferia o dinheiro do caixa para o cofre.

– Na frente do bar inteiro?

Mike faz que sim.

– Que horas foi isso?

– Foi logo antes de Christian terminar o turno, umas 18h30. – Mike fulmina Christian com o olhar. – Só o promovi porque os lucros foram muito altos durante o tempo em que ele administrou o bar.

– Então você teria presumido que o cofre estava cheio, Christian?

Lanço um olhar para ele.

– O quê? Não! Não sei, eu não pensei nesse assunto – protesta Christian, de bochechas coradas.

– O que fez depois do seu turno?

– Nada, só fui para casa.

– Você só foi para casa? – repete o policial. – Às 18h30 num sábado?

– Sim – responde Christian na defensiva.

– Não foi assaltado? Não saiu? Não viu mais ninguém? Ninguém que pudesse ter roubado suas chaves?

– Não. – Christian suspira pesadamente, com o rosto arrasado. – Devo ter deixado elas caírem.

– E não tem ninguém que possa confirmar o seu paradeiro na hora do arrombamento? Nenhuma entrega? Nenhuma ligação?

– Na verdade, recebi várias ligações.

Olho para ele. Será que ele tem um álibi?

– Quem ligou pra você?

– Bem, eu... Não sei – admite Christian.

Ele deve estar falando das ligações irritantes pedindo táxi, percebo.

O policial suspira:

– Recebeu várias ligações, mas não sabe de quem?

– Bem, sim…

– Então não pode contatar as pessoas para que elas provem?

Vejo uma gota de suor escorrer na lateral do rosto de Christian enquanto ele hesita, sem poder fazer nada.

– Bem, não, mas…

– O senhor pode me acompanhar até a delegacia, por favor? – chama o policial. – Tenho mais algumas perguntas que gostaria de fazer. Talvez o senhor queira chamar seu advogado.

Meu coração acelera. *Ele vai prendê-lo!*

– Espere – diz Christian rapidamente. – Isso... não vai ser necessário. Podemos conversar?

– Com certeza, senhor.

Christian olha para mim e para Mike.

– Em particular?

O policial ergue a sobrancelha.

– Tudo bem. Pode me acompanhar.

Encaro os dois entrando no pub. Como Christian pode mudar a situação dizendo alguma coisa? Como é que ele vai sair dessa?

– Merda! – murmura Mike do meu lado. – Só assim eu aprendo.

Eu me viro.

– Acha que foi Christian?

– Só pode ser, não é? – exclama Mike. – Tudo indica que foi ele. As chaves estavam no chão, ele achava que o cofre estava cheio e o álibi dele é bem fraco.

– As evidências são mesmo convincentes – concordo.

– Mas ele parece tão gente boa… – Mike suspira.

– Acho que não dá pra saber o que *realmente* se passa na cabeça de outra pessoa – digo baixinho. – As provas não mentem. Acho que é por isso que dizem que a justiça é cega. Os criminosos merecem ser punidos, independente do que aparentem ser.

– Tem razão – diz Mike de repente. – Sou muito idiota. Nunca devia ter contratado esse rapaz!

Olho para ele com atenção.

– Como assim?

– Nada – emenda ele. – É que... Acho que sou um homem justo, sabe? Já passei por maus bocados, sei como é ter uma maré de azar, então gosto de dar uma oportunidade justa aos outros. E Christian... Bem, ele parecia um rapaz decente quando o contratei. – Ele suspira. – Mas agora aprendi mesmo minha lição. Não vou ser enganado de novo.

Ficamos esperando o que parece ser uma eternidade até o policial enfim sair do pub.

– O que está acontecendo? – pergunta Mike. – Vai prendê-lo?

– Não, senhor. Estou convencido de que o sr. Webb não teve nada a ver com o arrombamento.

Encaro-o, perplexa.

– O quê? Por quê? – pergunta Mike.

– O senhor Webb tem um álibi excelente para o paradeiro dele ontem à noite.

– Qual? – pergunto.

– Não posso contar, senhorita.

– Quer dizer que ele mentiu quando disse que estava em casa? – pergunta Mike.

– Se ele não estava infringindo a lei, o paradeiro dele é um assunto particular, senhor.

Impossível ser mais críptico.

– E agora, o que vai acontecer? – pergunta Mike.

– Nada – diz o policial, entrando na viatura. – Pelo que você mesmo admitiu, qualquer pessoa no pub pode ter escutado você dizer que estava com o caixa cheio, e o senhor Webb pode ter deixado as chaves cair em qualquer lugar no caminho para casa. Então, a não ser que tenha os nomes e endereços de todos os seus clientes, vai ser como procurar uma agulha num palheiro.

– Mas...

– Além disso, como nada foi efetivamente roubado, este caso não é o suficiente para a polícia investigar, em especial agora que as chaves estão mais uma vez com o senhor. Tenha um bom dia.

Mike fica boquiaberto enquanto observa o policial ir embora na viatura. Depois ele me fulmina com o olhar.

– Já para o trabalho!

* * *

– Que história! – Os olhos de Vix reluzem quando ela e Kenny entram no pub à tarde. – O que acha que Christian disse, que não queria que vocês ouvissem? Que ligou para um telessexo? Que estava vendo algum site meio sórdido?

– Talvez ele não estivesse sozinho em casa – diz Kenny. – Talvez alguém tenha confirmado o paradeiro dele, alguém de quem ele não quer falar para ninguém.

Olho para cima.

– Tipo quem? Uma stripper? – Vix ri.

– Ou uma namorada secreta. – Kenny ergue a sobrancelha. – Talvez ele esteja saindo com a esposa de alguém.

– Ou talvez ele estivesse com alguma amiga em casa – emenda Vix, olhando para mim.

– E por que ele não contaria isso pra ninguém? – argumenta Kenny.

Franzo a testa. Kenny tem razão. Isso explicaria por que Christian só recusa meus convites para sair...

– Ou talvez não tenha sido um álibi – sugere Vix. – Talvez Christian tenha uma identidade secreta.

– Identidade secreta? – Rio nervosamente. – O quê, tipo o Super-Homem?

– Não, tipo um espião – argumenta Kenny. – Talvez ele tenha uma vida dupla. Muitas pessoas têm.

Seus olhos reluzentes encontram os meus, e o fulmino com o olhar. O que ele está *fazendo*?

– Claro! – sussurra Vix. – Talvez ele seja um policial disfarçado. Ou um membro da realeza! A realeza pode fazer tudo, não pode?

– Pode? – Ergo a sobrancelha.

– Isso também explicaria a tintura de cabelo de Christian! – sugere Vix, alegre. – E por que ele não quer que tirem fotos dele!

– Vix, um *monte* de gente pinta o cabelo – argumento.

– É verdade. – Kenny pisca para mim. Se não houvesse um balcão entre a gente, eu daria um chute nele. Bem forte.

– Além disso, Christian explicou por que pinta o cabelo – acrescento.

– Sim, porque ele é vaidoso. – Vix abre um sorriso irônico. – Por falar nisso, percebi que está toda arrumada de novo. Fazendo tudo o que pode, é?

– Exagerei? – Passo a mão no cabelo cacheado, ansiosa.

– Estou só brincando. – Vix sorri. – Você está linda. Não acha, Kenny?

Ele concorda.

– Mas exagerou um pouco para quem vai trabalhar num bar.

– Do que estão falando? – pergunta Christian, aproximando-se da gente.

– Nada – digo rapidamente.

– Identidades secretas. – Kenny sorri. – Qual a sua?

Christian franze o rosto.

– *O quê?*

– Se pudesse escolher um pseudônimo, qual seria? – Blefo. – Sabe, tipo Elton John, Michael Caine, ou... Tinie Tempah. – Me lembro do CD que vi na prateleira dele.

– Acho que Tinie Tempah seria demais pra mim. – Christian ergue a sobrancelha.

– Bem, talvez não, mas acho que precisaria ser um rapper. E um rapper bom, para conseguir fazer o que ele faz, mas enfim, esse exemplo foi ruim – tagarelo, com as bochechas corando enquanto tento sair do buraco em que Kenny me jogou. – Se pudesse escolher seu nome, qual seria?

– Não sei, nunca pensei nisso. – Ele dá de ombros. – "O que é que há, pois, num nome", não é? E, enfim, são 16h. Nosso turno acabou.

– Ótimo. – Sorrio. – Como ainda é cedo, hoje você deve ter tempo para um drinque.

– Desculpe, não posso – diz ele.

Mais uma rejeição. Dessa vez, eu *me* chuto mentalmente.

– Mais um programa de TV imperdível? – Vix ergue a sobrancelha.

– Hoje, não. Vou encontrar uma pessoa. – Ele dá um sorriso. – Até mais.

Observamos ele ir embora.

– A gente devia segui-lo – diz Vix, com os olhos brilhando enquanto pego meu casaco e saímos para o estacionamento. – Tem alguma história aí, dá até pra *sentir.*

– Não. De jeito nenhum. – Balanço a cabeça.

– E, de todo jeito, a gente não pode. A salsa nos espera, lembra? – Kenny sorri.

– Claro que lembro. – Vix sorri de volta. – Passei o dia esperando por isso.

– Espera. – Encaro minha amiga. – *Salsa?*

– Sim! – Vix diz, animada. – Kenny conhece um ótimo bar de tapas que faz os Domingos de Salsa, com sangria de graça! Legal, né?

– Pena que não pode vir, Lou, por causa do seu tornozelo e tal – diz Kenny.

– Ah, ele está bem melhor, quase nem dói mais – insisto.

– Mesmo assim, dançar deve ser arriscado demais pra você ainda – diz Vix. – Melhor descansar por uns dias.

Ranjo os dentes.

– Bem, vocês querem uma carona? – ofereço, querendo ganhar tempo para criar mais um obstáculo.

– Não, obrigado, estou de carro – diz Kenny, apontando a cabeça para um Mini Cooper preto ao sairmos.

– Mas você estava bebendo! – protesto.

– Na verdade, pensei que a gente podia ir a pé. – Vix sorri. – É mais romântico. Oi, Heidi! – Vix acena para o outro lado do estacionamento, onde Heidi conversa com Christian, que está ajoelhado ao lado da moto dele. – Está melhor?

– Bem melhor! – diz Heidi alegre. – Deve ter sido uma daquelas viroses de 24 horas. Christian disse que você assumiu meu posto, Lou. Obrigada! E bem-vinda ao time!

– Obrigada. – Sorrio. – Tem algo de errado com sua moto, Christian?

– Alguém a arranhou com uma chave! – Ele franze o rosto, apontando para um risco profundo na tinta.

– Ah, não! – exclama Vix. – Que tipo de pessoa faria isso?

– Não sei – diz ele, zangado.

– Jovens com inveja, sem nada melhor para fazer – diz Heidi.

– Mas, graças à pessoa que quebrou as câmeras ontem, nunca saberemos quem foi – resmunga Christian.

– Mas a moto continua linda. – Vix suspira. – O que eu não daria para ter uma moto, arranhada ou não.

– Eu tenho uma Ducati – diz Kenny rapidamente. – A gente poderia dar uma volta nela algum dia, não?

Reviro os olhos.

– Sério? – Vix olha feliz para ele. – Seria o máximo!

– Ótimo. – Ele sorri. – Pronta?

– Mais do que pronta. – Vix sorri de volta. – Tchau, Lou!

– Espere. – Agarro a manga de Vix, puxando-a para o lado e abaixando a voz. – Você tem razão, a gente devia seguir Christian.

– O quê? – Ela pisca, surpresa. – Por que mudou de ideia?

Porque estou desesperada. Porque não confio em Kenny. Porque é a última chance que tenho de tentar impedir o encontro de vocês.

Olho para Heidi.

– Porque, se é *mesmo* uma namorada que ele vai encontrar, se foi ela que serviu de álibi, eu preciso saber. – Suspiro. – Para não perder mais tempo com ele.

Vix aperta meu braço, compadecendo-se.

– Então vá atrás dele.

– Não posso ir sozinha! – protesto. – Não sei fazer isso discretamente. Não posso correr o risco de ele me ver e achar que sou uma louca que o persegue ou algo assim.

Ela ri.

– Por favor, Vix! – imploro. – Preciso de você.

– Espera um instante. – Ela vai até Kenny.

Um segundo depois, os dois voltam.

– Vix me contou. – Kenny dá uma piscadela. – Vamos.

Merda. Isso *não* era parte do plano. Mas acho que é o melhor que vou conseguir.

* * *

É difícil seguir a moto no meio do trânsito e com as instruções de Vix para não o perdermos de vista.

– Precisa deixar pelo menos quatro carros de distância entre você e Christian – diz ela, autoritária. – Mas não o perca de vista ao dobrar a esquina! Vá logo, passe a van! Droga, perdemos Christian. Não, lá está ele! Segunda à esquerda! Não, *segunda* à esquerda! Não chegue perto demais, ele vai ver a gente!

Abrimos caminho no meio do trânsito, subindo e descendo ladeiras, passando por lojas e parques e prédios universitários... Quando Christian por fim entra no estacionamento do hospital, estou exausta.

– O *hospital*? – Estaciono numa vaga na rua. – O que Christian veio fazer no hospital?

– Meu Deus, será que ele está doente? – pergunta Vix. – Será que é por isso que é impossível ele ter arrombado o pub? Talvez ele tenha alguma doença grave!

– Ou talvez ele esteja apenas visitando algum paciente – diz Kenny. – Afinal, ele disse que ia se encontrar com uma pessoa.

– Essa pessoa pode *muito bem* ser um médico – argumenta Vix.

– Só temos uma maneira de descobrir – digo, saindo do carro.

Viramos na esquina do estacionamento a tempo de ver Christian passar pelas portas automáticas do prédio. Quando chegamos à entrada, com uma grande área de espera, loja de presentes, corredores para três direções diferentes e dois elevadores, ele já desapareceu.

– Ele pode estar em qualquer canto. – Suspiro.

– Vou dar uma olhada nos banheiros – diz Kenny, seguindo por um corredor após ver uma placa.

Procuro na área de espera. Há algumas mulheres folheando revistas, uma criança que não tira os olhos do noticiário na TV e um idoso que parece ter pegado no sono, mas nada de Christian.

– Louise? Vix? – A voz de Christian me sobressalta.

Eu me viro.

– Oi. – Ele está na frente da pequena loja de presentes, segurando um belo buquê de flores. – O que estão fazendo aqui?

– Ah, eu…

– Ela veio por causa do tornozelo – mente Vix. – Ainda está doendo muito, então vamos ver se algum médico pode dar uma olhadinha. E você?

– Vim visitar uma amiga. Ela está internada aqui.

– Uma amiga, é? – Vix ergue a sobrancelha. – Belo buquê.

– Obrigado. – Ele sorri. – Espero que a dona do meu apartamento goste também.

– Eu, hum... tenho certeza de que ela vai adorar. – Vix sorri, envergonhada. – Com licença. – Ela se afasta para dar uma olhada nas revistas.

– A gente se esbarra bastante por aí, né? – diz ele.

Minhas bochechas esquentam. Será que ele sabe que o seguimos?

– Parece que o destino fica unindo a gente. – Ele sorri.

– Bem, não dá para lutar contra o destino. – Sorrio de volta, animada. – Acho que vi um pub aqui na rua…

O rosto dele desanima.

– Desculpe mesmo, não posso, eu…

– Claro que não pode – interrompo com secura, querendo arrancar minha língua e me poupar da humilhação. – Não se preocupe. A ficha está começando a cair. – Dou as costas a ele.

– Não. – Ele segura minha mão. – Não tem nenhuma ficha. Juro.

Olho para ele, para os olhos azul-claros nos quais tento desesperadamente não me afogar.

– Eu adoraria tomar um drinque com você – diz ele, dócil. – Só não... agora. Outro dia?

Suspiro:

– Só vou acreditar vendo.

– Christian! – Uma mulher atarracada de meia-idade sai do elevador. – Que bom que o encontrei. Só queria que a gente conversasse rapidinho sobre a festa da sexta.

– Festa? – Ergo a sobrancelha. – Então você socializa de vez em quando, é?

– Desculpe. – A mulher hesita, constrangida. – Não queria interromper. Só queria conferir se vai poder ir. Conseguiu trocar de turno no pub?

– Sim. – Ele responde. – Eu vou.

– Maravilha! E vai levar alguém com você? Talvez uma garota? – Ela sorri para mim.

– Ah. – Christian hesita. – Acho que Louise vai estar ocupada na sexta.

– Não, não vou – me intrometo. – Nas sextas só tenho aula de manhã, depois estou livre.

Ele titubeia:

– E não sei se é o tipo de ambiente que ela curte...

Meu coração despenca. O "outro dia" já era.

– É uma festa! – protesta a mulher. – Tem música, bebida, bolo... Do que ela poderia não gostar?

– Parece ótimo. – Sorrio para ela. – Mas não quero me intrometer. – Fulmino Christian com o olhar e vou embora.

– Louise, espere! – Ele corre atrás de mim, bloqueando meu caminho. – Adoraria que fosse comigo na festa da sexta. Como num encontro romântico – acrescenta ele, olhando bem nos meus olhos. – Topa?

Ele sorri, e eu não resisto e retribuo o sorriso.

– Eu adoraria.

Capítulo nove

Olho para o relógio pela quinta vez.

Dez da manhã.

Gemo por dentro. Ainda falta meia hora para a aula mais entediante do mundo acabar, e Vix nem está aqui para me fazer companhia. Queria ainda estar na cama, como ela. Quer dizer, dá para compreender Hamlet: se seu tio mata seu pai e casa com sua mãe, você não vai ficar parado e ignorar a situação, vai? Você até fingiria ser louco para conseguir a verdade. Mas, e Ofélia? Por favor... Quem se mataria por achar que o namorado enlouqueceu? Ridículo. Coitado do Hamlet. Foi um dano colateral que ele jamais poderia ter previsto.

– Agora – diz a professora, assustadoramente parecida com uma Ofélia que voltou dos mortos. – Quem pode me dizer como Ofélia morreu?

Como numa deixa, o tema de *CSI Las Vegas* toca, e todo mundo ri.

Menos eu.

– Muito engraçado, senhorita...? – A professora fixa o olhar carrancudo em mim enquanto remexo na minha bolsa, tentando desesperadamente encontrar meu celular e desligá-lo. Aquela história de tentar ser discreta já era!

– Shepherd – digo, com as bochechas corando, quando enfim encontro o telefone. Vejo o nome de tia Grace no identificador de chamadas e o desligo. Percebo que todos no auditório estão me olhando e, de repente, me identifico *demais* com Ofélia. *Ah, Deus, pode me matar.*

– Não é uma bela maneira de começar o dia, senhorita Shepherd? – Sinto um aperto no coração ao ver a professora fazer uma anotação em seu caderno. – Da próxima vez que algum celular interromper minha aula, vai ser *ele* que vai morrer! – alerta ela.

Já dá para afirmar uma coisa: este é o pior aniversário de todos. Não que alguém aqui saiba que é meu aniversário.

No entanto, quando por fim somos liberados do auditório escuro e saímos no campus ensolarado, meu coração alegra-se. As coisas só podem melhorar. O fim de semana chegou, e hoje eu *finalmente* vou sair com Christian e amanhã vou ver vovó, tia Grace e a pequena Millie.

Saio da altíssima Torre das Artes e atravesso o campus agitado, passando pela biblioteca, pelos imponentes torreões laranja do prédio da administração e pela ruidosa passagem subterrânea. Compro um reconfortante muffin de chocolate e volto para o estacionamento. Somente quando estou em segurança dentro do carro e tiro o celular do bolso para ligar de volta para tia Grace é que percebo que ele ainda está desligado. Após o aparelho voltar à vida, vejo a ligação perdida de tia Grace e uma mensagem de Kenny:

Feliz aniversário Titch bjs

Sorrio. Claro que *ele* sabe que é meu aniversário. Foi muito meigo da parte dele, mas não quero que conte para Vix, não quero nenhum rebuliço, então respondo em seguida:

Obrigada Kenny :) Mas por favor não conte pra ninguém. L. Bjs

Depois ligo para tia Grace.

– Feliz aniversário, querida! – exclama ela. – Tem alguém aqui querendo cantar pra você!

– *Palabéns pla você!* – Sorrio ao ouvir minha prima de quatro anos cantando ao telefone. – *Eu só vim pla comer!*

– Millie! – repreende tia Grace.

– *O plesente que é bom esqueci de tlazer!*

Eu dou uma gargalhada quando Millie começa a rir e tia Grace pega o telefone dela.

– Desculpe. Não sei onde ela aprende essas coisas!

– Foi ótimo. – Dou risada.

– Então, o que planejou de bom para hoje? – pergunta ela.

– Ah, você sabe, aulas, seminários...

– Deixa disso, você sabe que já fui universitária. É só festa, festa e festa!

Sorrio.

– Na verdade, tem uma festa mais tarde e acabei de ter minha última aula da semana, então vou voltar para a residência e limpar meu quarto antes da visita de vocês amanhã. Vovó não pode ver como ele está *de jeito nenhum*! Que horas devem chegar?

– Na verdade... – Tia Grace hesita. – Você soube que a prova do balé de Millie foi cancelada porque o examinador estava doente?

– Sim.

– Bem, eles remarcaram... para este fim de semana.

– Ah.

Sinto um aperto no coração, mas, para ser sincera, parte de mim está aliviada. Estava preocupada pensando em como ia conseguir manter Vix e Christian longe delas o fim de semana inteiro, e a última coisa de que preciso é que a pequena Millie solte sem querer a minha verdadeira identidade. Ainda assim, estou morrendo de saudades delas.

– Desculpe mesmo, querida – prossegue tia Grace. – E desculpe por avisar tão em cima da hora. Acabei de encontrar o aviso amassado na bolsa de balé dela. Não pode vir passar o fim de semana aqui, então?

– Eu adoraria – respondo. – Mas infelizmente vou trabalhar.

– Verdade. – Ela suspira. – Tinha esquecido que agora tem um emprego.

– Mas logo vai ter uma semana sem aulas – digo. – Aí eu vou para casa. Estou com saudades.

– Eu também. – Tia Grace suspira.

– Eu também! – exclama Millie ao fundo.

– Todas nós, não é, Poppy? – diz tia Grace.

– Posso falar com ela?

– Claro. Vou colocá-la na linha.

Aguardo um instante até escutar o ruído baixinho da respiração de Poppy.

– Oi, Popsicle, roncando de novo? – digo. – Que preguiçosa, hein? Então espera só você começar a universidade, você vai amar. Muitas manhãs longas de sono... Mas talvez até lá você se canse do seu sono de beleza. – Sinto um aperto na garganta. – Você já é linda o suficiente. É perfeita. Estou com saudades.

– O médico chegou. – Tia Grace volta para a linha. – É melhor eu ir.

– Tá bom – digo. – Nos falamos em breve. Amo você.

– Amo você mais ainda – diz ela. – Feliz aniversário.

Quando desligo o telefone, meu coração chega a doer. *É feliz mesmo?* Não estou com muita vontade de comemorar. É por isso que não contei pra ninguém daqui que é meu aniversário, especialmente Vix. Sei como ela é, ia querer organizar um festão ou algo do tipo, e é a última coisa que eu quero com tio Jim e Poppy do jeito que estão.

Os aniversários costumavam ser eventos tão felizes e festivos. Tia Grace e tio Jim sempre providenciavam o pacote completo: bolo caseiro, bexigas, gelatina e sorvete... tudo. O mais importante, porém, é que sempre estávamos juntos. Quaisquer que fossem nossos planos ou obrigações, sempre fazíamos questão de nunca, *jamais* perder um aniversário. Era a nossa tradição familiar.

Mas agora...

Agora está todo mundo espalhado. Eu estou aqui, tio Jim está na prisão, e Poppy... ela sequer consegue me desejar feliz aniversário.

Fecho os olhos e me lembro da última vez que ela fez isso.

– *Feliz aniversário!* – exclamou ela, quase na mesma hora em que fiz o login no Skype no colégio interno. – Acabei de comprar seu presente, e você vai *amar!*

– Hum... Poppy, sabe que meu aniversário é só daqui a seis meses, não é? – Dei risada.

– Eu sei! – exclamou ela. – Mas esse presente é especial, você precisa recebê-lo antes porque é algo que só acontece no verão.

– Que intrigante…

– E era pra ser surpresa, mas queria garantir que não vai marcar nenhuma outra coisa no dia. Está sempre tão ocupada. Não acredito que nem vai vir pra casa na Páscoa! Adoraria ter dinheiro para ir esquiar.

– Eu acharia melhor ter meus pais do que a herança deles – digo baixinho.

– Claro. – Poppy pareceu se arrepender do que disse. – Desculpe, é que estou com tanta saudade de você. Estava até começando a me esquecer de como você é!

– Que dramática! – brinquei.

– Sério, Lulu, a gente não se fala há anos.

– Estamos nos falando agora!

Ela franziu o rosto.

– Por Skype não é a mesma coisa.

– Tem razão – admiti. – É que…

– Eu sei, é o redemoinho social do colégio interno. Não vejo a hora de me juntar a você aí em setembro! Banquetes à meia-noite todos os dias... Deve ser uma festa do pijama sem fim!

Eu ri.

– Você leu Harry Potter demais.

– Mas o melhor de tudo é ficar longe dos pais! O clima aqui em casa está péssimo desde que você foi embora; eles estão me deixando tão confusa... Mamãe está sempre no curso de culinária, e papai está trabalhando demais... E quando os dois estão em casa eles simplesmente…

– Infernizam sua vida? – Sorrio, lembrando como eles me irritavam pedindo que eu revisasse minhas próprias provas. – Não se preocupe, o verão já está chegando.

– Está demorando demais para chegar. – Ela suspirou. – Não vejo a hora de você voltar pra casa. Mas, enfim, sobre o seu presente! Só precisa deixar o último fim de semana de junho livre, o.k.?

– O quê? – Senti um aperto no coração.

– Porque... – Poppy tamborilou as mãos na mesa. – A gente vai para... *Glastonbury*!

Encarei-a.

– Pois é, né? – Ela sorriu, alegre. – Não é o melhor presente de aniversário de todos?

Tínhamos passado anos sonhando com aquilo: ir a um festival de música de verdade, acampar, tudo, mas…

– Pops…

– Decidi que a vida é curta demais – interrompeu ela. – Chegou a hora de a gente parar de falar nisso e simplesmente ir, e esse ano é perfeito porque minhas provas vão ter acabado, e o seu semestre acaba mais cedo, e a gente não passa um tempo juntas há *séculos*, então…

– Pops, espere.

Ela parou, assustada.

– Poppy... me desculpe mesmo. – Hesitei. – Vou para o México nesse fim de semana que falou.

Ela ficou me encarando, inexpressiva.

– México?

– Tia Grace não contou? Eu e um pessoal organizamos uma viagem, vamos pegar um voo direto daqui – contei para ela, sentindo-me péssima. – Já marcamos nossos voos.

Por um instante, ela só fez me encarar.

– Ah.

– É o seguinte – emendei, tentando explicar. – É o aniversário de 18 anos de Juanita, e ela vai fazer um festão na casa de praia dos pais dela; está tudo sendo organizado há séculos, e, convenhamos, quando é que vou ter outra oportunidade de ir para o México?

A verdade era que o cara de quem eu gostava ia também. Brad Glade. Brad Glade, de quem gostei por seis meses inteiros. Brad Glade, que Juanita convidou de propósito porque sabia que eu gostava dele. Brad Glade, com quem eu não via a hora de passar três longas semanas fazendo as coisas pegar fogo sob o sol mexicano. Brad Glade, que passou todas as três semanas fazendo as coisas pegar fogo com minha (ex-)melhor amiga, Emma.

– Mas volto em julho, então a gente ainda vai ter algumas semanas de verão juntas. Aí nós duas podemos viajar, tá? Só nós duas. Por minha conta, que tal? – sugeri, esperançosa.

Ela assentiu devagar.

– Claro.

– E ano que vem a gente vai para Glastonbury, tá? Pode escrever bem grande no seu diário. – Apontei para o pen-drive em formato de folha de bordo pendurado no colar que ela estava usando, como sempre. – A gente vai, faça chuva ou faça sol, literalmente! – Eu ri. – Fica pra próxima?

– Com certeza. – Ela fez que sim.

– Ótimo. – Retribuí o sorriso, ignorando de propósito o desapontamento na sua voz e seus ombros caídos.

No entanto, a gente nunca foi para Glastonbury.

Porque, naquele fim de semana de junho, quando era para estarmos no festival, Poppy estava em casa.

Porque eu fui atrás daquele desperdício de gente chamado Brad Glade, Poppy estava no lugar errado na hora errada.

Porque, quando eu voltei do México, minha prima estava em coma.

E ela ainda não acordou.

Capítulo dez

A música-tema de *CSI* me arranca das minhas lembranças.

Enxugo as lágrimas e olho para o celular: Kenny.

– Oi, Kenny, obrigada pela mensagem de feliz aniversário – digo depois de atender. – Não contou para ninguém, contou?

– Não – diz ele, agitado. – Mas alguém sabe.

– O quê? – Sento com a postura ereta. – Como assim?

– Precisa voltar para a residência tipo agora – diz ele, ansioso. – Deixaram dois cartões na recepção com os seus nomes.

– Ai, merda. – Franzo o rosto. – Espera. *Nomes?*

– Sim – diz ele com um jeito preocupado. – Um nome em cada cartão.

Ah, *merda!*

Volto correndo para a residência, me xingando por ter esquecido que cartões e pacotes não são colocados nas caixas de correspondência que confiro infalivelmente todas as manhãs. Eles são guardados no escritório, por segurança, onde ficam expostos atrás da janela para todos verem.

Estaciono o carro, e, enquanto passo pela entrada, Kenny se aproxima de mim.

– Aí está você! – exclama ele. – Não sabia o que fazer, fiquei perambulando na frente da janela, tentando bloquear a vista de todo mundo, mas a garota atrás da mesa ficou lançando uns olhares feios pra mim.

– Obrigada, Kenny.

Vou correndo até o balcão. E de fato, grudados do lado de dentro do vidro, estão dois envelopes bem coloridos com os meus nomes escritos.

No roxo: srta. L. Shepherd.

No rosa: srta. L. Willoughby-White.

Olho com raiva o envelope rosa e reconheço a letra peculiar e rodopiante de vovó. *Como ela foi capaz de esquecer o meu pseudônimo?*

– Oi! – Sorrio para a garota do outro lado da janela. – Posso pegar meu cartão, por favor?

Ela desvia o olhar da revista.

– Identidade?

– Na verdade, o outro também é para minha amiga – digo rapidamente. – Posso pegar os dois?

– Sinto muito – diz ela. – Só pode pegar a sua própria correspondência.

Sinto um aperto no coração. O cartão que vou pegar não importa. Ou todo mundo vai saber que é meu aniversário, ou todo mundo vai saber que L. Willoughby-White mora aqui…

Desenterro a carteira de motorista da bolsa.

– Só um instante. – Kenny me arrasta de volta lá pra fora.

– O que está fazendo? – pergunto, soltando meu braço. – Preciso pegar aquele cartão agora!

– Não pode mostrar a ela sua verdadeira identidade! – sussurra ele, olhando para os outros estudantes que circulavam pela recepção. – Vai acabar com sua identidade secreta!

– Mas não posso simplesmente deixar o envelope lá – protesto. – Alguém pode ver.

– Mas ninguém vai saber que ela é você.

– É verdade – admito. – Mas é como se eu estivesse *avisando* a todo mundo que L. Willoughby-White está aqui. É perigoso demais. E se Vix vir? Ou *Christian?* – Balanço a cabeça. – Aquilo tem que sair dali.

Volto com pressa para a recepção, deixando Kenny para trás.

– Oi de novo. – Sorrio para a garota. – Desculpe.

– Identidade? – repete ela impaciente.

– Lou!

Fico paralisada, vendo Vix saltar os degraus da escada na minha direção.

– Então. – Ela olha para mim animada enquanto enfio a carteira de motorista de volta na bolsa. – É hoje, hein?

– O quê? – Fico encarando-a.

– O seu grande encontro com Christian! – exclama ela. – Que horas ele vai chegar? Ele vai levá-la na moto?

– Não vou subir naquela armadilha mortal de jeito nenhum! – digo, me virando para tentar bloquear os cartões da vista dela. – Ele vai me encontrar aqui ao meio-dia, e a gente vai no meu carro.

– Meio-dia é cedo pra uma festa – comenta Vix. – Mas é um bom sinal. Será que vai levar você pra almoçar antes? Ah, deviam ir naquele restaurantezinho italiano que fica na rua West. Kenny e eu fomos lá ontem, foi o melhor canelone que já comi.

Outro encontro? Ela não me contou. Nem ele.

– Enfim, e o que vai fazer agora? – pergunta Vix, desviando o olhar para a garota no balcão.

– Ah, nada. Na verdade, posso pegar emprestada sua maquiagem de novo? – Tento desviá-la do balcão.

– *Com licença,* você vai querer seu cartão ou não? – A garota atrás do balcão me fulmina com o olhar. Sinto vontade de fazer o mesmo com ela.

– Cartão? – Os olhos de Vix focam os cartões grudados na janela. – Meu Deus, é seu *aniversário?* Por que não disse nada? Feliz aniversário! – Vix joga os braços ao meu redor.

– Identidade? – diz a garota com grosseria.

Pego minha identidade estudantil e entrego para ela.

– É o envelope roxo.

– Pelo jeito é aniversário de outra pessoa também. – Vix olha para o outro cartão. – *Senhorita L. Willoughby-White...* Que chique.

Cruzo os dedos, rezando para que ela não reconheça o nome.

– Ei, não é esse o sobrenome do cara daquele grande julgamento do ano passado?

Sinto um aperto no coração.

– Sabe? – insiste ela. – Aquele que está com a filha em coma?

– Não sei. – Dou de ombros. – Acho que não. Não, era Wilson alguma coisa.

– Não era! – diz Vix, animada. – Lembro da manchete do jornal: *Dia Terrível para Willoughby-White!* Será que são parentes? – Os olhos dela brilham. – Seria o maior furo. Você sabe como ela é? – pergunta para a garota atrás do balcão, que dá de ombros e me entrega o envelope roxo.

– Vix! – Kenny passa rapidamente pela porta, vindo na nossa direção. – Bom dia! Oi, Lou.

– Oi! – cumprimenta Vix, surpresa. – O que está fazendo aqui?

– Vim saber se as duas senhoritas não gostariam de um brunch. A não ser que tenham aula – diz ele. – Por minha conta.

– Ótimo. Tenho compromisso apenas à tarde. Só um instante. – Vix vira-se para a garota. – Olha só, eu te dou vinte pratas e você me liga quando L. Willoughby-White vier buscar a correspondência. Combinado?

– Combinado! – diz a garota.

– Vix! – Encaro-a, horrorizada. – A garota merece um pouco de privacidade, sabia?

– Então devia ter mudado de nome. – Vix pisca para mim enquanto anota o número do celular para deixar com a garota do balcão.

Olho para Kenny, desamparada.

– Relaxa, Lou. – Vix sorri. – Uma boa repórter sempre está em busca de uma matéria, é só isso. E não tive nenhuma tarefa empolgante desde que comecei a participar do jornal da universidade! – Ela geme.

– Mas eu não escreveria nada que ela não quisesse, sou ética. É que seria bem fascinante conversar com a garota se ela for mesmo parente daquele cara. E uma história dessas pode ser o maior avanço para minha carreira!

Que maravilha.

– Enfim, me dá dois segundos para eu pegar minhas coisas no quarto e a gente vai comer! – Vix desaparece escada acima.

– Você está bem? – pergunta Kenny ao nos afastarmos do balcão.

– Sim. Não. Não sei. Maldita vovó! – Passo as mãos no cabelo. – Não acredito que ela se esqueceu do meu nome. E olha que era para ela vir me visitar neste fim de semana. Dá pra imaginar?

– Escapou por pouco, não é? – Ele sorriu.

– Duas vezes! – concordo. – Se Vix tivesse descido dez segundos depois...

– Mas ela não desceu – Kenny me tranquiliza. – E, quando outra pessoa estiver cuidando da recepção mais tarde, você pode vir buscar... o restante da sua correspondência – diz ele, abaixando a voz ao ver os grupos de alunos circulando pela entrada. – Ainda bem que o semestre acabou de começar e nem todo mundo se conhece ainda.

– E ainda bem que você viu – acrescento. – Obrigada pelo aviso, Kenny. Então ainda bem que veio aqui por causa do seu *encontro*, não é? – digo, ressentida.

– Na verdade, não – diz ele. – Aquilo foi só uma desculpa.

Olho para cima.

– O quê?

– Eu vim ver você. – Ele tira uma caixa de presente do bolso do casaco. – Feliz aniversário, Titch.

Pisco, surpresa:

– Kenny, eu... Obrigada. – Abro-a e vejo um lindo relógio digital prateado. – Nossa! – digo, chocada. – Não precisava... É demais.

– Não é nada – diz ele. – Só queria que tivesse um pequeno lembrete de que estou aqui do seu lado. Em todas as horas – diz ele baixinho, segurando minha mão.

Eu mudo de posição, constrangida.

– Kenny... Não posso... Não... – Hesito. – Não posso aceitar, deve ter custado uma fortuna.

Bem mais do que se gasta num presente para uma amiga, a não ser que ele talvez ache que somos mais do que isso...

– Pra que serve dinheiro? – Ele dá de ombros. – Sou rico. E agora você pode literalmente ter duas faces. – Ele aponta para a face do relógio. – Entendeu, *Shepherd*?

– Engraçadinho. – Sorrio, aliviada por ele ter mudado a maneira como estava falando. Ele deve dar presentes assim para todos os amigos. Afinal, ele é *mesmo* bem rico.

– Aí está aquele sorriso lindo. É o seu aniversário, puxa! – diz ele alegre.

Ele põe o relógio novo no meu pulso e começo a me sentir bem mal por não ter confiado nele. Kenny me ajudou em alguns momentos complicados e nunca esperou nada em troca. Acho que é o que amigos fazem. Vai ver foi mesmo *sorte* ele ter vindo estudar em Sheffield no fim das contas.

– E que melhor maneira de comemorar do que com um belo brunch de aniversário? – acrescenta Kenny. – Eu pago.

– Na verdade, não posso ir. – Sigo em direção à escada. – Preciso me arrumar para sair com Christian.

– O quê? – O sorriso desaparece do rosto de Kenny, e ele vem correndo atrás de mim. – Como assim? Tipo num encontro? Você está *saindo* com Christian? *Enlouqueceu?*

– Relaxa aí – imito, revirando os olhos. – Não é um encontro.

– Então é o quê?

– Ele... me convidou para uma festa, só isso – digo. – Estava me devendo um drinque.

– Você trabalha num *bar* – lembra-me Kenny. – Pode tomar um drinque quando quiser.

Reviro os olhos de novo.

– *Lou* – sussurra Kenny. – Uma coisa é mudar seu nome e mentir sobre tudo para os seus amigos novos…

– *Shh!* – sussurro enquanto um grupo de estudantes passa por nós na escada.

Ele me acompanha em silêncio até meu quarto. Então, assim que a porta se fecha atrás da gente, explode:

– Não pode estar falando sério, Lou! Não pode *sair* com ele! É arriscado demais. Perigoso demais. *Um* erro, *um* deslize, e tudo vai por água abaixo, todo o seu disfarce jogado fora!

– Hipócrita! – contesto. – E daí? Não posso sair com Christian, mas você pode sair com a Vix?! Que história é essa?

– *Essa* história é para uma repórter muito curiosa deixar você em paz – responde Kenny. – Uma garota com quem *você* fez amizade. E eu gosto da Vix, ela é legal, então qual o problema? Ela está se divertindo, eu estou me divertindo. Mas ao mesmo tempo eu estou cuidando de você, Lou, porque nós somos um *time*.

– Não – argumento, passando a achar opressora essa preocupação dele comigo. – *Não* somos um time. Eu vim para cá sozinha, estou fazendo as coisas do *meu* jeito!

– Lou, não pode…

– *Kenny* – interrompo. – Agradeço sua ajuda e seu apoio, de verdade, mas você *não* manda em mim. Entendeu?

– Olhe…

– A vida é *minha* – digo. – A decisão é *minha*.

– Não, Lou. *Olhe!* – Ele aponta para a janela.

Ao me virar, vejo um homem saindo de uma viatura, e meu sangue congela imediatamente.

– *Neil?*

Capítulo onze

– O que diabos *Neil* está fazendo aqui? – Kenny me encara. – Será que ele sabe o que a gente fez? Ele sabe que foi a gente?

– Não. – Minhas costas ficam arrepiadas. – Não tem como ele saber, é impossível.

– Então por que ele viria até Sheffield?

– Não sei! Para visitar alguém?

– Mas por que ele viria numa maldita *viatura*?

– *Não sei!*

– Ele sabe que foi a gente que hackeou o sistema. – Kenny entra em pânico. – Deve ter encontrado alguma prova. Ele entendeu o que aconteceu. A gente vai pra cadeia!

– Calma! – digo com firmeza. – Entrar em pânico não vai ajudar em nada. Eu cuido de Neil. Saia com Vix como tinha planejado. Só a mantenha bem longe daqui.

Ele concorda, pálido, e sai comigo do quarto.

– E Christian? Vai ter que cancelar seu encontro, que pena... – ele comenta com sarcasmo.

– Merda. Ele já deve estar chegando. – Pego o celular no bolso e ligo para Christian, mas dá caixa postal. – Christian, oi, é Lou – digo. – Desculpe mesmo, mas aconteceu uma emergência…

Kenny sorri enquanto seguimos pelo corredor.

– Então não venha me encontrar, mas, se me mandar uma mensagem com o endereço da festa, eu o encontro lá assim que puder, tá? Desculpe mesmo. Tchau.

Kenny balança a cabeça.

– Você é louca.

– Lou! – Vix sobe a escada. – Olha quem encontrei na recepção: o seu padrinho!

– Surpresa! – diz Neil, alegre atrás dela.

– Neil! – Forço um sorriso e me aproximo depressa para abraçá-lo. – O que está fazendo aqui?

– E o que *você* está fazendo aqui em cima, Kenny? – pergunta Vix. – Achei que a gente fosse se encontrar lá embaixo.

– Estava tentando convencer Lou a tomar aquele brunch com a gente, mas é uma causa perdida – diz Kenny, agarrando a mão de Vix. – Vamos!

– Foi um prazer conhecê-lo, Neil! – E Vix é arrastada para longe.

– O prazer foi meu! – Neil observa os dois irem embora e depois se vira para mim. – Espero que eu não os tenha afugentado.

– Que bobagem! – Sorrio enquanto o acompanho de volta até o meu quarto. – O que o traz até aqui?

– Não está contente em me ver?

– Claro! – digo, tirando de cima da única cadeira uma xícara de café vazia e uma pilha de livros e roupas para que ele possa sentar. – Peço desculpas pela bagunça. Se eu soubesse que você viria, teria arrumado um pouco esta zona!

– Você é uma universitária. – Ele dá de ombros. – Isso é o esperado. – Ele olha para os pôsteres e fotos nas paredes. – Belo quarto.

– Obrigada... Mas como sabia que eu estava aqui?

– Tenho minhas fontes. – Ele ergue a sobrancelha. – Grace me contou que ia voltar a morar numa residência estudantil.

Faço que sim.

– Ah, certo.

– Enfim, não posso visitar minha afilhada preferida sem ser interrogado? – protesta Neil.

Sorrio fracamente.

– Sou sua *única* afilhada.

Ele dá de ombros.

– Semântica.

– Então veio até aqui só para dar um oi? – pergunto, nervosa.

– Bem, não... – confessa ele.

Merda.

– Na verdade, adoraria tomar um café ou almoçar, algo assim – emendo. Não sei por que ele está aqui, mas vai ser melhor se Christian não aparecer de repente. – Cansei de ver estas quatro paredes, parece mais uma prisão!

Eu me contraio. Escolhi mal as palavras.

– Primeiro o mais importante – diz ele, sério. – Obtive uma informação e espero de verdade que consiga negá-la, apesar da prova convincente.

Engulo em seco. Já era. Kenny tinha razão. A gente deve ter deixado para trás alguma evidência…

– Não consigo acreditar que seja verdade – diz Neil, com os olhos sofridos fixos em mim. – Mas preciso perguntar.

Ele respira fundo, e eu sinto minha pele arrepiar.

– Você, senhorita, minha afilhada, é culpada de estar fazendo *dezenove* anos hoje?

– O quê? – Paraliso.

– *Por favor*, me diga que não é verdade. Não pode ser. Isso significaria que eu sou um *velho*! – Ele se contrai.

Sorrio.

– Temo que seja verdade.

– Argh! – grunhe ele. – Então imagino que o almoço vai ser por minha conta, né?

– Com certeza. – Dou um sorriso. – Mas eu dirijo.

– *No seu aniversário?* De jeito nenhum. Vamos pegar um táxi. – Ele pega o celular.

– Não precisa – insisto. – Meu carro está logo aqui embaixo.

E Christian pode chegar a qualquer momento se não tiver recebido minha mensagem...

– Mas não vai poder tomar um drinque se estiver dirigindo – argumenta Neil. Começo a protestar, mas ele ergue a mão. – Sim, camarada, pode me passar o telefone de alguma empresa de táxi aqui em Sheffield, por favor?

Fico olhando ansiosa para o estacionamento enquanto ele pede o táxi. Não posso correr o risco de Neil encontrar Christian... nem ninguém. Kenny tinha razão: *um* erro, *um* deslize, *uma* menção ao meu verdadeiro nome, e já era.

Encaro com tristeza o meu celular. Ainda não recebi nenhuma resposta de Christian, então também mando uma mensagem só para garantir.

– O táxi chega em cinco minutos. – Neil sorri. – Então, o que está achando de Sheffield?

– Ah, ladeirenta.

Ele ri.

– É o que Steve diz.

– *Steve?*

– Estou hospedado na casa de um velho amigo que começou a trabalhar na polícia de Sheffield no ano passado – explica ele. – Foi ele que me deixou aqui.

Assinto, aliviada.

– Por isso a viatura.

Ele se contrai.

– Desculpe, menina. Sei que está tentando ser bem discreta. Mas eu me lembrei do seu pseudônimo.

Ufa. Pelo menos isso.

– Como está a vida de Louise Shepherd?

– Complicada – confesso.

– Imagino. – Ele faz que sim. – A pessoa precisa saber mentir muito bem.

Minha pele fica arrepiada. Talvez eu ainda esteja correndo risco.

– Como eu disse, é complicado. Ainda assim, é melhor do que todo mundo saber que sou sobrinha do presidiário mais famoso da Inglaterra.

Ele suspira.

– Teve alguma notícia de Jim nos últimos tempos?

Confirmo:

– Recebi uma carta.

– Eu também. Tenho pensado muito no que aconteceu. É insuportável saber que ele está na cadeia. Não é certo. Não é justo.

Eu concordo.

– Eu sei.

– Eu sei que sabe. – Ele olha para mim. – Jim não fez nada de errado. Eu sei disso, você sabe disso.

Concordo de novo.

– Se a pessoa é inocente, ela deve ficar livre. Se ela infringe a lei, deve pagar o preço, e fim de história – diz ele, olhando bem nos meus olhos. – Mas o sistema judiciário comete tantos erros... – Ele balança a cabeça. – Fico doente por saber que pessoas inocentes, decentes e *boas* como Jim apodrecem na cadeia, longe de suas queridas famílias, enquanto os culpados saem por aí livres, *ganham identidades novas*... não é certo. Nunca.

Meu sangue lateja nas veias. *Ele sabe.* Ele sabe que roubei o código do alarme antifurto, que fui eu que entrei escondida no prédio, que hackeei os computadores. Ele sabe o verdadeiro motivo pelo qual estou aqui...

– E devemos fazer tudo o que pudermos para consertar as coisas, custe o que custar. – Ele olha para mim com seriedade. – É por *isso* que estou aqui.

Merda. Kenny tinha razão. Vou ser presa. Seremos presos. Acabou.

– Então, qualquer coisa que precisar, qualquer coisa mesmo, me liga, tá?

Pisco, surpresa.

– Jim está arrasado por não poder estar aqui do seu lado. – Neil suspira. – Mas eu posso. E estou.

Ele segura minha mão, e eu o encaro.

– Você já perdeu um pai. Não consigo nem imaginar como deve ter sido difícil perder Jim também. Ainda mais... desse jeito.

Desvio o olhar.

– Então quero que saiba que estou aqui para o que precisar, menina. Não só hoje. É só ligar que eu venho. Prometo. Dia ou noite. Vinte e quatro horas.

– Obrigada – sussurro, abalada com a bondade e a generosidade dele e com a culpa que sinto.

– Não se preocupe. – Ele me puxa para perto e bagunça meu cabelo. – Você merece ser feliz. Afinal, é minha afilhada preferida.

Uma buzina soa lá fora, e eu quase morro do coração.

– O táxi chegou. – Neil sorri, espiando pela janela.

Ainda bem! Desço o mais rápido possível.

– Tem alguém esfomeada! – Neil ri enquanto eu me jogo para dentro do táxi na mesma hora em que a moto de Christian entra rugindo no estacionamento.

– Muito! – concordo, batendo a porta após entrar. – Vamos dar o fora daqui.

Capítulo doze

– Tem certeza de que não quer ficar em algum lugar? – oferece Neil enquanto o acompanho até um ponto de táxi depois do almoço. – Podemos passar na residência.

– Não, obrigada. – Sorrio. – Meu amigo me mandou uma mensagem, a gente vai se encontrar para tomar um drinque bem perto daqui.

Não é uma mentira completa. Christian finalmente me mandou o endereço por mensagem, e a gente *vai* se encontrar para tomar um drinque.

> Acabei de receber sua mensagem. Meu telefone estava no silencioso. Espero que esteja tudo bem e que a gente se veja mais tarde: Cedar Court, travessa Tanglewood, Castleton.

Admito que não fica perto da universidade. Nunca nem *ouvi falar* de Castleton.

– Ah, já pensou, ser universitário de novo? – Neil sorri. – Beber o dia inteiro... Bem, aproveite, e feliz aniversário, menina.

– Obrigada – respondo alegre. – E obrigada pelo almoço.

– À disposição. – Ele dá uma piscadela. – E lembre-se do que eu disse. É só me ligar se precisar de alguma coisa. Tchau!

Aceno até o táxi desaparecer ao virar a esquina e depois vou apressadamente até o próximo táxi da fila. Passo o endereço para o motorista, esperando ter dinheiro suficiente para chegar até lá.

Passamos pelos pontos principais de Sheffield – a catedral, a Prefeitura, a universidade – e prosseguimos, até nossos arredores se transformarem em morros suaves, campos verdes, árvores, ovelhas e fazendas ocasionais. Aos poucos, os morros ficam mais íngremes e acidentados, repletos de arbustos, e os penhascos rochosos parecem surgir do nada, rasgando o solo e deixando marcas nas camadas de gramas. É lindo, parece uma paisagem da Terra Média.

– Onde estamos? – pergunto.

– No distrito Peak, moça.

– *Derbyshire?*

Ele faz que sim.

– Tem certeza de que é por aqui?

– Sim, estamos quase chegando.

Espero que sim, penso, conferindo o meu relógio novo. São 14h30. Já estou no táxi há meia hora. Talvez nem adiante eu chegar na festa se faltar muito chão ainda.

Por fim, o carro entra no caminho de cascalho de um enorme solar de tijolos vermelhos e para na porta principal.

– Tem certeza de que é aqui? – Encaro a construção com dúvida.

– Sim. – Ele aponta para uma placa. – Asilo Cedar Court.

– *Asilo?* – Encaro-o. – Deve haver algum engano. – Tento ligar para Christian.

– Não tem sinal aqui, moça, por causa dos morros.

Ele tem razão. Saio do carro e tento mais uma vez, levantando meu telefone bem alto.

– Você vai ficar ou voltar? – pergunta o motorista, impaciente. – Não posso esperar o dia todo.

– Eu... – Hesito.

– Louise?

– Sim? – Eu me viro e vejo a mulher que encontramos no hospital sair pela porta.

– Ah, que bom! Conseguiu vir! – diz ela, alegre. – Desculpe, não fomos apresentadas direito. Sou Shirley, uma das cuidadoras aqui. Christian pediu para eu ficar de olho para ver se você chegava. Aliás, feliz aniversário!

– O quê? Como...?

– Christian nos contou. – Ela sorri. – Mas não se preocupe, ele não contou sua idade. Ele é um cavalheiro.

Fico olhando Shirley. Como ele...? *Minha carteira de motorista*, compreendo. Ele deve ter se lembrado do meu aniversário de quando conferiu minha identidade no pub.

– Ele está logo aqui no jardim. Eu a acompanho até lá; vamos?

O taxista limpa a garganta.

– São trinta libras, moça.

Eu me viro.

– Trinta?!

Ele faz que sim.

– Parabéns.

Esvazio a bolsa e entrego o dinheiro com má vontade. Se Neil não tivesse me dado dez libras de aniversário, eu teria me complicado. Espero que tenha um caixa eletrônico em algum lugar aqui perto, pois não tenho o suficiente para pagar a corrida da volta.

– Venha comigo. – Shirley sorri, acompanhando-me pela lateral da casa até um espaçoso jardim.

Ali, há um enorme pátio, com caminhos de ladrilhos serpenteando em várias direções no meio dos limpos gramados com bancos espalhados. O jardim é formado por canteiros de flores imaculadas e sempre-vivas e cercado por arbustos coloridos. Está cheio de idosos, conversando alegremente.

Esta é a festa que Christian não podia perder?

– Senhoras e senhores, a atenção de vocês, por favor! – Quando olho para o lado, um rapaz de paletó aparece nas portas do pátio.

Fico surpresa. *Christian?*

– Ele não fica bonito todo arrumado? – diz Shirley, feliz.

Ela não está brincando. Ele está lindo, com o cabelo escuro preso para trás num rabo de cavalo perfeito e usando um paletó bem passado com um ótimo caimento.

Ele pisca para mim.

– Está na hora de a aniversariante ir para a pista de dança.

Fico paralisada. *O que ele está fazendo?* Eu não sei dançar. Abro a boca para protestar, quando uma senhora pequenina e enrugada de vestido esmeralda sai da casa com um sorriso radiante sob aplausos de todos.

– Edna também fica linda quando se arruma, não é? – diz Shirley. – Se eu estiver assim no meu aniversário de 90 anos, vou ficar muito contente.

Relaxo. *Edna* que é a aniversariante.

– Maestro, música, por favor! – exclama Christian, acenando com a cabeça para um idoso ao lado de um aparelho de som, e a valsa da *Bela Adormecida* começa a tocar.

Christian curva-se diante de Edna.

– Você me concede o prazer desta dança?

– Será uma alegria – responde ela, animada.

Ele põe os braços ao redor dela, e eu fico observando incrédula Christian conduzir Edna pelo pátio com delicadeza, calma e uma graça impossível, até a música acabar.

– Ah, estou me sentindo uma princesa! – Ela ri.

– E está parecendo uma princesa. – Christian sorri, beijando sua mão enquanto a acompanha até uma cadeira. – Seu trono, Vossa Alteza.

Ele encurva-se de novo. Quando desaparece para o interior da casa, eu vou atrás.

– Senhorita! – Paro imediatamente quando Edna me chama. – Acho que não fomos apresentadas.

– Fe-feliz aniversário – gaguejo, entrando em pânico ao me aproximar. – Desculpe mesmo, não vim de penetra para a sua festa; Christian me convidou.

– Ah, então deve ser Louise! Christian me contou que hoje também é seu aniversário. Por favor, sente-se. – Ela dá um tapinha no banco ao lado dela. – Feliz aniversário!

– Obrigada. – Sorrio, sentando. – Feliz aniversário pra você também!

– Que bom que Christian conheceu uma jovem simpática – diz Edna, alegre.

– Ah, não estamos... Eu... não o conheço há muito tempo – gaguejo.

– Nem eu! – Edna sorri. – Ele chegou com a brisa do verão há alguns meses, como um pássaro migrando, mas algumas pessoas são bem fáceis de compreender, não é?

Sorrio, tensa. Espero que não.

– Às vezes parece que o conheço desde que ele nasceu. – Edna sorri.

– *Eu* conheço – interrompe outra senhora, carregando um presente embrulhado. – Meu sobrinho é um garoto encantador.

Olho para ela, surpresa.

– Você é tia dele?

– Não – sussurra Edna. – Obrigada pelo presente, Daisy, você é muito gentil.

– Meu Tommy também é – sussurra Daisy. – Ele é um garoto muito querido. – Ela se afasta.

– Daisy tem demência – sussurra Edna para mim. – Ela fica confusa. Mas todos amam Christian.

– Como o conheceu? – pergunto a ela.

– Ah, sou a senhoria dele, querida. – Ela sorri. – Mas ele tem sido muito mais do que um locatário para mim, especialmente desde que me mudei para cá. Não tenho mais família, mas Christian vem me visitar toda semana, sabe? Mesmo quando eu estava no hospital depois do meu pequeno episódio de vertigem.

– Você está bem? – pergunto.

– Ah, sim, sim, eles mudaram meus comprimidos, e agora estou mais forte do que nunca, mas mesmo assim ele fica me mimando com chocolates e os buquês de flores mais lindos – diz ela, feliz. – E, quando contei a ele que costumava dançar essa valsa no meu aniversário todos os anos com o meu falecido marido, Christian prometeu que dançaria comigo no lugar dele. – Ela pisca. – Ele é um anjo e tanto. Você não vai encontrar ninguém mais meigo ou bondoso. Por que não estão juntos? – pergunta ela de repente. – O que você tem a perder?

Demais até.

– Ah, eu sei que a mudança dele para cá não foi nas *melhores* circunstâncias.

Franzo o rosto. O que será que ela sabe?

– Mas todo mundo merece uma segunda chance, não é? – Ela sorri. – A vida é curta demais. Dê uma chance a ele, querida.

– Edna, do que está...

– E por falar nele... bartender! – exclama Edna. – Vou querer um cosmopolitan!

– Saindo, senhora! – Christian aparece com uma bandeja prateada. – Vossa Majestade. – Ele entrega uma taça a Edna e me oferece um coquetel azul. – Tinha prometido um drinque pra você. – Ele sorri. – Eu cumpro minhas promessas.

– O que tem nele? – pergunto por prudência.

– Eu até contaria... mas então precisaria matá-la. – Ele pisca. – Segredo de profissão. Você vai amar.

– Parece nojento! – Faço uma careta.

– Não se deixe enganar – comenta ele, me entregando a taça. – As aparências enganam. Se não provar, nunca vai saber... – Ele vai embora com a bandeja.

– Edna... – Eu me viro de novo para a senhora, mas ela se levantou e está cambaleando para se juntar ao jogo de croqué na grama.

Sinto o cheiro da mistura azul com desconfiança e decido arriscar um gole pequeno. Está delicioso.

Minha cabeça roda enquanto vejo Christian entregar mais canapés e coquetéis às senhoras encantadas. Ele ri e paquera e provoca e consola uma de cada vez, deixando à mostra um lado seu que eu jamais imaginaria existir. Será que ele é assim de verdade? Ou será que está apenas atuando? Se sim, a quem ele está tentando impressionar? Às senhoras, já encantadas? Ou a mim?

– Então, o que achou? – pergunta Christian, sentando no banco do meu lado. – Do coquetel?

– Ah. – Sorrio. – Nojento.

– Dá pra perceber. – Ele olha para o meu copo vazio.

– Precisei jogar fora. – Dou de ombros.

– Então por que seus lábios estão azuis?

Levo a mão até a boca.

– Peguei você. – Ele sorri. – Estava tudo bem mais cedo? Fiquei preocupado quando recebi sua mensagem falando de uma emergência.

– Ah, não, está tudo bem – digo a ele. – Terminou sendo um alarme falso.

– Que bom. – Ele sorri. – E que bom que conseguiu vir pra cá.

– Também acho.

Meus olhos encontram os dele, e uma sensação calorosa se espalha pelo meu corpo. Quando ele alcança minhas bochechas, pisco depressa e desvio o olhar. O coquetel devia estar mais forte do que parecia.

– É realmente encantador o que tem feito por Edna – digo, observando-a comemorar ao fazer a bola passar pelo arco.

– Eu devo isso a ela. – Christian dá de ombros. – Ela tem sido muito boa comigo. E me lembra muito da minha avó. – Ele sorri, saudoso. – Além disso, é difícil deixar para trás todos os seus amigos e familiares e mergulhar numa vida nova sem conhecer ninguém... Uma pessoa sábia me disse isso.

Dou de ombros e desvio o olhar.

– Então achei que uma festa ajudaria.

– Parece estar ajudando – concordo. – Mas preciso admitir que não foi bem *isso* que imaginei quando você falou em "festa".

– Como assim? – protesta ele. – Tem música, álcool, bolo…

– Está tudo ótimo. – Dou risada. – Só fiquei surpresa.

– Eu sou cheio de surpresas.

– Pois é – digo, olhando atenta para ele. – Bartender, mordomo, dançarino... O que mais está escondendo?

– Todos nós temos segredos. – Ele dá uma olhada nas senhoras ao seu redor. – A senhora Groves ali foi a Miss Cleethorpes em 1951; o senhor Williams, com o andador, era um golfista profissional; e a senhora Harris, com o lenço na cabeça, passou um tempo presa por ter assaltado um banco.

Dou uma risadinha.

– Está brincando?

– Todo mundo tem um passado. – Ele dá de ombros. – Alguns gostam de se lembrar dele, outros preferem esquecê-lo.

Pois é.

– E você? – pergunto.

Ele se vira.

– Qual o verdadeiro motivo de ter vindo para Sheffield?

Ele olha nos meus olhos.

– O que Edna lhe contou?

– Apenas que não se mudou pra cá nas melhores circunstâncias. – Observo-o atentamente.

– Ela tem razão. – Ele suspira. – Para ser sincero, não tive escolha. Eu *precisei* me mudar. Perdi meu emprego e a casa onde morava.

– Lamento muito – digo. – O que aconteceu?

Ele balança a cabeça.

– Aconteceu um... mal-entendido. Eu estava no lugar errado na hora errada.

Um mal-entendido?

– Enfim, é uma longa história. – Ele dá de ombros. – Eu só precisava de um novo começo. E aqui me pareceu tão bom quanto qualquer outro lugar.

– Para se reinventar? – sugiro.

Ele faz que sim.

– De certa maneira, acho que todos nós fazemos isso em graus diferentes. Mas no fim das contas não dá certo, sabe? – Ele olha bem nos meus olhos, daquela maneira penetrante que me desconcerta tanto. – Por mais que alguém tente se reinventar, onde quer que seja, sempre vai ter uma pessoa que não dá para enganar. Uma pessoa que está perto demais, que enxerga o que está por trás da teia de mentiras, que sabe quem você é de verdade.

Ele olha bem fixo nos meus olhos, e eu me sinto completamente exposta.

Christian suspira.

– Você.

Fico surpresa.

– O quê?

– Ninguém é capaz de se esconder de si próprio, das próprias lembranças.

– É verdade. – Faço que sim, aliviada.

– A não ser que seja como algumas dessas senhoras. – Ele dá uma olhada ao redor.

– Como assim?

– Muitas delas têm demência – diz ele. – Esquecem quem sou entre uma semana e outra. Algumas não conseguem lembrar nem quem *elas próprias* são. – Ele suspira. – Para ser sincero, tenho um pouco de inveja delas.

– Inveja?

– Às vezes acho que seria legal esquecer, começar todo dia de maneira totalmente nova, como numa tela em branco, sem nenhum passado, sem lembranças ruins, sem arrependimentos.

– Arrependimentos? – pergunto baixinho, sem querer forçar demais, agora que ele enfim começou a se abrir comigo.

Ele suspira forte.

– Eu…

– Tommy! – chama Daisy. – Venha logo, querido, vai perder o bolo!

– Estou chegando, tia Daisy! – responde Christian, acenando quando ela assopra um beijo para ele.

– Desculpe. – Ele sorri para mim. – Ela está convencida de que sou o sobrinho dela.

– Eu sei. – Sorrio. – A gente se conheceu agora há pouco. Por que não conta a verdade a ela?

– Tentei no primeiro dia em que vim aqui, mas ela ficou muito chateada. – Christian franze o rosto. – Então uma cuidadora me contou que o sobrinho dela morreu no Afeganistão.

– Que terrível.

Ele concorda:

– Eu me senti péssimo na visita seguinte, mas ela ficou bem animada ao me ver. Tinha se esquecido completamente da nossa conversa e continuava achando que eu era o sobrinho dela, então agora eu simplesmente entro no jogo.

– Não se sente mal por estar mentindo para ela?

– Deixar de contar a verdade é o mesmo que mentir? – pergunta ele. – Uma mentira inofensiva é mesmo uma mentira?

Franzo o rosto.

– Se não está fazendo mal a ninguém, se está deixando alguém feliz... não tem problema, não é? – diz ele. – Às vezes contar mentiras inofensivas é a única maneira de proteger as pessoas que a gente ama de verdades horríveis.

– Acho que sim – digo, sem muita certeza. – Mas assim a pessoa está fingindo ser alguém que não é.

– Mas todos nós não fazemos isso? – Ele olha para mim. – Mesmo que seja apenas para se enturmar?

Minhas bochechas ficam vermelhas. Ele se lembra de tudo o que digo?

– Então quem você é de verdade, Louise Shepherd? – Ele sorri. – Qual a sua história?

– Ah. – Dou de ombros e olho para minhas mãos. – Não tenho nenhuma história. Minha vida é bem entediante.

– Não minta.

– O quê? – Olho para cima.

– Você não me engana – diz ele.

Eu o encaro. Será que me reconheceu? Seus olhos reluzem com a luz do sol.

– Se não quer me contar, tudo bem – diz ele. – Mas não minta. Você não é nada entediante. Aposto que o presidiário com quem se corresponde concordaria comigo.

– *O quê?* Como assim?

Por que ele mencionaria isso agora? Será que ele sabe que é o tio Jim?

– É que acho isso muito legal. A maioria das pessoas não tem tanta compaixão, não por pessoas que não conhecem. Só não sei por que está fingindo ser alguém que não é, porque quem você é de verdade me parece bem legal.

Dou de ombros:

– A gente acabou de se conhecer. Você nem sabe quem sou direito.

– Não é necessário conhecer o passado inteiro da pessoa para saber quem ela é – responde ele. – É o que nós *fazemos* que nos define. Sei que é honesta. Você teve o maior trabalho para me devolver minha carteira quando a deixei cair – diz ele. – E sei que é um pouco insegura e que vai a boates para se enturmar com seus amigos, apesar de no fundo gostar de coisas bem melhores.

Sorrio.

– Sei que é generosa. Você me ajudou no bar quando mais precisei, apesar de estar com o tornozelo machucado. É meio desastrada, e é melhor não deixar nenhuma bebida quente nas suas mãos...

Sorrio.

– Mas o mais importante é que sei que é libriana, o que obviamente me diz *tudo* o que preciso saber. – Ele sorri, tirando um pedaço de papel do bolso.

– Não acredito! – Rio ao vê-lo desdobrar uma página de horóscopo.

– Pessoas do signo de Libra, representado por uma balança dupla, desejam ser justas e imparciais em todos os aspectos da vida, por isso às vezes elas acham difícil tomar partido – lê ele. – Elas podem ser muito mandonas.

– *Ei!*

– Não gostam de barulho, confusão, sujeira, decisões tomadas por pressão...

– É verdade – reconheço.

– Elas sempre planejam as coisas e cuidam com rigor dos detalhes.

Mordo o lábio.

– Elas também adoram atenção, admiração, *cartões de crédito...*

Dou risada.

– E presentes. – Ele tira um pequeno embrulho quadrado do bolso. – Feliz aniversário.

– Christian! – Encaro-o, surpresa. – Não precisava.

– Na verdade, eu não fiz nada – confessa ele. – Tenho isso há anos. Sou o maior pão-duro.

Sorrio e desembrulho uma caixa de CD arranhada.

– Tinie Tempah?

– Lembrei que você falou que gostava dele.

Caramba, ele se lembra *mesmo* de tudo o que digo.

– Obrigada. – Sorrio. – Adorei.

Ele sorri:

– Vire a caixa.

Obedeço.

– Meu Deus, Christian, está autografado! Não posso aceitar.

– Claro que pode. – Ele dá de ombros. – Eu nem gosto dele.

– O quê?

– Comprei por engano numa loja de caridade.

Ergo a sobrancelha.

– Por engano?

– A-hã. Enfim, eu ia jogar isso fora no outro dia, mas pareceu mais fácil dar pra você. Menos trabalhoso. Poupar os lixões e tal.

– Bem, nesse caso... – Sorrio. – Sou muito a favor da reciclagem. Obrigada.

– Feliz aniversário. – Ele sorri.

– Christian! – grita alguém de repente, me assustando. – Christian! Rápido! – Shirley corre para o gramado. – Vamos trazer agora os bolos de aniversário!

– É melhor a gente ir. – Christian sorri. – Afinal, um deles é pra você!

Capítulo treze

– Argh! – grunho ao sair cambaleando da festa. – Comi bolo *demais*!

– Isso não existe – argumenta Christian. – *Sempre* tem espaço pra mais bolo de aniversário. Afinal, ele nem tem calorias.

Dou risada:

– Isso seria uma maravilha!

– É verdade – diz Christian, sério. – Aliás, a pessoa *tem* que comer o bolo inteiro no aniversário, senão dá azar.

– Ah, droga, preciso passar num caixa eletrônico. – Lembro de repente. – Não tenho dinheiro suficiente para um táxi. E preciso chamar um táxi também!

– Tem um caixa eletrônico no meio da cidade, mas não tem nenhuma empresa de táxi local – diz Christian. – Pode pedir um táxi de Sheffield, mas demoraria meia hora para chegar.

– Merda! – digo, gemendo.

– Está vendo? É azar. Devia ter comido mais bolo!

– O que vou fazer? – Olho para o meu relógio: 17h30. – Logo mais vai começar a escurecer.

– A resposta – diz Christian sorrindo – está bem na sua frente. – Ele aponta sua moto com a cabeça.

– De jeito nenhum! – digo com firmeza.

– Tchau, tchau, pica-pau! – Ele sobe nela.

– Espera! Então vai simplesmente me abandonar aqui? – protesto. – No meu aniversário?

– Não, estou oferecendo uma carona. – Ele dá um tapinha no banco atrás dele.

Hesito.

– Vamos lá – diz ele, com seus olhos azuis dançando na minha direção. – Não está com medo de cair, está?

Estou, sim. De repente começo a sentir o maior medo de cair. E não tem nada a ver com a moto.

– Não precisa ter medo. – Ele sorri. – Tenho um capacete para você, e até deixo usar a minha jaqueta de couro protetora. Assim, se cair, não vai sentir nada.

– Muito tranquilizador – digo, nervosa. Se ao menos eu tivesse outra maneira de voltar...

– Ah, vamos lá! – Ele ri. – Talvez você até goste. Só dá para saber tentando, lembra? E vou cuidar de você – diz ele. – Prometo.

Não tenho muita escolha. Relutante, pego a grande jaqueta de couro e o capacete e os visto.

– Combinou com você. – Christian dá uma piscadela, colocando o próprio capacete. – Agora o importante é se segurar em mim com *bastante* força.

– Tá, tá certo – digo, subindo na moto e pondo os braços bem soltos ao redor dele, com o cheiro florestal familiar já me deixando tonta.

Calma, digo a mim mesma. *É apenas o coquetel brincando com sua cabeça. É apenas uma maneira de chegar em casa. Está tudo bem... Meu Deus, que cheiro bom ele tem...*

– Mais forte! – insiste ele, puxando meus braços para que eu me segure mais nele, e um calafrio desce pelas minhas costas enquanto sinto o calor do corpo dele por debaixo da jaqueta. – Agora, sim.

É perto demais. É perigoso demais. As palavras de Kenny ecoam na minha cabeça.

– Preparar...

De jeito nenhum. *Um erro, um deslize, e tudo vai por água abaixo...*

– Apontar...

Nunca estive tão sem direção na vida. *O que estou fazendo?*

– Fogo!

Meu corpo se encurva para trás ao partirmos e eu solto um grito, agarrando Christian com mais força assim que saímos do estacionamento numa explosão de cascalho.

A estrada corre debaixo da gente como um rio de concreto. Disparamos ruidosamente pelas estradas do interior, com as árvores passando com rapidez e a luz vespertina do sol resplandecendo como um estroboscópio enquanto seguimos sob as árvores salpicadas. As vacas preguiçosas e os cavalos olham para nós quando perturbamos sua paz.

Meu coração bate como doido, meu corpo inteiro treme, e o motor ronca como uma fera indomada entre minhas pernas. Sinto a pressão do corpo de Christian contra o meu e o vento passa por nós voando como um tornado, tão intenso, tão rápido, tão perigoso.

Fico sem ar toda vez que inclinamos, abaixamos, fazemos uma curva, indo para um lado, depois para o outro, mais como se estivéssemos voando do que dirigindo, até que por fim paramos na área externa da minha residência e o barulho da moto se transforma num ronronar contente, trepidando até silenciar.

Christian tira o capacete.

– Isso foi – arfo – *incrível*!

– Está vendo?! – Ele sorri. – Sabia que ia adorar quando desse uma chance.

– Foi maravilhoso! – digo alegre, descendo da moto e balançando o cabelo para soltá-lo do capacete. – Obrigada.

– Não por isso. – Ele sorri.

– E obrigada por hoje, pelo meu bolo, meu presente... por tudo.

– Você se divertiu?

Faço que sim.

– Bem mais do que esperava.

– *Bem mais* do que esperava? – Ele ergue a sobrancelha. – Quer dizer que estava achando que *não* ia se divertir comigo?

Dou uma risadinha boba.

– Teve muita coisa que eu não estava esperando: um asilo, uma moto, alguns coquetéis azuis...

– Tem razão. – Ele sorri. – Mas, apesar de todas essas coisas, você se divertiu?

– Sim. – Sorrio. – Me diverti, sim.

– Eu também. – Ele olha bem nos meus olhos. – Feliz aniversário.

Retribuo o olhar alegre, me afundando nos seus olhos, com meu corpo inteiro arrepiado e quente.

– *FELIZ ANIVERSÁRIO!*

Eu viro, assustada, e Vix está saindo do prédio com uma fôrma de bolo nos braços.

– Feliz aniversário, Lou – diz ela, mostrando a fôrma para mim enquanto Kenny aparece atrás dela. – Não dá pra ter um aniversário sem bolo.

– Vix! Não precisava! – Sorrio, abrindo a fôrma. Dentro dela, tem um bolo chamuscado com *Parabéns* escrito em cima com glacê rosa. – Caramba!

– Ela passou a tarde esquentando a barriga no fogão como louca – diz Kenny, olhando de mim para Christian.

– Bem, não fui avisada com antecedência! – Vix me cutuca. – Espero que o gosto esteja tão bom quanto a aparência.

– Hummm – assinto, animada.

– Bem, então vamos, prove! – insiste Kenny.

– Ah, não tenho uma faca aqui – digo.

– Vai com a mão mesmo, é seu aniversário! – Vix dá uma piscadela.

– Acabei de comer – digo. – Estou bem cheia!

– Só um pedacinho, *só para provar* – insiste Vix.

Lá vai! Parto um pedaço do bolo, que também está preto por dentro, e começo a colocá-lo na boca.

– Pare! – grita Vix, rindo e agarrando meu braço. – Não acredito que ia mesmo comer. Está horrível!

– Ela ativou todos os detectores de fumaça da residência – diz Kenny. – A ala inteira precisou ser evacuada!

– O que posso dizer? Não sei cozinhar! – Vix dá de ombros. – Então, infelizmente, nada de bolo. Mas uma coisa que sei fazer é me *divertir.* – Ela dá uma piscadela. – Consegui reservar a sala VIP para todos nós naquela boate nova no centro da cidade! – diz ela feliz, e Christian e eu forçamos um sorriso.

Maravilha. Mais boates.

– Desculpe, Vix... – diz Christian, e eu sinto um aperto no coração. Quando estava começando a achar que as coisas corriam bem entre nós... – Mas eu meio que já prometi fazer um jantar indiano de aniversário para Louise – mente ele, olhando para mim.

Encaro-o, surpresa, e sorrio.

– Eu até adiaria, claro, mas já marinei o frango e não sei se ele dura até amanhã.

– Ah. Claro. – Vix desanima.

– Desculpe – diz Christian. – Não sabia que tinha planos. Mas, se preferir, Lou, você pode ir à boate.

– Ah, não – digo depressa. – Não depois de todo o trabalho que você teve.

– Bem, podemos sair depois – diz Kenny com um tom de irritação na voz.

– Na verdade, depois nós temos um torneio de Xbox programado. Comprei pra Lou de aniversário o novo *Halo,* e ela, coitadinha, me desafiou para um duelo. – Christian sorri para mim. – Tem dinheiro e honra em jogo.

– *Xbox?* – pergunta Kenny, surpreso.

Comida indiana e Xbox. Ele lembrou.

– Além disso, não dá para eu dançar muito com o meu tornozelo – acrescento.

– Ah, é. – Vix franze o rosto.

– Então pode ser às 20h pra vocês? – pergunta Christian.

– O quê? – Vix olha para cima, surpresa. – Ah, achei que iam ser só vocês…

– Não vai ser uma festa sem você, Vix.

Ela fica radiante.

– E a gente compra vinho branco ou tinto? Ou os dois? Afinal, estamos comemorando.

– Bem, nesse caso... – Vix sorri. – Vodca pra mim.

Christian pisca para mim.

– Vodca, então.

Capítulo catorze

– Odeio esse jogo! – Vix joga o controle do Xbox no sofá de Christian, indignada ao ver o personagem dela explodir em pedacinhos. – É um saco!

– Só porque está perdendo! – Solto uma risada.

– A gente não pode fazer outra coisa? – pergunta Vix. – *Qualquer* coisa!

– Ainda não, mais uma rodada. Pra decidir – diz Kenny. – Depois que eu for ao banheiro, *nada* vai impedir a minha vitória, Shepherd!

– Nos seus sonhos! – zombo.

– Preciso beber! – Vix franze o rosto para a taça vazia. – Tem mais algum vinho, Christian? – grita ela.

– Sim, o branco está na geladeira e o tinto está na minha mala, perto do sofá! – grita ele da cozinha. Avisto-a perto dos meus pés. – Podem se servir? – pergunta ele. Desculpem, não posso sair de perto do fogão!

– Sem problema! Assim encho mais minha taça! – Vix pisca para mim. – Quer vinho branco?

– Não, estou no tinto, obrigada. – Ela sai aos saltos da sala enquanto abro a bolsa de Christian para pegar a garrafa. Meus dedos roçam no caderno de esboços dele.

Eu até mostraria, mas depois teria que matar você...

Me aproximo. O que pode ter aqui de tão secreto?

Olho para a porta e com cuidado tiro o caderno da bolsa dele, abro-o, folheio as páginas... e fico paralisada.

Agora entendo.

– Meu Deus! – exclama Vix, chegando atrás de mim. – O que é *isso*?

– Shh! – sibilo. – É o caderno de esboços de Christian.

– Lou! – Ela fica me encarando de olhos arregalados. – Isso é uma *prova*!

– O que está acontecendo? – pergunta Kenny, virando.

Vix sorri.

– Christian está *apaixonado*!

– O quê? – Ele franze o rosto.

– Olha só! – Ela aponta para o caderno. – Por que outra razão ele faria um desenho tão lindo da Lou?

Nós três ficamos encarando o desenho.

– E está até parecido. – Vix o toma das minhas mãos e o segura ao lado do meu rosto. – Ele acertou seus olhos com certeza, e o seu nariz. Mas o formato do seu queixo não está tão parecido, e o seu cabelo está com-ple-ta-men-te diferente. Está na cara que ele não vê você o suficiente!

Kenny olha para mim, o rosto pálido. Então a campainha toca, fazendo todos sobressaltar.

– Alguém pode atender, por favor? – pede Christian. – A preparação aqui está chegando ao clímax!

– Uuh, *safadinho*! – Vix pisca para mim ao saltar para abrir a porta. Fecho o caderno rápido e o guardo na bolsa de Christian, o coração acelerado.

– Lou – diz Kenny baixinho, os olhos sérios. – O caderno...

– Pizza! – exclama Vix de repente, interrompendo-o. Nós dois olhamos para cima e vemos um entregador na porta, segurando uma pilha de seis caixas de pizza. – Pelo jeito a gente não vai comer curry! – Ela ri, indicando para ele entrar. – É só colocar na mesa de centro, querido. *Isso sim* é uma torre de pizza, hein? – Ela sorri. – Pode parar de se esconder na cozinha, Christian! O seu segredo já era. O entregador de pizzas chegou!

– *O quê?* – Christian aparece na sala, apressado.

– Pelo jeito você também não sabe cozinhar, né? – brinca Vix.

– Belo plano reserva, cara – diz Kenny. – Todo mundo adora pizza!

– São 59,70 libras, por favor – diz o entregador.

– Não. Aconteceu algum engano – diz Christian, agitado. – Eu não pedi isso.

– Aqui é a rua Bromley, número 12? – O entregador cruza os braços.

– Sim, mas eu não liguei pra vocês! – protesta Christian.

– Bem, alguém ligou.

– A gente, não – insiste Christian.

– Então nós temos um problema.

– Não, *você* tem um problema – argumenta Christian. – O problema não é da gente. Não pedimos nenhuma pizza.

Todos trocam olhares constrangedores enquanto Christian e o entregador se encaram com raiva.

– Escuta, cara, só sei que tenho seis pizzas esfriando aqui e *alguém* precisa pagar por elas – diz o rapaz rudemente.

– Bem, esse erro foi seu, não da gente. *Cara* – diz Christian de um jeito esquentado, enfrentando-o. – Talvez *você* devesse pagar por elas.

Encaro Christian. Nunca o vi tão agressivo.

– Ah, é? – O rapaz dá um passo à frente.

– É – diz Christian, aproximando-se mais ainda, com o rosto vermelho de raiva. – Isso mesmo.

Todos os pelos do meu corpo se arrepiam. O que ele vai fazer? Bater no rapaz?

– Tá bom, calma aí, garotos! – Vix entra no meio dos dois e pega a bolsa.

– Vix, não! – diz Christian. – O erro foi dele.

– Não tem problema! – insiste ela. – Adoro pizza e tenho... bem, tenho o suficiente para duas. – Ela tira duas notas de dez libras e olha para mim.

– Eu não tenho nada – digo. – Desculpe, gastei o que tinha com o táxi.

– Eu também só tenho vinte. – Christian suspira, mexendo na carteira.

– *Kenny?* – pergunta Vix com ênfase.

– Desculpe. – Ele dá de ombros. – Não ando com dinheiro.

– E o dinheiro que tirou no caixa eletrônico quando a gente foi comprar os ingredientes do bolo da Lou? – Ela lembra.

– Ah, é. – Ele olha para mim como quem pede desculpas e, relutante, pega a carteira. – Tinha me esquecido.

Vix tira uma nota de vinte libras.

– Aqui. – Ela dá o dinheiro para o entregador. – Pode ficar com o troco.

Ele pega o dinheiro, fulmina a gente com o olhar e vai embora, batendo a porta.

– Peço desculpas, pessoal – diz Christian arrasado, sentando numa cadeira. – Não sei o que deu em mim. É que... está parecendo que é uma coisa depois da outra. Primeiro as ligações pedindo táxi dia e noite, depois eu perco as chaves do pub e acontece um arrombamento. Mike *ainda* acha que eu tive algo a ver com isso; ele passou a semana inteira me olhando feio. E depois minha moto é arranhada, e agora uma maldita pilha de pizzas indesejadas chega em casa! Não sei o que está acontecendo!

– Talvez tenha irritado alguém – diz Kenny.

– Ou talvez seja carma ruim. – Sugiro. – Talvez tenha feito algo terrível numa vida passada.

Observo Christian franzir o rosto.

– Aliás, resolveu o seu problema com os táxis? – Vix pergunta. – O telefone não tocou nenhuma vez desde que chegamos.

– Eu o desliguei. – Christian suspira. – Agora só uso o celular.

– E quem é que precisa de telefone fixo hoje em dia? – Vix dá de ombros. – E quanto às pizzas... elas *nunca* são indesejadas.

– Mas e o meu curry? – Ele franze o rosto. – Já está pronto; é só ficar em fogo brando por mais uns quarenta minutos.

– E está com um cheiro delicioso. – Vix sorri para ele. – Então vamos comer o curry hoje e levar a pizza para comer de café da manhã em casa. Problema resolvido!

Um sorriso surge nos lábios dele.

– De café da manhã?

– Claro! – Ela sorri. – Pizza fria é minha comida preferida.

– Sério? – Estremeço só de pensar nisso.

– Tem que provar antes de me julgar, Shepherd. Além disso, você também tem uns hábitos alimentares estranhos, senhorita Sanduíches de Geleia. Eca! – Ela estremece.

– Eles são deliciosos! – protesto.

– Todos os segredos estão vindo à tona! – Kenny ri. – *Ei*, por que não brincamos de *Eu Nunca*? Assim a gente vai se conhecer *muito* bem.

– Aah, sim! – Vix dá um gritinho.

– De jeito nenhum! – Fulmino-o com o olhar.

A última coisa que quero é que alguém descubra meus segredos, e Kenny sabe muito bem disso. O que ele está querendo?

– O que é *Eu Nunca*? – pergunta Christian.

– Um jogo de bebida. – Kenny sorri. – Todo mundo tem que dizer alguma coisa que nunca fez, e, se alguma outra pessoa *tiver* feito a coisa, ela tem que beber. Nós seremos bonzinhos – Kenny me promete. – Nada rude nem vergonhoso demais. – Ele dá uma piscada. – Confiem em mim.

– Tudo bem... – Eu cedo. Afinal, sempre posso mentir se alguém fizer uma pergunta complicada.

– É... um problema – diz Christian. – Eu não bebo.

– Ah, vamos lá! – protesta Vix. – Abra uma exceção, é uma festa!

– Hum, a festa é *minha*. – Lembro. – E estamos na casa de Christian, então ele não precisa beber.

Christian sorri para mim.

– Estraga-prazeres! – grunhe Vix.

– Ainda dá pra brincar – insiste Kenny. – Christian, você só precisa beber três dedos de suco para cada dedo de vinho que bebermos. Combinado?

– Por que não? – Christian dá de ombros. – Mas acho que vou precisar de mais suco, então.

– Eu pego – Kenny se oferece, levantando-se. – Pra vocês, meninas, pode ser vinho?

– Sim – concordo.

– Doses de vodca pra mim! – exclama Vix, correndo atrás dele.

– Obrigada. – Sorrio para Christian após ficarmos a sós. – Não precisava ter feito isso. O curry, o jogo de Xbox...

– Não é nada. – Ele dá de ombros. – Tudo para salvá-la do terrível destino de ir para uma balada no seu aniversário!

Dou risada:

– Meu herói!

– Vamos começar essa *festa*! – exclama Vix, voltando para a sala com garrafas de vinho e vodca.

Kenny está logo atrás, carregando uma *enorme* jarra do que parece ser suco de laranja para Christian.

– Será que *isto* basta? – Kenny sorri.

– Espero que sim, senão vocês vão descobrir *todos* os meus segredos! – Christian ri. – Nem sabia que eu tinha *tanto* suco de laranja!

– Não tinha – diz Kenny. – Laranja, maçã, abacaxi, está tudo misturado. Talvez o gosto esteja um pouco estranho, mas a gente não podia deixar isso *fácil* demais pra você, né, cara?

– Obrigado!

– Já basta de conversa, vamos *começar*! – exclama Vix. – Eu primeiro. *Eu nunca* bebi nada alcóolico.

– É para a pessoa dizer algo que *nunca* fez, Vix! – Dou risada enquanto todos nós brindamos.

– Mas assim eu não beberia! – protesta ela. – Qual seria a graça?

– Eu nunca raspei as pernas. – Kenny ri enquanto Vix e eu bebemos.

– Eu nunca raspei o *rosto* – respondo.

– Eu nunca usei um vestido – diz Christian.

– Kenny! – Vix ri ao vê-lo beber.

– Pegadinha do colégio interno – murmura ele. – Nem pergunte. – Todo mundo ri.

– Eu nunca andei de moto. – Vix suspira, e Christian sorri para mim enquanto nós três bebemos.

– Eu nunca corri!

– Nunca servi cerveja!

– Nunca vi *Doctor Who!*

– Ainda bem que é só suco de fruta! – Christian sorri. – Eu não paro de beber!

Enquanto o jogo continua, começo a ficar mais tranquila. As perguntas estão surpreendentemente inofensivas, todo mundo está se divertindo e sinto o vinho me relaxando.

– Nunca gostei de balada. – Christian sorri para mim na vez dele.

– Nunca conheci ninguém que morreu – diz Vix.

– Que mórbido, Vix! – Franzo o rosto enquanto bebo.

– Tenho meus motivos. – Ela dá de ombros.

Christian hesita e depois dá um gole no suco.

Vix se vira para ele.

– Conhecia alguém?

Seus olhos ficam tristes enquanto ele faz que sim.

– Um cara que eu conhecia morreu na minha frente.

Sinto um aperto no estômago.

– O que aconteceu? – pergunto, observando-o atenta.

– Um bêbado o matou – diz Christian baixinho. – É por isso que não bebo.

Franzo o rosto.

– Que merda! – Vix arfa. – Posso usá-lo para a minha história de fantasma?

– Quanto tato, Vix! – comenta Kenny.

– O que foi? Um espírito vingativo querendo punir quem o matou. É ótimo, parece *Hamlet*! – protesta ela. – Vingança deixa todas as histórias boas.

– Mas elas também costumam ser tragédias – comenta Christian. – A vingança deixa as pessoas amarguradas, arrasadas. Não vale a pena. No fim de *Hamlet*, todo mundo está morto.

– Então o que está dizendo? – Franzo o rosto. – Que os criminosos não deviam ser punidos e pronto?

– Não, mas... já existem sistemas funcionando para regular a justiça.

– Mas o sistema judiciário nem sempre funciona – argumento.

– Eu sei – suspira Christian. – Acredite em mim, eu sei muito bem disso.

– Eles prenderam a pessoa que matou seu amigo? – pergunta Vix.

– Sim. – Christian faz que sim. – Ele foi preso.

– Que bom. – Ela sorri. – Então a história teve um final feliz.

Se ao menos tudo fosse tão simples assim..., penso.

– Bem, o clima da festa morreu! – diz Kenny. – Ou algo assim.

– Desculpe. – Vix ri. – Tá bom. Eu nunca... transei com um policial!

– Fui à Disney!

– Nadei pelado!

– Fiz uma tatuagem!

– Fumei cigarro!

– Fumei maconha!

– Eu nunca usei uma identidade falsa – diz Kenny.

Eu o encaro. O que ele está fazendo?

Para a minha surpresa, Vix e Christian também bebem.

– Nunca tingi meu cabelo – prossegue Kenny.

Christian brinda e bebe de novo.

– Lou? – Os olhos de Kenny brilham na minha direção. – Beba.

– Não acredito! – exclama Christian. – Não é loira natural?

– Me pegou. – Sorrio, tensa.

Ele ri bem alto e eu olho para ele, surpresa. Não é tão engraçado assim.

– Como você sabia? – pergunta Vix para Kenny, que dá de ombros. – Qual a sua cor natural?

– Nada disso, não é assim que o jogo funciona – digo, olhando para Christian.

– Ela tem razão – diz Kenny. – Você tem que começar com "Eu nunca...", lembra?

Sorrio para ele.

– Tipo, eu nunca... menti para a polícia – diz Kenny.

Meu sorriso evapora quando ele pisca para mim, e meu sangue congela. Será que ele está planejando me desmascarar na frente de todo mundo?

Meu pulso dispara enquanto hesito. Se eles me virem beber, vou entregar o jogo. Se eu não beber, porém, Kenny vai poder dizer que estou mentindo como fiz com a cor do cabelo, piorando tudo. Talvez, se eu beber bem rapidamente, eles não vejam...

– *Sabia!* – Vix dá um gritinho de alegria.

Eu me viro, chocada, e vejo Christian bebendo o resto do suco.

– Me pegaram de novo! – Ele ri, batendo o copo vazio na mesa. – Preciso de um refil.

Encaro-o. Por que ele admitiria isso?

– E então? – pergunta Vix, com os olhos brilhando. – Você contou ao policial que estava *onde* durante o arrombamento do sábado passado?

– O quê? – Christian franze o rosto, estendendo o braço para a jarra quase vazia. – Aqui.

– Mas na verdade não estava, não é?

– O quê? – Agora Christian parece bem confuso.

– Você não estava aqui naquela noite.

– Estava, sim – diz ele.

Vix franze o rosto.

– Então não mentiu para eles?

– Não.

Ela fica sem reação.

– Não entendo... Se não mentiu para eles a respeito disso, sobre *o que* mentiu?

– Sobre pegar aquela mochila – diz Christian, erguendo a jarra para colocar mais suco no copo.

– Que mochila? – Franzo o rosto.

– A mochila na casa!

– O quê? – Ele não está fazendo muito sentido…

De repente ele vira a jarra, errando completamente o copo, e esparrama suco por toda a mesa de centro. Todos nos levantamos para sair do caminho. Menos Christian.

– Ah, merda. – Ele encara a bagunça e cai na gargalhada.

Olho para ele.

– Você está *bem*?

– Hum, não. – O rosto dele empalidece. – Na verdade, estou me sentindo meio... Com licença... – Christian sai correndo pela porta.

– Eu nunca batizei uma bebida! – diz Vix, rindo enquanto Kenny bebe mais uma vez.

Eu me viro para ele:

– Batizou a bebida de Christian?

– *Moi?* – diz ele inocentemente.

Vix fica morrendo de rir.

– Não é engraçado. – Fulmino-a com o olhar. – Christian é abstêmio. Kenny batizou a bebida?

– Sem comentários, policial.

– Vix!

– Qual é, não dá pra brincar de *Eu Nunca* sóbrio! – argumenta ela. – Não é justo!

– *In vino veritas!* – acrescenta Kenny.

– Ou na vodca, nesse caso. – Vix dá uma risadinha.

– Então Christian estava virando doses de vodca enquanto a gente bebia vinho? – Fuzilo Kenny. – Você é um babaca.

– Relaxa, Lou! – exclama Vix. – É uma festa!

– Não, é uma farsa – retruco. – Vou para casa.

– Não! – protesta Vix ao me ver levantar. – Lou, não vá embora! É seu aniversário!

– Boa noite! – Saio raivosamente.

– Não, Lou, espere! – chama Vix.

– Deixe que eu vou. – Escuto Kenny dizer a ela enquanto abro a porta da casa. – A culpa é minha.

Com certeza. Acelero o passo ao escutá-lo me seguir pela rua escura.

– Lou, espere... – Ele me alcança. – Desculpe. Não queria chateá-la.

– *Até parece* – sussurro, sem diminuir o passo. – O que estava *pensando*? Contando meus segredos para todo mundo...

– Ah, Lou, *que* segredos? – protesta ele. – Que tingiu o cabelo e usou uma identidade falsa? A maioria dos adolescentes faz isso!

– E mentir para a polícia? – digo. – A maioria também faz isso?

– Aquilo foi para Christian, não para você – diz Kenny. – Além disso, você não mentiu para eles, você só invadiu o escritório.

Mordo o lábio, me lembrando do que Christian disse: *Será que não contar a verdade é o mesmo que mentir?*

– Não quer saber o que ele disse para a polícia? – pergunta Kenny. – Qual foi o álibi dele?

Hesito.

– Sim.

– Bem, foi por *isso* que batizei a bebida dele e por *isso* que fiz a pergunta – diz ele. – Queria que visse bem onde está se metendo. E com certeza também deve estar louca para fazer algumas perguntas para o senhor Misterioso, agora que ele está um pouco mais... conversador.

– Claro que estou – admito. – Mas não na frente de *Vix*! A última coisa que eu preciso é que a senhorita Repórter Investigativa descubra algum segredo sobre qualquer um de nós. Você viu quanto ela está desesperada atrás de uma história. Ela pode arruinar tudo.

– Tem razão. Desculpe. – Ele suspira. – Não raciocinei direito. Estava apenas tentando ajudar.

– Então não ajude! – retruco.

– Bem, está na cara que não precisa da minha ajuda! – responde ele. – *E* eu já ajudei. Disfarcei quando deixou cair a carta do seu tio, quando o seu cartão de aniversário chegou, *e* consegui pra você o emprego no bar...

– Você o *quê*?

– Titch. – Ele suspira. – Acha mesmo que foi *por acaso* que Heidi adoeceu quando o bar estava bem cheio?

Meu queixo cai.

– O que você fez?

Ele dá de ombro.

– Nada de mais.

– Kenny, *o que* você *fez*?

– Nada! Só paguei um café pra ela.

Fico olhando para ele sem acreditar.

– Você *envenenou* a bebida de Heidi?

– Ela está *bem* – argumenta Kenny. – Só ficou mal do estômago por um dia.

– Meu Deus, o que estava *pensando*?

– Estava pensando que você precisava de um emprego como parte do seu disfarce e que eu podia ajudar. Não achei que você fosse começar a *sair* com Christian!

Assumo um tom mais sério:

– Eu já disse, não foi um encontro.

– Vocês pareciam bem grudados.

– Que seja.

– Mas não foi um encontro?

– Caramba, Kenny, e se foi?! Você não é meu namorado e não tem nada a ver com isso!

– Eu tenho *tudo* a ver com isso! – argumenta ele. – Mesmo que não queira admitir, nós estamos juntos nessa história, Lou. Não posso ficar parado vendo você jogar tudo para o alto! Não depois de tudo o que passamos. Tem muita coisa em jogo!

Muita mesmo.

– Então não me isole, não diga que eu não importo, que não estou envolvido. Eu importei naquela noite no escritório, não foi?

Suspiro.

– *Não foi?*

– Sim – admito.

– *Meu Deus!*

Nós dois nos viramos e vemos Vix parada atrás da gente na calçada.

Merda. Há quanto tempo ela está aí?

Ela não tira os olhos de mim.

– Você e *Kenny?*

Encaro-a, tentando entender o que foi que ela escutou. *Eu e Kenny... o quê?*

– *Agora* entendo por que tentou me manter longe dele – diz ela, amargurada. – Pra poder ficar com ele só pra você!

– Não! – exclamo, aliviada por ela ter entendido tudo errado. – Não, Vix, não é o que está…

– Não? – diz ela. – E o que foi que aconteceu exatamente *naquela noite no escritório,* então?

Olho para Kenny, ansiosa.

– E quando exatamente *foi* essa noite? – pergunta ela. – Há quanto tempo isso está acontecendo?

– Eu... – Hesito.

– Meu *Deus*. – Vix dá um passo para trás de repente. – *Colégio interno...*

– O que foi? – Fico sem reação.

– Vocês dois estudaram em colégio interno. No *mesmo* colégio interno?

– Não! – exclamo, em pânico.

– Vai ser bem fácil conferir. – Os olhos de Vix ficam sérios. – Dá para encontrar tudo na internet hoje em dia, não dá, Kenny? Como fotos do livro do ano.

Merda. Eram poucas garotas no nosso ano no colégio, então, se Vix procurar o nosso livro do ano, ela vai ver minha foto e encontrar meu verdadeiro nome, minha verdadeira identidade.

– É *por isso* que sabe que Lou pinta o cabelo! – Vix se vira para Kenny. – Vocês se conheciam antes mesmo de virem morar aqui e mentiram pra mim esse tempo inteiro! Vocês *dois*!

– Vix...

– E não só pra mim. Aposto que Christian também não sabe, não é? – diz ela. – Pelo menos *ainda* não. – Ela vira em direção à casa.

– Não, Vix, não pode contar pra ele! – Agarro desesperada o braço dela.

– Por que não? – Ela se afasta de mim. – Ele merece saber o que está acontecendo!

– Não tem *nada* acontecendo! – protesto.

– *Sério?* – Ela me fulmina com o olhar. – Acha que sou *burra*, Lou?

– Não!

– Então, por favor, explica aí! – exclama ela. – Se entendi tudo errado, então me conte do que Kenny estava falando. O que aconteceu *naquela noite*?

– Eu... – Hesito, com a cabeça rodando dolorosamente.

Não posso contar a verdade, mas também não posso deixar ela me pesquisar.

– Foi o que pensei.

Observo Vix voltar apressada para a casa de Christian, sem poder fazer nada.

– Espere, Vix, você tem razão – emenda Kenny.

Ela se vira.

– Lou e eu... – Ele olha para mim. – A gente se conhecia no colégio interno.

– Sabia! – Ela me olha feio.

– E numa noite... aconteceu algo. Nós arrombamos um escritório.

– Kenny, não... por favor! – imploro.

– Desculpe, Lou – diz ele, sem olhar para mim. – Mas Vix merece a verdade.

Fecho os olhos. *Merda.*

– E a verdade é que... nós arrombamos o escritório porque era o único lugar do colégio em que a gente podia ficar a sós, sem supervisão de ninguém.

Escancaro os olhos e vejo Vix me olhando com raiva.

– Vocês dormiram juntos? – pergunta ela com firmeza.

Olho para Kenny nervosa, me perguntando onde ele vai parar com essa mentira.

– Não. – Ele balança a cabeça. – Não, a gente apenas se beijou. Nós dois estávamos bêbados, foi no baile de fim de ano e eu tinha conseguido levar escondido um cantil de bolso com vodca. Mas, assim que começamos a nos beijar, Lou pareceu ficar mais sóbria e mudou de ideia, e foi embora. O estrago já tinha sido feito. – Ele dá de ombros. – Eu gostava dela havia séculos. Mais do que gostava, na verdade. E aquele beijo... despertou alguma coisa dentro de mim, um raio de esperança que não quer apagar. Foi por isso que a segui até aqui. Porque... porque ainda estou apaixonado por ela.

Encaro-o. De onde é que ele tira essas coisas? Ele é tão convincente!

– Achei que tínhamos um futuro juntos, achei que, se a seguisse até aqui, eu faria ressurgir aquela chama entre nós... Eu a convenceria a dar uma chance pra gente. – Seus olhos encontram os meus, e minhas costas se arrepiam. Se eu não soubesse que ele está mentindo... – Mas não adianta. – Ele suspira. – Ela não está interessada. Nem apareço no radar dela.

– Mas... por que vocês fingiram que não se conheciam? – pergunta Vix.

Olho para Kenny, rezando para que ele tenha raciocinado até esse ponto.

– Achei que assim seria melhor para recomeçarmos – diz Kenny. – Que teríamos um novo começo se a gente fingisse que estava se vendo pela primeira vez. Não deu certo.

– Mas por que *você* topou fazer isso, Lou? – pergunta Vix. – Por que não me contou o que estava acontecendo?

Não me abalo.

– Eu... não queria que você ficasse com uma opinião ruim sobre Kenny – minto. – Você gostou dele, e ele é legal. Só porque não quero sair com ele não significa que ele não deve ficar com outra pessoa, com alguém incrível como você! Ele também merecia um novo começo.

Vix franze o rosto.

– Então por que tentou cortar o meu interesse por ele?

Hesito e olho para Kenny.

– Eu... não tinha percebido quanto ia ser difícil ficar perto dele com tanta frequência e mentir o tempo inteiro – digo. – Mas, depois que uma mentira é dita, tudo termina virando uma bola de neve. E depois era tarde demais pra contar a verdade a você…

– Nunca é tarde demais – interrompe Vix, me olhando bem nos olhos. – Não para a verdade.

Sinto minhas bochechas arder.

– Tem razão. Desculpe, Vix.

Ela desvia o olhar.

– Não vai contar a Christian, vai? – imploro.

– Nem dá pra contar. – Ela suspira. – Ele estava dormindo quando saí, roncando no chão do banheiro.

Graças a Deus.

– Vou pra casa. – Vix suspira.

– Vou com você – ofereço.

– Não – retruca ela, o olhar frio. – Eu... preciso ficar sozinha um pouco.

Engulo em seco e concordo, me sentindo insuportavelmente triste enquanto a vejo ir embora.

– Desculpe – sussurra Kenny do meu lado.

Mas na verdade a culpa é só minha. Eu que causei essa confusão. Conheço-a há pouco tempo, mas me sinto péssima por ter enganado e desapontado Vix. No entanto, mesmo sentindo o enorme peso da culpa nos meus ombros, sei que vou continuar mentindo para ela.

Afinal, não tenho escolha.

Capítulo quinze

Na manhã seguinte, Vix não atende ao telefone nem abre a porta do quarto do dormitório. Não a culpo. Mas, quando chego ao pub para o meu turno do sábado e não encontro Christian, começo a me preocupar.

Será que Vix contou a ele sobre Kenny? Será que ela arruinou minhas chances com Christian bem quando estávamos começando a ficar mais próximos?

Sinto a ansiedade remoer minha barriga, e Mike olha com raiva para o relógio pela milésima vez.

Será que mentir de novo para Vix foi a escolha certa? Talvez a gente devesse ter contado a verdade, ou pelo menos parte dela: que tio Jim está na prisão e que mudei de nome para não chamar atenção. Talvez ela não se sentisse tão traída, tão humilhada, se soubesse que não tem mesmo nada acontecendo entre Kenny e mim, que ele está aqui só para me ajudar como amigo. Parte de mim acha que ela guardaria meu segredo, que compreenderia. Contudo, não posso correr esse risco. Afinal, ela é uma aspirante a jornalista. Então, o preço que vou pagar para manter o meu segredo vai ser perder a minha única amiga por aqui.

Olho para o relógio: 11h30.

E agora parece que perdi Christian também.

De repente, a porta do pub se escancara.

– Desculpe, desculpe! Meu despertador não tocou, acabei de acordar. – Christian cambaleia para dentro do pub com a roupa da moto.

– Você está *uma hora e meia* atrasado! – grita Mike. – Tire esse capacete!

– Desculpe! – Christian o remove, deixando à mostra olhos vermelhos e inchados e marcas de travesseiro nas bochechas.

– Você parece péssimo – diz Mike para ele. – Vá para casa.

– Tá certo. – Christian se vira. – Na verdade não estou me sentindo muito bem.

– E nem precisa voltar – acrescenta Mike. – Está demitido.

– *O quê?* – Christian se vira. – Não pode me demitir porque estou doente!

– Você não está doente! – argumenta Mike. – Acha que não reconheço uma ressaca a um quilômetro de distância? Eu administro um pub!

– Não estou de ressaca! – protesta Christian. – Eu nem bebo!

Ai, merda.

– Mentiroso! – Mike tem o olhar zangado. – *E* está atrasado. De novo. Estava esperando uma desculpa para me livrar de você desde o arrombamento, e agora tenho duas.

Christian o encara.

– O quê?!

– Não se faça de santo. Sei que está por trás daquilo – desembucha Mike. – Dei uma oportunidade a você. Dei um emprego... e uma maldita *promoção*! E é assim que retribui?

Olho para Christian, sem me atrever a respirar. Ele parece perplexo.

– O quê? Mike, não, eu…

– Ah, eu sei que *você* não arrombou. É inteligente demais para isso e teve o seu misterioso *álibi* – zomba Mike. – Mas isso não o impediria de dar as chaves para um dos seus amigos suspeitos, não é? Bem, não sou tão burro quanto pareço, então dê o fora daqui.

– Mas, Mike, eu…

– Eu disse *dê o fora*! – grita Mike.

Christian olha-o de um jeito zangado e intenso, coloca o capacete e sai em disparada do pub.

– Christian, espere! – Vou correndo atrás dele.

Ele não pode andar de moto. Depois de tanta vodca, ele está acima do limite alcóolico!

– Aonde acha que vai, mocinha? – resmunga Mike. – Se sair desse pub, também vai perder o emprego!

– Tudo bem! – Saio correndo do pub e encontro Christian já dando a partida na moto. – Não! – grito enquanto ele sai do estacionamento. – Christian! *Pare!*

Merda!

Corro até meu carro, na esperança de alcançá-lo antes que seja tarde demais. Assim que saio do estacionamento, avisto-o na base de uma colina e piso no acelerador, sem me importar se ele vai me ver persegui-lo dessa vez.

Manter o ritmo dele é outra coisa. Ele sai em disparada no meio da rua congestionada, ziguezagueando para dentro e para fora do trânsito como um louco, deixando um rastro de buzinas estrondosas.

Meu Deus. O pânico surge dentro de mim. *Ele vai bater, ele vai morrer.*

Cenas do acidente dos meus pais surgem na minha mente: o carro reduzido a pedaços retorcidos de metal amassado.

Pisco para a imagem desaparecer, me obrigando a focar a moto veloz, determinada a não perdê-lo de vista.

Enfim (ainda bem!) saímos das ruas da cidade. Christian desvia da pista principal e passa para uma estrada campestre, entrando no distrito Peak. As ovelhas espalham-se como bolas de sinuca quando ele passa ruidosamente pelos campos com paredes de pedra.

Olho para o velocímetro.

Sessenta quilômetros por hora.

Setenta.

Oitenta.

Preciso fazer alguma coisa.

Aperto a buzina, e ele se vira.

– Pare! – Aceno da minha janela. – Christian, sou eu! Desacelere!

A velocidade dele diminui aos poucos.

Cinquenta.

Quarenta.

– Pare a moto! – grito.

Ele se vira de novo, depois passa a balançar bastante. De repente, começa a derrapar por toda a estrada e a moto desliza, descontrolada.

– *Christian!* – grito ao vê-lo bater no canteiro coberto de grama.

Ele cambaleia para dentro de um arbusto enquanto a moto desliza de debaixo dele e colide numa sebe próxima.

Paro no acostamento, saio do carro e vou correndo até ele.

– Christian? Meu Deus! Você está bem?

Ele geme.

Com cuidado, levanto o visor do capacete.

– Está machucado? – pergunto, ansiosa. – O que faço? Não sei primeiros socorros.

– Boca a boca – diz ele gemendo. – É a única maneira.

Sorrio, aliviada.

– Você está bem. Tem alguma parte do corpo doendo?

– Só o meu orgulho. – Ele geme, sentando-se e tirando o capacete. – E a coitada da minha moto! Dá pra andar nela ainda?

– Acho que sim, mas é melhor não fazer isso – digo com firmeza. – Não agora.

– Por quê? – Ele franze o rosto.

– Porque... – Hesito. Como explico que ele está de ressaca sem contar que batizaram a bebida dele? – Porque acabou de sofrer um acidente – digo, pegando o celular. – Está em estado de choque. Vou pedir para Kenny vir buscar a moto. Ele tem carteira de moto.

E afinal isso é culpa dele.

Ligo para Kenny, explico secamente o que aconteceu e desligo.

– Ele está a caminho.

– Você é tão inteligente! – Christian sorri. – E tão bonita…

Franzo o rosto.

– Bateu a cabeça?

– O quê? Sim, um pouco. Por quê?

– Acho que pode estar confuso por causa da pequena concussão.

– Não, *não* estou! Você *é* linda! – diz ele, tão indignado que sorrio. – E inteligente e bondosa e generosa…

– Bem, e *você* está delirando um pouco, senhor, então acho melhor levá-lo ao hospital para conferir se está tudo bem – digo a ele. – Vamos.

– Espera, não devia estar trabalhando? – Ele franze o rosto de repente. – Mike vai ficar furioso.

– Pedi demissão.

– Por quê?

– Queria checar se você estava bem. – Dou de ombros. – Estava preocupada.

– Nossa! – Ele me encara de olhos arregalados. – É a coisa mais gentil que já fizeram por mim.

A culpa percorre minhas veias.

– E queria ver a cara do Mike – acrescento depressa. – Você tinha que ter visto, achei que alguma veia dele fosse estourar ou algo assim!

Christian dá uma risada e suspira pesado.

– Merda. Não acredito que ele me demitiu. Por que ele me demitiu?

– Você chegou atrasado.

– Ah, é.

– Duas vezes – emendo.

– Merda, é verdade.

– E perdeu as chaves do pub.

Ele suspira.

– E quem quer que tenha achado arrombou o bar.

– Merda, como a minha semana está péssima! – Ele cai na gargalhada.

Encaro-o.

– Por que está rindo?

– Não sei! – Ele ri. – Estou desempregado, sofri um acidente com minha moto e estou sentado no meio de uma poça de lama! O que mais pode dar errado?

Como se respondendo, uma van ronca na esquina e faz uma poça enorme respingar, encharcando a gente dos pés à cabeça. Ficamos nos encarando por um instante e caímos na gargalhada.

– Você precisava ter dito aquilo, não é?! – Dou risada.

– Qual é! – grita ele para o céu. – Não consegue fazer nada melhor?

– Não! Não provoque o destino! – exclamo. – Assim um relâmpago vai nos atingir ou algo do tipo!

– Pode mandar ver! – grita ele. – Faça o pior que puder!

– *Não!* – Dou um peteleco para jogar lama nele, mas ela só faz respingar no seu rosto. Ele arregala os olhos. – Desculpe! – Dou uma risada. – Não queria... – Um pedaço de lama fria me atinge bem na orelha, e solto um grito. De repente começa uma guerra total, com a gente dando petelecos e fazendo a lama respingar um no outro sem nenhum dó, até por fim eu erguer as mãos me rendendo.

– Trégua! – grito. – Desisto!

– Sua covarde. – Christian ri, tentando limpar a lama do rosto, mas termina se sujando ainda mais.

– Bem, está parecendo um porco no meio do esterco!

– Ah, obrigado. – Ele sorri. – Porcos são criaturas muito inteligentes. E ainda dizem que lama é bom para a pele. – Ele massageia a lama na bochecha como se fosse um hidratante. – Lama – diz ele, fazendo bico. – *Porque eu mereço.*

Eu me curvo de tanto rir, até não conseguir mais respirar.

– Espere, *espere*, esqueceu de passar aqui! – Eu me inclino para a frente e espalho lama na testa dele. – Pronto. Perfeito. Agora você se sentiria em casa no The Flying Pig, não é? – Dou uma risadinha.

– Que coisa mais típica! – exclama Christian. – *Sempre* estou no lugar errado na hora errada!

Sorrio enquanto ele tira lama da minha bochecha.

– Bem… – reconhece ele, a voz mais suave ao passar a mão no meu rosto. – Talvez nem sempre.

Meu coração dispara forte. Ele se inclina para a frente, os olhos azul-claros focados nos meus no instante em que nossos lábios finalmente se encontram, macios e quentes e suaves.

De repente, meu corpo dá uma arrancada para trás, como se tivesse levado um tiro. Tropeço, caindo no meio da lama.

– Louise?

O que estou pensando? Fecho os olhos. *O que diabos estou fazendo? Merda! Merda! Merda!*

– Lou, você está bem? Lou?

Abro os olhos.

– Preciso ir.

– Lou, espere... – Ele agarra meu braço enquanto me levanto atrapalhada.

– Solte! – digo, com o pulso acelerado.

– Por favor, não vá embora – implora ele. – Desculpe.

– *Me solte!* – grito, e ele me larga, o rosto aflito.

– Desculpe mesmo. – Seus olhos se enchem de arrependimento. – Por favor. Não quis…

– Kenny chegou. – Interrompo, avistando o táxi. Corro para o meu carro. – Volte de táxi. Vá para o hospital. Preciso ir.

– Espere... *Lou!*

Entro no carro e bato a porta atrás de mim, o coração disparado como louco. Vou embora o mais rápido que consigo.

Não aconteceu nada, digo a mim mesma várias e várias vezes enquanto vejo Christian encolher no espelho retrovisor. Não aconteceu nada. *Mas quase aconteceu.*

Esmurro o volante. *O que eu estava pensando?*

Kenny tinha razão. Isso foi um erro. Um erro gigantesco. Não posso *ficar* com Christian. É arriscado demais, perigoso demais... *errado* demais.

Bile sobe pela minha garganta, e eu desvio para o canteiro de grama bem na hora em que vomito por cima de um muro de pedra.

Fecho os olhos, cheios de lágrimas. O rosto de Poppy toma minha mente, com suas bochechas pálidas no travesseiro do hospital. Nesse meio-tempo, estou aqui rindo, fazendo piadas e *ficando com Christian*?

Coloco para fora o vômito, a bile, o gosto dos lábios de Christian, mas a amarga culpa permanece, azeda e familiar.

Como fui capaz de esquecer? Mesmo que só por um minuto? *Como* fui capaz? Desapontei todo mundo. Tio Jim, Vix, Poppy e agora Christian também, que vai ficar me achando a maior maluca.

Meu celular vibra no bolso, e eu o pego.

Vovó.

Ignoro. Não consigo falar com ela, não agora. Além disso, ela acha que estou no trabalho.

Ele toca de novo.

Vix.

Meu coração para, e atendo.

– Oi! Que bom que ligou, me desculpe mesmo…

– Cadê você? – diz Vix, séria. – Não está no pub?

– Não. – Suspiro. – É uma longa história. Estou no meio do nada neste momento.

– Bem, volte.

– Estou voltando – digo, retornando ao carro. – Quer tomar um café, ou…

– Tem uma visita aqui pra você, Shepherd – diz Vix, seca. – Ou será que eu devia dizer *Willoughby-White*?

Fico paralisada.

– O quê?

– Oi, querida! – cantarola uma voz familiar no telefone.

Merda.

Vovó.

Capítulo dezesseis

Merda, *merda*, MERDA!

Sigo veloz pelas estradas campestres na direção da residência. O que vovó está fazendo *aqui*? Achei que elas não iam poder vir! O que ela quer? *Quanto será que contou a Vix?* Esquecer-se de colocar o meu nome novo num cartão de aniversário já foi péssimo, mas vir até aqui e desembuchar a história toda? *Ela pode arruinar tudo.* Se é que já não arruinou…

Estaciono e forço um sorriso enquanto subo com pressa até o quarto de Vix.

– Vovó! Oi! – Entro apressada e a abraço. – O que está fazendo aqui?

– É o fim de semana do seu aniversário. Você sabia que eu vinha visitar! – Ela ri. – Há semanas que espero por isso!

– Mas... tia Grace disse que vocês não iam poder vir – conto a ela.

– Ah, só porque *elas* não podem vir não significa que vou perder minha viagem! Sou perfeitamente capaz de subir num trem, sabia? Além disso, não pode passar seu aniversário sem um dos meus bolos, é tradição! – Vovó sorri. – Mas Victoria estava me contando que fez um pra você ontem... e quase queimou o prédio inteiro!

Olho para Vix.

– A conversa estava boa?

Ela desvia o olhar.

– Ah, estava, sim. – Vovó sorri, depois seu rosto desanima e ela segura minha mão. – Mas me desculpe, querida, temo ter contado o seu segredo. Quando bati no seu quarto, Victoria me encontrou, e eu perguntei por você dizendo seu verdadeiro nome. Esqueço o tempo inteiro que você o mudou, minha memória anda péssima! Precisei trazer sua carta para lembrar em que residência estava!

– Achei que ela tivesse errado de quarto, mas aí ela me mostrou sua carta, falando de mim – diz Vix. – E então eu somei dois mais dois.

– Desculpe, querida. – Vovó franze o rosto.

– Está tudo bem, vovó – digo a ela. – Tenho certeza de que Vix sabe guardar segredo. – Olho para ela, implorando.

– Claro. – Ela sorri para vovó.

– Obrigada, Vix.

– Como está seu tornozelo, querida? – Vovó franze o rosto. – Victoria disse que caiu...?

– Ah, foi – digo –, mas agora já está bem melhor. Vamos sair para almoçar, vovó?

– Parece ótimo! – diz ela, alegre. – Só preciso ir ao toalete antes.

– Pode usar o meu, senhora Brown – diz Vix, indicando o banheiro da suíte dela.

– Obrigada, querida.

Espero vovó fechar a porta.

– Vix...

– Não. – Ela ergue a mão. – Sua avó me contou tudo.

Merda. O que será que ela sabe agora? Fico arrasada ao me lembrar de como ela subornou a garota na recepção querendo notícias de L. Willoughby-White: *Uma história como essa pode ser o maior avanço para a minha carreira.*

– Mentiu pra mim – disse Vix. – Passou esse tempo inteiro fingindo ser alguém que não é.

Fecho os olhos.

– Desculpe mesmo, Vix.

Ela suspira.

– Está tudo bem. Eu entendo.

Olho para ela, surpresa.

– Entendo por que não quis que ninguém soubesse da verdade, especialmente comigo falando que precisava de um furo! – Ela aperta minha mão. – Mas sou sua amiga, Lou. Você *pode* confiar em mim.

– Desculpe – digo a ela. – É que... eu queria ser normal, sabe?

Ela sorri.

– O seu segredo está a salvo comigo.

– Obrigada. – Abraço-a, e ela retribui.

– Então é por isso que estava tentando me afastar de Kenny? – diz ela com hesitação. – Porque ele sabia a sua identidade e podia acabar contando tudo?

Hesito e faço que sim. *É um dos motivos...*

– Sabe o que teria feito eu desanimar na hora? Se tivesse dito que ele está apaixonado por *você*. Toda a energia que gastei atrás de Kenny quando tem milhares de outros alunos por aqui? Que desperdício! – exclama Vix. – Não acredito que ele a seguiu até aqui só por causa de um beijo. Não sei se isso é muito romântico ou apenas *superassustador*!

Sorrio, constrangida. Claro que não aconteceu nenhum beijo, mas não posso contar isso a ela sem explicar o que *realmente* aconteceu *naquela noite*. E, apesar de eu odiar mentir para ela, não tenho escolha.

– Desculpe, Vix.

– Está tudo bem. – Ela dá de ombros. – Afinal, eu só o conheço há uma semana. Tem muitos outros gatinhos por aí, né? Por falar nisso, Matt vai jogar futebol mais tarde, e pensei em ir lá ver.

– Ele é atleta? – pergunto, surpresa.

– Quem diria, né? – Vix sorri. – Enfim, divirta-se com sua avó. Passe a tarde fora com ela, ou seja, bem longe de todos que conhece. Ela é meio imprevisível!

– Eu sei. – Ela sorri. – Devia ver como ela fica depois de tomar um pouco de conhaque.

Vix ri.

– O meu conhaque é medicinal! – protesta vovó ao sair do banheiro.

– Sua audição está perfeita, né, vovó? – Sorrio. – Vamos nessa.

* * *

– Agora entendo por que o nome é Meadow*hell*! – Vovó ri depois de passarmos a tarde dirigindo pelas estradas e fazendo compras no shopping, por fim nos acomodando para jantar na frente da lareira de um pequeno pub agradável. – É para morrer de tanto comprar!

– Mas aproveitou umas promoções boas, vovó. – Sorrio, pensando em todas as sacolas de compras no porta-malas do carro.

– Tenho olhos de águia. – Ela pisca. – Mas meus pés parecem que vão cair! Talvez por causa da pedicure com peixes?

Dou risada.

– Não acredito que me convenceu a fazer aquilo!

– Foi divertido! Não pode ter medo de experimentar coisas novas, querida. É assim que a pessoa se mantém jovem – diz ela. – Há *séculos* que não faço uma boa sessão de compras feminina! Não desde que... – Ela hesita. – Bem, não desde que você começou a universidade. Nós fazíamos isso o tempo inteiro, não era?

– Desculpe por eu não ter ido visitá-la ainda, vovó.

– Que besteira. Só se passaram algumas semanas, e você está ocupada se acomodando, fazendo amizades. Além disso, aqui é longe de Londres.

Concordo.

– Mas esse foi um dos motivos, né? – diz ela com calma. – Quanto mais longe, melhor?

Desvio o olhar.

– Não sei do que está falando.

– Talvez eu seja velha, mas não sou tola. – Ela sorri. – Sei que não estava fácil ficar em casa. Não agora.

Suspiro.

– Quando não estou lá, é como se eu quase pudesse fingir que nada aconteceu. Que tudo está exatamente como antes.

Vovó aperta minha mão, e eu pisco para não chorar.

– Mas agora aquilo parece mais um sonho, não lembranças. Muita coisa mudou.

– E muita coisa continua igual. – Vovó insiste, tranquila. – Família continua sendo família, mesmo quando não conseguimos estar todos juntos.

– Nunca ficaremos todos juntos... – digo baixinho. – Não com tio Jim na prisão e Poppy... – Minha voz falha, e vovó põe o braço ao redor dos meus ombros.

– Nós vamos superar isso – promete ela. – Um dia de cada vez. *Juntas.* Tudo vai ficar bem. – Ela beija minha testa, e, quando me abraça forte pela primeira vez em séculos, eu sinto que talvez isso seja verdade.

* * *

– Não acredito que deixei seu bolo no quarto de Victoria! – Vovó faz um muxoxo na volta para a residência depois do jantar. – Espero que ela não tenha comido tudo!

Dou risada.

– Acho que não há nenhum problema. Ela está de dieta. É de quê?

– Chocolate, claro!

– Xi... – digo. – Então talvez tenha tido problema, sim.

Vovó dá uma risadinha.

– Aah, eu não devia rir depois desse jantar enorme. Estou cheia! Espero que você ainda tenha *espaço* para o bolo!

– *Sempre* tem espaço para bolo de aniversário. – Sorrio, as palavras de Christian surgindo na minha cabeça sem querer.

Ao entrarmos na rua dele, sinto uma pontada de culpa. Ignorei tantas ligações dele hoje que acabei desligando o telefone só para vovó parar de erguer as sobrancelhas para mim. Mas não devia tê-lo deixado no meio do nada depois que ele caiu da moto, em especial com uma concussão.

– *Velas!* – grita vovó de repente. – Não tenho nenhuma vela de aniversário! Sinceramente, acho que eu esqueceria minha própria cabeça se ela não estivesse grudada no corpo!

– Não precisa – digo.

– Não, querida, precisamos comprar. Olha, tem uma lojinha ali, talvez tenha lá. – Ela aponta para a loja que vende bebidas.

– Não tem onde estacionar – digo.

Não posso correr o risco de encontrar Christian com vovó. Ela já contou tudo a Vix, ele não pode descobrir também.

– Não, olhe, tem uma vaga bem ali, na frente da casa com a porta verde. – Vovó aponta para a casa de Christian. – Estacione ali.

– Não, vovó, não precisa…

– Não pode deixar de ter vela no bolo de aniversário. – Ela insiste. – Sem vela, é apenas um bolo normal! Como é que vai fazer um pedido?

Queria fazer um pedido agora.

– Tá bom. – Estaciono na vaga. – Pode ficar no carro, e *eu* passo na loja.

– Tudo bem, querida.

Saio do carro e quase imediatamente a porta da casa de Christian se escancara.

– Lou!

Fico paralisada.

– Lou, que bom que está aqui, desculpe mesmo…

– Christian – interrompo, feliz porque está escuro. – Não posso conversar agora. Ligo mais tarde, tá certo?

– Lou, por favor!

– Querida! – chama vovó pela janela do carro. – Quem é esse?

Merda.

– Ninguém, vovó. – Abaixo a voz e olho de volta para o carro. – Apenas um amigo.

– Quer convidá-lo para partir o bolo com a gente?

Não consigo pensar em nada pior.

– Não, não, pode deixar – sorrio, apressada. – Christian está ocupado.

– Tem certeza? – Ela olha por cima do meu ombro. – Ele é muito bonito. Na verdade, será que eu não o conheço? Ele me parece familiar...

– Não – digo, bloqueando a vista dela. – Ele é daqui. Mas ele lembra um pouco aquele cara de *Mamma Mia!*

– É... é, lembra, sim – diz vovó, refletindo. – Talvez seja isso...

– Lou, por favor, converse comigo! – chama Christian.

– Ele parece estar contente em vê-la – comenta vovó. – Por que *eu* não passo na loja enquanto vocês dois conversam?

– Não, eu... – Hesito. Se eu for à loja sozinha, vovó pode começar a conversar com Christian. Se eu for com vovó para a loja, Christian pode vir atrás da gente. A única maneira de evitar o encontro dos dois é se ela for lá sozinha. – Tá bom. Obrigada, vovó. Não vou demorar.

Ando rápido pelo caminho até Christian, empurrando-o para dentro da casa e fechando a porta, tentando mantê-lo o mais longe possível de vovó.

– Tá bom. – Suspiro. – Vamos conversar.

– Lou, desculpe mesmo por hoje de manhã, fui o maior idiota – diz ele. – Não sabia o que estava fazendo, interpretei errado a situação. Não queria chateá-la.

– Não. Eu que peço desculpas – digo. – Reagi de uma maneira totalmente exagerada, e nunca devia ter deixado você sozinho daquele jeito. Foi ao hospital?

– Sim. – Ele assente. – Eles disseram que eu tive uma pequena concussão e que o nível de álcool no meu sangue estava bem alto.

– Como assim? – digo, cautelosa. – Achei que não bebesse.

– *E não bebo!* Foi por isso que não consegui entender e por isso achei que Mike estava louco quando me demitiu porque eu estava de ressaca. Mas então cheguei em casa, peguei o celular e conferi a caixa postal. – Ele olha para mim. – Tinha uma mensagem de Vix.

Ai, merda. Meu coração acelera. *O que foi que ela disse? Quando foi que ela ligou para ele?*

– Ela disse que Kenny está a fim de você e que vocês se conhecem desde o ensino médio e que ele veio pra cá por sua causa – diz Christian. – É verdade?

Faço que sim, desamparada.

– E depois ela disse que Kenny batizou minha bebida ontem. – Christian empalidece. – Foi por *isso* que me atrasei para o trabalho, por *isso* fui demitido e por *isso* bati a moto. *Eu podia ter morrido!* E tudo porque ele está tentando fazer você se virar contra mim!

Fico sem reação:

– O quê?

– Não está vendo? Ele está com ciúmes – diz Christian. – Eu já entendi. Tudo o que aconteceu... *tudo* o que tem acontecido de errado na minha vida nos últimos tempos... começou na época em que conheci você!

Fico paralisada.

– Foi *Kenny* quem fez tudo! – exclama Christian. – Está na cara! *Ele* que batizou minha bebida, *ele* que pediu as pizzas, *ele* que arranhou minha moto... Talvez até tenha sido *ele* que criou aquela promoção falsa do Facebook para o pub. Afinal, ele estuda computação!

– Mas... – Hesito. – Por que ele faria tudo isso?

– Para acabar com a minha vida. Para conseguir pra você o emprego que queria. Para ser o seu herói – explica Christian. – *Demanda e oportunidade*, não é? No dia da promoção do Facebook, ele fez questão de levar você pra lá, ele convidou você e Vix para almoçar. Caramba, ele até pagou uma bebida para Heidi... Ele pode ter até envenenado o café...

Envolvo meus próprios braços com força.

– Mas depois ele deve ter ficado com ciúmes de nós dois trabalhando juntos, então tentou fazer com que eu fosse *demitido*! Passei o dia pensando nisso. E se foi ele que roubou minhas chaves e arrombou o pub para ficar parecendo que fui eu? Lembra que ele me abraçou antes de eu ir embora naquela noite? Ele pode ter pegado as chaves no meu bolso!

Minha mente rodopia como doida, e as paredes parecem se aproximar.

– Ele é louco, Lou. Precisa providenciar uma medida cautelar de afastamento, precisa ligar para a polícia! – Ele me entrega seu celular.

– Eu... – Fico encarando o telefone. – Não posso... Isso é demais... Preciso de um minuto. – Desabo no sofá.

– Precisa fazer alguma coisa, Lou! – insiste Christian.

– Só... deixe eu falar com Kenny primeiro, tá? – digo, pensando rápido. – Pode ser apenas um grande mal-entendido. São acusações graves, Christian.

– São graves, *sim*. – Ele assente. – Eu poderia ter morrido hoje.

– Mas Kenny não sabia que você ia andar de moto bêbado! – protesto. – Foi um acidente!

– E intoxicar Heidi? – pergunta Christian. – Também foi acidente?

Mordo o lábio.

– Quem sabe o que ele vai fazer em seguida? Do que ele é capaz? – diz Christian. – Precisa ligar para a polícia, Louise.

– Vou ligar. – Faço que sim, segurando o telefone com firmeza. – Mas... me dê só esta noite, tá bom? Minha avó veio me visitar, não quero chateá-la, ela tem o coração fraco. Eu ligo amanhã.

Ele concorda.

– Tudo bem.

– Na verdade, é melhor eu ir atrás dela e ver se está tudo bem – digo, colocando o telefone na mesa e abrindo a porta da casa.

– Lou? – chama Christian enquanto me afasto. – Só... tome cuidado, tá?

Faço que sim.

– Boa noite, Christian.

Quando ele fecha a porta atrás de mim, avisto vovó iluminada por um poste um pouco mais à frente na rua, com o celular na orelha.

Vou rápido até ela.

– Desculpe, vovó, Christian queria só…

– Meu Deus! – Ela fica me encarando, com lágrimas reluzindo nos olhos. – É com *ele* que…

– Vovó? – Fico paralisada. – Vovó, o que foi? Você está bem?

De repente, ela arfa e agarra o peito, e o celular cai no chão. Eu me inclino para a frente, e seu corpo tomba de cabeça nos meus braços.

– Meu Deus! *Vovó!*

Seu corpo amolece, fica pesado, e não aguento seu peso, então a deito delicadamente no asfalto frio e duro, o pânico irrompendo dentro de mim como um rio, borbulhando, cegando, sufocando.

– Vovó, está me escutando?

Ela não se mexe.

– *Vovó!*

Encaro-a sem saber o que fazer, tentando me concentrar. *Pense.* O que devo fazer? Ressuscitação cardíaca? Colocá-la de lado? Todos os episódios que vi de *Plantão médico* passam pela minha cabeça, mas não sei o que estou fazendo. *E se eu fizer algo errado?*

Meus olhos avistam o celular caído de vovó e eu avanço nele, os dedos atrapalhados de tanta pressa para ligar para a emergência, meus olhos grudados no seu corpo imóvel.

– A ambulância está a caminho – explica o homem com calma depois que passo o endereço. – Vai chegar em vinte minutos.

– *Vinte minutos?* – exclamo. – E se ela não sobreviver até lá?

– Ela está respirando? – pergunta ele. – Está com pulso?

– Não sei! Acho que não!

Mas e se eu tiver feito algo errado? Meu próprio pulso acelera loucamente.

– Tudo bem, então vai ter que fazer ressuscitação cardíaca.

– O quê?!

Coloco o telefone no viva voz enquanto ele me explica o que fazer, mas é impossível me concentrar. Posiciono as mãos no peito de vovó e sigo as instruções. Começo a empurrar hesitante, mas, ao sentir seus frágeis ossos debaixo das minhas palmas, o sangue flui para os meus ouvidos.

– Meu Deus, e se eu estiver fazendo errado? E se estiver fazendo forte demais, ou fraco demais?

Mal consigo respirar com as lágrimas escorrendo no meu rosto.

– Está tudo bem – diz ele. – Apenas...

A ligação cai.

– Alô? – digo rapidamente. – *Alô?*

Fico encarando o telefone. Sem bateria.

Merda!

E agora me perdi na contagem! Não consigo fazer isso. Não faço ideia do que fazer, nunca fiz primeiros socorros na vida!

Mas Christian fez.

O pensamento surge de repente na minha cabeça. Levanto e vou correndo até a casa dele. *Por que não pensei nele antes?*

Empurro o portão do jardim, corro pelo caminho e bato na porta até ele abri-la e eu entrar.

– Louise! – Christian me segura nos braços, arregalando os olhos de surpresa. – O que foi? É Kenny?

Balanço a cabeça com vigor, tentando respirar.

– É minha avó! Ela está machucada, precisa vir comigo! – Puxo o braço dele, mas ele hesita.

– Precisa chamar uma ambulância – diz ele. – Use meu telefone!

– *Já liguei!* – exclamo. – Eles estão vindo, mas só vão chegar em vinte minutos. O homem na linha disse para eu fazer ressuscitação cardíaca, mas não consigo, não sei o que estou fazendo, e ela não está... Ela não está se mexendo!

– Lou. – Ele engole em seco, com os olhos preocupados. – Se acalme. Eu explico como se faz.

– Não temos *tempo*! Precisa vir agora! – digo aos prantos, com lágrimas escorrendo pelas bochechas. – Por favor, Christian – imploro, sentindo meu estômago revirar. – Por favor! Ela pode morrer!

Ele concorda.

– Tá bom, vamos.

Em alguns segundos, nós dois estamos ajoelhados ao lado de vovó. Ela não se mexeu.

– Qual o nome dela?

Hesito.

– Cynthia Brown.

– Senhora Brown? – Christian se ajoelha ao lado dela. – Cynthia, está me escutando? – Ele checa a respiração e o pulso, e depois rapidamente, de maneira calma, começa a empurrar o peito dela, contando baixinho.

Fico observando desamparada, com cada empurrão das palmas de Christian batendo doloroso no meu próprio peito. Nunca teria conseguido pressionar com tanta força por ter medo de machucar vovó, mas e se for tarde demais? Abraço a mim mesma, sentindo menos esperança a cada segundo que passa.

Ela morreu, eu sei.

De repente, escuto uma arfada de ar, e vovó tosse. Endireito meu corpo, com esperança, com medo.

– Ela...

– Ela está respirando. – Christian sorri. – Mas está com o pulso fraco.

Ele a rola para o lado com delicadeza, e consigo escutar a respiração dela: um ruído áspero e fraco vindo lá do fundo da garganta.

– Ela vai ficar bem? – sussurro.

– Espero que sim – diz ele baixinho, afastando o cabelo de vovó do rosto. – Agora tudo o que podemos fazer é esperar a ambulância. – Ele olha para mim. – Você vai ficar bem? Eu... preciso mesmo voltar.

– Não! – digo em pânico. – Não me deixe sozinha. E se ela parar de respirar de novo? E se a ambulância não chegar aqui a tempo? E se...

– O medo e a vergonha inundam minha cabeça, e de repente começo a chorar descontroladamente.

– Ei. – Christian me abraça. – Shh, está tudo bem. Tome, está congelando. – Ele me entrega seu casaco vermelho, mas continuo tremendo.

– Se você não estivesse aqui... – digo chorando. – Ela teria…

– Mas eu *estava* aqui – Christian me abraça. – Ela vai ficar bem.

Ele alisa meu cabelo e me envolve com seus braços quentes nos balançando suavemente, e mantenho meus olhos grudados em vovó. Seguro a mão dela com firmeza enquanto Christian liga para Vix e conta o que aconteceu.

– Escute – diz ele por fim. – Eu preciso ir, de verdade, mas Vix está a caminho e a ambulância vai chegar a qualquer minuto.

– Por favor, fique. Só até eles chegarem. – Minha voz falha ao olhar suas feições amareladas pelo brilho da luz do poste. – Estou com tanto medo…

Ele afasta meu cabelo do rosto com delicadeza, acariciando minha bochecha.

– Por favor?

– Claro – sussurra ele, e seus lábios macios beijam minha testa com delicadeza. – Claro que fico.

Ele me abraça mais forte, e eu me enterro mais ainda no seu peito, tentando me perder dentro dele, do seu calor, seu cheiro, seu consolo, com minha mente se emaranhando toda.

– Shh – sussurra ele. – Está tudo bem.

Mas não está tudo bem. Nada disso está certo. Devo muito a ele. Preciso muito dele. De Christian, *logo ele*.

De repente, sirenes agudas perfuram o silêncio como fantasmas uivando selvagens pela noite, e então uma ambulância surge com suas luzes brilhando como uma discoteca macabra. O espetáculo atrai vizinhos curiosos e clientes da loja até a cena.

– Você se saiu bem. – Um paramédico sorri para mim enquanto carregam vovó para a ambulância numa maca. – Pode ter salvado a vida da sua avó com a ressuscitação cardíaca.

– Ah, eu não... Não fui eu – gaguejo. – Foi Christian.

– Muito bem, cara – diz o paramédico.

– Ela vai ficar bem? – pergunta Christian.

– Vamos saber melhor depois de examiná-la no hospital. Querem vir com ela?

Faço que sim e subo na ambulância. Mais sirenes começam a uivar no meio da noite, cada vez mais altas.

– Quantas ambulâncias chamou? – Christian sorri.

De repente, uma viatura policial vira a esquina, e o rosto dele fica sério.

– Ligou para a polícia também, moça? – pergunta o paramédico, subindo ao meu lado na ambulância.

– Não, eu… Não sei o que eles estão fazendo aqui.

– Eu descubro – diz Christian baixinho. – Se cuide, Lou.

– Christian…

Ele olha para trás, por cima do ombro.

– Obrigada – digo com sinceridade. – Por tudo.

Ele sorri brevemente, e então a porta da ambulância é fechada, bloqueando a minha vista, e partimos.

Capítulo dezessete

– Está acordada!

Paro de andar de um lado para o outro e vejo Vix apressada no corredor do hospital, se aproximando de mim com dois copos de isopor.

– Obrigada – agradeço, sentando na beirada de uma das cadeiras de plástico desconfortáveis do lado de fora do quarto de vovó.

Vix se senta ao meu lado e me entrega um copo.

– Alguma novidade?

– Vovó ainda não acordou. – Suspiro. – Mas o médico veio aqui alguns minutos atrás para dizer que ela está estável.

– Bem, isso é bom, não é? – diz Vix, alegre.

– Espero que sim. – *Podia ser pior.* Esfrego os olhos. – Não acredito que dormi.

– Você precisava dormir – diz Vix com doçura. – Deve ter sido terrível ver a coitada da sua avó caindo na rua daquele jeito. Ainda bem que Christian estava lá, hein? – Ela sorri. – Que herói.

Sorrio fracamente.

– E tem bom gosto pra roupas também. – Ela faz que sim em aprovação.

– O quê?

– Combinou com você. – Ela sorri, e percebo que ainda estou com o moletom de Christian. – Teve alguma notícia dele agora de manhã?

– Não. – Balanço a cabeça. – Meu telefone está desligado, e não o vejo desde que entrei na ambulância com vovó, quando ele foi falar com a polícia.

– Pois é... – diz Vix, pensativa. – Sobre isso…

– O que foi?

– Bem, não acha *estranho*? A polícia aparecer com sirenes disparando, sem você nem *ligar* para eles?

Dou de ombros.

– Imaginei que fosse um engano.

– Mas e se *não* foi? – diz Vix, com os olhos brilhando. – Escuta, quando cheguei na casa de Christian depois que você tinha ido embora, a polícia ainda estava lá e escutei um dos policiais dizendo... escuta essa... que Christian tinha "infringido o horário obrigatório dele", mas era um alarme falso, ele estava apenas na rua salvando a vida de uma velhinha! O que acha que isso *significa*?

Engulo em seco.

– Talvez tenha ouvido errado?

– Foi o que pensei no início – admite Vix. – Foi por isso que não mencionei o assunto ontem à noite. Mas não consegui tirar a coisa da cabeça, e de repente tudo começou a fazer sentido. Não acha estranho Christian *nunca* querer ficar na rua até mais tarde, e *nunca* pegar o turno da noite no pub? Além disso, ele *sempre* recusou seus convites para tomar um drinque depois do trabalho, apesar de estar *na cara* que gosta de você.

Encaro a minha amiga paralisada, a respiração presa na garganta. Ela tem razão.

– A única pergunta é: *por que* ele teria que obedecer a um horário obrigatório? – Vix me olha pensativa enquanto eu raciocino desesperada.

– Meu Deus! – digo de repente. – Ele deve estar no programa de proteção a testemunhas!

– *O quê?*

– Vi num filme uma vez que, para proteger uma testemunha, a polícia monitorava as atividades dela, e à noite um alarme tocava se ela saísse de casa! – digo, pensando rápido. – Não entendeu? – Começo a contar nos dedos. – É *por isso* que ele tinge o cabelo, é *por isso* que ele não quer que tirem foto dele e é *por isso* que a polícia foi correndo para lá ontem à noite. Eles achavam que ele estava correndo perigo porque não estava em casa!

Os olhos de Vix reluzem de animação.

– *Proteção a testemunhas?*

– Faz sentido! – insisto. – Christian até nos contou que o amigo dele foi *assassinado* na frente dele no ano passado, e que o assassino foi preso. Ele deve ter testemunhado contra o assassino do amigo, e agora tem alguém querendo se vingar!

– Caraca! – exclama Vix. – Tem razão. Tudo se encaixa! Como foi que não percebi?

– Ele conseguiu esconder o segredo dele muito bem – digo, séria. – E agora a gente também vai precisar fazer o mesmo; não podemos demonstrar que sabemos, Vix.

– Claro que não – diz ela. – Coitado do Christian. Como é que a pessoa vive assim? Mudando a identidade toda, mentindo pra todo mundo que conhece? – Ela olha para mim de repente. – Quer dizer... bem, acho que vocês dois são mais parecidos do que você achava, né?

Dou um sorriso discreto.

– Mas para Christian... Saber que o seu segredo pode ser revelado a qualquer momento, que a sua vida inteira corre risco se as pessoas erradas o encontrarem, ter que se esconder, ir para casa cedo toda noite, menos ontem à noite. – Ela olha para mim, de olhos arregalados. – Ontem à noite ele infringiu o horário e arriscou o disfarce dele. Por *sua* causa. – Ela suspira, dramática. – Deve ser amor.

Uma sensação fria se aloja na minha barriga no momento em que lembro quanto Christian hesitou ontem à noite antes de sair de casa.

Quando implorei para ele me ajudar, porém, ele ajudou. Ele foi comigo. Ficou comigo. Correu o risco. Ele infringiu o horário obrigatório.

Por minha causa?

– E, como se a vida de Christian já não fosse difícil o suficiente, ainda tem o ciumento do Kenny com sua vingança mesquinha! – diz Vix.

Olho para ela.

– Christian contou a teoria dele pra você?

Ela faz que sim, e diz:

– Eu sei escolher muito bem, né? Além de o cara de que gosto estar *obcecado* pela minha melhor amiga, ele é totalmente psicopata! Batizando o suco de Christian, arranhando a moto dele, pedindo pizza, intoxicando Heidi, criando falsas promoções no Facebook... Até mesmo armando para ele parecer o culpado do arrombamento do pub!

Mordo o lábio.

– Só que ele não fez isso... – diz Vix lentamente.

Volto meu olhar para ela.

– O quê?!

– Lou, Kenny *não* arrombou o bar, é impossível ele ter feito isso. Acabei de lembrar que ele estava *comigo* naquela noite. Nós fomos para uma boate.

– *O quê*? – Fico encarando-a. – Você não me contou que foi a uma boate com Kenny.

– É, não contei! Você foi tão dura com ele naquela noite no pub, e com o seu tornozelo nem daria pra você ir com a gente... Mas não é essa a questão! É *impossível* Kenny ter arrombado o bar. A polícia disse que as câmeras de segurança foram quebradas às 2h15, e Kenny estava no táxi comigo quando me deixou em casa às 2h30! – De repente, os olhos de Vix brilham. – Lou, e se Kenny não tiver feito *nada* disso?

– Como assim? – digo, preocupada.

– E se *outra pessoa* estiver assediando Christian? Alguém envolvido no assassinato, que descobriu quem Christian é e *onde* ele está, alguém que quer... silenciá-lo! – exclama Vix, e nunca vi seus olhos tão arregalados. – Lou, Christian está correndo perigo... Precisamos alertá-lo!

* * *

– Não pode ir mais rápido? – grita Vix para o taxista durante a corrida para a casa de Christian. – É uma questão de vida ou morte!

Dez ligações perdidas, lembra a tela do meu telefone quando ele volta à vida. Sentindo-me culpada, lembro que ignorei as ligações de Christian ontem, e que foi exatamente por causa disso que desliguei o telefone.

Percorro a lista. Cinco ligações de Christian e cinco de tia Grace, que deve estar preocupada por não conseguir falar com vovó. Queria ter ligado para ela ontem à noite e contado o que aconteceu, mas ela já tem muito com o que se preocupar com Poppy em coma, então não quis chateá-la sem necessidade; e, afinal, ela não pode vir correndo lá de Londres no meio da noite com Millie, então fiquei adiando, esperando ter alguma notícia melhor para dar... e depois ficou tarde demais para ligar. Mas agora vovó está estável.

– Preciso ligar para minha tia – digo para Vix, discando o número de Grace. – E contar sobre vovó…

– Depois! – insiste Vix, pegando meu telefone e passando a lista dos meus contatos. – Precisamos falar com Christian *agora*!

– Mas…

– E se chegarmos tarde demais? – exclama Vix, me devolvendo o celular quando começa a chamar. – A culpa é minha! Eu devia ter lembrado que estava com Kenny na hora do arrombamento quando Christian me disse que achava que Kenny estava por trás de tudo aquilo. Eu podia ter percebido tudo naquela hora, e assim Christian saberia que está em perigo!

– Mas a gente não sabe se Christian está em perigo – argumento. – Se ele deixou a chave do pub cair no caminho, *qualquer pessoa* pode ter encontrado e arrombado o pub. Não sabemos se alguém descobriu quem ele é de verdade. E se a identidade dele estiver a salvo, a gente não devia mostrar que sabe; isso só vai fazer ele surtar.

Vix pensa por um instante e balança a cabeça.

– Não podemos correr esse risco, Lou. Christian merece ser alertado a respeito dos bandidos que estão atrás dele.

– Mas, Vix, se os "bandidos" *descobriram* a localização de Christian, por que eles não o confrontaram? – argumento. – Por que perderam tempo no Facebook e arrombaram um pub vazio? Não faz sentido.

– Faz *todo* o sentido! – protesta Vix. – É fácil demais, *arriscado* demais atacar Christian diretamente. A polícia iria obrigá-lo a se mudar para outro lugar, não é? E eles teriam todo o trabalho de encontrá-lo de novo! Bem melhor ser sutil, infernizar a vida dele sem deixar muito na cara.

– Bem... Tudo bem, mas por *esse* raciocínio Christian está em segurança, não é? – reflito. – Se eles querem fazer tudo de um jeito bem sutil...

Ela balança a cabeça.

– Isso foi antes de Christian infringir o horário obrigatório – diz ela. – Se eles estão monitorando Christian, se estão por perto, devem ter visto as viaturas ontem à noite e agora podem entrar em pânico achando que ele vai ser obrigado a se mudar. Eles podem fazer algo impulsivo.

– Impulsivo?

– Tipo atacá-lo ou confrontá-lo ou... Meu Deus, *incendiar a casa dele*!

– Vix, acalme-se. Ninguém vai incendiar casa nenhuma!

– Não, Lou, *olhe*!

Ela aponta pela janela, e meu coração salta até minha garganta. Uma nuvem de fumaça espessa e preta sobe até o céu em alguma rua próxima.

– Meu Deus! – encaro-a, aterrorizada.

Não pode ser...

– *Rápido!* – grita Vix para o motorista.

– Tá bom! – resmunga ele. – Calma aí!

Mas não consigo me acalmar. Christian continua sem atender ao telefone, e minha pulsação lateja de uma maneira ensurdecedora nos meus ouvidos à medida que nos aproximamos. Então, quando dobramos a esquina para entrar na rua dele, meu coração para de vez.

Chamas de doze metros de altura estendem-se para o céu, e a fumaça agita-se a partir da janela quebrada da sala, engolindo a casa de Christian e sua moto.

– *Christian!* – grito, saltando do táxi quando ele para.

Abro caminho no meio de uma pequena multidão de curiosos, passando por um homem tentando sem sucesso apagar o fogo violento com uma mera mangueira de jardim. Ao chegar na soleira, começo a tossir.

– Christian! – grito. – *Christian!*

– Lou! – grita Vix atrás de mim. – Lou, pare!

– Alguém ligou para os bombeiros? – grito. – CHRISTIAN!

Meus olhos ardem quando empurro a porta, a fumaça inundando meus pulmões.

– Lou! – Vix agarra meu braço. – Volte!

– Não! – protesto.

– Esperem, garotas! Parem! – grita o homem com a mangueira. – Os bombeiros estão a caminho, e não tem ninguém aí.

– O quê?! – pergunto esperançosa. – Tem certeza?

Ele faz que sim.

– Vi o rapaz que mora aqui sair uma hora atrás, antes do ataque.

Encaro-o.

– *Ataque?*

Ele confirma.

– Dois homens aproximaram-se num carro azul e jogaram uma bomba de gasolina pela janela! Acreditam?

– *Bomba de gasolina?*

Meu sangue congela. Vix tem razão; alguém está querendo machucar Christian, ou até mesmo matá-lo. Ele corre muito perigo, onde quer que esteja.

Confiro o relógio: 10h30. Claro, é *domingo*!

– Lou, espere! – exclama Vix depois que consigo me soltar dela, passo voando pelo portão e me jogo no meu carro, estacionado na rua desde ontem à noite. – Vou com você.

– Não! – digo. – Fique aqui. Ligue se Christian voltar, se tiver qualquer notícia!

Bato a porta e dirijo rápido até a igreja de Santo Agostinho, rezando para encontrá-lo antes daqueles homens.

O culto deve ter terminado há pouco, porque o pátio da igreja está movimentado, com dezenas de pessoas que não são Christian. Olho todas elas, procurando desesperada o rosto dele, seu cabelo preto despenteado.

Tiro o telefone e tento ligar para ele mais uma vez, cruzando os dedos firmemente enquanto chama. E chama e chama e chama. Por fim, cai na caixa postal.

– Christian! É Lou. Me liga! – imploro. – Aconteceu uma coisa com a sua casa. Se estiver bem, por favor, me ligue. – Desligo, arrasada. *Esteja bem, por favor, por favor, por favor.*

Vou até um casal de idosos.

– Vocês viram Christian?

Eles balançam a cabeça.

– Viram o rapaz que toca o órgão? – pergunto a uma jovem mãe.

– Não, querida.

Corro de pessoa em pessoa, perguntando a todos que vejo, mas ninguém o viu.

E se ele não tiver tocado órgão hoje? E se ele tiver apenas dado um pulo na lojinha da esquina da rua dele e voltado para casa antes do incêndio? *E se ele ainda estiver dentro de casa agora?* O uivo de um caminhão de bombeiro a distância me enche de pavor.

– Louise?

Eu me viro.

– *Christian!*

Saio voando para cima dele e o abraço forte. O alívio toma conta de mim como um tsunami.

– Graças a *Deus*!

– Oi pra você também. – Ele sorri. – Como está sua avó?

– Conto no carro – digo, arrastando-o para fora do pátio da igreja. – Vamos.

– O que está acontecendo, Lou? – Ele franze o rosto enquanto entramos no carro. – Você está bem?

– Não – digo, ligando o motor e saindo depressa do estacionamento. – Sua casa está pegando fogo.

– *O quê?*

– Alguém descobriu onde você está, *quem* você é – tagarelo. – E incendiaram sua casa, então precisamos dar o fora daqui. Agora. Tá certo?

Ele fica me encarando, com o rosto pálido.

– *Quem* eu sou? – pergunta ele baixinho.

– Vix e eu deduzimos – explico, lançando um olhar para ele. – Quero dizer, que está no programa de proteção a testemunhas.

Há um momento de silêncio.

– Ela escutou a polícia falando algo a respeito de um horário obrigatório. Foi por isso que eles chegaram tão rápido ontem à noite, não foi? – pergunto. – E foi por isso que incendiaram sua casa, por isso estão atrás de você, não é? Porque testemunhou seu amigo sendo assassinado...?

Mais silêncio.

– Não se preocupe – digo. – Sei guardar segredo. Acredite em mim.

E como sei.

– Então para onde devemos ir? – pergunto, ziguezagueando no meio do trânsito e tentando me distanciar o máximo possível da casa de Christian.

– Espere... – O pânico toma conta do rosto dele. – *Nós?*

Faço que sim:

– Você está em apuros, precisa sair daqui quanto antes, sua moto virou cinzas junto com tudo o que possui, e eu tenho um carro.

– Não! – protesta ele. – Lou, pare o carro. Não posso deixar você fazer isso.

– Você *precisa* de um carro! – argumento. – Como vai escapar se não for assim?

– Então me *empreste* o carro! – implora ele. – Eu devolvo, prometo.

– Não. – Balanço a cabeça com firmeza. – Vou com você.

Não vou perdê-lo *de jeito nenhum.* Não agora. Pode ser que nunca mais o encontre.

– Mas e sua avó? – diz Christian. – Ela precisa de você!

Hesito.

– Quando saí do hospital, ela estava bem. O médico disse que o quadro dela era estável.

– Lou, não pode vir comigo, você não entende! As pessoas que estão atrás de mim são violentas, perigosas. Você viu o que fizeram com a minha casa! Não posso deixar você em perigo!

– Eles estão procurando *você*, não eu – argumento. – Então é melhor não verem você dirigindo. Vá para o banco de trás e se cubra com aquele cobertor.

– Lou…

– *Christian* – interrompo. – Não vou parar o carro, não vou sair! Quanto mais tempo a gente ficar discutindo e sem rumo, mais provável eles nos encontrarem, e aí *nós dois* vamos estar ferrados.

Ele hesita e suspira.

– Tá bom, mas só até chegarmos a uma distância segura daqui. Combinado?

Não respondo.

– *Combinado?* – ele insiste.

– Tá certo! – Cruzo os dedos. – Só até você ficar em segurança. Que seja.

Eu diria qualquer coisa para Christian aceitar que vou com ele. Mas ele não vai a *lugar algum* sem mim, não mesmo.

– Posso usar seu telefone? – pergunta ele.

– Claro. – Entrego-o.

– O seu *telefone*, Lou. Isso é uma fita cassete.

– Esse *é* o meu telefone. – Viro-o para mostrar o celular dentro. – É uma capa retrô, tonto.

Ele encara-o por um instante e depois o arremessa pela janela.

– Que diabos. *Christian!*

– Desculpe, mas é perigoso demais. Eles podem rastreá-lo.

Fito-o.

– *Sério?*

– Sério. – Ele assente. – Precisa saber no que está se metendo, Lou. Se eu fosse você, pararia o carro agora, pegaria meu celular e seguiria com a minha vida.

– Não – digo a ele. – Já me decidi. Agora vá para o banco de trás antes que alguém o veja.

– Tá bom! – Ele se joga para trás, e pelo retrovisor eu o vejo se esconder debaixo do cobertor.

– Quem está atrás de você? – pergunto baixinho.

Ele suspira.

– Umas pessoas que acham que eu fiz algo que não fiz – diz ele, com a voz abafada pelo cobertor.

Franzo o rosto. Algo que ele *não* fez?

– Por que elas achariam isso? – pergunto.

– Eu... acho que estava no lugar errado na hora errada.

– E isso significa...?

Ele suspira:

– É um mal-entendido.

– Parece um mal-entendido bem grande!

– Sim – admite ele. – É, sim. Por isso precisei ir embora. Desaparecer. Não era seguro. Não *é* seguro – corrige-se ele.

– Christian…

– Desculpe, Lou – interrompe ele. – Eu até contaria tudo, mas…

– Mas depois teria que me matar? – digo docilmente.

– Algo assim – concorda ele. – É muito arriscado. Você já está correndo perigo demais desse jeito.

Um calafrio desce pelas minhas costas.

– E para onde devo levá-lo? – pergunto. – Para a polícia?

– Não! – retruca Christian.

Engulo em seco.

– Por que não?

– Como acha que me encontraram, Lou? Só a polícia sabia onde eu estava.

Mordo o lábio.

– Não posso confiar neles. Não mais.

Fico encarando a estrada, tentando assimilar tudo.

– Então para *onde* eu vou? – pergunto ao pararmos num semáforo.

– Por ora, vá para a rodovia M1.

– M1. – Assinto. – Entendi.

– Lou...

– Shh! – sussurro ao ver um Ford azul-escuro parando ao nosso lado.

Dois homens enormes estão sentados na frente, ambos com o rosto sério. Será que são eles que estão atrás de Christian?

Acalme-se, digo a mim mesma. *Qual a probabilidade de isso ser verdade? Só porque eles estão num carro azul? Estou ficando paranoica.*

Mesmo assim, olho nos espelhos. Somos os únicos dois carros na rua. Arrisco espiar outra vez para o carro e vejo um dos homens olhando diretamente para mim. Ele passa a mão no cabelo loiro-escuro e cutuca o amigo. Suo sob o olhar dos dois, com meu coração martelando o peito como um hamster numa roda. Devagar, ele abaixa a janela e eu abro o que espero ser um sorriso encantador.

– E aí? – Sorrio.

– Vai virar à esquerda, querida? – resmunga ele.

– Hum, vo-vou – gaguejo, tentando manter a voz calma. – Por quê?

– Porque o seu semáforo ficou verde há uns vinte segundos.

– Ah! – Fico corada. – Ah, é mesmo, obrigada! Tchau! – Me afasto depressa, no momento em que o semáforo muda de novo.

– O que foi isso? – sussurra Christian no banco de trás.

– Nada – sussurro, prestando atenção no retrovisor para garantir que eles não vão seguir a gente.

Por fim eles vão embora, seguindo em frente no cruzamento, e eu respiro aliviada.

– Está tudo bem.

Por ora.

* * *

Ao chegarmos na estrada, ficamos em total silêncio. Não sei se Christian adormeceu debaixo do cobertor ou se só não está a fim de conversar. Ele deve estar com muito medo. Não acredito que alguém *incendiou* a casa dele. Aliás, como foi que o encontraram? Não acredito que a polícia vazou a localização dele para alguém. Ao mesmo tempo... sinto meu estômago revirar. Só a polícia sabia onde ele estava...

Minha mente rodopia, e me pergunto o que vai acontecer quando eles perceberem que Christian não estava dentro da casa, ou se vão nos alcançar em algum momento, quem quer que seja. Confiro o retrovisor de poucos em poucos segundos enquanto dirijo, mas nem sei o que estou procurando. Então, a luz da gasolina começa a piscar.

– O que está fazendo? – pergunta Christian ansioso enquanto paro num posto de gasolina.

– Precisamos abastecer – digo. – E comprar comida. Estou morrendo de fome!

– Onde estamos? – murmura ele. – Que horas são?

– Em algum lugar da M1. – Confiro o relógio. – E são 13h.

– Merda – murmura ele. – Por que não me acordou? Era para me levar só até uma distância segura.

– Não sabia que estava dormindo. – Dou de ombros. – Quer entrar? Comer um hambúrguer?

– Não – retruca ele. – Não posso.

– Christian, vamos, já estamos a quilômetros de Sheffield.

– Não é seguro – diz ele. – Vou ficar aqui.

– Tudo bem. – Suspiro. – Quer que eu traga alguma coisa pra você?

– Não, obrigado, não estou com fome – diz ele. – Mas pode ver se eles têm tinta de cabelo?

Para minha surpresa, o posto de gasolina vende tinta de cabelo, mas reclamo comigo mesma por não ter perguntado que cor Christian queria.

Não que a variedade seja inspiradora. A maioria é de tons variados de castanho, um tom de ruivo e um de preto, e todas as caixas têm a foto de Cheryl Cole. Como o cabelo de Christian já está tingido de preto, e laranja não é exatamente muito discreto, pego um castanho qualquer, um sanduíche e volto para o carro.

Paro ao passar por uma cabine telefônica. Eu poderia ligar para a polícia agora, contar onde ele está... Porém, algo me impede. O olhar no rosto de Christian quando sugeri isso mais cedo, quanto ele estava certo de que foi a polícia que o traiu. Além disso, uma frase dele me deixou encucada... *Eles acham que fiz algo que não fiz*. O que quis dizer com isso?

Eu me afasto do telefone e volto para o carro. Afinal, ele confia em mim.

– Espero que goste do tom "cappuccino", não tinha tantas opções – digo, jogando a caixa no banco de trás. Ligo o motor e saio. – Comprei um sanduíche de bacon, alface e tomate. Mas acho que nesse caso está mais para tomates queimados e vencidos. – Observo o sanduíche com suspeita. – Tem certeza de que não quer metade? – Olho no retrovisor.

Mas Christian foi embora.

Capítulo dezoito

– *Christian!* – Paro bruscamente e dou uma rápida olhada no estacionamento, mas não vejo nenhum sinal dele.

Meu pescoço se arrepia. Ele me *disse* que não era seguro. E se o tiverem encontrado? E se estiverem com ele agora? Olho ao meu redor ansiosa, mas ele não está em lugar algum.

Merda! Bato no volante, frustrada.

De repente, outro pensamento surge na minha mente. *E se ele simplesmente tiver fugido?* Ele *disse* que era perigoso demais, que não me levaria com ele, que eu devia somente deixá-lo em algum lugar seguro e depois voltar...

Merda. Ele foi embora. Ele se mandou. *Ele pode estar em qualquer lugar!*

Mas então *por que* ele pediu a tinta de cabelo? Raciocino. Eu ia entrar para comprar comida de todo jeito, portanto ele não precisava encontrar uma maneira de se livrar de mim... E por que ele me deixaria *aqui*, num posto de gasolina no meio do nada? Como ele iria fugir sem carro?

Não faz sentido. *Onde* ele está?

Devagar, dou uma volta no estacionamento, procurando por toda parte. Preciso encontrá-lo, *preciso*. Caso contrário... foi tudo por nada. *Pense!*

Ele precisaria pedir carona na estrada ou talvez a um caminhoneiro. Estico o pescoço quando um caminhão vai embora, mas não o enxergo na cabine. Mesmo se eu enxergasse, e depois?

Não adianta. Eu o perdi. *Merda!*

De repente, a porta de trás do carro é escancarada, e um homem se joga para dentro. Eu grito.

– *Lou!* Shh!

– Merda! *Christian!* – grito incrédula, pisando no freio. – O que foi isso, caramba? Quase tive um ataque do coração!

– *Você* quase teve um ataque do coração? – Ele arfa. – Foi você que foi embora e me deixou!

– Por que saiu do carro? – argumento, me virando no meu banco.

– Eu... – Ele hesita. – Eu precisava ir ao banheiro.

– O quê? Bem, então por que não entrou comigo na loja de conveniência?

– Eu não podia *entrar*, mas você estacionou perto daquelas árvores, achei que ia dar tempo de voltar antes de você.

– Devia ter entrado lá comigo – digo a ele. – Estava bem calmo lá dentro, não seria nenhum problema pra você.

– Sim, mas lá tem câmera de segurança.

– *Câmera?* – Ergo a sobrancelha. – Um tanto paranoico, não?

– Não – diz ele, calmo. – Paranoico, não. *Cauteloso.* Se me avistarem na câmera, se alguém me reconhecer... eles vão me achar de novo.

Fico olhando para ele por um longo momento.

– Estou falando sério, Lou. Isto não é um jogo. Não é seguro... para nenhum de nós. – Ele suspira. – Estou colocando você em perigo.

– Não, eu estou *me* colocando em perigo – argumento. – E ficar sentada aqui não é exatamente o lugar mais seguro de todos.

– Tudo bem. – Ele hesita. – Se talvez pudesse me levar um pouco mais longe... até Londres...

– Claro – respondo de bate-pronto.

– Mas depois precisa ir embora. Voltar para Sheffield. Certo?

– Certo. – Dou de ombros. *Até parece.* – O que tem em Londres?

– Minha casa. Tenho amigos lá que podem me ajudar, posso me esconder.

– Mas, se você é de Londres, não acha que lá é o primeiro lugar onde vão procurá-lo? – Franzo o rosto. – Não pode voltar pra lá.

– É o que preciso fazer – diz ele com tristeza. – Não tenho outro lugar para ir.

– Mas…

– E chegou a hora de colocar um ponto-final nisso. De uma vez por todas.

Encaro-o, tentando entender o que ele está planejando.

– Não posso mais viver me escondendo, Lou. Já tentei, e não deu certo. Abri mão de tudo, e para quê? Eles me encontraram mesmo assim.

– O que vai fazer?

– Antes de mais nada... – ele engole em seco – preciso encontrar meu amigo Joe.

* * *

Mas o destino não está do nosso lado. Depois de dez minutos na estrada, os pisca-alertas dos carros do lado contrário da pista começam a acender, e avisto uma fila de veículos movendo-se com lentidão mais à nossa frente. Depois, o tráfego para por completo.

– O que está acontecendo? – pergunta Christian lá de trás.

– Não sei. Obras na pista ou um acidente – digo, olhando arrasada para a fila de carros que se estende na minha frente.

Dividimos o sanduíche enquanto ando aos pouquinhos por vários quilômetros até chegarmos aos destroços de um carro, e meu sangue congela. Nunca vou me acostumar a ver os restos de vida de outras pessoas. Todo acidente, toda batida me enche de pavor e me lembra daquele dia terrível. O dia em que meus pais foram arrancados da minha vida para sempre.

Depois do que parece terem sido dias, o tráfego começa a fluir com maior rapidez, e finalmente, um pouco depois das 15h30, Christian me instrui a sair da estrada e entrar nos arredores de Londres. É difícil seguir suas orientações no meio do labirinto de vias locais, em especial com ele ainda debaixo do cobertor, sem enxergar aonde estamos indo.

– Não é possível! – exclamo ao chegarmos na terceira rua sem saída.

– Só precisa virar à direita na loja de kebab.

– *Qual* loja de kebab? – pergunto. – Estou vendo três daqui!

– Hum... acho que é algo como Tikka Tikka. Não... Marsala Marsala?

– Marsala Marceau?

– Sim! A única loja de kebab francesa de Bexley.

– Ótimo! Passamos por ela há vinte minutos – digo, grunhindo. – Então é à direita na Marsala Marceau...

Viro o carro no outro sentido e sigo as orientações de Christian até chegarmos a um prédio alto e simples de apartamentos de moradia social chamado Condomínio Jonas.

– O.k., Joe do Condomínio Jonas. – Suspiro. – Finalmente o encontramos!

– Só espero que ele esteja aí – murmura Christian.

Faço que sim.

– Vou conferir.

– Não, eu vou.

– Fique aqui – ordeno. – Não vale a pena arriscar o seu pescoço para ir bater num apartamento vazio, vale? E, se precisar ir ao banheiro, segure. Entendeu?

– Entendi. – Ele sorri, envergonhado. – Terceiro andar. Apartamento 39.

– Até daqui a pouco.

– Lou...

Eu me viro.

– Diga a ele... que Leo está aqui. – Ele olha para mim constrangido. – É o meu verdadeiro nome.

– Leo? – Sinto meu pescoço se arrepiar.

Ele faz que sim.

– E cuide-se. Essa vizinhança é meio barra-pesada.

Ótimo.

Tranco o carro e caminho em direção ao prédio. A tarde está sombria e cinzenta, e estremeço ao sentir o vento, que sopra folhas mortas e lixo pelo meu caminho.

No pátio, rapazes passam uma bola de basquete entre si, quicando-a nas paredes e arremessando na cesta. Eles olham para cima quando me aproximo e eu fito o chão, puxando o moletom de Christian para mais perto do corpo. Chego enfim à relativa privacidade da escada de concreto. Aperto o botão do elevador, mas nada acontece. Suspiro e subo pela escada, ignorando as pichações espalhadas pelas paredes e tapando o nariz por causa do cheiro de urina. Caminho rápido pelo corredor e sou tomada pelo alívio ao chegar na última porta: número 39.

Ainda consigo ver o grupo de rapazes jogando basquete lá embaixo no pátio, e não sei se me sinto mais tranquila ou ameaçada com a proximidade deles. Respiro fundo, bato na porta vermelha desbotada e cruzo os dedos, torcendo para que isso não seja a maior perda de tempo.

Nada.

Bato de novo e escuto barulho lá dentro. Algo se move por trás do painel de vidro fosco na porta. Na terceira vez que bato, escuto um chacoalhar, como se uma série de ferrolhos estivesse sendo destrancada. De repente a porta se abre, mas fica presa na corrente de segurança.

– Oi? – Um cara magro quase beirando os trinta aparece com um jeito suspeito e o rosto coberto por uma explosão de acne.

– Oi. Joe? – Sorrio, hesitante.

– Quem é você? – pergunta ele.

– Tenho uma mensagem. De um amigo seu.

A expressão dele fica séria, e ele fecha a porta alguns centímetros.

– Que amigo?

Olho ao redor e passo a sussurrar:

– Christian.

Ele estreita os olhos.

– Quem?

Fico sem reação.

– Christi... Leo. Quis dizer Leo.

– *Leo?* – Ele arregala os olhos.

Faço que sim, olho ao redor mais uma vez e falo mais baixo ainda:

– Ele está lá embaixo.

– Merda. – Ele arregala ainda mais os olhos. – Leo está *aqui*?

Faço que sim:

– Ele pode subir?

– Sim! Sim, pode mandar ele subir, eu vou só... organizar um pouco aqui. – Ele bate a porta na minha cara.

Quanta simpatia.

Volto com Christian, e a porta de Joe se abre na primeira batida. Ele nos puxa depressa para dentro da pequena sala de estar, fecha a porta e abraça Christian com força.

– Amigo! – exclama Joe. – Caraca, que bom ver você!

– É muito bom ver você também, Joe – diz Christian, alegre.

– Como *você* está? – pergunta Joe. – Não o vejo desde...

– Faz uma eternidade. – Christian termina a frase rapidamente, olhando para mim. – Nem me fale.

– Pelo jeito não perdeu tempo, hein? – Joe sorri para mim. – Já está namorando? Espero que tenha mais sorte com essa aqui, hein?

Olho imediatamente para Christian, que fica sério, e logo o sorriso de Joe desaparece.

– Meu Deus, foi mal, cara... Não quis... Não quis ofender. – Ele se vira para mim. – Meu nome é Joe, Joe Macdonald. Prazer. – Ele aperta minha mão.

– Louise – respondo, olhando para Christian, que de repente parece bastante tenso.

– Lou me deu uma carona, só isso – diz Christian. – Ela precisa ir embora.

– Mas tem tempo para um cafezinho, não? – oferece Joe. – Ou prefere chá?

– Adoraria um café, obrigada – agradeço.

– Leite? Açúcar?

– Na verdade, Lou precisa mesmo...

– Ingerir menos açúcar – interrompo. – Só leite mesmo, obrigada. – Sorrio para Joe, evitando o olhar de Christian.

– E você, Leo? – pergunta Joe. – Espera... Chá e duas colheres de açúcar, não é? Ou resolveu radicalizar depois da prisão?

Christian lança um olhar para mim.

– Vamos tomar um drinque de verdade! – Joe esfrega as mãos e se aproxima ansiosamente de um armário perto da televisão. – Vejamos o que temos aqui. Uísque? Vodca? Eu sei, que tal um Jack Daniels com coca? O seu preferido!

– Só uma coca pra mim – diz Christian. – Não bebo mais.

– Vamos lá, é uma ocasião especial! Afinal, não é todo dia que vejo meu melhor amigo! Pra ser sincero, nem sabia se o veria de novo.

– Nem eu – Christian suspira.

– E nem esperava que isso fosse acontecer tão cedo! – diz Joe alegre, servindo um copo de coca. – Tem certeza de que não posso tentá-lo com uma pequena dose aqui dentro?

– Tenho. – Christian sorri.

– O problema é seu. – Joe dá de ombros, sorridente, passando a ele o copo com refrigerante e guardando a garrafa. – Então está aqui só de passagem ou o quê? Estão fazendo você se mudar?

Christian fica sério.

– Não exatamente.

– Como assim?

Christian hesita.

– Eles me encontraram, Joe.

Joe fica paralisado.

– Eles *encontraram* você?

Christian faz que sim.

– Incendiaram minha casa hoje de manhã.

– Que merda, cara! – Joe leva as mãos ao cabelo e começa a andar de um lado para o outro do cômodo. – *Merda!* Mas... você trocou de nome e se mudou para um lugar a centenas de quilômetros de distância justamente para que eles *não* o encontrassem, para que isso não acontecesse de novo!

Olho para Joe. *De novo?*

– Eu sei. – Christian suspira. – Pelo menos eles estão intimidando a mim desta vez, não aos meus pais.

Encaro-o. *Eles ameaçaram os pais de Christian?*

– Então por que voltou? – pergunta Joe ansioso, abraçando os próprios braços.

– Não tenho para onde ir – diz Christian desamparado. – Se eu for para um hotel, vou precisar dar meu nome e a polícia vai me encontrar, e, depois do incêndio... não posso mais confiar a minha segurança a eles. Só preciso de um lugar para ficar quieto por alguns dias enquanto decido o que fazer. Imaginei que eles não sabem a seu respeito, então...

– Claro, cara! Claro que pode ficar aqui! – exclama Joe. – É pra isso que servem os amigos!

– Obrigado. – Christian sorri, se acomodando no sofá com protuberâncias. – Você é amigo mesmo.

– Que é isso! Sou o melhor anfitrião! – Ele olha nervoso para as trancas da porta e depois sorri com alegria ao perceber que o estou observando.

– E de onde vocês se conhecem? – pergunto a Joe.

Ele esqueceu o meu café, mas por mim tudo bem. Quanto mais tempo eu conseguir enrolar sem ter que ir embora, melhor.

– Ah, a gente se conhece há muito tempo. – Joe sorri, indo até a janela e olhando lá fora enquanto pega um porta-retratos no peitoril. – Eu era vizinho do Leo. Os pais dele sempre me levavam para passear, e em troca eu dava uma de babá desse pirralho. – Ele me mostra a foto. É uma família num parque de diversões: um homem que parece gentil com uma mulher bonita, um adolescente magro que parece vagamente com Joe e um garoto mais novo, loiro e gordinho, segurando orgulhoso um enorme urso de pelúcia. – Ele precisou tentar seis vezes para acertar o alvo e ganhar o urso, mas acabou conseguindo, e sem ajuda. – Joe sorri. – Ele só tinha sete anos. Foi a sua primeira vez segurando um rifle, não foi, cara? Devia ter visto, Louise, ele ficou tão orgulhoso quando conseguiu o urso... E os pais dele também tiveram muito orgulho.

Christian suspira.

– *Tiveram.*

Joe suspira.

– Eles ainda têm, cara. Eles sentem muita saudade de você.

Christian se vira:

– Você os viu recentemente?

Joe faz que sim:

– Gosto de saber como eles estão, sabe? Ver se estão bem.

– E eles estão? – pergunta Christian baixinho.

– Eles estão... normais. – Joe faz que sim, se sentando no braço do sofá.

Sento em silêncio numa cadeira no canto, olhando para Christian. De repente ele parece arrasado, e muito jovem. Toda vez que acho que o compreendi, acontece alguma coisa que me faz repensar.

– Sua mãe começou a tricotar, ela só anda com aquelas agulhas agora – conta Joe. – E seu pai saiu do time de perguntas e respostas do pub, e agora passa boa parte do tempo fazendo palavras cruzadas. É como se... Deixa pra lá.

– O quê? – diz Christian. – É como se o quê?

Joe suspira.

– É como se estivessem de luto. Mas eles meio que estão.

Christian desvia o olhar.

Joe se mexe, constrangido.

– E você sabe que seu avô...

– Morreu? Sim. – Christian confirma. – Três meses atrás. – O rosto dele fica sério de tristeza.

– Tem sido difícil, cara, não vou mentir. – Joe suspira. – Mas eles vão ficar tão felizes quando virem você. Já avisou que voltou?

– Não. – Christian olha para o amigo. – Eles não podem saber. Ninguém pode saber, Joe. É perigoso demais.

– Claro. Claro. Desculpe. – Joe franze a testa.

Ele lança outro olhar para a porta, depois me vê e se levanta.

– *Café!* Você queria café, Louise, desculpe. Só com leite, não é?

– Seria ótimo, obrigada.

– Na verdade, meu leite acabou – diz ele de repente, pegando um molho de chaves na mesa de centro. – Vou ao mercado aqui perto rapidinho. Já comeram?

– Sim – responde depressa Christian.

– Meio sanduíche desde o café da manhã – argumento. – Estou esfomeada.

– Então vou trazer comida também – diz Joe. – Gosta de comida indiana, Louise?

– Se eu pudesse, viveria só de korma. – Sorrio. – Obrigada, Joe.

– Na verdade, Lou, não é melhor voltar enquanto ainda está claro? – sugere Christian.

– Já são 16h30, é tarde demais para considerar isso – argumento. – Além disso, não posso dirigir de barriga vazia, e vou precisar de um café para ficar acordada.

Christian olha para mim. *Beco sem saída.*

– Bem, eu volto logo. – Joe pega o casaco e liga a televisão. – Sintam-se em casa.

– Na verdade, posso tomar uma ducha? – pergunta Christian, se levantando. – Estou bem sujo.

– Claro! – Joe sorri, desaparecendo pela porta. – Fique à vontade.

– Christian, espere – digo, mas ele sai do cômodo apressado antes que eu possa detê-lo.

Suspiro, e então meus olhos voltam para a foto e eu a pego.

Os pais de Christian parecem tão bondosos, tão gentis. O cabelo do pai está ficando grisalho nas têmporas, e ele tem olhos sorridentes e enrugados. Um braço está ao redor da cintura da esposa alegre, e o outro se apoia orgulhosamente no ombro do filho enquanto a mãe mexe no cabelo dele.

Tento imaginá-los agora, lutando para aceitar o fato de que lhes arrancaram o filho, de que nunca mais o verão nem terão notícias dele. É como se estivesse morto. Eles não merecem isso. Ninguém merece isso. Sei bem o que perder um filho faz com uma pessoa.

Do meu lado, a música do noticiário começa.

– Boa noite – começa a apresentadora. – A polícia está à procura do criminoso condenado Leo Niles.

A foto de Joe cai no chão, e o rosto de um adolescente inexpressivo aparece na tela da TV. O cabelo dele é loiro e curto, com o rosto um pouco gordinho, mas os olhos bem azuis são exatamente os mesmos.

É Christian.

Capítulo dezenove

A apresentadora prossegue, e meu sangue congela.

– O caso virou manchete ano passado quando o famoso "roubo que deu errado" deixou uma adolescente lutando pela vida, com o pai condenado pela morte do agressor – narra ela seriamente. – Hoje de manhã, porém, Niles, que foi solto há três meses, infringiu as regras de sua liberdade condicional. Acredita-se que ele tenha fugido... apenas horas depois de a garota ter morrido.

É como se uma marreta tivesse acabado de me golpear na barriga.

Não pode ser verdade, não pode!

Não consigo pensar.

Nem me mexer.

Se eu me mexer, vai ser verdade; se eu me mexer, vai ser mesmo verdade…

Enquanto o rosto sorridente da estudante ruiva aparece na tela, o chão começa a tremer debaixo de mim, e o cômodo começa a rodopiar.

No banheiro, Christian começa a cantar. O som me deixa arrepiada, e de repente reganho os sentidos. Desligo a televisão, corro até a porta do apartamento e dou um puxão na maçaneta.

Está trancada. Desesperada, meus dedos começam a mexer nos diversos ferrolhos da porta, mas ela não se move. Está trancada do lado de fora!

Merda!

Olho para o painel de vidro fosco na porta, pequeno demais para eu poder passar por ele, então vou correndo até a grande janela da sala, mas estamos a três andares de altura e não há nada entre aqui e o chão.

Estou presa!

O sangue flui na minha cabeça enquanto a água cai do chuveiro.

Preciso sair daqui antes que Christian descubra que seu disfarce já era, que o rosto dele está nos noticiários e que eu sei quem ele realmente é. Ele não vai mais precisar fingir. Nada daquela história de "proteção a testemunhas", nada de se esconder por trás da aparência de "rapaz bonzinho" nem de mantê-la. A máscara inteira caiu, e agora não há mais para onde correr.

Nem para ele, nem para mim.

Dou uma olhada aflita no asfalto lá embaixo e no pátio, mas os jogadores de basquete foram embora, e a área ao redor do prédio está deserta. Dou uma olhada no apartamento, desamparada.

Pense!

Telefone! Joe deve ter um telefone em algum canto. Procuro que nem doida nas superfícies, empurrando para o lado papéis e jornais e folhetos e lixo, mas não acho nada.

Onde ele deixaria o telefone?

Enfim, meu cérebro entra em ação. Um telefone precisa de uma *linha telefônica*! Vou correndo até a parede, procurando por todos os centímetros até achar a tomada. Seguro o fio e o sigo até chegar à base…

Que está sem o aparelho.

O suor brota na minha testa, e fico com vontade de gritar. Olho para o banheiro – a água ainda está correndo –, mas o pânico borbulha dentro de mim, e é impossível pensar. Procuro atrás da TV, debaixo da mesa de centro e das almofadas sujas do sofá... e nada.

Meus olhos voam desesperados pelo cômodo, e então avisto a porta da cozinha. Corro até lá, procurando nos armários, empurrando menus de delivery e pratos sujos, até finalmente encontrar um telefone preto e reluzente no chão. Meu coração salta de alívio, e eu o pego.

Então vejo uma enorme tesoura de cozinha no balcão. A luz resplandece nas lâminas longas e prateadas, e eu a ergo. O medo faz minhas têmporas latejar ao encarar as pontas afiadas e me imaginar enfiando as lâminas na barriga de Christian, dilacerando sua carne, o sangue esguichando...

Sinto minha barriga entrar em convulsão, o vômito ameaça sair da garganta e a cozinha começa a rodopiar.

Eu seria mesmo capaz disso?

O suor escorre pela minha nuca e guardo a tesoura dentro do bolso do moletom, rezando para não precisar usá-la.

Meus dedos se atrapalham ligando para a emergência, e depois pressiono o aparelho no ouvido. Só então percebo de repente o silêncio total no apartamento. O barulho do chuveiro parou.

– Lou?

O telefone cai no chão quando viro e vejo Christian me encarando. Depois ele encara o telefone. E arregala os olhos.

– O que estava... Para quem estava ligando? – Ele se aproxima de mim. Agarro o telefone e desligo rápido, antes que ele possa ver para quem liguei. – Caramba, Lou, o que estava *pensando*? – exclama ele. – Você sabe que não podemos ligar para ninguém. É perigoso demais!

– Eu... estava apenas ligando para o hospital! – minto. – Queria saber como vovó está.

O rosto dele relaxa imediatamente.

– Merda. Desculpe, Lou. Como ela está?

Fito meus pés.

– Igual.

– Lamento. – Ele suspira. – E me desculpe por ter gritado. É que esse é o único lugar em que me sinto seguro no momento, e, se alguém descobrir que estou aqui, já era.

Faço que sim. É nisso que estou confiando.

– Não sei o que teria feito sem você hoje – diz ele com doçura. – Não estaria em segurança, disso eu sei.

Forço um sorriso.

– Então obrigado. – Ele se aproxima. – Por tudo.

Ele tenta me abraçar e eu contraio o corpo, com medo de que sinta a tesoura no meu bolso.

– O que foi? – pergunta ele.

– Nada! – Dou de ombros, conseguindo sorrir tensa.

Ele balança a cabeça.

– Você mente muito mal.

Olho para ele.

– O quê?

– Está bem estampado na sua cara. Além disso, mal falou comigo desde que cheguei aqui.

– O que foi? – Encaro-o.

Ele dá de ombros.

– Foi você quem escolheu a tinta.

– Eu escolhi *o quê*? – Franzo o rosto para ele.

– "Cappuccino" uma ova. – Ele aponta para o cabelo, que está da cor de cocô de cachorro.

– Ah. Não, está... ótimo. – Sorrio aliviada. Nem tinha percebido que ele tingira o cabelo no banho. – Está ótimo. Mesmo. Acabou de usar o banheiro? – Passo por ele.

No instante em que tranco a porta, minhas pernas viram gelatina, minha respiração se transforma em inspirações trêmulas enquanto as lágrimas que ameaçavam surgir finalmente irrompem de dentro de mim e eu dissolvo no chão.

Ela morreu!

Não acredito que ela *morreu*!

Eu me curvo para a frente, sentindo uma dor aguda e insuportável no estômago, e a foto escolar mostrando-a alegre tortura minha mente.

Ela nunca mais vai sorrir...

Nem rir...

Nem respirar...

Nem me *abraçar* de novo...

Sinto meu coração se torcer dolorosamente.

Por causa de Christian, minha amada Poppy está morta.

Capítulo vinte

Lágrimas ardem nos meus olhos, e um milhão de memórias enchem minha cabeça: Poppy apostando corrida comigo até os balanços do parque para ver quem conseguia ir mais alto; nós duas começando a aula de balé juntas, como duas fadas de doce rodopiando; rindo e fofocando no provador da loja de departamentos, com tio Jim aguardando paciente até a gente *finalmente* sair; fazendo grandes piqueniques no parque; brincando de esconde-esconde com Millie; gritando e berrando enquanto pulávamos no meio dos regadores... Eu voltando do México e a encontrando magra, pálida e arrasada num leito de hospital.

A quantidade de tubos e fios ao redor dela me deixou sem ar.

– Ela deve estar muito, *muito* cansada. – Millie suspirou, se acomodando no meu colo. – Ela está dormindo há *séculos*.

– Ela está apenas garantindo o sono de beleza dela – eu disse a ela.

– Como a Bela Adormecida?

– Mais ou menos. – Sorri. – Pense no quanto ela vai ficar bonita quando acordar.

– Mas eu quero que ela acorde *agora*! – gemeu Millie.

– Todos nós queremos, querida. – Tia Grace sorriu fracamente. – Todos nós...

– Já sei! – sussurrou Millie de repente, com os enormes olhos castanhos se iluminando.

Ela inclinou-se rápido para perto da irmã e, com muita delicadeza, beijou sua bochecha. Ela olhou para Poppy esperançosa por um instante, e depois seu rosto desanimou e partiu meu coração.

Passei a odiar com furor os dois rapazes que invadiram nossa casa, atacaram Poppy quando ela os pegou de surpresa, estraçalharam nossa família ao deixá-la em coma e transformaram tio Jim num criminoso – condenado a cinco anos de prisão por homicídio só por tentar protegê-la – por matar o bandido que a feriu.

Queria *gritar*, de tão injusto que tudo aquilo foi. Tio Jim nunca devia ter sido preso – ele era um herói! *Um policial*, pelo amor de Deus! Foi como se o mundo inteiro tivesse enlouquecido de vez, em especial quando o rapaz que fugiu da cena, Leonardo, recebeu uma pena menor do que a de tio Jim. Que loucura era aquela? Eles o condenaram por roubo. *Roubo!* Se era roubo, por que feriram Poppy? Por que nada foi roubado além da mochila de Poppy, e por que, quando descobriram que ela estava em casa, não fugiram em vez de dar uma surra nela?

Ou será que atacar Poppy era o plano inicial? Afinal, ela era uma adolescente sozinha em casa, em seu quarto. O que teria acontecido se tio Jim não tivesse chegado em casa naquele momento?

Fico nauseada com esses pensamentos que mais parecem um violento enxame que habita a minha cabeça há um ano.

Será que o roubo foi apenas uma desculpa? Uma maneira de evitar ser condenado por algo muito, muito pior? Será que foi *essa* a mentira que Christian admitiu contar para a polícia quando brincamos de Eu Nunca? Ele disse que tinha mentido sobre pegar uma mochila... Será que ele quis dizer que tinha mentido sobre ser um *ladrão*?

O ódio percorre minhas veias, e as lágrimas caem mais depressa.

De todo jeito, ladrão ou não, ele matou Poppy! Talvez não tenha dado o golpe fatal. Ou quem sabe talvez tenha sido ele mesmo, mas depois tenha jogado a culpa no parceiro morto. De qualquer maneira, ele estava lá e não fez nada para impedir o ataque à minha prima. E ele foi solto depois de pouco mais de um ano, sem nem cumprir *metade* da pena.

Como ele pôde ter direito a um recomeço, a uma nova história, quando Poppy ainda pairava perigosamente entre a vida e a morte? Como isso é justiça? Como isso é *correto*?

Os jornais entenderam a situação:

CRIMINOSO CONDENADO ESTÁ SOLTO ENQUANTO PAI HERÓI APODRECE NA PRISÃO

ASSASSINO CÚMPLICE GANHA IDENTIDADE NOVA!

O CRIME COMPENSA, E É O CONTRIBUINTE QUE PAGA A CONTA

Censuraram o fato de que o dinheiro público estava sendo usado para dar uma nova identidade e uma nova casa a ele. Por que *ele* merecia ter o direito a uma nova vida se tinha acabado com a nossa para sempre? Ter o direito de sair por aí impune? De esquecer o que tinha feito? De fingir que era *normal*? Que era o inocente e comum Christian Marcus Webb?

Então decidi fazer algo a respeito. Se o sistema judiciário não queria responsabilizá-lo, cabia a mim garantir que "Christian" não se esqueceria, que ele não *seria capaz* de esquecer o que tinha feito. Decidi tornar a vida dele o mais insuportável possível. Eu só precisava descobrir para onde o mandariam.

Fico com a pele arrepiada quando me lembro da noite em que Kenny e eu invadimos o escritório da polícia e de como quase fomos pegos no flagra por Neil, do entusiasmo louco que senti quando Kenny me entregou o pen-drive com o endereço novo de Christian em Sheffield. Foi como se as estrelas enfim tivessem se alinhado.

Como se fosse o destino, penso, lembrando as palavras de Christian quando nos conhecemos.

Ah, se ele soubesse...

Foi tão, *tão* fácil conseguir uma vaga na Universidade de Sheffield pelo processo de segunda chamada, colocar o telefone de Christian em cartões de taxistas, passar correndo pela casa dele todos os dias para descobrir sua rotina, esbarrar nele no café e "acidentalmente" derramar café no casaco dele para poder pegar sua carteira, criando uma desculpa para vê-lo de novo e dando uma razão para ele confiar em mim. Foi tão simples fingir torcer meu tornozelo para entrar na casa dele e depois pegar suas chaves no casaco enquanto ele saía do pub naquela noite, para poder incriminá-lo pelo meu arrombamento, na esperança de que ele fosse voltar para a prisão de imediato. Eu só não sabia que ele tinha que obedecer a um horário obrigatório...

E, apesar de a princípio ter sido irritante quando Kenny apareceu, e de eu não aprovar seus métodos, ele terminou sendo bem valioso. Ele orquestrou a promoção do Facebook que me garantiu o emprego no pub, junto com a intoxicação de Heidi, o que me deu a oportunidade perfeita para me "aproximar" de Christian. Arranhar a moto dele e pedir pizzas indesejadas também foram toques encantadores... Eu achei que Christian fosse mesmo dar um murro naquele entregador! E depois, quando Kenny batizou o suco dele no meu aniversário, fazendo Christian chegar atrasado e de ressaca no trabalho, o que se somou às suspeitas que eu já tinha plantado na cabeça de Mike, de que Christian estava por trás do arrombamento, nós o fizemos ser demitido.

Contra nós dois, Christian não tinha nenhuma chance. Fizemos ele perder o emprego, e dentro de alguns meses ele teria enlouquecido se tudo tivesse acontecido como planejado: se Vix não tivesse escutado a minha conversa com Kenny no meu aniversário, se Christian não tivesse decidido andar de moto apesar de estar involuntariamente embriagado, se eu não tivesse entrado em pânico com medo de ele morrer e saído correndo atrás dele, e depois surtado por completo quando ele me beijou…

O gosto dos lábios de Christian nos meus surge na minha mente, e fico nauseada com o meu momento de fraqueza, por ter me permitido esquecer quem ele é de verdade, o que ele fez... Meu sangue congela quando me lembro da última vez em que vi Poppy – e *nunca mais* a verei viva – e de como prometi a ela que iria atrás de justiça, que tudo ficaria bem se ela apenas acordasse... Mas agora as coisas nunca mais vão ficar bem. Engasgo com as novas lágrimas que escorrem pelas minhas bochechas.

Poppy se foi. Nunca mais vai voltar. Ela morreu.

E se Christian descobrir quem eu sou de verdade, o mesmo pode acontecer comigo. Quem sabe o que ele realmente é capaz de fazer…

– Lou? – Eu me sobressalto quando Christian bate à porta. – Você está bem?

– Estou! Só tomando um banho! – digo, abrindo rápido as torneiras, o pulso disparado nas veias enquanto dou uma olhada no banheiro.

Estou presa. Não tem janela, e uma olhada na tranca fajuta é suficiente para eu perceber que ela não aguenta muita força.

– É que preciso tirar a tinta do cabelo. Quanto mais tempo passar, pior vai ficar!

Sei bem como é.

– Já saio! – digo, ganhando tempo.

– Tá bom.

Tá bom. Respiro fundo, deslizando a mão no bolso do moletom, procurando a tesoura. Pelo menos ainda tenho uma arma.

Mas, para a minha surpresa, meus dedos cercam algo suave e duro. *O celular de vovó.* Encaro-o sem acreditar. Tinha esquecido completamente que o tinha comigo.

Tento ligar para a emergência, mas claro que está desligado; a bateria morreu quando eu estava usando ontem à noite. Pressiono os botões mesmo assim, na esperança de que aguente mais uma ligação. *Vamos lá, vamos lá...* A tela acende, e então o telefone apita ruidosamente.

Merda! Mexo nos botões, tentando desesperada deixá-lo no silencioso.

– Lou? – Christian bate mais uma vez. – O que foi isso?

– Foi só o meu... relógio! – Minto. – Esqueci que tinha programado o alarme.

– Tem um alarme no seu relógio?

– Tem... Foi um presente de Kenny, o rei das engenhocas.

Fico encarando o telefone, sem saber o que fazer. Será que devo arriscar ligar para a emergência? Já me safei por pouco duas vezes... Se Christian me escutar falando com alguém aqui dentro, estou ferrada. E essa tranca não vai impedi-lo de entrar.

A tela brilha silenciosa com uma mensagem de tia Grace:

> Mãe, por favor me ligue. Fiquei preocupada depois que nossa ligação caiu ontem à noite. Você está bem? Também não consigo falar com Lulu. Estou precisando muito de vocês duas. Por favor, ligue assim que possível.

Sinto um aperto no coração, meu corpo inteiro fica louco para ligar para ela. Pelo que deve estar passando? Releio a mensagem.

> Fiquei preocupada depois que nossa ligação caiu ontem à noite.

Então era com *ela* que vovó estava falando quando desmaiou. Foi *por isso* que vovó ficou tão chateada: tia Grace devia ter acabado de contar sobre Poppy.

Fico sem ar quando lembro as últimas palavras de vovó: "Meu Deus! É com *ele* que...".

É com ele que Christian parece, percebo de repente. Era *isso* que ela ia dizer, ela deve tê-lo reconhecido! No período de dez minutos, ela descobriu que a neta faleceu e que estava diante do responsável pela morte dela. Não é de surpreender que tenha tido um ataque do coração. *É tudo culpa minha!*

Se eu não tivesse ido atrás de Christian, se não o tivesse seguido até Sheffield, ela nunca teria chegado perto dele, nunca teria tido um ataque cardíaco, e eu não estaria presa neste apartamento com um criminoso violento sem nem sequer conseguir ligar para pedir ajuda.

Fico encarando a mensagem, arrasada. De repente, meu coração para. Não posso *ligar* para ninguém, mas talvez a bateria aguente uma *mensagem*!

Rapidamente, mando uma mensagem para Kenny.

> Socorro! Chame a polícia! Presa num apartamento com Christian. Condomínio Jonas, 39, Bexley. Ele está no noticiário! Rápido!

De repente a tela se apaga: a bateria enfim morreu.

Será que foi enviada? Pressiono o botão de ligar mais uma vez, tentando que nem doida ressuscitá-lo, mas não adianta. Guardo-o de volta no bolso, desamparada.

Agora tudo o que posso fazer é esperar. Só preciso esperar até a polícia ou Joe chegarem. Enquanto Christian não souber quem sou de verdade, estou em segurança. Fecho os olhos ao lembrar quanto chegamos perto de estragar tudo. Primeiro quando Kenny batizou a bebida de Christian e começou a fazer um interrogatório. Se Christian tivesse deixado escapar quem ele era, tudo teria acabado bem ali, pois ele com certeza se mudaria depois que percebesse o que tinha feito, e assim eu o perderia de vez. Então, quando Vix escutou a polícia mencionando o horário de Christian, descobri que ela logo perceberia que ele estava em liberdade condicional... Ainda bem que inventei a história de proteção a testemunhas. Era para despistá-la e impedi-la de confrontá-lo a respeito desse assunto, mas terminou sendo valioso para mim também, pois pude contar a Christian que sei da identidade secreta dele e que tem pessoas atrás dele, e assim também pude vir com ele para monitorá-lo. Tudo isso sem revelar que sei a verdade.

É então que escuto risadas gravadas. A TV.

Merda! Destranco e escancaro a porta do banheiro enquanto ele muda para o canal de notícias 24 horas.

– Pode pôr no outro canal? – digo, voltando rápido para a sala. – Eu adoro aquele programa!

Estendo a mão para pegar o controle, mas Christian o afasta.

– Só um segundo, estou vendo isto aqui.

– Mas e a sua tinta no cabelo? – lembro-o, desesperada.

– Vou num segundo. Olha só, teve um terremoto terrível em São Francisco. – Ele volta a olhar para o noticiário.

Minhas costas suam, e olho desamparada para a porta. Cadê Joe, caramba?

– Na verdade, sabe de uma coisa, vamos desligar a TV – sugiro.

Ele olha para mim como se eu fosse louca.

– Quero dizer... – Pense rápido. – Se essa for a última vez que vou vê-lo, não quero desperdiçar nossos últimos momentos juntos. – Sento na mesa de centro na frente dele, tentando bloquear sua visão da tela, e seguro sua mão. – A gente poderia ter dado certo – acrescento para garantir.

A expressão dele se acalma.

– Tem razão. – Ele coloca a TV no mudo e me puxa para o seu lado no sofá azul velho. – Lou. – Ele suspira. – Não é que eu não *queira* vê-la de novo, é só que… é perigoso demais. – Ele põe meu cabelo atrás da orelha, e meu pulso dispara.

Definitivamente perigoso demais. Meus olhos se lançam para a TV, que mostra os escombros de um arranha-céu.

– Sabe – diz Christian. – Você é a melhor coisa que aconteceu comigo em um *tempão*.

Forço um sorriso, e então a tela pisca e meus olhos voltam para a TV quando a foto de Poppy aparece na tela.

Merda!

– Lou? – Ele se vira para ver o que estou olhando.

Rapidamente, ponho a mão no seu rosto e o beijo. Ele parece surpreso por um instante, depois fecha os olhos e me beija também.

Minha mente dispara, assim como meu pulso, e eu tento decidir o que fazer. Depois de conferir que seus olhos ainda estão fechados, estendo o braço com cuidado para pegar o controle. Ele pressiona o corpo mais forte contra o meu, e meu coração bate loucamente enquanto as pontas dos meus dedos agarram o controle. Ele me empurra contra o sofá, com o cheiro frutado da tinta do cabelo fazendo minha cabeça rodar. Meus dedos mexem cegos nos botões. *Mudar de canal, desligar, qualquer coisa!*

– Esta noite, a polícia está à procura do criminoso condenado Leo Niles!

Meu coração para de vez quando o volume aumenta e os lábios de Christian paralisam contra os meus.

Acabou.

Capítulo vinte e um

Não consigo respirar.

Os lábios de Christian se soltam dos meus, e ele fica inexpressivo ao encarar a TV.

– Leo Niles infringiu as regras de sua liberdade condicional, meras horas depois de sua vítima, Poppy Willoughby-White, morrer.

Christian arfa. A foto de Poppy de uniforme escolar aparece na tela de novo, mas dessa vez meus olhos estão grudados em Christian, cujo rosto empalidece por completo.

– O ladrão condenado Leo Niles despertou a ira pública no ano passado, quando ele e seu comparsa, Tariq Khan, de 19 anos, invadiram a casa de um policial e agrediram sua filha adolescente.

Meu pulso dispara, e me afasto com cuidado de Christian, que continua sentado e hipnotizado pela tela.

– Quando o sargento Willoughby-White voltou para casa, assustou os jovens e, ao tentar defender a filha, matou Khan. Enquanto tudo acontecia, Niles escapou com os bens roubados – prossegue o repórter. – Ao ser solto, quase três meses atrás, Niles recebeu uma nova identidade para protegê-lo de possíveis justiceiros, o que causou a indignação dos contribuintes. Contudo, hoje ele infringiu a liberdade condicional depois que sua casa foi incendiada, no que se presume ser uma reação à morte trágica de Poppy. Os policiais pedem para qualquer pessoa que tiver informações sobre o paradeiro dele entrar em contato.

Christian desliga a TV, e fico paralisada. Só consigo chegar até a beira do sofá. A revelação paira no ar entre nós dois, enchendo a sala.

Acabaram os segredos.

Acabou a identidade secreta.

A verdade está lá fora para o mundo inteiro ver.

Meu coração martela doloroso, o pânico corre pelas minhas veias enquanto olho ao redor desesperada, me sentindo presa, desamparada e incrivelmente burra.

Por que vim com ele? O que estava *pensando*?

Pisco rápido, tentando conter as lágrimas que fazem meus olhos coçar. Eu devia ter entregado Christian à polícia quando tive a oportunidade. Mas o que eles teriam feito? Teriam-no prendido por mais alguns meses para depois soltá-lo com outra identidade secreta, em outro lugar? Eu não poderia segui-lo de novo, porque agora ele me conhece... Então teria perdido a única chance de me vingar. *Mantenha seus inimigos por perto;* não é isso que dizem? O problema é que agora ele está perto demais...

De repente, ele se vira. Minha mão voa instintivamente para a tesoura no meu bolso, mas fico chocada ao ver lágrimas escorrendo pelo rosto dele. Ele fecha os olhos com firmeza, e de algum lugar bem no fundo dele escapa um pequeno gemido, que fica cada vez mais alto até se transformar num rugido. Em seguida, ele se encolhe no sofá com o corpo tremendo violentamente, enterra a cabeça nos braços e soluça.

Eu não consigo fazer mais nada, a não ser encará-lo.

Por que ele está chorando? Porque o descobriram? Porque está com medo do que vai acontecer com ele? Ou porque está arrependido?

Engulo em seco.

– Christian?

Ele não responde. Hesitante, eu me inclino para a frente, segurando a tesoura na mão com firmeza.

– Você está bem? – Toco com delicadeza seu ombro.

Ele levanta a cabeça, e vejo que seus olhos estão lacrimosos e vermelhos.

Estou tão surpresa que nem consigo me mexer.

– Louise... – diz ele por fim. – Meu Deus, Louise. – Ele cobre o rosto com as mãos. – Me desculpe mesmo.

Desculpar pelo quê? Pelo que ele fez? Ou pelo que está prestes a fazer?

– Eu devia ter contado... desculpe. – Ele funga. – Meu Deus, o que você deve estar pensando?

Ele olha para cima, e meu rosto deve revelar com clareza o que estou pensando.

– Não é verdade! – ele insiste. – Lou, eu juro, *não é*!

Estreito os olhos.

– Você não é Leo Niles?

– Não, quero dizer, sim, mas…

– Então o quê? Não é um criminoso condenado? – pergunto, a raiva endurecendo nas minhas veias. – A polícia não está te procurando?

– Sim, sim! – Ele geme, arrasado. – Mas, Lou, eu não... Eu não fiz aquilo, não acredito... – As lágrimas carregam suas palavras.

– O quê?

– Não acredito que Poppy morreu!

– *Sério?* – digo. – Não achou que quebrar o crânio de uma garota, deixando-a em coma, pudesse causar a morte dela? – As lágrimas chamuscam minhas palavras.

– Eu não a machuquei! – protesta ele.

– Claro, era apenas um ladrão. – Acrescento, ganhando coragem ao tocar a tesoura. – Um ladrão que ficou parado e viu o amigo matar uma garota inocente…

– Não! Eu não fiz isso, eu não estava... Poppy era minha *amiga*!

Não me mexo.

– Sua... *sua amiga*?

– Sim. Quero dizer, eu não a conhecia tão bem, mas…

– Você roubou sua *amiga*? – interrompo com raiva.

– Não! Eu... só fui lá buscá-la. Quero dizer, era para eu buscá-la. – Seu rosto enruga-se. – Mas cheguei tarde demais e... e agora... Agora ela morreu!

Vejo mais lágrimas escorrer pelo seu rosto, e meus pensamentos rodopiam descontrolados.

– Se eu tivesse chegado na hora que marcamos, ela estaria bem. – Ele soluça. – Ela ainda estaria viva.

Engulo em seco, tentando pensar, me concentrar.

– Como assim? – digo baixinho. – Como assim, você ia buscá-la?

– Era esse o plano, foi só por isso que a gente estava lá – diz ele. – Tariq se ofereceu para nos dar uma carona até a estação de trem; a gente ia passar o fim de semana fora, mas me atrasei. Mandei mensagem para Tariq e para Poppy avisando que estava a caminho, mas quando cheguei... – Ele balança a cabeça, arrasado, e eu prendo a respiração. – O carro de Tariq estava do lado fora, e a porta da casa estava escancarada. A mochila de Poppy estava pronta no corredor, então eu a peguei e a chamei. Mas ninguém respondeu. Foi quando escutei barulhos lá em cima, e subi.

Ele fecha os olhos com força, e lágrimas escorrem.

– Era tanto sangue! – Ele arfa. – Nunca vi tanto sangue.

Minha garganta fecha.

– O pai de Poppy tinha algemado Tariq na cama, mas Tariq não estava se movendo, ele apenas... sangrava. – Christian engole em seco. – Tentei deter o pai dela, segurei o braço dele, mas aí ele se virou para mim com uma tesoura.

Ele passa os dedos delicadamente por cima da cicatriz no peito, e eu solto a tesoura no meu bolso. Um calafrio percorre meu corpo.

– Ele tentou me golpear, mas estava desajeitado... Bêbado.

Olho para cima. É a segunda vez que Christian diz que tio Jim estava bêbado naquela noite, mas, como eu disse a Vix, tio Jim mal bebe hoje em dia, apenas uma cerveja depois do trabalho na sexta, ou uma taça de vinho para acompanhar uma refeição sofisticada. Franzo o rosto. Foi por isso que sempre achei que a acusação estava exagerando quando também alegou que tio Jim estava bêbado naquela noite. Presumi que tinham descoberto álcool no sangue dele de um drinque depois do trabalho e que exageraram para defender a causa. Mas por que *Christian* mentiria? Afinal, isso não afeta sua condenação por roubo.

– Consegui sair do alcance dele, desci a escada correndo e fui embora – prossegue ele. – Só conseguia pensar em escapar. Não olhei para trás. Nenhuma vez. Eu nem *vi* Poppy, não fazia ideia de que ela estava machucada. – Ele cobre o rosto e grunhe, soltando um som terrível e doloroso que faz minhas costas estremecer. – Os dois estão mortos por minha culpa! Foi por *minha culpa* que Tariq estava lá. Eu mal o conhecia!

– Por que pediu uma carona para ele se não o conhecia? – pergunto.

– Eu conhecia a namorada dele, Sabina. Ela disse que daria a carona com prazer. – Ele une as mãos na cabeça. – Se eu não tivesse me atrasado, nada disso teria acontecido!

Abraço a mim mesma com firmeza, tentando assimilar tudo, com imagens terríveis inundando minha cabeça.

– Mas, se era inocente, por que não foi à polícia? *Ou você foi?* – pergunto, sabendo muito bem que ele não foi, que a polícia foi atrás dele após encontrar suas impressões digitais no nosso corrimão.

– Não. – Ele suspira. – Eu devia ter ido, mas fiquei morrendo de medo. O ataque estava em todos os jornais... e eu... Eu estava em choque, eu acho.

– Mas então, quando eles o encontraram, por que não contou à polícia o que realmente tinha acontecido?

– Eu tentei. – Ele balança a cabeça, arrasado. – Até entreguei meu celular com as mensagens enviadas para provar que eu conhecia Poppy, que ela estava me esperando, mas ele estava quebrado. Eu deixei cair enquanto corria do pai dela, e o cartão de memória estava danificado demais.

– E eles não conseguiram obtê-las com o histórico das operadoras? – digo, tentando disfarçar a suspeita na minha voz.

Ele tem um raciocínio bem rápido, isso eu admito. Vai ver se acostumou a mentir depois de três meses usando uma identidade falsa.

– Eles tentaram, mas as mensagens são apagadas do sistema depois de alguns dias, e eles só me encontraram uma semana depois. Era tarde demais.

Que conveniente.

– E Sabina? Ela não podia confirmar sua história?

– Ela confirmou! Mas eles também não acreditaram nela. Acharam que a gente tinha inventado a história inteira juntos na semana antes de eu ser preso. Eu não conhecia o pai de Poppy nem outros parentes dela, então ele não me reconheceu. Nem acreditou em mim. Achou que, como eu cheguei logo depois... – Ele engole em seco. – Presumiu que eu estava envolvido.

– Mas por que não conhecia o pai dela? – pergunto. – Por que ela não contou a eles sobre você? *Por que ela não me contaria?*

– Não sei – diz Christian. – Acho que a gente não se conhecia tão bem. Só tínhamos nos encontrado algumas vezes, na galeria de arte.

Fico surpresa.

– Na galeria de arte?

Ele faz que sim.

– Eu costumava ir lá para desenhar pessoas, e um dia Poppy percebeu que eu a estava desenhando, então começamos a conversar.

Desenho... Lembro do retrato no caderno de esboços de Christian que Vix presumiu que era eu.

– Achei estranho ela passar todos os dias das férias sentada na mesma galeria – prossegue Christian. – Mas ela disse que era o único lugar onde tinha um pouco de paz, que estava se relacionando mal com os pais e precisava sair de casa.

Franzo o rosto de novo, tentando ligar a Poppy que eu conhecia com a Poppy que ele está descrevendo.

– Depois continuamos nos encontrando. A gente conversava sobre música, e ela me disse que ia para o festival de Glastonbury.

Fico paralisada.

– *Glastonbury?*

Ele assente.

– Ela havia comprado ingressos e tudo, mas a pessoa com quem ela ia tinha desistido.

O mundo começa a rodopiar diante dos meus olhos.

Eu. *Eu* desisti. Poppy estava louca para ir a Glastonbury. E, graças a mim, tinha um ingresso sobrando: o que ela comprou como meu presente de aniversário. *Como ele saberia disso?* A não ser que... *A não ser que esteja falando a verdade!*

Minha cabeça lateja dolorosamente, e o encaro como se o estivesse enxergando de verdade pela primeira vez.

Ele é inocente.

– Ela não queria ir sozinha, então me convidou para ir junto – continua Christian. – Ela parecia legal, então pensei *por que não*? Não fazia ideia que os pais dela não sabiam. – Ele esfrega o rosto de um jeito bruto. – Também não sei por que ela não falou de mim para eles.

Eu sei. Tio Jim nunca teria deixado Poppy viajar com um rapaz que acabou de conhecer. Ele insistia em conhecer todos os nossos namorados antes mesmo de deixar a gente sair com eles pela primeira vez! Ele sempre era bem engraçado e simpático, mas os garotos se assustavam com a ideia de serem interrogados por um policial, então às vezes Poppy e eu nos "esquecíamos" de contar a ele sobre os garotos, para evitar a inquisição.

Mas agora eu preferia que a gente não tivesse feito isso.

– Eles não faziam ideia de quem eu era. – Christian suspira. – Acharam que toda a minha história era mentira, uma tentativa de me inocentar. Tudo o que sabiam era que Tariq tinha atacado Poppy, que eu tinha chegado logo depois e que encontraram minha mensagem no celular dele dizendo que eu estava a caminho, me conectando a ele.

Concordo, séria.

– Mas aquilo provava que eu não estava na casa na hora em que Poppy foi atacada. Então a polícia me acusou de roubo.

– Mas por que eles acharam que foi *roubo*? – Franzo o rosto.

– Eu não percebi na hora, mas parece que uma das pequenas vidraças na porta da casa estava quebrada. Tariq deve ter feito isso para conseguir colocar o braço e destrancar a porta. Eles encontraram as impressões digitais e o sangue dele no vidro quebrado. E... algumas coisas de Poppy tinham desaparecido – diz Christian. – Eu nem percebi que a mochila dela ainda estava nas minhas costas quando fugi.

Então foi sobre essa mochila que ele mentiu na brincadeira de *Eu Nunca*.

– Mas por que não a entregou para a polícia? – pergunto. – Podia ter explicado.

– Não, eu não podia – argumenta Christian. – A bolsa de Poppy estava cheia de dinheiro e joias e coisas! A polícia já estava tentando me acusar de roubo, e, se a encontrasse, eu simplesmente... Entrei em pânico porque ia parecer que eu tinha *mesmo* roubado. Então a escondi. – Ele suspira. – Não que isso tenha feito alguma diferença. Tariq estava morto e Poppy em coma, então não podiam contar a verdade. Fiquei esperando, *rezando*, para que ela acordasse... – O rosto dele se franze mais uma vez. – Mas agora ela nunca mais vai acordar.

Sinto um aperto no coração.

– Meu advogado me aconselhou a confessar a culpa por roubo. Ele disse que não havia nenhuma evidência para comprovar minha história, que eu pegaria uma pena bem mais curta fazendo isso, ou poderia encarar anos e anos de prisão. – Ele desvia o olhar. – Então a polícia concluiu que Tariq e eu tínhamos planejado juntos, mas que ele ficou impaciente e arrombou sem mim. Então, quando Poppy o pegou no flagra, ele entrou em pânico e a atacou. E o júri acreditou. – Ele balança a cabeça. – É loucura. Tariq *sabia* que ela estava lá. Foi por isso que a gente foi pra lá, para buscá-la!

– Então *por que* ele a atacou? – pergunto baixinho.

– Não sei. – Christian olha para mim por um longo momento, com os olhos sofridos. – Só dá para presumir o pior. Afinal, eles estavam no quarto dela.

Abraço meus próprios braços com maior firmeza e desvio o olhar.

– Se eu não tivesse me atrasado, se tivesse chegado mais cedo... – Ele suspira, arrasado. – Nunca vou me perdoar.

– E a mensagem que você mandou para Poppy dizendo que ia se atrasar? – digo de repente. – O seu telefone quebrou, e o histórico foi apagado, mas eles não acharam a mensagem no telefone de Poppy? Isso não provaria que vocês dois eram amigos?

– A polícia disse que não encontrou, então imagino que ela apagou. – Christian franze o rosto. – Até hoje. Até eu ver a capa do seu telefone no carro...

– *Como assim?*

– Poppy tinha uma fita cassete na mochila dela, eu vi quando fui esconder a mochila e achei que não era nada de mais, só um pouco estranho, antiquado; afinal, quem tem fita cassete hoje em dia, né? Mas e se não *fosse* uma fita? E se fosse uma capa de celular retrô que nem a sua?

Encaro-o. Podia muito bem ser. Afinal, foi ela que me deu a minha. E se tivesse comprado uma para ela também?

– Então a polícia pode ter *mentido* sobre ter o celular de Poppy? – Franzo o rosto.

– Eu já disse – diz Christian. – Não posso confiar neles. Se eles contaram a minha localização para os justiceiros, quem sabe do que mais são capazes?

– Justiceiros? – pergunto baixinho.

Ele suspira.

– Recebi ameaças de morte o tempo inteiro na prisão. Pessoas que achavam que minha punição tinha sido leve demais. Pessoas que queriam fazer justiça com as próprias mãos.

Desvio o olhar, culpada.

– E agora Poppy... – Ele esfrega o rosto. – Agora que está tudo nos jornais de novo, eles voltarão mais determinados do que nunca. Não acredito que me encontraram tão rápido, não pode ser coincidência!

Sinto um aperto no estômago. Também não acredito. A ideia de que há outros justiceiros por aí atrás dele, prontos para tomar medidas tão extremas, faz com que até *eu* fique arrepiada.

– Não posso mais confiar que a polícia vá garantir minha segurança. Não posso confiar em ninguém. – Ele dá de ombros. – Só em você.

Seus olhos penetram os meus, e desvio o olhar.

– E Joe, claro. Seja lá onde ele estiver.

Então escutamos o barulho de passos correndo lá fora.

– Deve ser ele. – Christian vai até a janela.

De repente, ele corre até a porta.

– Está trancada – digo a ele. – Joe trancou.

Ele vira a cabeça bruscamente.

– Joe *trancou*?

Dou de ombros:

– Mas ele voltou, né?

– Não. Não é Joe. – Ele desliza apressado todos os ferrolhos da porta, agarra meu braço e me arranca do sofá. – A gente tem que dar o fora daqui.

– Christian, espere!

– A gente tem que ir. – Ele me leva para dentro do banheiro. – Merda. Não tem janela.

– E estamos no terceiro andar! – acrescento.

– A gente pode se trancar aqui. – Ele tranca a porta.

– A tranca é fraca, não vai aguentar nada.

– Merda! – Ele abre a porta do banheiro e olha ao redor, desesperado. Os passos chegam à porta do apartamento. – Merda!

– Talvez seja melhor assim, Christian. – Hesito. – Talvez deva se entregar.

– Lou! – Ele me encara. – Não é a polícia!

– O quê? – Sinto meus braços se arrepiar. – *Como assim?* Então quem é?

De repente, escutamos uma pancada na porta.

– A gente sabe que você está aí, Niles! – grita a voz raivosa de um homem. – E dessa vez você não tem para onde fugir!

Solto um grito quando um bastão de críquete quebra a janela fosca, causando uma explosão de cacos de vidro.

Definitivamente não é a polícia.

Capítulo vinte e dois

Christian agarra minha mão e corre até o quarto, batendo a porta atrás da gente, mas não tem tranca. Ele olha ao redor. No meio do entulho de roupas sujas, louça e papéis, há uma cama de casal desarrumada, uma mesa e um armário.

– Rápido – exclama ele. – O armário!

Empurramos juntos com força, mas o móvel não se mexe.

– É pesado demais! – exclamo.

Escutamos o barulho de madeira se partindo lá fora: a porta foi quebrada. Precisamos fazer alguma coisa já!

– A mesa! – sugiro.

Empurramos para o lado, fazendo mais papéis e canecas e latas cair no chão, e rapidamente a levamos para a frente da porta. Bem no momento em que a maçaneta gira e a porta colide contra a mesa, eu dou um pulo para trás. A porta abre um centímetro, e uma mão serpenteia para dentro do quarto. Christian se joga contra a porta. Escutamos o ruído de algo quebrando e um grito, depois a mão desaparece e ouvimos palavrões. Christian mergulha no chão, colocando o peso contra a mesa e apoiando os pés no pesado armário, e eu o imito.

– Obrigado – diz ele, ofegante.

De repente, uma força parecida com uma batida de carros colide contra a porta, me deixando sem ar.

– Você está bem? – sussurra Christian.

Faço que sim.

– São quantos? – sussurro, rangendo os dentes.

– Não sei. Pelo menos... *merda!*

Dessa vez, é um tanque que golpeia minhas costas. A dor ondula por todo o meu corpo, e meus joelhos começam a tremer.

– Lou, vá sentar na cama – diz Christian.

– Não – argumento, com as costas latejando. – Não vai aguentar sozinho.

– Acho que a gente não vai aguentar muito tempo mesmo, e você vai se machucar muito quando eles conseguirem abrir.

Não me mexo. Eu disse para Kenny chamar a polícia e de repente uma gangue sedenta de sangue aparece aqui? Não *pode* ser coincidência! É culpa minha, mas Christian não merece isso. Isto não é justiça. Mesmo se ele for culpado e se tudo o que ele acabou de me dizer for mentira, ele não merece isto. Eu queria *assustá-lo*, não matá-lo!

– Por favor, Lou – implora Christian, bem na hora em que outro golpe atinge a porta, abrindo-a um centímetro. Os olhos dele lacrimejam enquanto a fechamos mais uma vez. – Eles estão me procurando. Não vão machucá-la.

O que devo fazer? Ele tem razão: mesmo com nós dois empurrando, não vamos conseguir impedi-los de entrar por muito tempo. Com o coração em disparada, vou até a cama.

– Obrigado. – Ele suspira, os olhos frustrados ao se preparar para proteger a porta inteira.

Mas eu não sento. Agarro a extremidade da cama, fazendo as pernas arranhar o chão de madeira e a empurrando na direção da porta. Apesar de tudo, prefiro correr riscos com Christian do que com uma gangue violenta.

– Sai daí! – grito para Christian, empurrando a cama com toda a minha força, enfiando-a entre a mesa e o armário.

Agora a porta não vai abrir de jeito nenhum. Como se para provar isso, a porta estremece de novo mas não se mexe.

Christian me encara.

– Boa!

– Obrigada – digo, ofegante. – Mas estamos presos.

– Preso é melhor do que capturado – diz ele, sombrio.

– E agora? – sussurro, me contraindo toda vez que a porta chacoalha. – A gente espera eles irem embora e pronto?

Christian balança a cabeça. Ele vai até a janela e olha lá fora.

– Estamos a três andares de altura – lembro-o. – É impossível!

– Impossível, não. – Ele dá uma olhada no quarto. – Difícil, mas não impossível.

Ele pega duas calças jeans e começa a dar nós nas pernas.

– Está falando sério? – sussurro. – É uma altura de no mínimo dez metros!

– Olhe ao seu redor – diz ele. – Aqui tem tecido suficiente para alcançarmos o chão.

Ele tem razão. Vou em disparada para a cama e começo a tirar os panos.

– Nos livros da Enid Blyton, eles sempre usavam lençóis!

– Maravilha. – Christian sorri para mim.

Tiro a tesoura do bolso e corto o lençol na metade para ter mais comprimento.

– Onde arranjou isso? – Christian olha cauteloso para a tesoura.

– Na cozinha – digo, hesitando. – Achei que... ia ser útil.

Desvio o olhar e ataco outro lençol. Ele rasga com facilidade entre as lâminas afiadas, e tento não pensar no que elas teriam feito com a carne de Christian caso as coisas tivessem acontecido de outro jeito.

Agimos depressa. Meus dedos fazem os nós, e meu coração dispara a cada estrondo na porta.

De repente, escutamos o barulho de madeira se partindo.

Viro a cabeça imediatamente.

– Eles estão quebrando a porta!

– Rápido! – Christian se lança para a janela com a corda improvisada que remendamos juntos. – Jogue lá fora!

Mas a ponta fica balançando a alguns metros da calçada de concreto.

– Não é longa o suficiente! – digo em pânico.

– Merda! – sussurra Christian quando a porta se parte de novo. – Um pouco de luz começa a entrar. – Não temos muito tempo... Vamos precisar pular do fim da corda.

– *Pular?* – Encaro-o. – Está maluco?

– Primeiro as damas – diz Christian, amarrando a extremidade dos lençóis no cano do aquecedor.

– Está brincando? Eles estão atrás de *você*. Eles não vão me machucar, lembra?

– Não posso correr esse risco – argumenta ele, me empurrando para a janela. – Além disso, você precisa ir primeiro.

– Por quê?

– Para eu ver se é mesmo seguro. – Ele sorri.

Grandes pedaços de madeira caem na cama.

– Lou, vá... antes que eles percebam o que estamos fazendo – implora ele. – Senão já era. Eles chegam lá embaixo antes da gente.

– Tá bom.

Subo com cuidado no peitoril estreito da janela. Minhas pernas tremem. O chão se agita debaixo de mim, e a corda improvisada balança frágil com a brisa.

E se arrebentar? E se os nós não forem fortes o suficiente? E se eu não conseguir me segurar?

– Lou, precisa *ir*! – Christian me apressa. – Respire fundo, vá num ritmo constante e não olhe para baixo. Eu vou logo depois.

– Tá bom!

Agarro firme o lençol e dou um passo para fora do peitoril, prendendo a respiração no momento em que meus braços passam a segurar todo o meu peso, mas o lençol não arrebenta. Me inclino numa distância impossível, apavoradora, vertiginosa, até parecer que com certeza vou cair, e então meus pés encostam na parede. Devagar, com cuidado, uma mão de cada vez, desço aos poucos, e o ar frio sussurra nos meus ouvidos. Foco em me segurar, as mãos escorregadias de suor e os lençóis amarrados ameaçando deslizar entre meus dedos a qualquer momento.

– Você está indo muito bem – sussurra Christian. – Mas pode acelerar um pouco?

Eu tento. Dou passos maiores, mais rápidos, até sentir que devo estar quase no fim.

Então passo por uma janela: estou apenas no segundo andar! O rosto ansioso de Christian me encara, e meu sangue pulsa enquanto dou passos mais longos e rápidos até... Merda!

Meu pé desliza, e meu rosto se lança na direção dos tijolos.

– *Lou!* – chama Christian.

Eu me viro rápido e meu ombro recebe o impacto, colidindo dolorosamente contra a parede dura. Rodopio sem poder fazer nada, com os braços ardendo, segurando a corda para não morrer.

– Lou! – diz Christian. – Pule!

Olho para ele.

– Está louco?

– Pule logo! – sussurra ele. – Confie em mim!

Confiar nele? O cara que mentiu para todo mundo sobre tudo?

– No três – sussurra ele. – Um, dois…

Respiro fundo.

– Três.

Solto, me sentindo completamente sem peso por um instante antes de cair em cima de uma cerca de arbustos.

Depois de um segundo, Christian já sai da janela e começa a fazer rapel como um profissional, e por pouco não foi tarde demais. Quando ele está na metade, um homem de cabelo loiro-escuro põe a cabeça para fora da janela.

Encaro-o, horrorizada. É um dos homens do Ford azul em Sheffield! Eles estavam *mesmo* atrás de Christian!

– Ele saiu pela janela! – grita ele para alguém no apartamento. – Desçam e o detenham! – Ele sorri, sombrio. – *Eu* vou detê-lo.

– Christian! – grito quando o homem desaparece. – Rápido!

Ele desce cada vez mais rápido, mas não o suficiente. De repente, a corda se solta e ele cai como uma pedra, colidindo contra o chão.

– Tome isso, *assassino*! – grita o homem, tirando a cabeça da janela.

– Christian! – Corro para o lado dele, que agarra a perna esquerda. – Meu Deus, você está bem?

– Carro! – Ele arfa. – Pegue o carro!

Me levanto depressa e corro até o carro de tio Jim. Piso no acelerador, cantando pneu para chegar na rua atrás do prédio, rezando para os homens não terem chegado até ele primeiro.

Dobro a esquina e avisto a gangue mais à frente, bem onde Christian caiu. Meu coração despenca. Cheguei tarde demais!

De repente, um vulto escuro se joga para fora dos arbustos do meu lado, e eu piso no freio imediatamente. As cabeças da gangue se viram de uma vez só, e meu coração enlouquece quando começam a gritar e correr na minha direção.

Christian escancara a porta de trás e rasteja para dentro do carro.

– *Vá!*

Manobro o carro e acelero pela rua.

– Você... – digo, ofegante – precisa parar de fazer *isso!*

– Desculpe! – Ele arfa.

Dou uma olhada no retrovisor. Os homens correm atrás da gente, mas não são rápidos o suficiente. Desaparecem um por um, e depois viro algumas esquinas para garantir que nos perdemos deles.

– Você está bem? – Olho ao redor.

A calça dele está coberta de sangue.

– Merda, Christian. Você precisa ir para o hospital!

– Não! – diz ele com firmeza. – Hospital, não. É perigoso demais.

– Mas…

– Eu estou bem – insiste ele.

– Está *bem*? – contesto.

Ele não responde.

– Tá bom – digo, relutante. – Então pra onde?

– Qualquer lugar. – Christian suspira. – Não existe mais lugar seguro pra mim.

Capítulo vinte e três

Dirijo rapidamente pelas ruas da cidade, tentando ir para o mais longe possível do apartamento de Joe e dos grandalhões malucos que nos atacaram. Por fim, avisto a placa acolhedora em neon de um hotel Travelodge e entro no estacionamento.

– O que está fazendo? – Christian franze o rosto.

– Hospedando a gente num hotel. Vamos.

Ele balança a cabeça:

– Vou ficar no carro.

– Christian, não é seguro ficar no carro. E vai congelar!

– Não é seguro entrar – argumenta ele. – Tem câmeras de segurança.

– Tome seu moletom de volta. – Abro o zíper do moletom grande demais para mim e o entrego a ele. – Essa ferida precisa ser limpa, e para isso você precisa entrar!

– Lou…

– Senão a ferida vai infeccionar, e vamos ter que amputar sua perna – digo. – Amputação total.

Um sorriso surge nos seus lábios.

– A escolha é sua. Hospital, ficar aleijado ou hotel. – Dou de ombros.

– Você é tão dramática, devia ser atriz!

– Diz o cara que interpretou o papel de Christian – argumento.

– Bem lembrado. – Ele suspira. – Tá bom, vamos.

Ele coloca o capuz do moletom e põe o braço por cima dos meus ombros para que o ajude a entrar.

– Ele está bem? – pergunta a recepcionista, olhando com cuidado para Christian, que manca pelo carpete da entrada na direção dela.

– Está, sim. – Sorrio. – Tomou sidra demais, só isso.

Imediatamente, Christian começa a cantar bem alto e desafinado. Cutuco-o nas costelas.

– A gente queria um quarto duplo, por favor.

O quarto é bem básico: duas camas, banheiro, TV e uma chaleira com duas xícaras. Não precisamos de nada além disso. Ajudo Christian a ir até o banheiro, onde ele se deita nos azulejos brancos, agarrando a perna e gemendo.

Ajoelho ao lado dele e dobro com delicadeza a perna da calça. Um corte profundo e vermelho se revela na altura de sua canela. Eu me retraio.

– Certo – digo, tentando manter a calma. Pense. *Respire*. – É bom deixar de molho na banheira um pouco. – Ligo a torneira. – Eu vou dar uma saída e comprar antisséptico, curativos e tal, e depois... depois você me diz o que fazer com eles, porque eu não faço ideia. – Dou um sorriso fraco.

– Você está se saindo muito bem – Christian elogia. – Obrigado.

– Machucou a outra perna também? – digo, percebendo linhas vermelhas um pouco acima do tornozelo direito dele.

– Ah, não foi nada – diz Christian, abaixando a perna da calça. – É só... onde ficava a tornozeleira eletrônica. Estava com pressa quando a cortei no apartamento de Joe; fui um pouco descuidado.

– Tornozeleira eletrônica? – Olho para ele.

– Era uma das condições de eu ser solto três meses antes da data da minha liberdade. – Ele suspira. – Eu devia ficar em casa entre 19h e 7h, senão a tornozeleira alertaria a polícia.

De repente, lembro que ele puxou depressa a barra da calça para baixo quando foi me mostrar como se flexionava o pé como uma bailarina. Foi porque não queria que eu visse a tornozeleira.

– Por isso a polícia foi correndo depois que sua avó desmaiou – prossegue Christian. – Eles sabiam que eu tinha desrespeitado meu horário. E por isso hesitei antes de sair para ajudá-la, me desculpe. – Ele segura minha mão, e eu a aperto com delicadeza.

– Mas você saiu mesmo assim – digo baixinho. – Salvou a vida dela.

Ele se encrencou com a polícia, arriscou ser mandado de volta para a prisão por causa de vovó. *Por minha causa.*

– Quando expliquei o que tinha acontecido, eles foram muito compreensivos e disseram que eram circunstâncias excepcionais e que não considerariam aquilo contra mim. Mas agora... – Christian inclina a cabeça. – Agora eu mais do que desobedeci às regras. Estou oficialmente "foragido" e, se a polícia me encontrar, vou ser mandado direto para a prisão. – Ele ri com amargura. – Mais alguns dias, e isso nem teria importado!

– Como assim?

– O meu período com a restrição de horário ia acabar na terça. – Ele suspira. – Não imagina quanto eu estava ansioso.

– Achei que tivesse sido condenado a quase três anos, não? – Franzo o rosto.

– Sim, mas na metade a pessoa recebe liberdade automaticamente. Eu ainda teria que me encontrar com o oficial de liberdade condicional durante alguns meses, mas não usaria mais a tornozeleira nem precisaria ficar dentro de casa... Eu enfim estaria livre para sair à noite, usar bermuda e ter uma vida de verdade!

Ontem mesmo fiquei furiosa por saber que ele tinha sido solto tão cedo, mas agora... Agora o mundo inteiro está de cabeça para baixo. Tanta coisa mudou tão depressa que me sinto tonta…

De repente, Christian suspira pesado.

– Você devia ir embora.

– O quê?

– A polícia está atrás de mim, você está protegendo um fugitivo, Lou. Está infringindo a lei só por estar aqui comigo. E viu como os justiceiros são. Não posso correr o risco de ter você aqui comigo se eles me encontrarem; vai se machucar. É melhor ir. Agora.

Balanço a cabeça.

– Não posso.

– Você precisa ir.

– *Não posso!* – insisto.

– Por que não? – pergunta ele. – Sério, Lou, *por que* está me ajudando? Por que colocaria a própria vida em risco por minha causa? Você mal me conhece.

Hesito. Não podia abandoná-lo mais cedo por achar que ele era culpado e que eu não podia deixá-lo escapar; queria que ele pagasse pelo que fez. Agora, não posso deixá-lo porque é inocente, está machucado, os justiceiros o encontraram por minha causa e ele pode estar em perigo…

Mas não posso contar nada disso a ele.

– Porque... eu gosto de você – digo, e de repente percebo que é verdade. Eu me importo com ele e não preciso mais me sentir culpada por causa disso. Todos os sentimentos que estava tentando ignorar, me convencendo de que não existiam, todos eles vêm à tona de uma vez agora que sei que ele é inocente. – Eu *gosto* de você – repito, me inclinando para perto dele e tirando seu cabelo do rosto, olhando nos seus olhos azul-claros sem nenhuma vergonha. – Estamos juntos nessa.

– Também gosto de você. – Ele segura minha mão. – É por isso que não posso permitir…

– Não vou deixá-lo sozinho quando está correndo perigo – digo com firmeza. – Não quando está assim por minha culpa.

Ele sorri.

– Por que acha isso?

– Por vários motivos – digo, olhando para a ferida dolorosa. – Demorei demais para descer na corda, e eu... eu liguei…

– Lou, não acho que ligar para sua avó tenha causado isso. Você acha? – Christian sorri. – Nada disso é culpa sua – diz ele baixinho, beijando minha mão.

– É, sim. – Fecho com firmeza os olhos, que ardem de culpa e vergonha. – Você se machucou por minha causa.

Eles o encontraram por minha causa.

– Não. – Christian segura meu rosto. – Estou machucado por causa de Joe.

Abro os olhos.

– Só ele sabia que eu estava no apartamento – diz ele, triste. – Deve ter me entregado.

Desvio o olhar.

– Não que eu o culpe.

– O quê?

– Ele é meu melhor amigo, Lou. Só teria me traído se tivesse um bom motivo. Viu todas aquelas trancas na porta dele? São novas.

Eu me lembro de como Joe ficou nervoso quando bati na porta dele, do medo nos olhos dele.

– Aquela gangue devia estar ameaçando Joe para descobrir meu paradeiro. – Christian balança a cabeça, chateado. – Não seria a primeira vez. Quando eu fui solto, ia voltar pra casa, morar com meus pais. Estava tudo combinado. Mas, quando os justiceiros descobriram, eles ameaçaram meus pais e jogaram um tijolo na janela deles uma noite, deixando claro que, se voltasse para lá, não só eu como as pessoas que eu amo não estariam em segurança. – Lágrimas enchem seus olhos. – Eu estava me enganando achando que um dia tudo passaria, que as coisas voltariam ao normal, que eu teria minha vida de volta, veria meus pais... Mas nunca vou voltar a ter isso. É pior do que a prisão. Pelo menos lá eles ainda podiam me visitar, manter contato. Agora... – Ele suspira pesadamente. – Joe tem razão. É como se eu tivesse morrido, como se eu fosse um dos seus fantasmas. Eu nem existo. Leo Niles não existe mais, e eu preciso mentir sobre *tudo*. Consegue imaginar quanto isso é *cansativo*?

Ah, se consigo. Estremeço.

– Desculpe, Lou, tome meu moletom de volta. – Christian o tira, e, ao jogá-lo para mim, a tesoura cai do bolso, bem como o celular de vovó.

Congelo.

– O que é isto? – Christian franze o rosto, erguendo-o. – Eu joguei o seu celular para fora do carro lá em Sheffield.

– É de vovó! – explico depressa. – Esqueci que estava comigo, e mesmo assim a bateria morreu…

– O barulho que escutei no banheiro... – Logo ele compreende. – Não foi seu relógio, foi?

Hesito, e todos os pelos do meu corpo ficam arrepiados.

– Você ligou para a polícia. – Ele faz que sim, como se tudo fizesse sentido agora. – *Eles* podem ter avisado os justiceiros!

– Desculpe mesmo! – exclamo. – Vi o noticiário enquanto você estava no banho, achei que fosse um criminoso – digo, desesperada. – Joe tinha trancado a porta e não dava para eu sair e... me desculpe mesmo!

– *Você* está se desculpando? – Ele balança a cabeça sem acreditar. – Sou eu que preciso me desculpar!

– O quê? – Encaro-o.

– *Claro* que ligou para a polícia. Puxa, Lou, deve ter ficado apavorada! Estava presa lá dentro, não fazia ideia de que eu era inocente e eu tinha mentido para você sobre *tudo!* Se pelo menos eu tivesse sido sincero... Mas eu não podia! A polícia me *obrigou* a mentir, e para todo mundo! Não fiz nada de errado naquele dia, mas eles me *transformaram* numa pessoa desonesta. Como posso ter um relacionamento verdadeiro com alguém se ele é baseado em mentiras?

A culpa se enrosca dentro de mim, e eu desvio a vista ao estender o braço para fechar a torneira, evitando seu olhar. Eu também não tenho sido honesta.

Ele suspira.

– Desculpe *mesmo*, Lou. Por não contar sobre tudo isso, por fingir ser alguém que não sou.

– Não tem problema.

– Tem, sim – argumenta ele, segurando minhas mãos e me olhando nos olhos. – Você não sabe quem eu sou de verdade.

Eu me mexo, constrangida. Ele também não sabe quem eu sou de verdade.

– Certo, então lá vai. – Ele respira fundo. – Nasci em Londres, sou o filho único de Sarah e Albert Niles e, apesar de nunca termos tido muito dinheiro, sempre recebi muito afeto. Aos três anos tive um hamster de estimação, que tinha o criativo nome de Hamster, e passei um mês chorando quando ele morreu, quando eu tinha oito anos...

Fico surpresa. Um hamster que durou *cinco anos*?

– Sem saber que minha mãe já tinha trocado de hamster três vezes pra não me chatear.

Sorrio.

– Meu avô morava perto da gente e me ensinou as piadas mais safadas que conheço. Meu melhor amigo, Joe, me ensinou truques de mágica para impressionar as garotas. E meu pai me obrigava a ver o Villa jogar na vã esperança de que eu realizasse seu sonho de virar jogador de futebol. Na verdade, foi minha mãe que arruinou tudo quando comprou o meu primeiro caderno de esboços. Eu tinha sete anos. Daquele momento em diante, quis ser um artista. Eu desenhava retratos de pessoas nos fins de semana e nas férias, ia estudar numa escola de artes. – O sorriso dele se esvaece. – Mas então conheci uma garota bonita numa galeria de arte, tomei uma decisão precipitada, desapontei-a e tudo mudou. – Ele suspira. – Minha vida inteira. E cá estamos.

Assinto devagar.

– É um alívio tão grande finalmente contar a verdade para você, Lou – diz Christian com sinceridade. – Prometo que nunca mais minto pra você. Pode confiar em mim – jura ele. – Pode me perguntar qualquer coisa. Deve estar com um milhão de perguntas na cabeça.

Está mais para um bilhão. Elas fazem minha mente rodopiar. São perguntas sobre seu passado, sobre o que aconteceu naquela noite, mas por alguma razão tem uma pergunta que se destaca.

– Por que desobedeceu ao seu horário ontem à noite? – sussurro. – Por que saiu da sua casa quando sabia que seria um problema pra você?

Christian olha para minha mão, com o dedão fazendo pequenos círculos ao redor das juntas dos meus dedos.

– Você precisava de mim. – Ele dá de ombros e sorri. – Claro que eu fui.

Mordo o lábio.

– Já desapontei uma amiga quando ela mais precisava. – Ele engole em seco. – Nunca mais vou cometer esse erro. E hoje você estava do meu lado quando precisei de você. – Ele aperta minha mão. – Sei que conhecer você foi destino, Lou. Algumas coisas são predestinadas.

Seus olhos penetram os meus com tanto afeto que não aguento. Abraço-o, fazendo qualquer coisa para evitar o seu olhar de confiança, e ele põe os braços ao meu redor com firmeza.

Encaixando-se perfeitamente.

Algumas coisas são predestinadas...

Mas era para Christian ser malvado e durão, um criminoso, um perfeito culpado. Era para ele merecer tudo o que estava acontecendo. Não era para ele ser bondoso, engraçado, charmoso, atraente...

Seus dedos entrelaçam-se no meu cabelo como os pensamentos na minha cabeça, e meu pulso dispara quando pressiono meu corpo contra o dele, fechando meus olhos para não ver o mundo, o passado, as minhas mentiras. Não era de jeito nenhum para ele ser meigo, sexy e *inocente.*

Uma dor aguda perfura meu coração.

Até hoje, nunca tinha pensado que Christian podia ser inocente, nunca tinha considerado essa possibilidade. Estava tão assustada, tão zangada, tão *determinada* a fazê-lo sofrer. Estava convencida desde o momento em que nos conhecemos que toda palavra que ele dizia era mentira, que a bondade dele, sua meiguice e sua generosidade eram apenas parte de uma excelente atuação.

Foi um grande erro meu. Ele está sendo verdadeiro. Lágrimas ardem nos meus olhos, e me afasto.

– Eu... vou comprar as coisas – murmuro, limpando a garganta e me levantando.

– O.k. – Ele sorri. – É melhor comprar mais tinta de cabelo. Se é que vai sobrar algum fio quando eu tirar esta daqui.

– Certo. – Faço que sim. – Que cor?

– Qualquer uma é melhor que esta! – Ele dá de ombros. – Ruivo, eu acho. Eles já me viram de cabelo loiro, preto e castanho. Que cor vai querer pra você?

Olho para ele.

– O quê?

– Lou, agora eles a viram também. Precisa ser tão discreta quanto eu. Na verdade, é melhor esperar escurecer – diz ele. – Vai ser mais seguro.

Concordo em silêncio. Um calafrio desce pelas minhas costas.

– Desculpe mesmo, Lou. – Os olhos de Christian ficam pesarosos. – Queria que tivesse ido embora quando pedi. Queria que fosse embora agora.

– Não seja tolo. – Sorrio. – Não vou a lugar algum. Só vou fazer um chá pra gente. Duas colheres de açúcar, né?

Eu me viro para sair, mas ele segura minha mão.

– Obrigado, Lou – diz ele, com os olhos azuis tão claros, tão confiantes… – Obrigado por tudo. Tantas pessoas me desapontaram: o sistema judiciário, a polícia, até mesmo Joe, talvez. – Ele suspira. – Agora só posso confiar em você.

Forço um sorriso, aperto a mão dele e deixo o banheiro, me sentindo culpada da maior traição de todas…

Capítulo vinte e quatro

Às 18h30, decidimos que já está escuro o suficiente para eu arriscar sair. *Finalmente!*

Saio rápido do hotel e, após conferir que Christian não consegue me enxergar da janela, entro numa cabine telefônica próxima e me permito chorar.

Só posso confiar em você, ele disse.

Lágrimas quentes fazem meus olhos arder. Se ele soubesse da verdade... Que não foi o destino que nos uniu, que eu o procurei *de propósito* para tornar sua vida um inferno, que quem plantou cada dificuldade nos dias dele fui *eu*, a garota por quem ele desobedeceu o horário porque ela implorou para que ele salvasse sua avó... *Vovó!*

Pego o telefone e digito o número do hospital, rezando para que ela tenha se recuperado, que não esteja preocupada comigo, que saiba o que fazer. No entanto, a enfermeira informa que nada mudou. Ela continua inconsciente, mas seus sinais vitais estão estáveis. Pelo menos não piorou.

Faço uma nova ligação, prendendo a respiração até tia Grace atender, com a voz fraca e hesitante.

– Alô?

– Tia Grace, sou eu.

– Lulu! Finalmente! Estou tentando ligar pra você desde ontem! – exclama ela. – Você está bem?

– Desculpe mesmo, eu perdi meu celular – digo a ela. – Só vi o noticiário agora...

– Ah, querida, lamento muito, não queria que descobrisse assim! Mamãe não está aí? Ela não contou o que aconteceu? Ela também não está atendendo o celular.

– Não, ela... – Respiro fundo. – Ela está no hospital... Mas está bem.

– *O quê?!* – A voz de tia Grace fica mais alta, em pânico. – O que aconteceu?

– Ela teve um pequeno ataque cardíaco, mas está bem – tranquilizo-a. – Está inconsciente, mas estável.

– Meu Deus, que terrível! – A voz dela falha por causa das lágrimas. – Primeiro Poppy, agora mamãe... O que está acontecendo?

Eu adoraria saber. Não acredito que ontem à noite tudo estava bem: vovó estava bem, Poppy ainda estava viva e Christian não tinha infringido sua liberdade condicional. Como é que tanta coisa pode mudar em apenas 24 horas?

– Queria poder ir direto para aí, mas, ah, Lulu, está tudo um caos com o funeral amanhã!

– Amanhã? – digo, surpresa. – Por que tão rápido?

– Porque a mídia está enlouquecendo! – exclama ela, arrasada. – Devia ver a casa, estamos cercados! Não vou aguentar semanas assim. Ainda bem que sua tia Harriet é amiga de um agente funerário local, então eles conseguiram nos encaixar. Vamos registrar a morte amanhã de manhã, e o reverendo Foster tem sido muito prestativo. Todos têm sido muito bondosos nos ajudando a apressar as coisas. Precisamos ser deixados em paz para ficar de luto como uma família, só isso. – A voz dela treme. – A coitada da Millie está arrasada, ela nem quer sair de casa com a imprensa lá fora. Seu tio Doug está mimando-a sem parar, dando doces e chocolate, mas ela não quer comer. Ela está com saudade de você. *Nós duas estamos.*

Meus braços até doem, de tanto que querem abraçá-la. Ela parece tão perdida...

– Estarei aí assim que puder – prometo.

– Hoje à noite?

– Eu... – Hesito.

– Não, tem razão, é tarde, é um trajeto muito longo de Sheffield pra cá, e é melhor ficar com mamãe, mas... pode falar alguma coisa na igreja? – pergunta ela baixinho. – No funeral? Vai ser às 15h, na São Mateus.

– Claro – digo.

– Ah, Lulu, não acredito que Poppy se foi, não acredito que estou organizando o *funeral* dela! – Lágrimas escorrem por suas palavras. – Nunca perdi as esperanças, sabe? Achava mesmo que ela acordaria um dia.

– Eu também – digo, com lágrimas manchando minhas bochechas. – O que aconteceu?

– De repente ela começou a piorar. – Tia Grace soluça. – Segurei a mão dela enquanto tentavam estabilizá-la, mas então o... o coração dela simplesmente desistiu de bater. Foi tudo tão rápido...

Um nó se forma na minha garganta.

– Ah, e agora aquele desgraçado está à solta, você soube? – A voz dela falha.

Engulo em seco.

– Sim.

– Espero que o prendam logo e joguem a chave fora!

Hesito. Será que devo contar a verdade, que ele é inocente?

– Na verdade, tia Grace, eu...

– Ah, querida, desculpe, o pastor acabou de chegar. Preciso ir para confirmar os preparativos do funeral. Posso ligar pra você depois? Tem algum número em que eu possa falar com você?

– Nesse momento, não. Estou usando um telefone público. Mas eu ligo pra você, tá?

– Sim, por favor, e me avise assim que alguma coisa mudar em relação à mamãe, o.k.? Ah, Lulu, eu devia estar aí com vocês duas! – preocupa-se tia Grace. – Vou assim que puder, mas...

– Eu ligo assim que souber de alguma coisa – prometo. – E nos vemos amanhã.

– Tá bom. – Ela suspira. – Amo você.

– Amo você mais ainda – digo. – Tchau. – Desligo, me sentindo mais culpada do que nunca.

Eu devia estar lá, devia estar em casa com tia Grace e Millie. Elas precisam de mim. E eu *não posso* ligar para tia Grace assim que alguma coisa mudar, pois vovó está em Sheffield e eu em Londres, e não tenho mais celular. *E vovó?* Se ela acordar, não vai ter ninguém com ela...

Mas não posso abandonar Christian com a perna machucada, e com os justiceiros e a polícia atrás dele... Não quando fui eu que os levei até a porta dele.

Arrasada, perambulo pela rua escura e entro numa loja de conveniência 24 horas. Pego tudo o que parece útil na prateleira de itens de farmácia, depois coloco na cesta um pouco de comida, saquinhos de chá, leite e tinta de cabelo. Quando entro na fila, porém, meus olhos avistam a pilha de jornais no balcão.

Todas as primeiras páginas estão com as mesmas imagens: as fotos de detidos de Christian e tio Jim... e a foto escolar de Poppy. Pego um jornal. Meus olhos se fixam no sorriso alegre e nos olhos bondosos dela, no colar de folha de bordo que reluz em seu pescoço, presente que dei para ela no seu aniversário de 14 anos. Ela parece tão nova, tão feliz. Tão viva! Não acredito que realmente se foi.

– Senhorita?

Olho para cima. O homem atrás de mim pigarreia, e o atendente no caixa ergue a sobrancelha.

– Posso ajudá-la?

Pisco, ponho o jornal na cesta e pago por tudo antes de sair apressada. Tento ler a primeira página do jornal enquanto ando, mas a noite está escura, e os poucos e espaçados postes têm um brilho laranja que lança sombras estranhas na calçada.

De repente, avisto uma sombra pelo canto do olho, e meu coração dispara quando escuto passos atrás de mim. As ruas estão praticamente vazias e a maioria das lojas está fechada, então enfio o jornal na sacola e acelero o ritmo. Os passos aceleram também.

Merda! Justiceiros! Minha mente dispara, e começo a entrar em pânico. Sigo rápido pela primeira rua que encontro, depois por outra e por outra. À medida que elas ficam cada vez mais desertas e sombrias, percebo que não tenho ideia de para onde estou indo, nem de quem está me seguindo, mas não vou de jeito nenhum levar a pessoa até Christian.

Os passos ecoam atrás de mim quando dobro mais uma esquina. Eu me abaixo com rapidez atrás de uma lata de lixo e fico aguardando. Como era de esperar, meu perseguidor faz o mesmo caminho, e, quando ele está diante de mim, dou um forte murro na sua barriga, piso no seu pé e miro um chute na sua virilha antes de sair correndo... feito louca.

Disparo cegamente, escolhendo uma rua depois da outra, tentando voltar para a rua principal, mas de repente chego a um beco sem saída! Meu sangue congela quando os passos apressados que me seguem ficam mais ruidosos. É tarde demais para voltar. Estou encurralada.

Olho ao redor, procurando com desespero algum esconderijo, mas tudo o que vejo é uma parede alta de tijolos impedindo a minha fuga.

Eu me viro bem na hora em que o homem dobra a esquina e se aproxima lentamente de mim.

Capítulo vinte e cinco

Observo o vulto escuro se aproximar devagar, sem poder fazer nada.

– O que você quer? – pergunto, tentando demonstrar mais coragem do que sinto.

– *Caramba*, Titch – diz uma voz familiar, arfando. – Onde foi que aprendeu esses golpes? São *brutais*!

Pisco os olhos, surpresa ao vê-lo aparecer na luz.

– *Kenny?* – Encaro-o. – Caraca! O que está fazendo *aqui*?

– Além de ser espancado? – responde ele com ironia. – Resgatando você!

– O quê?

– Na sua mensagem você pediu ajuda, então aqui estou.

– Mas... como me encontrou?

– Ah. – Ele sorri. – Essa foi a parte esperta. Eu falei pra você que estaria do seu lado em *todas as horas*, não foi? – Ele aponta a cabeça para o meu pulso.

Fico boquiaberta.

– Pôs um rastreador no meu *relógio*?

– Bingo – diz ele alegremente.

Encaro-o.

– Não sei se beijo ou mato você!

Ele sorri.

– Posso escolher?

– Kenny! – Fulmino-o com o olhar. – Por que não me *contou*?

– Achei que não usaria se soubesse. – Ele suspira. – E queria que ficasse segura.

– Então por que me perseguiu num beco escuro? – pergunto. – Por que não me chamou?

– Queria garantir que estava sozinha! – explica ele. – Não queria que Leo aparecesse do nada numa esquina ou algo assim.

De repente, escutamos o barulho de passos correndo.

Kenny fica paralisado.

– Não é ele, é?

– Não pode ser... – digo. – Ele ficou lá no Travelodge, está com a perna machucada.

Nós dois observamos a esquina até uma pessoa aparecer.

– *Achei vocês!* – exclama ela.

– Vix? – encaro-a, sem acreditar.

– Eu disse pra ficar no carro! – repreende-a Kenny.

– Até parece – diz Vix, correndo até mim e me abraçando. – *Lou!* Kenny me contou sobre Christian. Você está *bem*?

– Estou. – Abraço-a forte.

De repente, ela esmurra meu braço.

– Ai! – exclamo. – Por que fez isso?

– Porque não me contou o que realmente estava acontecendo com Christian, por ter me enrolado com meias verdades e mentirinhas bestas, e por fingir que Christian estava no programa de proteção a testemunhas quando sempre soube que ele era Leo Niles! Sou sua *amiga*, Lou Willoughby-White. Pode confiar em mim! Quando isso vai entrar nessa sua cabecinha dura?

– Não foi uma questão de confiar em você, Vix – protesto. – Desculpe. Só pensei que, se Christian não soubesse que alguém tinha descoberto sua identidade, ele não representaria um perigo, mas…

– Então deixou que eu fizesse amizade com ele? – interrompe Vix. – Um criminoso condenado?

– Eu... – Suspiro. – Sim. Desculpe.

– Mas me prometa agora: acabaram as mentiras – pede ela, séria.

– Prometo – digo a ela. Lanço um olhar para Kenny. – E tem mais uma coisa que precisa saber.

– O quê? – diz Vix, apreensiva.

– Nunca beijei Kenny.

Ela fica sem reação.

– Foi só uma história que ele inventou porque você nos ouviu conversando sobre aquela noite no escritório... A noite em que Kenny e eu hackeamos o sistema da polícia e descobrimos o endereço de Christian. Foi uma mentira – conto a ela. – Kenny nunca foi apaixonado por mim. Ele apenas me ajudou a encontrar Christian.

Uma expressão estranha surge no rosto de Vix.

– Lou…

– E ele pode encontrar a *gente* se ficarmos aqui muito tempo – interrompe Kenny, agarrando meu braço. – Vamos dar o fora daqui!

– Não, não posso! – protesto, me soltando. – Não posso abandoná-lo, ele é inocente!

Os dois ficam me encarando como se eu tivesse pirado, então conto um resumo do que aconteceu no apartamento de Joe.

– Estão vendo? Foi tudo um mal-entendido! – concluo. – Christian é inocente, ele era *amigo* de Poppy!

Vix e Kenny olham um para o outro.

– Não pode confiar nele. – Kenny balança a cabeça. – Ele é um mentiroso.

– O quê? – Encaro-o. – Mas tudo faz sentido!

– O que Kenny está dizendo – diz Vix com cuidado – é que Christian já teve problemas com a polícia antes.

Meu coração para.

– O quê?

Kenny assente.

– Por *fraude.*

– *O quê?* – Encaro os dois, perplexa. – Por que não descobrimos isso antes?

– Foi apagado do histórico policial dele quando completou 18 anos. – Kenny suspira. – Não apareceu.

– Mas eu perguntei sobre Chri... Leo num fórum de notícias – diz Vix. – E um dos repórteres locais tinha a informação arquivada.

– É por isso que as impressões digitais dele já estavam no arquivo, e *por isso* foi tão fácil para ele recomeçar, interpretar um papel, fingir ser outra pessoa – diz Kenny. – Ele é um golpista, Lou. Enganou você. Ele não é inocente.

– Não. – Balanço a cabeça. – Não... E o ingresso do Glastonbury? – protesto. – Como ele saberia disso se não fosse amigo de Poppy?

Kenny olha para mim com pena.

– Você mesma disse que ele pegou a mochila dela, Lou. Os ingressos não estavam lá dentro?

Meu coração afunda como um tijolo, e todas as minhas dúvidas voltam, cercadas por sombras.

– Não tinha mais nada? – pergunta Vix com delicadeza. – Mais nenhuma prova de que ele estivesse contando a verdade?

Raciocino desesperada... Mas foi o ingresso de Glastonbury que me convenceu, o ingresso que Poppy comprou para mim de aniversário, que Christian disse que ela deu para ele porque uma amiga recusou. Achei que fosse uma prova de que ele conhecia Poppy, de que estava contando a verdade...

Mas não foram apenas esperanças vãs? Será que meus próprios sentimentos – o incrível alívio que senti por ele ser inocente, junto com a minha culpa por ter desapontado tanto Poppy – interferiram no meu bom senso? Minha cabeça rodopia dolorosamente. *E se no fim das contas ele não for inocente?* Como posso sentir algo pelo cara que esteve envolvido no assassinato de Poppy? Mas como apagar esses sentimentos? Meu coração se agarra à esperança de que a história dele seja verdadeira, de que Christian seja inocente, mas minha cabeça percebe que Kenny tem razão. Pode muito facilmente ser apenas outra mentira, uma desculpa conveniente inventada por um golpista que encontrou os ingressos de Glastonbury. Os ingressos que estariam na mochila de Poppy... com o celular dela.

– O celular de Poppy! – lembro. – Christian disse que mandou uma mensagem para Poppy avisando que ia se atrasar, mas a polícia nunca achou a mensagem dele no celular dela. Mas Christian acha que eles mentiram, ele acha que viu o telefone de Poppy na mochila dela.

– Que está onde? – pergunta Vix ansiosa.

– Não sei – admito. – Ele só disse que tinha escondido.

– Leo acha que a polícia *mentiu* sobre ter o celular de Poppy? – Kenny ergue a sobrancelha. – E que eles estão passando informações para os justiceiros?

– Lou, o seu *tio* é policial – diz Vix baixinho.

– Exato! – exclamo. – Não estou dizendo que são todos corruptos, mas talvez alguns colegas dele achem que o tribunal foi leniente demais com Christian e tenham decidido fazer justiça com as próprias mãos, ou simplesmente deram um passo para trás e deixaram as coisas acontecer. De que outra maneira os justiceiros teriam encontrado Christian *duas vezes*? Uma vez logo depois que ele desobedeceu ao horário, e outra imediatamente depois que Kenny ligou para a polícia com o endereço de Joe. Não pode ser coincidência. Talvez eu tenha orquestrado todas as outras coisas que aconteceram com Christian, mas não me envolvi com nenhuma gangue. Nunca tive a intenção de machucá-lo!

– Mas Leo acha que *Joe* pode ter passado a informação para a gangue – observa Kenny.

– Sim – reconheço. – Mas…

– Não importa como eles o encontraram – interrompe Vix. – O importante é determinar se Christian é inocente ou não. E provar.

Faço que sim.

– A gente precisa encontrar a mochila de Poppy. Vou perguntar a Christian onde ele a escondeu. – Eu me viro para ir embora.

– Não – diz Kenny, agarrando meu braço. – Lou, não pode voltar para ele. O que ele disse não importa; ele continua sendo um criminoso condenado e pode ser perigoso.

– E ele pode ser *inocente* – argumento. – Além disso, se eu não voltar logo, ele vai perceber que tem algo errado e vai fugir, se é que já não fez isso. Assim a gente nunca mais vai encontrá-lo!

Kenny franze o rosto.

– Onde estão as chaves do seu carro?

– O quê? Deixei no quarto do hotel, por quê?

Ele faz que sim.

– Então ele provavelmente já se mandou.

Encaro-o. Christian não pegaria meu carro... *pegaria?*

Mas então lembro quanto ele relutou para que eu não viesse com ele hoje de manhã, quanto ele implorou para pegar meu carro naquele momento, mas eu não deixei...

– Bem, se estiver certo e Christian tiver fugido, não tem nenhum perigo, né? – Eu me solto da mão de Kenny. – E, se ele não fugiu, talvez esteja falando a verdade.

Kenny hesita, com a expressão preocupada.

– Vou ficar bem – digo com mais calma. – E você consegue me rastrear, não é? Então sempre vai saber onde estou.

Vix olha de mim para Kenny, ansiosa.

– Tudo bem. – Ele suspira. – Mas diga o número do seu quarto. O rastreador não funciona muito bem com prédios de vários andares.

– É 273.

– E vamos estar aqui do lado – diz Vix. – Estamos naquele Premier Inn grande, então podemos chegar rapidinho se precisar da gente. É só ligar se estiver em apuros ou preocupada com alguma coisa. Ligue de qualquer forma, só para avisar que está bem, combinado?

Faço que sim.

– Tem uma cabine telefônica perto do Travelodge. Vou avisar para Christian que preciso ligar para o hospital amanhã de manhã e aí conto pra vocês o que descobri. Também preciso pensar numa desculpa para ir ao funeral de Poppy.

– Mas e se não conseguir ir até a cabine? – preocupa-se Vix. – E se estiver em apuros? Cadê seu celular?

– Christian me obrigou a me livrar dele – confesso. – Foi por isso que mandei mensagem para Kenny do celular de vovó, mas agora está sem bateria.

– Bem, então pegue o meu – oferece Vix, entregando o celular.

– Não posso, como vou explicar a Christian se ele encontrar? – argumento. – Ele já descobriu o de vovó, ele sabe que alertei a polícia. Não posso fazer mais nada que o deixe desconfiado.

– Mas e se alguma coisa acontecer? Precisa de um telefone! – insiste Vix.

– Não, não precisa – diz Kenny. – Lou, está vendo o botão amarelo na lateral do relógio? Se o apertar por três segundos, um sinal de alerta vai ser enviado para o meu telefone e a gente vai saber que está precisando de ajuda.

– Ótimo. – Sorrio, aliviada. – Teria sido útil saber disso quando eu estava no apartamento de Joe!

– Foi mal – diz ele. – *Mea culpa*.

– Então liga pra gente amanhã? – diz Vix, me agarrando num abraço.

– Prometo – digo, apertando-a de volta.

– E leve a chave do carro toda vez que sair do quarto – lembra Kenny.

– Levo – digo.

– Você sabe que não precisa fazer isso – diz ele docilmente, com os olhos cheios de preocupação. – Pode sair dessa situação agora e voltar conosco.

– Não posso. – Balanço a cabeça. – Preciso saber. Preciso saber a verdade.

Preciso saber o que devo sentir.

Ele me abraça com força.

– Cuidado, Titch.

– Vou ficar bem. – Sorrio. – Não se esqueça dos meus "golpes brutais".

Kenny massageia a barriga dolorida.

– Nem se eu quisesse!

Eles me acompanham até a rua principal, mas, ao me separar e voltar para o Travelodge, não me sinto mais tão corajosa nem tão certa do que fazer.

Minha cabeça está rodopiando. Christian é um *golpista*? Sei que ele estava mentindo para mim sobre tudo antes de conversarmos no apartamento de Joe, mas será que ele *ainda* está mentindo? Talvez seja mais um mal-entendido, talvez ele possa explicar. Entretanto, como é que eu acreditaria nele? Pode ser apenas mais uma mentira.

Prendo a respiração ao abrir a porta do quarto do hotel, meio que esperando encontrar um quarto vazio. Lá está ele, porém, sentado na cama mais próxima, apenas de toalha. Desvio o olhar.

– Está tudo bem? – pergunta Christian ansioso. – Demorou um tempão. Fiquei preocupado.

– Eu me perdi um pouco – digo, fazendo o maior caminho possível ao redor da cama. – Mas comprei tudo.

Solto a sacola e atravesso o carpete com padrão de losangos azuis até o outro lado do quarto para ligar a chaleira.

– Tem certeza de que está bem? – pergunta Christian baixinho.

– Sim. – Bocejo. – Só estou muito cansada. O dia foi longo.

– Eu sei. – Ele suspira. – Venha sentar aqui. – Ele dá um tapinha na cama.

– Daqui a um minutinho. – Sorrio. – Estou louca pra tomar um chá. Quer também?

Eu me ocupo preparando a xícara de chá mais complicada do mundo, ganhando espaço e tempo para pensar.

– Não, obrigado. – Ele mexe na sacola. – Caramba! Comprou a loja inteira?

Dou de ombros.

– Não sabia do que ia precisar.

As caixas de tinta de cabelo caem no chão e eu pego a minha, aproveitando a oportunidade.

– Na verdade, é melhor eu começar por isso e resolver logo esse assunto. – Vou direto para o banheiro.

– Lou?

– O quê? – digo impaciente.

Ele me encara de olhos arregalados.

– Não se esqueça do seu chá.

– Ah, é.

Pego a xícara, entro apressada no banheiro e tranco a porta. Depois respiro fundo. *Acalme-se.*

Olho para o botão amarelo no meu relógio. *Podemos chegar rapidinho se precisar da gente.*

Eu consigo fazer isso. *Não estrague tudo agora.*

Abro a caixa da tinta, e os itens caem por todo canto. Irritada, pego tudo e avisto a tesoura do apartamento de Joe ao lado da calça rasgada de Christian. Meu coração acelera quando estendo o braço para ela, sentindo o metal frio e duro na minha palma.

Ainda tenho isto. Ainda tenho uma arma. Só por garantia... Inclino-a, fazendo as lâminas reluzir e resplandecer na luz, e de repente vejo meus próprios olhos me encarando de volta. Mal me reconheço.

O que estou fazendo? Desvio o olhar, incapaz de me encarar, e começo a cortar o cabelo. *Vou aproveitar para mudar o comprimento também*, raciocino enquanto as enormes mechas caem no chão e lágrimas escorrem pelo meu rosto.

Não quero mais ser quem sou. Não estou entendendo nada, e neste momento não sei mais o que pensar, no que acreditar, o que sentir. Não sei qual é a verdade, qual história eu *quero* que seja verdade...

Será que eu *quero* que Christian seja culpado, para que pague por tudo o que fez comigo e com minha família? Para enfim ter a justiça pela qual tanto me empenhei? Para eu poder me sentir menos culpada por tudo o que fiz com *ele*?

Ou será que quero que ele seja inocente para não ter vergonha do que sinto? Pois não posso negar que o que sinto por ele mudou. Christian não é nem um pouco como eu esperava, e quando penso nos braços dele ao meu redor...

Meu estômago se revira, incomodado. Ou eu sou uma pessoa terrível por perseguir um rapaz inocente e arriscar a vida dele... ou sou uma péssima prima por sentir algo pelo rapaz que deixou Poppy em coma.

Minha cabeça dói. Meus pensamentos se enrolam como espaguete, com pontas soltas penduradas por todo canto.

Por que Christian não me contou da outra condenação? Se ele é um golpista, como posso acreditar nas palavras que diz?

Se ele for inocente, no entanto, por que Poppy nunca falou dele para mim nem para ninguém da minha família? Por que manteria isso em segredo?

Mas por que ele se daria ao trabalho de inventar toda essa história se for culpado? Só para eu não ligar para a polícia? Ele podia ter escapado a qualquer momento. *Por que mentir?*

Encosto a cabeça nos braços, e imediatamente o cheiro de floresta enche meus pulmões. Meu coração dói quando percebo quanto estou desesperada para que ele seja inocente, para confiar em tudo o que disse, para acreditar que ele é mesmo o rapaz bondoso, meigo e atencioso que passei a conhecer, de quem comecei a gostar... *Mais* do que gostar.

Suspiro.

Culpado ou inocente, e quaisquer que sejam as consequências, preciso saber a verdade. Se não conseguir encontrar o celular de Poppy, vou saber que ele está mentindo. Se estiver na mochila dela, se a mensagem dele estiver lá, vai ser a prova de que ele está contando a verdade.

Senão...

Engulo em seco.

Assim pelo menos eu vou saber.

Capítulo vinte e seis

– Meu Deus! – Christian arfa quando saio do banheiro. – Está parecendo…

– Um monstro. Eu sei. Não sou uma cabeleireira nata. – Suspiro, examinando minhas pontas mal cortadas no espelho da penteadeira.

– Não, não é isso... – Christian engole em seco, com o rosto pálido atrás do meu no reflexo. – É que está parecendo... Por um segundo você estava igual a ela. *A Poppy*.

Fico paralisada.

– Você me lembrava dela antes, e agora que mudou o cabelo... É incrível.

Fico me encarando no espelho, com o coração disparado quando percebo que ele tem razão.

Idiota! Eu me xingo. Que erro ridículo, *ridículo*!

Eram poucas as opções de tinta na loja, então peguei duas caixas de ruivo, sem nem *pensar*... E agora, com o cabelo curto... Olho ansiosa para Christian. Será que ele percebeu?

– Então ela também tinha um péssimo cabeleireiro? – Ergo a sobrancelha, tentando acalmar a situação.

Ele me encara por mais um segundo e depois sorri.

– Desculpe. Não quis assustá-la.

– Sou eu que estou assustadora! – digo, feliz por mudar de assunto. – Pareço uma boneca de pano.

– Lembrete para mim mesmo: não deixá-la sozinha com uma tesoura. – Christian ri. – Vem aqui, eu ajeito. – Ele pega a tesoura.

Hesito e depois a entrego com relutância.

– Sente-se, *madame*.

Obedeço, me sentando na beirada da cama, com todos os pelos do meu corpo se arrepiando no instante em que ele se ajeita atrás de mim, deixando uma perna em cada lado do meu corpo.

– Então... – sussurra Christian, a respiração quente fazendo cócegas na minha nuca. – Quem é a *verdadeira* Louise Shepherd?

Enrijeço a postura.

– O quê?

Rasg! O som da lâmina me sobressalta.

– O seu cabelo era tingido de loiro, não é? – diz ele. – Então qual a cor natural dele?

– Ah... castanho-claro – murmuro, com a pele arrepiada por ele estar tão perto.

Por que ele quer saber? Será que ele descobriu quem sou? Poppy não teria mostrado uma foto minha? Ou é apenas uma pergunta inocente? Sempre vai ser assim com ele – meio apavorada, meio atraída, com todos os meus sentidos em alerta toda vez que ele está por perto?

Rasg. Estremeço.

Não, raciocino. Depois que eu souber a verdade. Vou saber o que sentir depois que descobri-la.

– Abaixe a cabeça – instrui ele, e eu obedeço, desejando que todas as minhas escolhas fossem tão simples assim. – Então, qual a sua história, Louise?

Rasg.

– Como assim?

– Vamos lá, já entediei você com a história da minha vida, agora é a sua vez – diz ele. – De onde você é?

– Ah, nasci em Brighton – digo sem mentir. *Mas moro em Londres.*

– Legal. Adoro o mar. Com quem você mora?

Rasg.

– O quê?

– Você disse que seus pais morreram quando era pequena, então com quem mora agora? Quando não está na universidade. Nem no colégio interno.

Colégio interno? Eu me contraio quando o metal frio encosta na minha nuca, o coração acelerado. Nunca contei a ele que estudei num colégio interno...

– Você está bem? – pergunta Christian. – Não feri você, feri?

– Não, estou bem – minto.

Rasg.

– Então você foi tipo adotada? – pergunta ele. – Ou mora com sua família?

Rasg. As lâminas cortam perto da minha orelha.

Engulo em seco.

– Adotada. – *Pela minha família.*

Fico sentada sem poder fazer nada enquanto meu cabelo cai à minha volta, sentindo como se eu estivesse desmoronando. Já era. Ele sabe quem sou. Deve saber... não? De que outra maneira ele saberia que estudei em colégio interno?

– E eles têm outros filhos... ou filhos adotados? – questiona ele.

– Não – minto de novo, com o pavor enchendo minhas veias.

– Sempre quis uma irmã – diz Christian. – Uma irmã mais nova para levar para o balé e festivais de música, para aprender meus truques de mágica.

Rasg.

Balé e festivais de música? Ele está praticamente descrevendo Poppy! Meus dedos brincam com meu relógio, dançando hesitantes perto do botão amarelo... Porém, algo me impede de pressioná-lo. Continuo com esperança de estar errada.

– Já foi a muitos festivais de música? – pergunto baixinho, tentando mudar de assunto.

– Só uma vez, para Glastonbury. Foi por isso que Poppy me convidou para ir com ela. Ela queria que eu mostrasse como funciona. Estava tão animada...

– Então foi *ela* que comprou os ingressos? – pergunto. – Estavam na mochila dela? Com o celular dela?

– Sim – diz Christian. – Imagino que sim.

– E onde está a mochila dela agora?

– Na horta do meu avô – diz ele. – Pareceu o lugar mais seguro. Enterrei debaixo do barracão dele.

Faço que sim. Deve ser bem fácil entrar numa horta.

– Meu avô sempre quis que eu me interessasse por jardinagem. Ele me levava lá depois da aula algumas vezes; até me deixou pintar um enorme girassol no teto do barracão dele, mas eu era péssimo com plantas. Tudo o que eu cultivava morria. Então desisti. Hoje eu queria não ter desistido, queria ter passado mais tempo com ele e com meus pais antes... antes de tudo. – Ele suspira. – Foi muito difícil ficar longe de casa?

– O quê? – *Ele sabe que eu estava longe quando Poppy foi atacada?*

– Durante o colégio. Deve ter ficado com saudade dos seus pais adotivos no colégio interno, não? – diz ele. – Vix me contou que você e Kenny estudaram em um.

– Ah, sim – digo, soltando meu relógio, tonta de alívio. Foi *Vix* que contou sobre o colégio interno! – Sim, estudamos juntos. Foi tudo bem lá. Como está sua perna? – pergunto depressa, olhando para a canela com curativo.

– Mal dá pra sentir – diz ele. – Juro, estou falando a verdade.

Faço que sim.

– E você, está? – Ele franze o rosto.

– O quê? – *Falando a verdade?*

– Bem?

Olho para cima, e ele segura minha mão.

– Desculpe, Lou.

– Pelo quê? – pergunto enquanto ele me puxa para perto, me colocando debaixo do braço dele.

Ele dá de ombros.

– Por tudo. – Ele suspira. – Não devia ter colocado você no meio dessa confusão. – Ele beija minha testa. – Sabe que pode ir embora a qualquer momento, certo? Não precisa ficar comigo.

– Não seja bobo – digo, escondendo meu rosto no peito dele. – Estamos juntos nessa, não é?

– É, sim.

Ele me abraça forte, como um pássaro numa armadilha. Uma armadilha na qual me meti porque quis.

Capítulo vinte e sete

Acordo de repente. Meu coração dispara ao olhar o quarto nada familiar. O quarto nada familiar e *vazio*. Sento rapidamente, investigando o chão, a mesa, a cama. Não vejo nenhum sinal das roupas de Christian. Ele foi embora.

Devagar, deito a cabeça no travesseiro. Acabou.

Um alívio percorre meu corpo, mas se acumula na minha barriga, se misturando com frustração, raiva e desapontamento. Fecho os olhos, e uma lágrima involuntária desliza pelo meu rosto, deixando minha bochecha fria e dormente.

Ele me deixou para trás. Foi tudo mentira.

De repente, escuto o barulho da descarga e abro os olhos quando Christian sai do banheiro mancando, completamente vestido. Ele sorri ao ver que estou acordada.

– Café? Com leite e sem açúcar, não é?

Faço que sim, paralisada, encarando-o e tentando lembrar o que devo sentir. *Medo? Culpa? Afeto?* Os três, decido com tristeza.

– Os mantimentos que comprou foram ótimos. – Christian sorri, entregando o café e sentando ao meu lado na cama. – Com certeza vão durar até hoje à noite.

Olho para ele.

– Hoje à noite?

– É mais seguro não ficarmos muito tempo no mesmo lugar. – Ele suspira. – E é mais seguro sairmos daqui à noite, quando estiver escuro.

– Na verdade... – Eu salto da cama. – Eu vou sair.

Ele olha para cima.

– O quê?

– Vou encontrar a mochila de Poppy. – *E eu vou ao funeral dela.* – Vou provar que você é inocente.

– O quê? Lou... – Ele hesita.

Observo-o atenta enquanto coloco os sapatos. Se ele for culpado, vai tentar me impedir.

– Não pode. – Ele balança a cabeça. – É perigoso demais.

– Perigoso? É uma *horta!* – Sorrio. – E isso é a resposta para tudo. – Insisto. – Se eu achar a mochila de Poppy e encontrar o celular dela, a sua mensagem vai estar lá, provando que vocês dois eram amigos e que, portanto, é inocente! – Olho para ele. – Não é?

Por favor, imploro em silêncio. Por favor, seja inocente. Por favor, deixe eu sair e provar isso.

Ele respira fundo e eu cruzo os dedos.

– Não – ele diz por fim. – Não pode ir.

Meu coração despenca. Não está lá. Ele sabe que não está. Porque a mensagem não existe.

– Eu vou. – Ele levanta da cama.

– *O quê?* – Encaro-o. – Christian, isso é maluquice!

– Não posso deixar você se meter em perigo, Lou. – Ele pega o casaco. – Não por minha causa.

– Não vou me meter em perigo! – argumento. – Ninguém vai me ligar a você, em especial com o meu cabelo novo. Mas, Christian, se você sair, não vai durar dois minutos! *Todo mundo* sabe como você é. O seu rosto está em todos os noticiários da TV e nos jornais! Não pode sair, muito menos com a perna machucada.

Ele olha para mim. Seus olhos estão transtornados, indecisos.

– Mas *eu* posso – digo baixinho, me aproximando. – Deixe eu fazer isso por você. Por nós.

Seus olhos se acalmam.

– Por nós?

Faço que sim.

Se eu encontrar o celular de Poppy, vai ser a prova de que posso confiar nele, que ele não machucou Poppy, que é inocente. E, se eu conseguir provar que ele é inocente, a justiça será feita. Vou conseguir o que quis desde o início, e ele vai ter sua liberdade.

E... *poderemos ficar juntos*. Esse pensamento surge de repente, e eu percebo que é o que eu quero. Seguro a mão dele e desta vez, quando ele me beija, não me contraio nem me afasto. Ao contrário, me inclino para perto dele, me entregando ao momento, aos seus lábios, ao seu beijo delicado, intenso, apaixonado. Ele me puxa para perto, banindo todos os pensamentos da minha cabeça. Quando seus lábios enfim se afastam, eu me sinto tonta, fraca, vazia.

– Tudo bem – sussurra ele, sua doce respiração na minha boca, nossos lábios a meros milímetros de distância e os olhos penetrando os meus. – Por nós.

Assinto lentamente. Ele percorre a linha do meu rosto com os dedos, e meus olhos não desviam dos dele, não querem desviar. Meu coração dói, e peço a Deus com todas as minhas forças que eu encontre o celular de Poppy, que tudo seja verdade, que exista esperança para nós dois... e um futuro...

Pois não consigo imaginar outra opção.

* * *

Assim que saio do Travelodge, entro na cabine telefônica para conferir o estado de vovó – nada mudou – antes de ligar para tia Grace para atualizá-la, e depois para Vix e Kenny para contar o plano e pedir carona. A horta fica próxima do apartamento de Joe, então não posso arriscar ir com o meu carro, caso os justiceiros estejam por perto e o reconheçam, e também seria arriscado ir de ônibus – apesar de Christian achar que estou fazendo isso. Por isso Vix me busca a alguns quarteirões de distância, fora da visão das janelas do hotel.

– Belo cabelo! – comenta Vix enquanto sento no banco do passageiro do Mini Cooper de Kenny. – Quase não a reconheci.

– É esse o propósito. – Sorrio. – Onde está Kenny?

– Monitorando Christian – explica Vix. – Ele hackeou o sistema de câmeras de segurança do Travelodge porque acha que ele pode fugir enquanto você está fora. Está com a chave do seu carro?

Faço que sim, dando um tapinha no bolso da calça. Não acredito que Christian seja culpado, não acredito que ele vá fugir de mim, mas é melhor não correr nenhum risco, só por garantia.

Entrego a Vix as orientações que Christian anotou no verso da nota fiscal de ontem à noite e não tiro os olhos do retrovisor.

Depois de ter certeza absoluta de que não tem ninguém seguindo a gente, estacionamos numa rua residencial perto da horta comunitária. Ainda assim, continuo prestando atenção por alguns minutos em todos os carros e pedestres que passam até achar que é seguro sair do carro.

Até agora, tudo bem.

Olho para o relógio: 9h30. Tia Grace disse que o funeral é às 15h, e é bem perto daqui, então devo ter tempo de sobra para encontrar a mochila e o celular de Poppy antes de ir para casa.

Se o celular de fato estiver lá.

Abaixo a cabeça ao sair do carro e sigo Vix, tentando não parecer uma psicopata. Olho para trás sem parar, paranoica depois da noite de ontem, apesar de estar com meus óculos escuros e de ter cortado e pintado o cabelo. Os justiceiros podem estar por perto, e, apesar de a minha casa também não ser longe, não conheço esta vizinhança. Pelo menos estamos sob a luz do dia e há pessoas pelos cantos caso a gente precise delas: uma mulher pendurando as roupas, algumas crianças brincando num jardim, um homem passeando com o cachorro...

Fico sem ar. *Eu o conheço!*

Ele foi a um dos churrascos da família uma vez, tenho certeza! Eu me viro quando ele passa. Não quero ser reconhecida por ninguém, seja membro de gangue ou vizinho.

Dou uma última olhada cuidadosa por cima do ombro antes de entrarmos no beco estreito, seguindo a cerca de madeira por alguns metros até chegar a um portão azul, assim como Christian descreveu, e Vix vira a maçaneta.

– Merda. – Ela tenta de novo. – Está trancada.

Olho para as duas direções do beco, depois dou uma corrida e tento saltar por cima da cerca. Dou o meu melhor, mas não consigo me segurar e caio no chão, as palmas das mãos arranhadas.

Merda.

– Precisa de ajuda? – pergunta Vix, entrelaçando os dedos e criando um apoio para mim.

– Obrigada. – Apoiando um pé nas mãos dela, enfim consigo alcançar o topo da cerca e me erguer.

– O que acha que está fazendo aí? – grita a voz de um homem.

Assustada, solto a cerca e caio em cima de Vix, que deixa escapar um palavrão enquanto nós duas desabamos no chão. Escutamos um chacoalhar no portão, e, antes que a gente possa se levantar, ele se abre. Um idoso com uma pá fica nos encarando.

– O que temos aqui? – pergunta ele, sério.

– O-oi! – gaguejo. – Desculpe, a gente estava apenas...

– *Invadindo?* – Ele ergue a sobrancelha.

– Não, a gente estava...

– Vandalizando? Roubando? – Ele nos olha dos pés à cabeça.

– Não... eu... Meu tio deixou uma coisa no barracão dele e a gente veio buscar – blefo. – Ele disse que tem um girassol pintado no telhado.

Ele arregala os olhos.

– Você é sobrinha de *Bertie?*

– Sim! – Sorrio rapidamente. – Prazer.

– Sou Gordon. – O idoso aperta minha mão. – Prazer, querida. O barracão de Bertie é aquele ali. – Ele aponta para um barracão velho e dilapidado. – Não dá para errar com aquela maldita flor em cima dele! Até mais!

– Obrigada!

– O avô de Christian se chamava Bertie? – pergunta Vix enquanto andamos apressadas pela horta, passando pelo terreno bem cavado com fileiras de legumes, caules de feijoeiros e groselheiras na direção do barracão velho e mofado.

– Não sei – admito. – Espero que sim. Senão…

– Senão, Bertie deve ser o novo dono do barracão. – Vix completa a frase para mim. – Afinal, o avô de Christian morreu.

– Meu Deus, Vix, e se o novo dono tiver encontrado a mochila de Poppy? – exclamo, o pânico subindo pelo meu peito. – E se ela nem estiver mais aqui?

– Só tem um jeito de descobrir – diz ela, tentando abrir a porta.

De repente ela se escancara, me assustando e fazendo Vix cambalear para trás. Um idoso com uma revista de palavras cruzadas na mão nos encara, parecendo mais surpreso do que a gente.

Deve ser Bertie.

– Posso ajudá-las? – resmunga ele.

– Eu... Desculpe, eu, *hã*, estou procurando o barracão do meu tio – gaguejo, com a mentira saindo mais uma vez automaticamente. É melhor ser coerente. – Sou a sobrinha dele. – *Claro.*

– Deve ser aquele ali. – Vix aponta para um barracão no outro lado da horta. – Também tem a porta vermelha.

O homem concorda.

– Barracão errado.

Quando ele pisca, percebo seus olhos vermelhos e lacrimosos.

– Desculpe o incômodo – digo. – Até logo.

– Espere – diz ele. – Você é sobrinha de Ted?

– Hum, sou – minto, imaginando onde é que estou metendo a gente dessa vez.

– Sinto muito – diz ele. – Ted era um cara ótimo, que Deus o tenha.

Merda.

– Sim, nós... Todos nós sentimos muita falta dele.

Fico encarando meus sapatos de uma maneira que espero ser respeitosa enquanto a culpa se acumula na minha garganta. Não acredito que estou mentindo para esse senhor.

– A gente veio dar uma organizada no barracão dele – explica Vix. – Pegar algumas coisas dele, sabe?

Ele balança a cabeça.

– Nem sabia que ele tinha sobrinha.

– Não? Eu... a gente não se via há anos – blefo.

– Que pena. – Ele franze o rosto. – Uma família nunca deve ficar separada. É muito sofrido.

Assinto, pensando em Poppy, e de repente percebo que não preciso fingir estar de luto. Estou sofrendo de verdade.

– Acho que só se percebe quanto uma pessoa faz falta quando ela morre.

Bertie balança a cabeça, com a voz tensa.

– E aí é tarde demais.

Olho para ele. As rugas parecem fazer seu rosto rachar em vários pedaços, e por alguma razão percebo que ele não está falando de Ted.

– Também perdeu alguém? – pergunto baixinho.

Ele faz que sim pesadamente.

– Meu filho.

Meu coração despenca como uma pedra.

– Sinto muito.

– Não é culpa sua – diz ele, limpando a garganta.

– Qual era a idade dele? – pergunta Vix com delicadeza.

Bertie fecha os olhos.

– Dezenove anos.

– Tão novo... – Sinto um aperto no coração. Só dois anos a mais que Poppy.

Ele concorda, engolindo em seco:

– Novo demais. Eu mal tinha começado a conhecê-lo.

Faço que sim, e as lembranças de Poppy enchem minha cabeça. Eu a conhecia também, mas tinha tanta coisa que não sabia… Como o fato de que ela passava tempo em galerias de arte, ou que tinha conhecido alguém, ou que estava planejando levar outra pessoa para Glastonbury no meu lugar. Eu teria demorado apenas alguns instantes para perguntar essas coisas, mas nunca parei para fazer isso, nunca me dei ao trabalho. Não tinha percebido quanto a gente tinha se distanciado antes de ela morrer. Quanto eu não dei atenção a ela.

E agora é tarde demais.

Bertie respira com dificuldade, e vejo o instante em que uma lágrima desliza pelo seu rosto, deixando um caminho no meio das rugas. Ele enxuga os olhos com a manga.

– Desculpe – diz ele de um jeito taciturno. – A pessoa acha que vai ficar mais fácil... com o passar do tempo. Mas é algo que sempre está lá. Sempre está com você. Bem, você sabe.

Faço que sim.

– Faz quanto tempo?

– Três meses que ele se foi. Mas ele ainda está por todo canto. Tudo me lembra dele. – Ele fecha os olhos, suspira. – O que é algo bom e ruim. É maravilhoso lembrar, mas você sempre fica pensando no que perdeu.

– Como ele morreu? – pergunto baixinho.

Bertie dá um sorriso fraco.

– Ele não morreu. – Ele funga. – Não morreu, mas é como se tivesse morrido.

Vix franze o rosto.

– Como assim?

Ele balança a cabeça.

– Não importa. Não faz diferença. Ele se foi. – Bertie suspira pesadamente. – Ele se foi, e não sei se jamais vou vê-lo de novo.

– Mas se ele ainda está vivo... – Hesito. – Deve existir alguma esperança ainda... Alguma maneira, não?

– Essa é a pior parte – suspira ele. – A esperança. A esperança inútil. É isso que está destruindo a minha esposa. Ela não consegue deixar Leo para trás de jeito nenhum.

Congelo. *Leo?*

Vix e eu nos olhamos. *Esse homem é o pai de Christian?*

De repente, percebo que ele não é tão velho quanto parece. Deve estar na casa dos cinquenta, mas seus olhos são tão tensos, tristes e cansados que ele parece bem mais velho. Nunca o reconheceria com base na foto do apartamento de Joe.

– Enfim... – Bertie limpa a garganta. – É melhor eu ir pra casa. Minha esposa... É uma época complicada. Ela se preocupa se fico muito tempo fora de casa.

Aposto. Eles devem estar apavorados agora que Christian está fugindo.

– Bem, foi um prazer conhecê-las. – Ele põe a revista debaixo do braço e tranca o barracão. – E, por favor, aceite meus pêsames pelo seu tio. – Ele põe a mão pesada no meu ombro. – Ele era um bom homem.

– Obrigada – digo. – E espero que reencontre seu filho.

– Eu também. – Ele sorri tristemente. – Bem, até mais.

– Até mais – digo, observando-o se arrastar para longe como se junto puxasse meu coração.

– Coitado – diz Vix baixinho.

Concordo. Nunca vi um homem tão arrasado, tão perdido.

– Não é só Christian que está sofrendo – observo. – É a família inteira dele. Joe tem razão; eles estão de luto por alguém que nem morreu.

– Qual a diferença? – Vix suspira. – Ele não sabe se vai rever o filho algum dia.

– A não ser que a gente encontre o celular de Poppy e prove a inocência dele – digo, olhando para o barracão trancado. – A gente devia contar pra ele por que estamos aqui, que queremos provar a inocência do filho dele. Ele poderia nos ajudar a procurar. – Eu me movo na direção de Bertie.

– Espere. – Vix agarra meu braço. – E se o telefone de Poppy *não* estiver aqui?

Olho para ela.

– Bertie falou que "a pior parte é essa, a esperança inútil" – Vix tenta me trazer de volta à realidade. – Não podemos dar esperança a ele; não sei se ele aguentaria se desapontar tanto assim mais uma vez.

Vejo-o atravessar o portão devagar. Ela tem razão. Ele parece tão frágil, tão terrivelmente cansado…

– Imagina o que eles devem estar passando, ainda mais agora com o rosto de Christian estampado em todos os noticiários e jornais de novo! – Suspiro. – Pelo menos na prisão eles sabiam que ele estava seguro, mas agora... Agora não fazem ideia de onde ele está, se está em segurança, se sequer está vivo... – Penso na gangue violenta no apartamento de Joe. – Eles devem estar morrendo de preocupação.

Vemos ele fechar o portão após sair.

– Mas a gente pode acabar com isso – digo a Vix. – Ou pelo menos tentar.

Damos mais uns cinco minutos, só para garantir que Bertie não vai voltar e que não tem mais ninguém por perto. Então Vix dá um puxão na porta do barracão. Ela não se mexe. Olho ao redor, procurando uma pá ou ferramenta capaz de quebrar o cadeado, mas não tem nada, apenas vasos se desintegrando.

Antes que eu possa detê-la, Vix pega um vaso e o joga na janela do barracão.

Encaro-a.

– Que sutileza, Vix! Assim que alguma pessoa entrar, na hora ela vai notar a janela quebrada. E talvez até ligar para a polícia.

– Então é melhor a gente se apressar! – diz ela, derrubando os cacos de vidro que sobraram e entrando.

Dou mais uma olhada ao redor e a sigo. O vidro quebrado se esmaga sob meus pés, e meu coração bate ruidosamente na escuridão.

– Onde está a mochila? – pergunta Vix, ligando a lanterna do celular.

– Christian disse que está sob uma tábua solta embaixo de uma mesa.

Ela passa o pequeno feixe de luz pelo local mofado. Estamos ao lado de uma cadeira de jardim, em cima de um tapete esfarrapado. Enxadas, pás e ancinhos encostam-se preguiçosos num canto, e à minha direita tem uma mesa cheia de vasos, caixas de papelão úmidas e um rolo de papel-toalha. Ao lado, avisto uma caixa de papelão cheia até o topo de lenços de papel amassados, e sinto um aperto no coração.

Aqui é o esconderijo particular do pai de Christian. Como ele vai se sentir ao ver a janela quebrada e os cacos de vidro por todo o chão? A culpa navega gélida nas minhas veias, mas tento ignorá-la. Afinal, é a única maneira de ajudá-lo. De ajudar a todos eles.

Vix chuta pedaços de vidro resplandecentes para fora do tapete, fazendo-os reluzir como estrelas, e uma nuvem de pó sobe até meu rosto, me fazendo tossir. Abano o pó do nariz, Vix dobra uma cadeira. Em seguida, empurro a mesa para o lado, e com cuidado enrolamos o tapete, deixando à mostra as tábuas de madeira torcidas.

Cautelosamente, passo os dedos por cima da superfície com farpas, procurando uma tábua solta. Nada.

Tento então bater em cada tábua, escutando atenta, mas todas fazem o mesmo som, sem parecerem nem um pouco ocas. Entro em pânico, agarro as bordas delas e puxo com força, mas todas continuam firmes no lugar.

– Não é possível!

– Sai daí – diz Vix, pegando uma pá.

– O que vai fazer?

– Vou erguer cada uma dessas tábuas até encontrar aquela maldita coisa, é isso que vou fazer! – diz ela, erguendo a pá. – Não temos tempo a perder, você tem um funeral para ir. Sai!

– Espera! – exclamo de repente, apontando para as tábuas embaixo da janela. – Olhe! Aquela parte do chão tem uma cor diferente do resto.

A madeira mais escura forma um retângulo, chamando atenção debaixo da janela, e tem o mesmo tamanho e formato da mesa. Ela deve ter sido mudada de lugar! Começamos a investigar as tábuas mais escuras, mexendo nas pontas delas até que por fim a última cede. Com cuidado, nós a removemos e eu ponho o braço no buraco escuro e úmido.

O buraco estende-se por debaixo do barracão, e aos poucos meu braço inteiro desaparece lá dentro.

– Alguma coisa? – pergunta Vix, ansiosa.

Balanço a cabeça, os dedos tateando cega e desesperadamente, mas tudo o que sinto é terra úmida, pedras e ervas daninhas.

– E se não estiver aqui? – pergunto, tensa.

Estendo mais ainda o braço, pressionando a bochecha com força na textura áspera do chão de madeira, meus dedos tentando segurar, agarrar alguma coisa... até que eles encostam em algo sólido e macio.

Rápido, puxo o objeto para fora, e lágrimas brotam no meu rosto quando vejo a mochila rosa suja nas minhas mãos. A mochila de Poppy!

– Ah, Lou! – exclama Vix. – Christian estava dizendo a verdade!

Olho para ela com alegria.

– Só espero que ele também esteja certo sobre o celular de Poppy! – digo, abrindo o zíper com pressa. Caem joias, maquiagens, e depois dois ingressos... Sinto um aperto na barriga. – Kenny tinha razão – digo baixinho. – Os ingressos de Glastonbury estavam aqui. Christian pode muito bem ter encontrado eles... e inventado toda a história.

– A gente não tem certeza disso – argumenta Vix com afeto. – Vamos continuar olhando, o celular vai provar a verdade.

Calças jeans, meias, camisetas... Congelo. Uma das camisetas está com uma mancha escura enorme.

Encaro-a.

– Isto é…

– Sangue. – Vix faz que sim, sombria.

Um calafrio desce pelas minhas costas enquanto estendo a camiseta. É grande. Uma camiseta masculina.

– É de Christian. – Arfo. – Deve ser. – Passo os dedos devagar pela mancha, sentindo um aperto no coração ao pensar na cicatriz. – Ele deve ter sentido tanta dor, tanto medo!

Engulo em seco e continuo esvaziando a bolsa. Um iPod, uma nécessaire, uma escova de cabelo, mas *nenhum* celular.

– Não tem mais nada! – Encaro Vix. O pânico irrompe dentro de mim quando viro a mochila de cabeça para baixo. – *Não está aqui!*

– Deixe eu ver. – Ela remexe rapidamente os pertences mais uma vez.

– Talvez, ao contrário do Christian pensou, ele não tenha visto o celular – comento, preocupada. – Mas então teria uma fita cassete aqui dentro, não é?

Ou talvez ele tenha mentido. Talvez não exista nenhuma mensagem de texto e nenhum celular para ser encontrado. Afinal, a polícia *disse* que estava com o celular de Poppy *e também* que Christian pegou a mochila dela. Ou seja, encontrá-la aqui não prova nada. Eles disseram que ele era um ladrão. Um ladrão e um mentiroso.

– Pera aí! – exclama Vix, sacudindo a mochila. – Tem alguma coisa aqui dentro, está num compartimento diferente! – Observo ansiosa ela procurar outro zíper, abri-lo e tirar o que parece muito uma fita cassete.

– *O celular de Poppy!* – exclamo, tonta de alívio. – Christian estava *mesmo* dizendo a verdade!

– Agora só precisamos encontrar a mensagem dele. – Vix sorri ao pressionar o botão de ligar. – Depois a gente leva para a polícia e *prova* que ele é inocente.

Eu me inclino para a frente, e nós duas encaramos a tela com intensidade. Mas nada acontece.

Vix pressiona o botão de ligar mais uma vez.

Nada.

– Está sem bateria. – Suspiro. – Afinal, faz mais de um ano que está aqui.

– Droga! – grunhe Vix.

– Mesmo assim. – Seguro o aparelho com cuidado, reluzindo como um tesouro nas minhas mãos. – *Agora nós temos provas.*

Ela faz que sim.

– Só precisamos carregá-lo.

De repente, escutamos um barulho de farejo na porta do barracão, e eu me viro na hora em que um cachorro começa a latir bem alto.

Vix e eu nos olhamos em pânico e enfiamos tudo de volta na mochila. Jogo-a nos ombros enquanto Vix vai correndo até a janela quebrada.

– Merda!

Ela salta para trás e um enorme labrador aparece na janela, com suas gengivas pretas, dentes e baba. Vix cai no chão, derrubando uma pilha de caixas, e o conteúdo delas se espalha por todo canto, fazendo o maior barulho.

Atrás do cachorro, avisto um senhor correndo na nossa direção com um bastão e o celular no ouvido.

Olho ao redor, procurando desesperada uma rota de fuga. A porta está com um cadeado do lado de fora e a janela é a única saída, mas o cachorro louco está bem embaixo dela.

Vix agarra a pá, brandindo-a como uma lança e a enfiando na janela, mas a solta imediatamente quando o cachorro pula de novo. Dou uma olhada no barracão: sementes, bulbos, flores... e *uma bola de tênis.*

Agarro-a e, sem realmente esperar que vá dar certo, lanço-a pela janela. Para minha surpresa, o cachorro sai correndo atrás da bola na mesma hora, o rabo balançando que nem doido. Sorrio sem acreditar e sigo Vix, que sai do barracão... até a mochila prender no vidro quebrado e eu não conseguir me mexer.

– Ei! – grita o homem. – Ei, vocês!

– *Vamos!* – insiste Vix. – Rápido!

– Não consigo, fiquei presa! – Puxo a alça.

– Lúcifer! – grita o homem. – Lúcifer, pegue! – O cachorro se vira e vem na nossa direção.

– Deixe a mochila, Lou. Vamos! – exclama Vix. – Não temos tempo!

– Não posso! – exclamo, puxando e fazendo força, desesperada para me soltar.

Então a alça arrebenta e eu caio de cara na lama, a mochila ainda apoiada no meu outro ombro, e o cachorro feroz avança bem na minha direção.

Levanto com um pulo e nós saímos correndo pela horta, passando direto pelo idoso, e eu me jogo no portão, rezando para que esteja aberto, mas – *merda!* – está trancado. Nós duas tentamos saltar por cima da cerca. Vix começa a passar por cima dela, mas eu não consigo me segurar no topo! Tento de novo. Consigo prender as pontas dos dedos no alto e com desespero tento subir as pernas. Por fim consigo jogar o braço para o outro lado, bem na hora em que a boca do cachorro pega o meu sapato, me puxando para trás.

Merda!

– Lou! – exclama Vix do outro lado da cerca.

Me seguro com todas as forças enquanto o cachorro luta com o meu pé. Balanço a perna, chuto-o e grito o mais alto que consigo, mas não adianta. O cachorro é determinado. Mudo de tática e começo a chutar meu sapato, empurrando e movendo o pé, até ele cair no chão e o cachorro avançar nele. Rápido, passo por cima da cerca e nós saímos em disparada para o carro de Kenny.

Eu me lanço dentro do carro, a adrenalina pulsando intensa nas veias e um sorriso bobo no rosto.

– *Nós conseguimos!* – exclamo. – Não acredito que conseguimos o telefone de Poppy. Não vejo a hora de mostrar para Christian.

– Você quer mostrar *agora*? – pergunta Vix, conduzindo o carro para a rua. – E o funeral?

Olho para meu relógio: 10h20.

– Faltam mais de quatro horas e meia, vai dar tempo. – Olho para ela com alegria. – Talvez até lá Christian já esteja livre!

Ela me deixa no Travelodge e eu corro pela entrada, pela escada e pelo corredor, me atrapalhando com a tranca de tanta pressa para contar a boa notícia para Christian. De repente, a porta se escancara sozinha.

Congelo. O quarto está totalmente destruído.

O abajur está quebrado no chão, os cacos das xícaras e dos pires espalhados parecem cascas de ovos, os lençóis estão esparramados por todo canto e tem uma enorme rachadura torta no espelho, como se tivesse uma teia de aranha no meio dele. O meu reflexo estilhaçado me encara.

Meus olhos dão uma rápida olhada no quarto, em pânico. Hesitante, entro na ponta dos pés.

– Christian?

De repente, alguém me agarra por trás e a mão cobre minha boca, abafando meus gritos.

Capítulo vinte e oito

Eu grito e me debato e chuto, mas ele é forte demais.

– Shh, Lou. Pare! Sou eu!

A mão solta minha boca e eu me viro, dando de cara com Christian.

– O que foi...

– *Shh!* – sussurra ele. – Eles nos encontraram.

– O quê? Você está bem?

– Estou – diz ele. – Estava no banheiro quando eles arrombaram e consegui escapar pela saída de incêndio. *Você* está bem? O que aconteceu com seu sapato?

– Cachorro. Longa história. Mas olhe! – digo alegremente, erguendo a mochila.

O rosto dele se anima.

– Encontrou a mochila de Poppy!

– E o celular dela! – Sorrio. – Mas está sem bateria, Christian, a gente precisa carregá-lo.

Ele faz que sim.

– Antes precisamos dar o fora daqui.

Descemos pela saída de incêndio, mas ao chegarmos no carro não encontro a chave em lugar algum.

– Merda! – xingo. – Ela deve ter caído do meu bolso quando aquele maldito cachorro me perseguiu! O que vamos fazer?

– Me dê o moletom.

– O quê? – Tiro-o e entrego. – Por quê?

Christian dá uma rápida olhada no estacionamento, enrola o moletom no punho e quebra a janela do carro.

– Christian!

– A gente precisa sair daqui *agora*, Lou. Esses caras não estão de brincadeira. Podem voltar a qualquer momento.

– Então por que ainda está aqui?

– Não podia abandoná-la – diz ele. – Estava com medo de que machucassem você para me encontrar.

Engulo em seco.

Christian afasta os cacos do banco e começa a mexer nos fios debaixo do volante.

– Onde aprendeu isso? – pergunto sem acreditar quando o motor liga e sento no banco do passageiro.

– Quando a pessoa vai para a prisão, acaba aprendendo algumas coisinhas. – Ele dá de ombros enquanto saímos do estacionamento e seguimos para a rua.

Em qual vez?, eu me pergunto, colocando o moletom de volta e sentindo um calafrio descer pelas costas quando me lembro da condenação dele por fraude.

– O quê? – Christian franze o rosto.

Merda. Eu falei em voz alta?

– Como é que...? – Ele suspira. – Os jornais.

Não o corrijo.

– Lou... – Christian olha para mim por um longo momento. – Eu não fui preso por aquilo, só fui censurado. E foi tudo um mal-entendido.

– *Outro?* – pergunto secamente.

Ele suspira.

– Sim.

– Tá certo.

– Não acredita em mim?

– Acreditar num golpista? – respondo e suspiro. – Só queria que me contasse tudo – murmuro. – Caso contrário não vou saber no que acreditar.

– Lou. – Christian segura minha mão, mas eu a afasto. – Lou, por favor.

Minha mão se fecha no celular de Poppy no bolso da minha calça jeans enquanto o carro acelera. Só porque ele estava na mochila não significa que a mensagem de Christian vai estar nele. Portanto eu estar com o celular não prova nada. Fecho os olhos. Minha cabeça gira à medida que as dúvidas se infiltram nela mais uma vez.

De repente, ele entra com o carro numa via local estreita e para. Arregalo os olhos.

– *O que está fazendo?*

– Vou contar tudo pra você. – Christian pega minha mão e olha bem nos meus olhos. – Quando eu tinha 16 anos, fiz uns trabalhos na rua. Eu contei que costumava desenhar retratos de pessoas e às vezes também fazia truques de mágica, com baralho, esse tipo de coisa, usando o dom que tenho de lembrar números. Algumas pessoas apostavam que sabiam a carta que ia aparecer e às vezes perdiam. Mas era um truque de mágica, elas sabiam disso, e estavam pagando por uma apresentação.

Franzo o rosto, sem saber onde a história vai parar.

– Mas teve um cara que não gostou quando perdeu dinheiro, então ele ligou para a polícia e eu fui censurado.

Olho para ele.

– Foi só isso?

– Juro, foi isso. – Ele cruza os dedos na frente do coração. – Eu não mentiria pra você, Lou, prometo. Já cansei dessa coisa toda. Não é uma vida, é só... algo falso. Não é real. Não vale a pena.

Observo seus olhos, tão claros, tão azuis. Então sorrio.

– Tudo bem. – Eu me inclino para perto dele e o abraço forte, me sentindo péssima por ter duvidado dele e também por esconder tantos segredos meus. – Desculpe.

– Não. – Ele suspira. – Não, eu só... Merda.

– O quê? – Eu sorrio, mas sinto o corpo dele ficar tenso.

– Estamos sendo seguidos.

– *O quê?*

Christian olha pelo retrovisor.

– Aquele carro estacionado atrás da gente. Estava no estacionamento do hotel.

Quando me viro para olhar, meu sangue congela.

– É o Ford azul que vi em Sheffield! – Coloco o capuz do moletom rapidamente enquanto Christian conduz o carro de volta para a rua.

– Mas por que eles não saíram? – pergunto ansiosa. – O que estão esperando?

– Reforços – responde Christian sombrio.

E de fato, no cruzamento adiante, uma BMW vermelha aparece cantando pneu, bloqueando o fim da rua ao mesmo tempo que o carro azul chega por trás e impede nossa saída.

– Estamos encurralados!

Todas as portas da BMW à frente se escancaram, e quatro homens enormes saem. Mais três saem do Ford, e todos nos cercam.

Minha mão vai até a maçaneta da porta. Talvez dê pra gente sair correndo.

– Espere – sussurra Christian, a mão ainda no volante e a expressão tensa. – Só mais uns segundos.

Os homens estão quase no nosso carro, com os rostos sérios e os punhos cerrados. Quase morro do coração quando o primeiro cara esmurra o capô, e então Christian pisa no acelerador e dá a volta neles, indo direto para a BMW vazia.

Eu me seguro no banco com força, me contraindo quando batemos no carro, fazendo ele rodopiar e entrar na rua principal. Christian faz uma curva brusca para a esquerda, cantando pneus e se afastando veloz.

Eu me viro e vejo os quatro grandalhões correndo até a BMW. Buzinas soam com raiva em torno deles enquanto entram no veículo. Está bem amassada, mas infelizmente ainda dá para dirigir. O carro dá uma volta de 180 graus, e o Ford segue atrás dele. Tem início uma perseguição.

De repente, sou jogada contra a janela quando Christian dá uma guinada para a direita.

– Para onde vamos? – pergunto agitada.

– Qualquer lugar onde eles não estejam. – Ele gira o volante para a esquerda, e eu esbarro nele ao entrarmos em mais uma via local.

Encaro o retrovisor.

– Já os despistamos?

– Ainda não – diz Christian com tristeza.

Instantes depois, a BMW vermelha vira a esquina atrás da gente.

Merda!

Na nossa frente, o semáforo fica amarelo e um grupo de pedestres se prepara para atravessar.

– Christian... – digo, mas ele segue em frente, os olhos focados na rua. – Christian!

O semáforo fica vermelho.

– *Christian!* – grito quando uma mulher sai da calçada.

Ele desvia e passa a um metro dela. Ela dá um pulo de volta à calçada, e seu cabelo esvoaça ao atravessarmos o cruzamento, com a BMW roncando atrás de nós.

Christian range os dentes e aceleramos na direção de um entroncamento. Os carros na rua principal passam velozes nas duas direções, mas Christian não diminui a velocidade. Meu coração dispara ao nos aproximarmos do entroncamento. De repente, Christian gira o volante e nós viramos à esquerda, entrando na rua principal, passando a centímetros de um caminhão vermelho. O motorista aperta forte a buzina, mas fico olhando pelo para-brisa de trás e avisto a BMW vermelha parar bruscamente quando um longo caminhão cegonha avança.

Ufa.

De repente, o Ford azul aparece de outra rua lateral, bem atrás da gente. Christian solta um palavrão. Ele ziguezagueia rápido no meio do tráfego, mas o Ford continua se aproximando. Então o semáforo fica vermelho.

– Merda! – Christian pisa no freio, e nós derrapamos até parar a apenas centímetros do carro à frente.

Atrás da gente, as portas do Ford azul se escancaram e dois grandalhões saem do banco de trás.

Encaro o semáforo, rezando, pedindo, *implorando* para que ele fique verde, enquanto Christian se contorce no banco, tentando achar um caminho no meio do tráfego, mas está cheio demais. Não temos para onde correr, para onde ir.

Exceto o canteiro.

– Se segura, Lou! – exclama Christian, jogando o carro em cima da superfície inclinada coberta de grama. Agarro a maçaneta para não cair do banco e depois olho para trás.

O Ford azul dá uma guinada e sai do meio do trânsito, parando só por um segundo para os dois homens voltarem para dentro do carro antes de disparar atrás da gente. Seguro com tanta força que as juntas dos meus dedos ficam brancas. Dirigimos num ângulo bizarro, e os outros motoristas nos encaram quando passamos a toda velocidade.

O canteiro termina abruptamente, se inclinando para baixo na altura do semáforo, ainda indicando vermelho para nós. Mais à frente duas faixas de carros contornam uma rotatória.

Aguardo Christian dar outra guinada, virando à esquerda e se juntando ao tráfego, ou seguir o canteiro. Em vez disso, porém, ele fica observando atento o fluxo de carros. De repente enfia o pé no acelerador. O veículo solavanca com força e voa morro abaixo, atravessando diretamente a linha de tráfego e indo parar no gramado da rotatória. O Ford azul nos segue, quase batendo num ônibus de dois andares.

Trepidamos por cima da rotatória e descemos do outro lado, o tráfego zunindo na nossa frente. Eu me seguro quando colidimos de volta com a rua, e os carros desviam como doidos para não bater na gente.

Olho para trás, observando o Ford azul parar para não colidir com os diversos carros que ficaram emaranhados no rastro de Christian. Não tiro os olhos do veículo à medida que ele encolhe e por fim desaparece atrás de nós. Em seguida, respiro fundo. Só então percebo que estou tremendo.

– Você está bem? – Christian se vira.

Faço que sim, inexpressiva, com a mão ainda grudada na porta e as juntas dos dedos brancas.

– Onde aprendeu a dirigir assim?

– Com meu avô. – Christian sorri. – Jardinagem não era o único hobby dele. Ele também era viciado em adrenalina e me levava para andar de kart de vez em quando.

– *De kart?* – Dou risada.

De repente, uma sirene começa a soar, e nossos sorrisos desaparecem do rosto. Eu me viro no banco, sentindo um aperto no coração ao avistar as brilhantes luzes azuis de uma viatura.

O trânsito atrás de nós se abre, e a viatura o corta como um sabre de luz. Quando os carros na nossa frente fazem o mesmo, Christian avança no espaço aberto, forçando o Toyota de tio Jim a ficar no máximo de sua velocidade enquanto o carro da polícia nos alcança. Em seguida, outra viatura aparece.

Christian ultrapassa um sinal amarelo e vira bruscamente à esquerda, deixando a rodovia dividida e seguindo por uma rampa de saída que leva a uma rua cheia de lojas. À frente, o sinal do cruzamento de uma ferrovia pisca como alerta e a barreira começa a descer.

– Christian, pare! – grito. – É a polícia, eles não vão machucá-lo! Não vale a pena *morrer* por isso!

Ele não responde. Seu olhar alterna entre o retrovisor e a rua, e de repente ele enfia o pé no freio e o carro para bem diante da barreira.

– Tem razão – diz ele. – Não vale a pena você morrer por causa disso.

Atrás da gente, as viaturas desviam, bloqueando a nossa única saída. Encaro Christian, com o pulso latejando.

– Vai se entregar?

– Não exatamente. – Ele segura minha mão. – Lou, preciso de um favor.

– Qualquer coisa – prometo, com a voz trêmula.

– Preciso que finja que é minha refém – diz ele. – Assim não vai se encrencar e eu ganho tempo... para fugir.

– Não, Christian, é perigoso demais! – argumento. – A gente mostra o celular de Poppy para a polícia. Ele vai provar que é inocente!

– Mas está sem bateria – lembra ele.

– Eu... eu sei. – Hesito. – Mas assim que for carregado…

Ele suspira.

– A gente nem sabe se minha mensagem está lá, se vai adiantar alguma coisa. Não posso correr esse risco, Lou. Desobedeci meu horário, eles vão me prender de novo. Por favor, faça isso por mim.

– Não! – Me agarro a ele. – Estamos juntos nessa, lembra? Se fugir agora, talvez eu nunca mais o veja.

Ele me abraça forte.

– A gente vai ficar junto de novo. Eu sei. Fomos feitos um para o outro. É o destino, lembra?

Fecho os olhos, arrasada. Nada disso foi destino.

– Por favor, Lou! Confie em mim.

Abraço-o de volta, fechando os olhos e o inspirando.

– O.k.

– O.k. – Ele pega a mochila de Poppy. – Vamos.

Ele abre a porta do carro com um chute e me arrasta para fora com ele.

– Para trás! – grita ele para os policiais agrupados. – Estou com uma refém!

– Solte-a, Niles! Só está piorando as coisas pra você! – exclama um policial que se aproxima devagar.

– Afaste-se! – alerta Christian. – Eu a solto se vocês me deixarem ir. Senão…

De repente, sinto algo frio no meu pescoço. A tesoura do apartamento de Joe.

– Você não quer fazer isso, Niles – diz o policial se aproximando.

– Tem razão – concorda Christian. – Não quero mesmo. Mas vou fazer se não tiver escolha.

Grito quando a tesoura faz um pequeno corte na minha carne.

O policial para imediatamente.

– Estou avisando! – grunhe Christian.

Fecho os olhos, meu pulso em disparada, e fico com medo até de respirar enquanto a ponta da lâmina pressiona a minha garganta. O braço de Christian está me segurando com tanta força que dói, mas imagino que ele precisa deixar a cena com um clima real.

– Tudo bem, recuar! – diz o policial para os outros. – Se afastem.

Abro os olhos e vejo todos eles voltarem para os carros.

– Agora mantenha sua palavra, Niles – diz ele, sério. – Solte a garota.

Christian hesita por um momento, olha ao redor, aproxima a boca do meu ouvido e sussurra:

– Eu te amo.

Ele me empurra para a frente com força, me derrubando no chão.

Numa questão de segundos, uma policial aparece do meu lado. Eu me viro rápido, mas não vejo nenhum sinal de Christian, e um trem passa a toda velocidade.

Ele desapareceu. Os policiais se movem agitados.

– Ele atravessou o cruzamento! Possível morte! – exclama um policial no walkie-talkie. – Precisamos de uma ambulância!

O quê? Encaro o trem horrorizada enquanto ele reduz a velocidade e entra na estação. Meu sangue congela quando a ficha cai.

Meu Deus, Christian pulou na frente do trem!

Capítulo vinte e nove

– Deixa eu ver se entendi, Cinderela. – O detetive-inspetor Goldsmith olha para o meu pé ainda sem sapato enquanto se recosta na cadeira e passa a mão no cabelo ruivo ralo que cobre sua careca. – Está dizendo que Leo Niles, um rapaz condenado por roubo, que deixou uma adolescente em coma, desobedeceu ao horário obrigatório, sequestrou você e a manteve como refém para poder escapar da polícia... conseguiu convencê-la de que é inocente? – Ele sorri condescendente para mim, como um professor de primário.

– Ele *é* inocente. – Fulmino-o com o olhar.

O rosto dele tem o mesmo tom das paredes cinza e sujas, mas é ainda mais manchado.

– Já ouvi falar de síndrome de Estocolmo, claro, mas nunca a entendi.

– Talvez você não seja inteligente o suficiente – sugiro.

O sorriso dele fica tenso.

– Se Niles é inocente, por que fugiu? – Ele se inclina para a frente. – Por que cortou sua garganta?

Ponho a mão no curativo no pescoço.

– E, pra começar, por que ele desobedeceu ao horário obrigatório?

– Porque vocês o colocaram em perigo – respondo raivosa.

– *Nós* colocamos? – A sobrancelha dele sobe tanto que chega a encostar no cabelo, se ele tivesse cabelo... lógico.

– Vocês eram os únicos que sabiam onde ele estava morando, exceto, ah é, a gangue de grandalhões violentos que incendiaram a casa dele. Engraçado, né?!

– Os *únicos*? – Ele arqueia a sobrancelha, e meu estômago revira.

Será que ele sabe?

– Mocinha, Niles pode sem querer ter revelado o local onde morava de várias maneiras. As pessoas podem ser descuidadas.

– Sim, especialmente a polícia – murmuro.

Ele estreita os olhos, agora com um jeito de diretor de colégio.

– *Como é?*

– Vocês não perderam nada? Tipo uma prova crucial?

Ele franze o rosto.

– *O quê?*

– O celular de Poppy. Com uma mensagem que Christian disse que provaria a inocência dele. Uma mensagem que *vocês* disseram que não estava lá.

– O nome dele... – o detetive sorri, sombrio – é Leo Niles. E ele mente. É um golpista.

– Mas vocês não *estavam* com o celular, estavam? – prossigo, sem tirar os olhos dele nem por um segundo. – O celular de Poppy nunca esteve com a polícia. *Vocês* mentiram. Eu vi o aparelho.

O sorriso dele desaparece.

– Escute...

– E agora o celular vai provar que ele é inocente.

Ele olha para mim por um instante.

– Então está com o celular?

Hesito, com minha mão segurando o celular no meu bolso.

Ele olha para mim por cima dos óculos.

– Se o que está dizendo é verdade, então tecnicamente é uma prova.

– Uma prova que *tecnicamente* vocês já têm – argumento. – Se o que *vocês* dizem for verdade.

– Perverter o curso da justiça é uma ofensa grave, mocinha – alerta ele.

– Não estou com ele. – Enfio o celular bem no fundo do bolso.

Ele me parece capaz de apagar a mensagem no instante em que a vir.

– Olhe. – Ele se inclina para a frente. – Só Deus sabe o que Niles contou pra você, e está na cara que ele foi muito, digamos, *persuasivo*. – Ele ergue a sobrancelha de novo, e quero arrancá-la da sua testa de uma vez só. – Mas eu conduzi a investigação original e estou com o arquivo do caso aqui, e não tem nada afirmando que nós tínhamos o celular de Poppy, nem que Niles falou dele para nós.

Encaro-o, com o maxilar firme, tentando interpretar sua expressão. Ele está mentindo. Está mentindo para se safar. *Não é?*

– Se quiser mesmo ajudar Leo, protegê-lo, dar uma chance para ele provar sua inocência, então sinceramente a melhor coisa que pode fazer é convencê-lo a se entregar.

– Então quer dizer que ele está vivo? – pergunto esperançosa.

– Não encontramos nenhum corpo. Só que nem sempre sobra muito do corpo nos acidentes de trem. – O detetive suspira. – Mesmo se Niles tiver escapado, é óbvio que não está em segurança lá fora. As pessoas querem puni-lo pela morte de Poppy e estão dispostas a fazer justiça com as próprias mãos. Mas isso não é justiça de verdade.

Ele tem razão. Mesmo se Christian tiver fugido, para onde iria? Ele está com a perna machucada, é procurado pela polícia, perseguido pelos justiceiros violentos... Que chance ele tem?

O celular de Poppy, lembro, segurando-o com firmeza. É a única chance que ele tem. A única maneira de provar que é inocente, de deixá-lo em segurança de verdade.

– Nos ajude com ele – diz o detetive Goldsmith, agora com um jeito de pai preocupado. – Nós podemos protegê-lo. E, se ele de fato tiver uma prova nova, nós investigaremos. Com justiça. Com imparcialidade. Agora... – diz ele docilmente. – Você sabe onde ele pode estar?

– Não – respondo, arrasada. – Não faço ideia.

– Então vai passar um tempo aqui. – Ele suspira. – Espero que não tenha mais nenhum compromisso hoje.

– *O quê?*

Olho para o relógio. São 14h05. O funeral de Poppy começa em menos de uma hora, e estou nesta delegacia ridícula há mais de duas horas!

– Tenho todo o tempo do mundo. – O detetive Goldsmith sorri de um jeito convencido. – Por mim, podemos passar o dia batendo papo. Ou, se decidir cooperar mais, logo vai ser liberada. A escolha é sua.

Fico encarando o relógio, dividida. Não posso entregar o celular de Poppy a ele e correr o risco de ver a única prova de que Christian é inocente se "perder" no sistema.

Contudo, também não posso perder o funeral de Poppy. Devo isso a Poppy, a tia Grace e a Millie. Não posso desapontá-las, não posso perder minha chance de me despedir.

– Não estou escondendo nada! – protesto.

– É mesmo? Vamos começar pelo seu nome então, o.k., Cinderela?

– Louise Shepherd – digo. – Você viu a minha identidade.

– A sua identidade *falsa*, sim. Só que não existe nenhuma Louise Shepherd com a sua data de nascimento no cadastro eleitoral, o que me diz que você está *mentindo.*

Meu pulso dispara. Não posso contar quem sou de verdade e correr o risco de ele entrar em contato com Neil ou chatear tia Grace, principalmente hoje. Mas também não posso passar a tarde presa *aqui,* justamente hoje... Olho para o relógio mais uma vez, ansiosa.

Então um policial bate à porta.

– Com licença, senhor, isto acabou de chegar.

O detetive Goldsmith olha para a folha de papel e a lê, em seguida as suas sobrancelhas se erguem até o teto.

– Bem, Cinderela... – diz ele. – Você é uma caixinha de surpresas, não é?

* * *

– Quer uma carona até sua casa, querida? – pergunta a policial quando sou liberada.

Hesito. Preciso ir para casa o mais rápido possível. Tia Grace deve estar se perguntando onde raios estou. Porém, não vai ser nada legal chegar numa viatura. Como eu explicaria isso?

– Não, obrigada – agradeço. – Não precisa.

Saio da delegacia e olho para as ruas movimentadas, as fileiras de lojas, e percebo que estou perdida. E, sem Christian do meu lado, eu me sinto *completamente* perdida.

Onde ele está?

Entro numa cabine telefônica, tiro algumas moedas da minha bolsa e ligo para Kenny.

– Lou! – exclama ele assim que atende. – Você está bem?

– Sim... Não! – exclamo, arrasada. – Tenho menos de uma hora para chegar ao funeral de Poppy e não faço ideia de onde estou, não consigo ver nenhuma estação de metrô, e…

– Você está na rua Florence – interrompe Kenny. – Atravesse a rua da delegacia, vire à esquerda e pegue a primeira rua à direita. Vix está esperando você lá.

– O quê? Como você…

– O seu relógio – lembra ele. – Estamos aqui para ajudá-la, Titch. Agora vá logo!

Encontro Vix no ponto exato indicado por Kenny.

– Lou! Graças a Deus! – Ela salta do carro para me abraçar. – São 14h20, achei que fosse perder o funeral!

– Eu também – admito, abrindo a porta do passageiro.

– Não, entre no banco de trás – diz ela. – Vai ser mais fácil para você se trocar.

– Me trocar? – Entro no carro e fico boquiaberta ao ver sobre o banco um vestido preto pendurado e uma caixa de sapatos, uma bolsa de mão preta e um sanduíche embrulhado em papel.

– Não pode chegar no funeral de calça jeans e camiseta! – Ela dá de ombros.

– Vix, você é incrível! – digo.

– Sou mesmo. – Ela sorri, e saímos da vaga. – Kenny já está na sua casa, inventando desculpas por você. Acho que a última foi um engarrafamento enorme na M1.

Sorrio e tiro o moletom de Christian.

– O que seria de mim sem vocês?

– Deixe eu pensar... Você estaria atrasada e suja e teria sido devorada por um cachorro. – Vix ri enquanto dobramos uma esquina. – Ainda bem que está sempre com a gente. Graças ao seu relógio, podemos encontrá-la em qualquer lugar. Por falar nisso, sabe o que aconteceu com Christian? Disseram no rádio que ele atravessou um cruzamento de ferrovia. Ele conseguiu escapar?

– Não sei. – Meu coração se agita. – Acho que sim. Não encontraram nenhum corpo, e o detetive ficou me questionando muito... É um bom sinal, não? – Coloco o vestido pela cabeça.

– Com certeza – diz Vix.

– Pelo menos é o que espero.

Não consigo nem pensar na outra opção.

– Tem alguma maneira de entrar em contato com ele? – pergunta Vix. – Sabe aonde ele foi?

– Não. Dessa vez me perdi mesmo dele. – Suspiro. – Mas não importa.

– O quê?

– A única coisa que importa é provar a inocência dele. Na verdade, podemos fazer uma parada rápida? – digo ao passarmos por uma loja de celular. – Preciso comprar um carregador para o celular de Poppy.

– Passe pra cá – diz Vix. – Kenny disse que tem um carregador universal no porta-luvas.

– *O quê?*

– Você está no carro de engenhocas dele, lembra? – diz ele. – Aqui dentro tem de *tudo*.

– Que incrível!

Vou para o banco da frente. Enquanto esperamos o semáforo, vejo Vix colocar o celular de Poppy no carregador e ligá-lo ao acendedor de cigarro.

Por favor, funcione, por favor...

Enfim, a tela acende.

– *Isso!*

Pressiono o ícone de mensagens, mas demora uma eternidade para carregar. Fico encarando, esperando, esperando... Ele volta à vida de um jeito horrivelmente lento. Com os dedos bem cruzados, rezo para que a mensagem de Christian esteja aqui.

De repente, uma lista de números de telefone aparece na minha frente, e eu a passo depressa, procurando, procurando... Tem mensagens minhas, de tia Grace e de tio Jim, e de pessoas que não conheço.

– O número de Christian não está aqui – digo, com um calafrio descendo pelas minhas costas.

– O quê? – diz Vix. – Tem certeza?

– Sim, decorei o número dele assim que ele me deu... Não está aqui!

– Calma – diz Vix. – Olhe de novo.

Passo a lista desesperada, indo para mensagens cada vez mais antigas, até chegar a meses antes do ataque. Depois confiro de novo, mais devagar, investigando os números que vejo. Não está aqui.

Encaro a tela, paralisada.

– Poppy deve ter apagado.

Vix olha para mim, e sei que estamos pensando a mesma coisa. *Se é que a mensagem existiu.* Ignorando a dor nos meus olhos, volto para o início e começo a ler todas as mensagens enviadas no dia do ataque de Poppy em ordem contrária.

Querida Poppy, estamos todos pensando em você. Espero que se recupere logo. Bjs.

Clico na próxima.

Estamos rezando por você, querida Poppy. Amamos muito você.

Abro a terceira mensagem, e meu coração fica preso na garganta.

Oi, Popsicle! Espero que esteja adorando o verão! O México é incrível! Comprei um sombreiro pra você! Até breve! Bjs, L.

Fecho os olhos. É minha. Ainda não sabia o que tinha acontecido: tia Grace decidiu esperar eu voltar para contar, pois não queria estragar minha viagem. Minha viagem *ridícula*.

Arrasada, confiro o resto das mensagens – que Poppy nunca vai ler –, cheias de amor e compaixão e desejos de melhoras. Depois chego nas mensagens de antes do ataque.

Poppy, por que não está atendendo o telefone? Preciso falar com você. Por favor, deixe eu explicar. Ligue para o meu celular ou para o de vovó assim que possível. É urgente. Bjs, mamãe.

Franzo o rosto. O que teria acontecido? Mas, quando clico na próxima mensagem, esqueço a de tia Grace completamente.

Vou pegar vc

Encaro o aparelho.

– "*Vou pegar você*"? – leio.

– O quê? – Vix olha. – Essa é de...?

– Deve ser... *Tem* que ser. – Meu coração acelera e meu dedão mexe na tela, tentando rolá-la para baixo e conferir quem enviou. – Mas não tem nome, só um número que não conheço... *Claro!* – exclamo de repente. – *Claro* que eu não reconheceria o número, o celular antigo dele quebrou!

– E ele teria comprado um novo quando saiu da prisão, não é? – diz Vix. – Se não quisesse ser rastreado?

– Sim! Por que não pensei nisso antes? – digo alegremente. – É *esta* a mensagem, exatamente como Christian disse, avisando a Poppy que estava chegando para buscá-la! Ele *é* inocente! – Meu coração enche tanto que mal consigo respirar. – E esta é a *prova*!

Vix sorri.

– E agora?

– Não sei – digo. – Preciso contar pra ele, mas como? Não faço ideia de onde ele está, nem se ainda está em segurança. – E ainda tenho o funeral...

Olho para o relógio quando paramos em mais um semáforo: 14h26. Nem sei se vou conseguir chegar.

De repente, o telefone de Poppy estremece na minha mão e eu o solto por instinto. Ele estremece no chão, vibrando e tocando uma versão de "Yellow Submarine". Pego-o e vejo na tela o número de um telefone fixo que não conheço.

– Atenda! – encoraja Vix.

– Mas eu não sei quem é!

Ela agarra o celular, põe no viva voz e pisa no freio para não bater no carro da frente que parou por causa de uma faixa de pedestre.

– Caramba! – Arfo, com meu coração pulando para fora do peito quando paramos bem na hora certa.

– Alô? – diz uma voz no telefone.

– Desculpe! – articula Vix com os lábios, jogando o celular de Poppy de volta para mim.

– Alô? – diz a voz de novo. – Alô? Lou?

– *Christian!* – exclamo, tonta de alívio. – Está *vivo*! Você está bem? Onde está? Como...?

– Você está com o celular! Ainda bem! – exclama Christian. – Estou ligando para ele há horas! Quase fiquei doido quando vi que não estava na mochila, achei que tinha perdido!

– Desculpe! Acabei de carregá-lo! Não acredito que ainda se lembra do número dela!

– Ainda bem que lembrei. Eu disse que era bom com números!

– Você está bem? – pergunto nervosa. – Estava tão preocupada!

– Estou. Não vai conseguir se livrar de mim com tanta facilidade.

Sorrio.

– Então a mensagem está no celular? – pergunta ele ansioso.

– Sim! – Vix e eu sorrimos uma para a outra. – Está aqui, bem como você disse. Ela diz algo como "estou indo te pegar". Agora a polícia tem que acreditar, é uma prova!

– Espera – diz Christian, com a voz estranha. – O *que é* que ela diz?

– Que você vai pegar Poppy – digo. – "Vou pegar você."

Só escuto silêncio do outro lado da ligação.

– Christian? Está aí?

– Merda.

Franzo o rosto.

– O que foi?

Ele continua xingando, cada vez mais alto.

Vix me encara de olhos arregalados. Nunca escutei ele tão zangado, tão tenso. De repente, escuto um estrondo.

– *Christian!* – exclamo. – Christian, o que está acontecendo? Você está bem?

– Não! – exclama ele, amargurado. – Estou completamente ferrado!

– O quê! *Por quê?*

– Lou, não percebeu? Essa mensagem nunca vai provar minha inocência!

– Como assim?

– Pense por um instante. "*Vou pegar você*" parece uma ameaça!

– Mas não era uma – protesto. – Você ia pegá-la!

– *Eu* sei disso, *você* sabe disso. Mas como acha que a *polícia* vai interpretar? Principalmente se minutos depois Poppy foi atacada! Precisa apagar a mensagem, Lou. Se alguém encontrar, vai entender de outro jeito.

– Mas se a gente explicar...

– Não vão acreditar na gente. – Ele suspira, a voz cheia de desespero. – Não adianta. Acabou.

– Não, não, não pode ser! – protesto, vendo o nosso futuro escorrer pelo ralo. – Tem que existir alguma outra coisa, *qualquer* coisa que a gente possa usar, alguma outra prova.

– Tipo o quê? – Ele suspira. – Era essa a prova. A mensagem era minha única esperança.

Eu me afundo no banco, sentindo uma dor no coração quando escuto ele cair aos prantos.

Vix dá um tapinha no meu braço, articulando algo com os lábios que não consigo entender. *O quê?* Ela tenta de novo. Acho que é... *diarreia?* Ela está passando mal? Massageio a barriga para confirmar, e ela revira os olhos.

– *Diário!* – sussurra ela. – Poppy tinha um diário?

– Claro! O diário de Poppy! – exclamo.

– Diário? – questiona Christian, parecendo assustado.

– Hum, sim – respondo, tentando demonstrar menos entusiasmo do que sinto. – Tem um diário ou algo assim na mochila dela?

Sou tão *idiota*! Estava tão ocupada procurando o celular na mochila de Poppy que nem *pensei* em conferir se o colar com o pen-drive contendo o diário dela estava lá dentro. Se ela era mesmo amiga de Christian, com certeza teria escrito sobre ele!

– Não estou vendo nenhum caderno ou nada do tipo – diz Christian.

É porque é um *colar*, não um caderno, mas não posso dizer isso para ele. Mordo o lábio de frustração. Se ao menos eu tivesse conferido isso quando a mochila estava *comigo*!

– Bem, o que *tem* aí dentro? Diga tudo – pergunto, rezando muito.

– Tem uma escova de cabelo, roupas, um iPod…

Fecho os olhos, tentando desesperada me lembrar se vi o colar com a folha de bordo na mochila dela dentro do barracão. Poppy nunca saía de casa sem ele, era onde guardava tudo o que achava mais importante desde que o ganhou de mim no seu aniversário de 14 anos. Ela não estava usando quando a encontraram, e não o vejo desde então. Por isso *tem* que estar na mochila…

Senão, acabou tudo. Christian vai ser preso ou fugir com sei lá quantas pessoas atrás dele. Nunca ficaremos juntos.

– Uma nécessaire, maquiagem, joias…

– Que tipo de joias? – pergunto, cruzando os dedos com firmeza.

– Hum, tem uns brincos, uma pulseira com enfeites, alguns colares…

– Achei que tinha visto um... medalhão ou algo assim quando estava procurando o celular... – Blefo. – Mas acho que tinha o formato de uma folha…

– Hum... não. Nenhum medalhão.

Merda.

– Espere, tem um colar estranho com formato de folha de bordo, e tem algo atrás dele...

Meu coração para. *Isso!*

– Parece um pen-drive – diz ele, e fico com vontade de beijá-lo.

– Onde você está? – pergunto. – Se for um pen-drive, precisamos achar um computador para ver o que tem nele.

Vix me cutuca e aponta para o relógio no painel. *Merda.* São 14h35. Não tenho tempo de encontrá-lo, onde quer que ele esteja.

– Na verdade, tem uma *lan house* na frente da minha cabine telefônica – diz Christian. – Vou tentar agora.

– Ótimo! – exclamo, aliviada. – Espera... Não vai ser reconhecido?

– Não, acho que não. É um lugar meio caído. Duvido que vá ter alguém lá dentro numa segunda à tarde. E provavelmente vou ficar mais seguro lá do que na rua.

– Tudo bem... Se tem certeza…

– Eu ligo se encontrar alguma coisa.

– Boa sorte!

Fecho os olhos e desligo, rezando com fervor.

Por favor, que ele encontre o diário de Poppy no pen-drive. Por favor, que ela fale dele e de Glastonbury. Por favor, por favor, por favor, que isso prove que ele é inocente.

Capítulo trinta

Quando chegamos na minha rua, vejo carros estacionados em todo o meio-fio; nunca vi a rua tão cheia. Por isso Vix me deixa fora da casa e vai procurar um lugar para estacionar. Antes de entrar, porém, o celular de Poppy toca na minha bolsa.

– Encontrou alguma coisa? – pergunto animada, me escondendo no caminho lateral para atender.

– Ainda não. – Christian suspira. – Estou no Skype da *lan house*, mas o pen-drive está pedindo uma senha de quatro números.

Merda. Eu até poderia tentar combinações de números que tivessem algum significado para Poppy, mas como eu explicaria para Christian se acertasse na primeira tentativa? Preciso errar algumas vezes primeiro.

– Certo, que tal um-dois-três-quatro? – sugiro.

Ele suspira.

– Não.

– Zero-zero-zero-zero?

– Não.

– Sabe quando é o aniversário dela?

– Não.

Tentamos mais vários números, mas os arquivos continuam teimosamente protegidos, e minhas ideias estão acabando. E estou ficando cada vez mais atrasada para o funeral.

Que número Poppy escolheria?

– Pode ser qualquer coisa! – responde Christian. – Não adianta!

– A não ser... – A semente de uma ideia se planta na minha mente.

– A não ser que o quê?

– Bem... – Hesito. – O jornal disse que o funeral de Poppy é hoje à tarde. Eu posso ir.

Christian hesita.

– Ir para a *casa* dela?

Faço que sim e lembro que ele não está me vendo.

– Sim. Posso dar uma olhada no quarto dela, ver se encontro alguma pista, ou talvez alguma outra prova.

– Você faria isso? – diz ele, incrédulo. – Iria para o funeral de uma desconhecida? Por mim?

Cruzo os dedos.

– Sim.

Ele faz uma pausa, e entro em pânico. *Será que ele adivinhou?* Então ele suspira forte, com a voz cheia de gratidão.

– Você é incrível. Obrigado.

– Não é nada – digo, sentindo uma alegria extrema por ele não estar me vendo agora, com as mentiras estampadas no rosto. – Ligue mais tarde. – Desligo e corro lá para dentro.

– Lulu! – Tio Doug vem até mim depressa, com Kenny logo atrás. – Caramba, por um segundo jurei que a nossa Poppy ainda estava viva. Belo cabelo! Ainda bem que conseguiu chegar. O trânsito está péssimo, né? O seu amigo aqui estava falando agorinha do engarrafamento na rodovia.

Kenny pisca para mim.

– Estava horrível – concordo.

– Então por que vocês dois não vieram juntos? – pergunta tio Doug.

– Ah, eu... a gente... – gaguejo.

– Nós estudamos em universidades diferentes – mente Kenny. – Conheço Lou do colégio interno, mas hoje só precisei vir de Warwick, então perdi a pior parte do engarrafamento, ainda bem.

Eu poderia beijá-lo.

– Onde está tia Grace? – pergunto a tio Doug.

– Tentando fazer Millie sair do banheiro – diz ele. – Ela se trancou lá dentro.

Sinto um aperto no coração e subo correndo. *Coitada da Millie.*

Vejo tia Grace perambulando perto da porta do banheiro com um homem árabe que não conheço. Ela parece magra e fantasmagórica com um vestido preto simples.

– Millie! – chama ela desesperada. – Por favor, querida, saia, está quase na hora de irmos.

– Comprei jalebi só pra você, Millie – acrescenta o homem. – Sei que é seu doce favorito. Está lá embaixo, esperando você.

– *Você* que devia descer – sussurra tia Grace agitada para ele. – Nem devia estar aqui, principalmente hoje. Não quero criar problemas, Amir.

– Nem eu – protesta ele, de olhos arregalados. – Grace, só estou tentando ajudar... – Ele me vê. – *Oi?*

Tia Grace se vira e arfa, levando as mãos até a boca.

– *Poppy?*

– Tia Grace. – Vou até ela, rápida. – Sou eu, Lulu. Você está bem?

– Lulu! – Ela me abraça. – Ah, querida, por um momento achei... O seu cabelo.

– Desculpe – digo. – Nunca tive a intenção de... Eu só tingi, e o cabeleireiro deixou curto demais e…

– Está lindo. – Ela sorri, com os olhos cansados. – É tão bom ver você! – Ela me abraça forte.

– Desculpe não ter chegado mais cedo.

– Mas está aqui agora. – Ela me aperta bastante. – É o que importa.

– Vou deixar vocês duas em paz – diz Amir.

– Lulu, este é Amir, meu professor de culinária – diz tia Grace. – Lulu é minha sobrinha.

– Prazer – digo.

– Prazer. – Amir sorri. – Só acho uma pena não nos conhecermos em circunstâncias melhores. – Ele olha triste para tia Grace e se vira.

– Ah, que bom que está aqui – diz tia Grace. – Millie não quer sair do banheiro.

– Millie? – chamo com doçura. – Você está bem?

– Lulu? – ela choraminga baixinho.

– Sou eu, pequena. – Sorrio. – E tenho um abraço enorme esperando você aqui, e é tão grande e tão pesado que estou com medo de deixar ele cair!

– Não deixe! – exclama ela.

– Então é melhor sair para recebê-lo... rápido!

A maçaneta se mexe, mas a porta não abre.

– Não posso. – Ela suspira, triste.

– Por que não, pequena?

– Estou feia.

– O quê? – digo, surpresa. – Impossível!

– Estou, sim. – Ela funga. – Meu vestido é nojento!

Contenho um sorriso.

– Ela odeia usar preto – sussurra tia Grace. – Ela diz que só vilões usam roupas pretas.

– Bem, quem sabe você não pode usar um vestido da mesma cor que o meu? – sugiro. – Assim seremos gêmeas.

– Sim! – exclama ela.

– Eu estou com um lindo vestido preto – digo a ela. – Você tem alguma roupa preta?

Ela hesita.

– Mas o meu vestido *é* preto!

– *Não acredito!* – digo, piscando para tia Grace. – Não é possível. Deixe eu ver.

Ela abre a porta e dá uma olhada do lado de fora, com o rosto pálido contrastando com a roupa escura, mas seus olhos se animam assim que vê meu vestido.

– Somos gêmeas!

– Olha só! – digo alegre, abraçando-a forte. – Gente esperta pensa igual, né?

* * *

Millie segura minha mão no caminho inteiro até a igreja, apertando com força enquanto a protejo dos *paparazzi* reunidos do lado de fora do portão. De repente, fico contente por ter comprado estes óculos escuros. Os repórteres se reúnem como urubus ao redor das pessoas de luto, chamando tia Grace quando passamos, mas ela pega Millie no colo em silêncio e acelera o passo. Seguimos direto do cemitério para o santuário da igreja de pedra.

No momento em que entramos, a paz reina, e o doce perfume dos lírios enche meus pulmões. Nunca vi tantas flores. São dúzias de buquês amarrados aos bancos com sedosas fitas rosa, em arranjos verticais, enfeitando todas as superfícies disponíveis: cravos macios, rosas veludosas, raminhos de gipsófila, lírios em forma de trombeta e, claro, dúzias de papoulas vermelhas em homenagem ao nome dela. Flores encantadoras e delicadas que vão impressionar por um tempo e morrer cedo demais, com sua vida encurtada. Assim como Poppy.

Na frente da igreja, no meio de uma bela coroa de papoulas, está a foto dela.

Eu me aproximo, atraída por seus olhos brilhantes e seu sorriso fácil, e meu coração dilata. Ela era assim. É assim que quero me lembrar dela. Estendo o braço, alisando sua bochecha com meus dedos.

Poppy.

– É a minha foto preferida dela – sussurra tia Grace ao meu lado. – Parece que ela está rindo de alguma coisa, não é? Ela estava sempre rindo, sorrindo... – Ela hesita, os olhos fixos na foto de Poppy, e de repente percebo que está tremendo.

Seguro seu braço e ela olha para mim com uma expressão tão triste, tão arrasada, como se estivesse prestes a cair em prantos. Então Millie puxa seu vestido, e ela respira fundo, endireita os ombros e sorri com calma para a criança.

– Sim, querida?

– A gente pode sentar na frente? – pergunta Millie. – Para eu poder ver?

– Claro, meu amor.

– Pode até sentar no meu joelho se quiser, pequena – ofereço, segurando sua mão enquanto seguimos para os bancos. – Assim vai poder ver melhor do que todo mundo.

– Tá bom. – Ela sorri.

Um mar de silhuetas pretas se infiltra, enchendo os bancos ao nosso redor: antigos professores e colegas de turma de Poppy, vizinhos, colegas de trabalho de tia Grace, e Neil com mais colegas de tio Jim da polícia. Um policial que não conheço se aproxima da gente.

– Só queria expressar minhas profundas condolências – diz ele para tia Grace. – E dizer que estamos fazendo o possível para encontrar aquele monstro. Em breve ele voltará para a prisão.

– Obrigada – diz ela baixinho. – Espero que sim.

O policial sorri para mim e para Millie, e eu me obrigo a sorrir de volta, me sentindo insuportavelmente culpada por estar aqui sentada no primeiro banco do funeral de Poppy. Culpada por ter mentido para tia Grace a respeito de onde eu estava, culpada por ter mentido para Christian sobre o verdadeiro motivo pelo qual estou aqui, e culpada por proteger a pessoa que todos estão procurando.

Tento ignorar tudo isso observando o restante da família se sentar. Tio Doug está de braços dados com a tia-avó Mary, que entra na igreja mancando, e tia Harriet aparece depois, enxugando os olhos, seguida por vários primos de segundo grau que não conheço muito bem. Em seguida, avisto Vix e Kenny entrando numa fileira mais atrás e sorrio. Não sei mesmo o que eu teria feito sem os dois nesses últimos dias.

Logo a igreja está cheia, e o órgão começa a tocar uma versão lenta e belíssima de "Yellow", do Coldplay. Então as portas se abrem, e eu perco o ar quando o caixão aparece.

Fico encarando, hipnotizada, seis policiais uniformizados entrarem devagar com ele na igreja.

Parece impossível Poppy estar ali dentro. O caixão não parece grande o suficiente. Como pode aquela caixa estar com ela dentro? Ela nunca ficava parada, estava sempre correndo, dançando, rindo...

O caixão vira um borrão, e enxugo meus olhos. O organista termina com um gesto teatral, e o pastor aproxima-se do púlpito.

– Estamos reunidos aqui hoje para celebrar a vida de uma jovem extraordinária, Poppy Willoughby-White. O fato de a igreja estar tão cheia é uma homenagem a ela. – Ele estende os braços, sorrindo para nós. – Poppy era especial para todos nós, fosse como aluna, vizinha, amiga...

Olho para seus colegas de turma, sentados juntos, com a cabeça no ombro um do outro, chorando silenciosos.

– Sobrinha, neta, prima, irmã ou filha.

Aperto Millie mais para perto, e tia Grace segura minha mão com mais força. Um nó se forma minha garganta.

– E sentiremos muito a falta dela.

Fico encarando meus pés, piscando.

– Poppy ficou conosco por pouco tempo, mas...

De repente, o pastor é interrompido por alguma comoção lá fora. Os vitrais brilham como um relâmpago quando as câmeras dos fotógrafos enlouquecem, e todo mundo fica encarando e murmurando.

Todos mundo menos tia Grace, cujo olhar permanece bem fixo no pastor, como se o mínimo movimento fosse despedaçá-la. Faço o mesmo e não me viro.

Ele limpa a garganta.

– Mas... Mas ela conquistou muito em sua…

Um estrépito ruidoso ecoa pela igreja quando o ferrolho é erguido por fora, e o pastor pressiona os lábios com firmeza quando as portas crepitam e se abrem. Um silêncio se espalha pela congregação. Então, por fim, tia Grace se vira. Seu rosto empalidece de choque, e ela deixa o livro de hinos cair ruidosamente.

Olho ao redor, e meu queixo vai parar no chão.

– *Papai, você voltou!*

Millie salta do meu colo, sai correndo pela nave da igreja e pula nos braços do pai, com o rosto mais iluminado que o sol. Ele a engole num abraço forte, a barba ruiva enterrada nos seus cachos loiros enquanto ela se agarra nele, e a alegria e o amor irradiam dos pés à cabeça dos dois.

Finalmente. Meu coração se acalma, e sorrio em meio as lágrimas que deslizam no meu rosto. *Finalmente alguma coisa boa.*

* * *

Acompanhado por um carcereiro, tio Jim carrega Millie de volta até o primeiro banco, onde beija a bochecha de tia Grace e me abraça, com os olhos cheios de lágrimas.

Abraço-o forte, sem acreditar que ele está presente. *Ele está mesmo aqui!* Parece bem diferente. A barba é nova, mas não é só isso. Ele parece um fantasma de si mesmo, como se alguém tivesse removido os ombros eretos e o queixo orgulhoso, que provavam que era um policial mesmo quando não estava de uniforme, deixando um exterior menor, encurvado e cansado.

Fico de coração partido. Ele é a verdadeira vítima nesta história toda. Além de sua filha ter sido assassinada na frente dele, na sua própria casa, ele foi preso por tentar protegê-la. Sinto meu estômago dar nós de tanta injustiça enquanto ele se senta ao lado de tia Grace, segurando a mão dela com firmeza, com Millie ainda se agarrando nele como um macaco. Ela não sabe onde ele estava, claro; tia Grace achou que ela era nova demais para saber a verdade quando tudo aconteceu, então ela pensa que tio Jim estava viajando a trabalho. O que significa que ela não sabe que ele não veio para ficar…

O pastor continua, e o carcereiro se senta no banco atrás da gente. Amigos e parentes de Poppy passam a ler poemas e homenagens um de cada vez, compartilhando suas lembranças dela com todos nós.

Então o pastor chama meu nome, e eu fico paralisada. Esqueci completamente que tinha prometido falar alguma coisa. Tia Grace aperta minha mão enquanto ele me chama mais uma vez. Eu me levanto devagar, sentindo o coração acelerar ao me aproximar do púlpito.

Olho para todos, para o mar de rostos me encarando, e sinto um aperto na garganta. Não vou conseguir fazer isso. Não sei o que dizer.

Então Millie espirra e eu olho para ela, para seus grandes olhos castanhos que me observam com tanta atenção. Olho para tio Jim, mantendo a compostura tão bem apesar de tudo, e tia Grace, com seus olhos claros e verdes. Ela sorri para mim, assente, e de alguma maneira palavras se formam nos meus lábios.

– Isto é tão surreal. – Dou uma olhada na igreja lotada. – Não parece verdade. Todo dia vejo alguma coisa, rio de alguma coisa e penso "preciso contar pra Poppy". Mas não posso. – Pisco rápido. – É difícil imaginar como o mundo pode continuar girando, como todo mundo pode seguir em frente com sua vida… quando Poppy não pode fazer o mesmo.

Engulo em seco, me obrigando a não chorar.

– Nós duas éramos inseparáveis na infância. – Sorrio. – Exatamente iguais. Então eu me mudei para estudar no colégio interno no ensino médio e... foi assim que percebi quanto ela mudou minha vida. Como sua risada contagiante dava uma sensação de cócegas dentro da gente, como seu sorriso nos aquecia até os dedos dos pés, como ela sempre alegrava qualquer momento. Agora já passei tanto tempo longe dela que chego a esquecer que ela se foi. Antes, sempre sabia que ela ainda estava em algum lugar, que eu ainda podia falar com ela quando quisesse, mesmo se eu não pudesse vê-la todas as vezes... E gosto de pensar que de certa maneira isso ainda é verdade. – Pisco os olhos com força e balanço a cabeça. – Queria ter passado mais tempo com ela, valorizado cada segundo. Poppy é como... *era* como uma irmã para mim. Ela era minha melhor amiga...

Não adianta. As lágrimas jorram no meio das minhas palavras, e a congregação se transforma num borrão na minha frente.

Preciso me segurar no púlpito para não desabar no chão. Fecho os olhos, e quando os reabro tio Jim está do meu lado. Sob o olhar do carcereiro, ele me abraça, seus braços fortes me segurando como sempre fizeram, e beija minha cabeça. Eu sinto sua barba eriçada arranhar meu couro cabeludo como uma escova de dentes.

Tio Jim limpa a garganta.

– Amigos. – Ele sorri. – Muito obrigado por terem comparecido hoje para nos lembrarmos da minha Poppy. – A voz dele falha. – Mas não vamos nos lembrar dela como uma vítima, e sim como a garota que ela era. Alegre. Atrevida. Tão, tão engraçada... – Ele ri roucamente. – Minha princesa. Meu anjo. – Ele engole em seco. – Mas agora ela é um anjo de verdade. Sei que ela ficaria bem tocada com todas as palavras gentis de vocês, com suas lindas flores e sua mera presença. Obrigado. Do fundo do meu coração. Obrigado.

Ele aperta meus ombros e me acompanha de volta para o banco. Quando me sento, a mão fria de tia Grace encontra a minha e a segura com firmeza.

Quando o órgão toca mais uma vez, os seis homens de antes se aproximam do caixão, mas tio Jim se vira e olha para o carcereiro, que assente. Os dois se levantam e caminham lentamente até o caixão, e na mesma hora um dos policiais se afasta para tio Jim tomar seu lugar. Ele encara o caixão da filha com tristeza por um longo momento, alisando devagar a madeira macia. Então, respirando fundo, todos eles o erguem e o colocam nos ombros.

Nós os seguimos até lá fora. A forte luz do sol ofusca nosso olhar ao sairmos da escuridão fria da igreja, mas não recoloco meus óculos escuros. Andamos sem pressa pelo cemitério, como uma enorme cobra preta, até chegarmos à cova aberta. Só consigo olhar para ela enquanto o pastor faz as orações finais. Foco as laterais retas e bem-feitas que penetram o solo bem fundo, suas superfícies escuras mergulhando cada vez mais, durante a descida do caixão de Poppy.

Preparo-me para jogar um punhado de terra na cova, e um milhão de memórias enchem minha cabeça. Lágrimas quentes escorrem pelo meu rosto. Não acredito que ela se foi de verdade. Para sempre. E que essas memórias são tudo o que tenho.

Adeus, minha linda Poppy, digo silenciosamente quando os últimos pedacinhos de terra caem dos meus dedos. *Amo tanto você. Tenha lindos sonhos.*

Fecho os olhos com força, respiro fundo e me obrigo a me virar, a deixá-la para trás.

Entorpecida, sigo a fila de pessoas em luto que saem aos poucos e em silêncio do cemitério, perdida nos meus próprios pensamentos e lembranças.

De repente, um grito raivoso interrompe a paz.

Eu me viro assustada e avisto uma mulher asiática com um carrinho de bebê discutindo com um dos colegas de tio Jim, que bloqueia o acesso dela ao túmulo. Franzo o rosto e me aproximo.

– Não sei como se *atreve* a aparecer aqui.

– Só queria dar meus pêsames – insiste ela.

– Pêsames? – zomba ele. – Se respeitasse alguém, teria ficado em casa. Dê o fora!

Tristeza toma conta dos olhos castanhos dela.

– Tenho tanto direito quanto você de estar aqui.

– Você não tem esse direito. – Ele se aproxima dela de um jeito ameaçador. – Aqui, não. Já causou sofrimento suficiente. Agora. Vá embora. Fora.

Quem é ela? Nunca a vi antes.

A mulher o encara por um instante, os olhos reluzindo.

– Desculpe. Não quis causar mal a ninguém – murmura ela. – Por favor, coloque isso no túmulo dela por mim. – Ela entrega uma rosa branca para o policial, vira o carrinho e vai embora.

Ele a observa, olha a flor com raiva por um instante, joga-a sem nenhum cuidado no chão e pisa nela.

O que está acontecendo? Primeiro tia Grace diz para Amir ir embora, agora alguém pede para aquela mulher se retirar... Por que eles não são bem-vindos?

Com cuidado, dou a volta na multidão de pessoas e pego a flor. Tiro a terra das pétalas veludosas, procuro a mulher e a vejo ajoelhada na frente de outro túmulo a alguns metros de distância.

Ao me aproximar, percebo que ela está falando baixinho. *Com a criança, será? Ou com o túmulo?* Um graveto crepita debaixo do meu pé, e ela se vira.

– Desculpe – digo rápido. – Não queria assustá-la.

– O que você quer? – pergunta ela impaciente, os olhos cheios de lágrimas. – Não posso nem visitar a minha própria família agora?

– Sim... eu... me desculpe, eu só queria... você deixou isto cair. – Estendo constrangida a flor para ela.

Ela olha a rosa por um instante e suspira.

– Não quis causar nenhum mal.

– Eu sei – digo. – É que é um dia difícil. Tenho certeza de que não foi a intenção dele.

– Obrigada. – Ela suspira. – Mas tenho certeza de que foi, sim.

Ela se vira novamente para o túmulo, ajeitando as flores na base dele, e é só então que percebo o nome escrito na lápide.

Tariq Khan.

Fico sem ar.

Tariq. O assassino de Poppy!

Olho para a mulher.

– Você é... Você é o que de Tariq?

Irmã? Prima?

– Noiva. – Ela suspira, mostrando um anel de diamantes que brilha com a luz do sol, e se vira para mim. – Sabina Mir. Desculpe se a minha presença aqui a ofende. Mas, como você disse, hoje é um dia difícil. Para todos. Sinto muito sobre Poppy.

Sinto um aperto na barriga.

Ela *sente muito*?

– Eu rezava por ela, sempre esperando que se recuperasse.

Aposto que sim.

– Para que Tariq não fosse lembrado como um assassino? – pergunto com um tom de ironia na voz.

– Não. – Ela olha para mim, os olhos transparentes. – Para que ela finalmente pudesse contar a verdade para todo mundo.

Fico sem reação.

– Tariq não fez isso. Eu *sei* disso. Meu Tariq nunca machucaria ninguém, muito menos uma mulher... uma garota. – Ela suspira. – Ela era encantadora.

– Você *conhecia* Poppy? – pergunto, surpresa.

Ela dá de ombros.

– Não muito. Não de verdade. Só a vi duas vezes, com Leo.

Claro! Christian me contou de Sabina! Foi ela que o apresentou a Tariq. Ela sabe que Christian era amigo de Poppy e por que ele realmente estava lá naquela noite.

– Mas preferia que a gente não tivesse se conhecido – diz Sabina. – Assim, nada disso teria acontecido.

Franzo o rosto.

– Como assim?

Ela olha para mim.

– Ele estava lá naquele dia por minha culpa. Pedi para Tariq dar uma carona a Leo e Poppy até a estação de trem. Leo não tinha carro, e eles queriam ir para Glastonbury...

Assinto com avidez: a história dela bate com a de Christian.

– E eu... – Sabina suspira. – Queria que Tariq saísse de casa.

– Vocês tinham discutido? – pergunto.

Será que foi por isso que ele atacou Poppy? Por que já estava zangado?

– Não. – Ela ri. – Longe disso. Queria cozinhar um jantar especial para ele, fazer uma surpresa. Queria que tudo estivesse perfeito no momento em que eu contasse a ele. – Ela olha para o bebê adormecido no carrinho, com lágrimas reluzindo nos olhos escuros. – Ele nunca soube que ia ser pai. E Ash nunca vai conhecê-lo.

Encaro-a, e depois o garotinho, que ronca baixinho e agarra o urso de pelúcia contra a bochecha morena. O filho de Tariq. Involuntariamente, sinto um aperto no coração. Sei quanto é terrível perder o pai.

Mas isso não significa que Tariq era inocente.

– Por que acha que Tariq não fez aquilo? – pergunto. – Você não estava lá.

– Eu *conhecia* Tariq. Quase tão bem quanto me conheço. – Sabina sorri. – Às vezes a evidência não importa, o que o mundo diz não importa, se o seu coração sabe a verdade. E o meu sabe.

– Mas não faz sentido – argumento. – Se Tariq não atacou Poppy...

– Ele não atacou! – diz ela com firmeza.

– Então *quem* atacou? – pergunto. – Como o crânio dela terminou se fraturando?

Ela desvia o olhar.

– Não sei. – Ela balança a cabeça. – Só de pensar já fico aflita, mas se alguém machucou Poppy, tem que ter sido Leo.

Fico paralisada.

– Talvez tenha sido um acidente. – Sabina dá de ombros. – Ou talvez eles tenham discutido. Uma briga de amor.

Sinto a pele repuxar. Christian era *namorado* de Poppy? Nunca pensei neles desse jeito, como um *casal*. E de repente me lembro de algo que Joe disse quando achou que eu fosse namorada de Christian: *Espero que tenha mais sorte com esta aqui*. Meu coração afunda. Será que isso é verdade? Afinal, eles iam viajar juntos, e ela foi atacada no quarto...

– Não. – Balanço a cabeça com veemência enquanto a bile sobe até meu estômago. – Não, ele nem estava lá; ele mandou uma mensagem para Tariq avisando que estava atrasado.

– Ele pode ter mandado a mensagem de qualquer canto. – Sabina olha com calma nos meus olhos. – Ele podia já estar dentro da casa, ganhando tempo, tentando manter Tariq longe dele enquanto decidia o que fazer. – Ela desvia o olhar. – Ele só não esperava que o pai de Poppy fosse chegar mais cedo, não é?

Encaro-a, com a cabeça rodopiando. Suas palavras transformam em cinzas todas as minhas evidências.

– Mas... Então por que Tariq entrou na casa? – pergunto. – Por que ele a arrombou? Eles encontraram as impressões digitais e o sangue dele no vidro quebrado!

– Tariq estava esperando lá fora – responde Sabina. – Ele teria visto o pai de Poppy chegar em casa e escutou a briga, então arrombou para tentar intervir. Ele era assim, sempre tentava manter a paz.

– Mas então por que o pai de Poppy atacaria *Tariq*?

Sabina estreita os olhos.

– Claro que ele atacaria o rapaz árabe primeiro.

– *O quê?* – Encaro-a. – Tio Jim não é *racista*!

– Então ele é seu tio. – Ela faz que sim, amargurada. – Bem, ninguém gosta de acreditar no pior a respeito dos próprios entes queridos, mas os vizinhos *escutaram* ele gritar xingamentos racistas.

– Eu... Ele estava chateado! – protesto. – A filha dele tinha sido atacada, ele estava gritando todos os insultos que existem! Foi no calor do momento!

– Bem, o júri não achou isso – argumenta Sabina. – Por que acha que ele recebeu uma sentença tão longa?

– Como assim? – Franzo o rosto. – Porque ele foi condenado por homicídio...

Ela ergue a sobrancelha.

– Defendendo a própria filha, dentro da própria casa? Todo júri compreende os instintos paternos. – Ela balança a cabeça. – O que eles não compreenderam foram os pulsos algemados de Tariq, os xingamentos raciais, o fato de ele ter sido atingido nas *costas*. – Ela desvia o olhar, com lágrimas escorrendo pelas bochechas. – Tariq nem estava armado. Ele nem pôde se defender.

– Ele não *precisava* de uma arma! – respondo raivosa. – Ele bateu a cabeça de Poppy na coluna da cama dela! Tio Jim o atingiu nas costas para tentar impedi-lo de matá-la, e usou algemas para que ele não fugisse. Foi defesa!

– Não foi *defesa*! O seu tio não chamou ambulância, chamou? Ele não tentou salvar a *vida* de Tariq depois de golpeá-lo e algemá-lo. Ele apenas ficou lá parado, vendo ele morrer!

– Lou, aqui está você! – exclama Kenny, correndo até mim, com Vix logo atrás. Ele olha para Sabina com dúvida. – Todos já voltaram para sua casa, mas eu disse que a levaria. Você está pronta?

– Sim, volte para o seu tio querido – diz Sabina com amargor. – *Ele* que é o assassino, não Tariq, e foi condenado apenas por homicídio involuntário. Cinco anos. *Cinco anos* por ter matado o pai do meu filho! – Seus olhos se incendeiam. – E o país inteiro está do lado dele. Ele é um maldito *herói*! Enquanto o meu *inocente* Tariq é lembrado como um assassino! Ash vai ter que conviver com isso a vida inteira. – Lágrimas quebram suas palavras. – Não é justo. Isso não é justiça.

Vix e Kenny se entreolham constrangidos, mas o meu olhar para na criança adormecida, e eu tento engolir minha raiva.

– Não é justo – concordo. – Ash é inocente. Mas Tariq não era. Ele matou Poppy.

– Não, ele *não* a matou! – retruca Sabina.

– *Ninguém gosta de acreditar no pior a respeito dos próprios entes queridos* – repito de volta para ela. – Mas você não tem como *saber* que ele era inocente, Sabina, você não estava lá.

– Nem você! – diz ela zangada. – E as duas pessoas que *estavam* lá estão com as mãos sujas de sangue. Não dá para confiar nelas. Leo até fugiu da polícia *no mesmo dia* em que Poppy morreu – diz ela amargurada. – Acha que foi *coincidência*?

Encaro-a.

– Como assim?

– Leo não pode deixar que ninguém descubra a verdade, não agora que Poppy morreu – diz Sabina com seriedade. – Não agora que se tornou um assassinato.

Capítulo trinta e um

– Caramba! – exclama Vix depois que conto a ela e Kenny o restante do meu confronto com Sabina no caminho de volta para casa. – Por *essa* eu não esperava.

– Mas não é verdade! – protesto. – Christian *não pode* ter atacado Poppy, ele não faria isso!

– De jeito nenhum – concorda Vix.

– Mas por que *Tariq* atacaria Poppy? – pergunta Kenny. – Ele nem a conhecia, não estava com nenhuma arma, e agora a gente sabe que ele tinha uma noiva que amava fazendo um jantar para ele em casa. Além disso, ele sabia que Leo estava a caminho da casa, que chegaria a qualquer momento. Não faz sentido mesmo.

– Mas se Tariq não atacou Poppy... – Vix hesita.

– Tem que ter sido Leo – completa Kenny, sério. – Afinal, ele era namorado dela.

Balanço a cabeça.

– Não consigo acreditar nisso.

– Que ele era namorado dela ou que ele a matou? – pergunta Kenny, olhando para mim no banco do passageiro ao lado dele.

– As duas coisas – digo, arrasada.

– Talvez tenha sido um acidente – sugere Vix com calma. – Talvez Poppy tenha caído e batido a cabeça e Christian estivesse prestes a chamar a ambulância quando seu tio chegou e…

– Não! – Insisto. – Não. E a mensagem que ele mandou para Tariq? Christian só chegou mais tarde.

– Mas Sabina tem razão. Ele pode ter mandado aquela mensagem de *dentro* da casa – argumenta Kenny. – Pode ser que ele estivesse lá dentro o tempo todo. Isso não prova nada.

– Então onde estava Christian enquanto Tariq era atacado? – Vix franze o rosto. – Se escondendo em algum lugar?

– Não – diz Kenny, olhando para o retrovisor quando chegamos a um cruzamento. – Escondendo evidências.

– O quê? – Franzo o rosto. – Que evidências?

– Lou, não dá pra esmagar o crânio de alguém sem sujar as mãos.

Eu me contraio.

– Meu Deus, Lou! – diz Vix de repente. – A mochila de Poppy!

– Mas não tinha nada incriminador lá dentro – argumento, me virando para ela. – Somente joias e música e roupas…

– Roupas *manchadas de sangue* – corrige Vix, de olhos arregalados. – Lou, e se aquele for o sangue de *Poppy?*

Um calafrio desce pelas minhas costas.

– Foi *por isso* que ele a escondeu! – exclama Kenny de repente. – Foi por isso que ele *não deu* a mochila de Poppy para a polícia: porque ele escondeu evidências.

– Mas então por que ele *me* contaria isso? – argumento. – Por que ele não deixaria a mochila escondida e pronto?

– É como Sabina disse. – Kenny olha para mim. – Ele não pode deixar que ninguém descubra a verdade. Não agora que Poppy morreu.

– Então por que diabos ele pediria para eu ir *buscar* a mochila? – protesto. – Não faz nenhum sentido!

– Na verdade... faz todo o sentido – diz Vix devagar, com o rosto triste. – Lou, talvez ele não quisesse que você *achasse* as evidências. E se ele estiver usando você para *destruí-las*?

Engulo em seco.

– O quê?

– O celular de Poppy não provou a inocência dele, provou? – lembra Vix. – Provou a *culpa* dele!

Encaro-a.

– "Vou pegar você"? Aquela mensagem foi uma ameaça, Lou, *por isso* ele pediu para você encontrá-la.

– E por isso pediu para você *apagá-la* – acrescenta Kenny. – Isso prova que ele machucou Poppy e que não foi um acidente.

– Não! – Minha mente rodopia. – Christian não machucaria ninguém *de propósito*!

– Lou – diz Kenny docilmente. – Olhe para a sua garganta.

Um calafrio desce pelas minhas costas quando me lembro da lâmina pressionando meu pescoço, do seu braço me segurando com força demais enquanto eu fingia ser refém dele. Pareceu terrivelmente real...

– Tudo faz sentido! – exclama Kenny. – O avô de Leo acabou de morrer, o que significa que a horta dele não é mais um esconderijo seguro. Ele deve ter se preocupado achando que o novo dono encontraria a mochila de Poppy com a camiseta manchada de sangue e o *celular* dela... e talvez o diário dela.

Perco o ar. *O colar com o pen-drive.*

– Se a polícia puser as mãos nesse tipo de evidência, eles a usarão para condená-lo por assassinato – diz Vix baixinho.

– Ele não podia deixar isso acontecer – diz Kenny. – Mas *ele mesmo* também não podia pegar a mochila, pois a horta fica bem no meio da antiga vizinhança dele. Ele não teria durado cinco minutos se alguém o reconhecesse. Então ele mandou você ir. – Ao pararmos no semáforo, Kenny cobre minha mão com a dele. – Ele *usou* você, Lou.

– Não. – Minha voz sai rouca, hesitante. – Ele gosta de mim.

– Da maneira como gostava de Poppy? – pergunta Kenny.

Afasto minha mão, e meus olhos se enchem de lágrimas.

– Ele usou você para pegar a mochila de Poppy, para poder destruir qualquer evidência que ainda existisse, *e* para apagar a mensagem incriminadora, *e* para escapar da polícia – prossegue Kenny. – *E* funcionou.

Fecho os olhos, me sentindo nauseada ao lembrar como Christian agarrou a mochila de Poppy com desespero antes de fugir da polícia, como ele ficou preocupado quando viu que o celular dela não estava lá, e como ficou *aliviado* quando eu o atendi. Será que ele teria entrado em contato comigo de novo se eu não estivesse com o celular de Poppy? Se eu não tivesse algo de que ele precisava?

Claro que não. Kenny tem razão. Ele estava apenas me usando... o tempo todo.

– Como é que fui tão *burra*? – questiono, e as lágrimas de raiva fazem meus olhos arder. – Logo eu! Eu *sabia* o que ele tinha feito, eu fui atrás dele para me vingar por Poppy e deixei ele me enganar! – Balanço a cabeça, com minha barriga revirando de culpa e vergonha e humilhação enquanto os acontecimentos dos últimos dias rodopiam descontrolados na minha cabeça. – Passei esse tempo todo me sentindo *culpada* por estar mentindo para *ele*! Não acredito que ele me convenceu de que era *inocente*, que eu… – Não completo a frase, incapaz de dizer as palavras. *Que eu estava começando a achar que ele me amava... Que eu estava me apaixonando por ele…*

Fecho os olhos de novo para evitar as lágrimas que ardem dentro deles.

– Sou tão *idiota*!

– Não é culpa sua, Titch – diz Kenny com doçura. – Afinal, ele é um golpista. Sabe enganar muito bem as pessoas.

– Ele também me enganou. – Vix aperta meu ombro.

– Mas você não caiu nessa, Kenny. – Percebo. – Nunca confiou nele. Por quê?

– Acho que sou mais inteligente do que vocês duas, só isso. – Ele sorri com ironia, olhando fixo para a rua.

– A-hã, tá certo! – zomba Vix.

– Não acredito que ele estava me usando o tempo todo – digo, paralisada. – Ele me usou para se inocentar de um assassinato que cometeu... E eu deixei.

– Ei – diz Kenny. – Ele ainda não se inocentou.

– Como assim?

– O colar com o pen-drive – diz Vix, seguindo o raciocínio de Kenny. – Christian ainda acha que você está procurando a senha na casa de Poppy, não é? O que significa que ele vai ligar para você de novo.

Kenny faz que sim.

– E, quando ele ligar – respiro fundo –, dessa vez estarei pronta.

* * *

– Ah, querida! – Tia Harriet escancara a porta do carro quando chegamos na casa. – Ah, coitadinha, está toda vermelha e inchada, tome isto. – Ela tira um lenço sujo da manga antes que eu possa protestar.

– Pode deixar. – Kenny pisca, me entregando um pequeno pacote de lenços de papel.

– Ah, que cavalheiro. – Tia Harriet sorri afetada. – E bonito *e* inteligente também. Encontrou um bom partido, Lulu. Nós tivemos uma conversa adorável hoje de manhã, não foi, Kenny?

– Bem, *eu* com certeza tive – diz Kenny, alegre. – Mas estava preocupado achando que tinha entediado a senhora.

– Entediado? – Tia Harriet ri. – Ah! Eu podia passar o dia inteiro escutando você!

– Vou deixar vocês a sós, então. – Sorrio, me retirando depressa.

– Acho que Kenny ganhou uma fã – comenta Vix, me seguindo enquanto coloco os óculos escuros e entro pelo portão lateral. – Devia ter visto mais cedo, ele estava conquistando a todos.

Sorrio.

– Ele é uma estrela.

– Acho que a habilidade de encantar mulheres, pensar rápido e mentir de maneira convincente às vezes é útil – diz Vix, com um tom de amargura na voz.

– Isso também pode terminar magoando alguém – acrescento, entrelaçando meu braço ao dela.

Nós duas fomos vítimas *disso.*

Há pessoas espalhadas pelo jardim, aproveitando os últimos raios do sol sentadas em cadeiras de plástico no gramado ou em pé, agrupadas no pátio. Baixo a cabeça e tento abrir caminho no meio delas para encontrar tia Grace, quando de repente um homem dá um passo para trás, pisando bem forte no meu pé.

– Desculpe! – exclama ele, segurando meu braço e me impedindo de cair. – Você está bem?

Olho para o seu cabelo loiro-escuro e seus olhos castanhos, e meu coração bate dolorosamente. *É o homem do apartamento de Joe!* Tenho certeza. É o homem que cortou os lençóis, que nos perseguiu no carro... que incendiou a casa de Christian.

– Você está bem, moça? – Ele franze o rosto.

Suor brota na minha testa. Será que ele está me reconhecendo? Mas eu cortei e pintei o cabelo desde o apartamento de Joe, e não é possível que ele tenha me enxergado direito durante a perseguição de carro. Ainda bem que estou de óculos escuros!

– Lulu? Você está bem?

Viro a cabeça e vejo Neil olhando para mim, preocupado.

– Espero que esse imbecil não tenha quebrado seus dedos dos pés. Jonno pesa uma tonelada!

Uma confusão surge de imediato na minha mente. Neil *conhece* o justiceiro? Eles são *amigos*? Christian disse que a polícia devia ter informado a localização dele para os justiceiros, mas nunca imaginei que *Neil* pudesse estar envolvido! Não o meu padrinho bondoso, gentil e engraçado...

Mas lembro que ele esteve em Sheffield logo antes do incêndio criminoso, e não parava de falar dos defeitos do sistema judiciário... *Fico doente por saber que pessoas inocentes, decentes e* boas *como Jim apodrecem na cadeia, longe de* suas queridas famílias, *enquanto os culpados saem por aí livres,* ganham identidades novas... *não é certo. Nunca. É por* isso *que estou aqui.*

Fico tonta. E se *Neil* estiver por trás de tudo isso?

– Lulu? – Ele franze o rosto. – Alguém pega uma cadeira pra ela, por favor?

– Lou, você está bem? – pergunta Vix.

– Não! – Eu me viro depressa. – Eu só... Eu preciso…

– Lulu, querida, você está bem? – Tia Grace sai da casa. Ela põe o braço ao redor dos meus ombros, me protegendo. – Vamos entrar e tomar um chazinho?

Agradecida, acompanho-a até a cozinha, onde tio Doug está fervendo água na chaleira.

– Tem o suficiente para mais três? – pergunta tia Grace enquanto Vix pega a cadeira para mim.

– Claro! – Ele sorri para mim. – Parece que vocês estão precisando de um pouco de ABC.

– *O quê?* – Olho para ele.

– Um amigo, um biscoitinho e um chá.

Minha pele se arrepia, e olho para Vix. Já sei de onde Christian tirou essa frase: de Poppy. Tio Doug dizia isso toda vez que a gente o visitava. Eu *sabia* que parecia familiar, mas só agora percebi a origem dela.

– Biscoitinho? – Tio Doug me oferece a embalagem.

– Na verdade, não, eu... – Levanto. – Acho que vou... me deitar, pode ser?

– Claro – diz tia Grace, apertando meu ombro. – Avise se precisar de alguma coisa. Lulu, o que você falou no funeral foi lindo. Obrigada.

Sorrio e baixo a cabeça ao passar pelas pessoas no corredor. Subo para o meu quarto, louca para ficar sozinha. Ao passar pelo quarto de

Poppy, contudo, eu paro. A porta está entreaberta. Não resisto e dou uma olhada lá dentro.

Tudo está exatamente como ela deixou, congelado no tempo. A sua coberta dos Beatles e os lençóis combinando, suas pantufas fofas de coelho, até o seu calendário de fotos que ainda marca primeiro de junho do ano passado, com os meses seguintes sem nenhuma foto e cheios de quadrados vazios que deviam estar preenchidos com a vida de Poppy.

– Está vazio! – Poppy riu, surpresa, quando tio Jim deu o calendário para ela de Natal dois anos atrás.

– Eu sei. – Ele sorriu. – É porque você tem que enchê-lo com as lembranças mais felizes do ano, e ainda não sabemos quais elas vão ser.

– Mas, pai, eu não tenho uma câmera!

– Ah, tem, sim! – Ele ergueu um presente brilhante.

Os gritos de alegria de Poppy nos ensurdeceram enquanto ela desembrulhava a câmera digital e se jogava em cima de tia Grace e tio Jim, abraçando-os e agradecendo um milhão de vezes.

Eu me aproximo do calendário, atraída pela foto do piquenique de aniversário de Millie. Tio Jim e tia Grace sorriem alegres para a câmera, com os olhos reluzindo à luz do sol. Millie se equilibra nos meus ombros. Ela tenta estourar as bolhas de sabão que estou assoprando, e seu rosto sorridente está coberto de chocolate.

Debaixo de nós, a sombra de Poppy, que estava atrás da câmera, estende-se por cima da toalha de piquenique, fazendo um sinal de positivo. Olho para a sombra, me sentindo insuportavelmente triste por ela não estar na foto com a gente. Por ela nunca mais poder sair em fotos com a gente. Olho para os nossos rostos sorridentes, tão alegres e despreocupados.

Tio Jim tinha razão. Estávamos felizes e não fazíamos ideia do que o futuro nos guardava.

Lembro que deixei o colégio interno e fui passar aquele único dia em casa, para comemorar o aniversário de Millie. Poppy implorou para que eu ficasse o fim de semana inteiro, para que a gente tivesse uma festa do pijama e colocasse as novidades em dia, mas não fiz isso. Precisei voltar logo para o colégio por algum motivo. Nem lembro qual. Se eu tivesse sabido que ia ser a última vez que a veria acordada, viva…

Meu olhar desce com tristeza, passando pelo quadro de avisos cheio de fotos e convites para festas e eventos aos quais ela não compareceu, depois por seu querido violão, seu criado-mudo, a tampa do seu perfume preferido jogada com descuido ao lado do frasco, esperando ela voltar. Me afundo na cama dela, levo o frasco ao nariz, fecho os olhos... e imediatamente ela está comigo. *Poppy*. Me lembro de vê-la sentada na cama, rindo do sapato caro que tinha acabado de comprar, dizendo que ia passar meses sem dinheiro, mas que valia *muito* a pena.

– Afinal – disse ela, com os olhos brilhando –, o baile de formatura é um acontecimento único na vida de uma garota, e eu quero aproveitá-lo ao máximo!

Sorrio. No entanto, quando abro os olhos, ela se foi. Avisto os sapatos brilhando ao lado do armário. Ainda esperando. Ainda novos em folha. Ela não foi ao próprio baile de formatura.

Sim, está tudo exatamente como ela deixou. Quase tudo.

O abajur do criado-mudo e o computador não estão aqui – foram destruídos na briga –, e o tapete de lua e estrelas foi removido. Ele ficava no centro do quarto, mas agora está ao lado da cama dela, debaixo dos meus pés. Hesitante, ergo a ponta mais próxima com o dedo do pé.

Ainda está aqui. A mancha marrom-avermelhada que não queria sair da madeira, por mais que tia Grace esfregasse, com lágrimas jorrando dos olhos e as juntas dos dedos vermelhas, em carne viva. Solto o tapete, estremecendo ao imaginar Poppy sentada aqui naquela tarde, sem saber o que estava prestes a acontecer.

Alguém bate na porta da casa, e eu olho lá fora e vejo mais pessoas de luto chegando, e de repente a ficha cai como um tijolo em cima de mim: *não pode ter sido Tariq, é impossível ter sido ele!*

A porta da casa fica bem abaixo do quarto de Poppy. Se Tariq tivesse arrombado, ela teria *escutado* e depois o *visto* lá embaixo. Por que ela não correu até a porta ou a escada ou se trancou no banheiro da sua suíte? Por que ela ficaria parada aqui, *esperando* ele chegar?

As respostas surgem bem na minha frente. Porque, por mais que Tariq tenha arrombado a casa depois, o assassino de Poppy não precisou fazer isso. Ela estava aguardando-o, esperando ele chegar, confiando nele.

Afinal, ele era o namorado dela...

Minha pele se arrepia quando me lembro das mãos de Christian em mim, dos seus lábios nos meus.

Ele tocava em você da mesma maneira, Poppy? Fazia você sentir o mesmo que eu?

Uma lágrima escorre devagar pela minha bochecha.

Você também o amava?

Enxugo-a bruscamente.

Mas foi por minha causa que você estava aqui.

Fecho os olhos.

Desculpe mesmo, Poppy.

– Lulu?

Abro os olhos. Millie está se segurando na porta, com a franja loira em cima dos seus grandes olhos castanhos que me encaram.

– Oi, pequena. – Sorrio, estendendo os braços. Ela entra correndo no quarto e sobe no meu colo, colocando os braços com firmeza ao redor do meu pescoço. – Você está bem? – sussurro no cabelo dela, que cheira a morango.

Ela faz que sim e sussurra de volta:

– Está se escondendo?

– Não.

Sim.

– Estou só me lembrando de Poppy, e de todos os momentos felizes que tivemos juntas. – Aponto para o calendário. – Lembra da sua festa de aniversário?

Ela franze o rosto e balança a cabeça.

– Tem que lembrar. – Sorrio. – Foi a própria Poppy que fez o bolo, só pra você!

Ela encara a foto e balança a cabeça com tristeza mais uma vez.

– Não lembro. – Ela encosta o queixo no peito, com o cabelo caindo por cima do rosto, e eu preciso me esforçar para escutá-la. – Eu não me lembro dela.

Ela empurra o lábio inferior para a frente, e meu coração se parte. Afinal, Millie só tinha três anos quando tudo aconteceu, há um quarto da vida dela. Ela só deve se lembrar de Poppy no hospital.

Abraço-a forte.

– Poppy amava tanto você… – sussurro. – Ela sempre lia suas histórias preferidas pra você, especialmente *Don't Get Dirty, Gerty!* Você pedia para ela ler e reler sem parar.

– É a minha história preferida. – Millie sorri.

– Eu sei. Apesar de você ter pedido umas mil vezes, Poppy nunca se cansou de ler para você, e ela sempre fazia as melhores vozes.

– É?

Faço que sim.

– Sabe, quando Poppy descobriu que ia ter uma irmã mais nova, ela ficou toda animada porque ia ter alguém para cuidar, alguém para quem ler na hora de dormir, alguém para amar e dar carinho e brincar. Ela até tentou tricotar um casaco para você, passou horas e *horas* tricotando, mas terminou errando o tamanho e ficou enorme! Olha ali! – Aponto a cabeça para o urso de pelúcia gigante de Poppy na cama dela, usando o casaco de tamanho exagerado.

Millie olha para mim e dá uma risadinha.

– É gigante!

– Eu sei! – Dou risada. – Poppy disse que um dia você ficaria grande o suficiente para usá-lo, então pediu para o Ursão cuidar dele pra você.

Millie estende o braço e acaricia delicadamente a manga macia de lã.

– Vamos ver se já cabe?

Tiro o casaco do urso e o coloco ao redor de Millie. Ela estende os braços dentro das mangas, mas ainda está grande demais. Ela dá uma risada.

– É muito grande!

– Ah, meu Deus. Vamos devolvê-lo para o Ursão?

– Não – diz ela, se aconchegando na lã macia. – Ainda não.

Acaricio o cabelo de Millie enquanto a abraço forte.

– Ela amava brincar com você. Esconde-esconde, festas de chá e compras. Você se divertia tanto! Ela era a irmã mais velha mais doce e carinhosa que alguém podia ter. – Beijo a cabeça de Millie. – Ela sempre dizia que o dia que você nasceu foi o melhor dia da vida dela.

De repente, fico sem ar. *O aniversário de Millie.* O melhor dia da vida dela... Dia 17 de junho, 17/06. Pode ser a senha de Poppy, não é?

– O que vocês duas estão aprontando? – Ao olhar para a porta, vejo tio Jim no corredor, sorrindo.

– Papai! – Millie corre até ele e pula em seus braços, enquanto o carcereiro aguarda constrangido.

– Oi, princesa. – Tio Jim sorri, esfregando o nariz no dela num beijo de esquimó.

Ele dá uma olhada no quarto e suspira.

– A gente deixou tudo aqui, esperando ela acordar – diz ele triste, levando Millie mais para dentro do quarto. – Os pôsteres, as fotos, até o jogo de cama dos Beatles. – Ele sorri, acariciando o edredom com os dedos compridos. – Esperava que um dia tudo voltasse ao normal. Eu voltaria para casa, e ela voltaria para casa, e todos nós ficaríamos juntos mais uma vez. Como uma família. – A mão dele para de se mover, e ele encara a cama. – Mas agora ela nunca mais vai voltar.

Não sei o que dizer. O que dizer para um homem que acabou de perder sua amada filha? Que foi preso por tentar protegê-la? Que veio para casa por apenas algumas horas, para o funeral dela?

Ponho a mão em cima da dele, e ele olha para mim, os olhos castanhos e profundos cheios de sofrimento.

– Vai me colocar pra dormir hoje, papai? – pergunta Millie.

– Adoraria, princesa. – Ele beija o nariz dela e segura minha mão, mas ao sentar na cama o tapete desliza debaixo dos pés dele, deixando a mancha à mostra.

Tio Jim fica tenso.

– A mancha não saiu de jeito nenhum – digo baixinho. – Tentamos de tudo.

– Algumas manchas não saem mesmo. – Ele suspira. – Além disso, por mais que vocês tentassem se livrar dela ou cobri-la, eu a veria mesmo assim. Está gravada na minha memória. Sempre vou saber que ela está aí. Esse deslizar, esse movimento do tapete debaixo dos meus pés sempre vai revelar a sua feiura para todos verem.

Em silêncio, empurro o tapete de volta para cima da mancha.

– Nunca vou me esquecer do que aconteceu aqui – diz ele, fechando os olhos e apoiando o queixo na cabeça de Millie. – Vou lembrar pelo resto da vida.

Aperto a mão dele. Deve ter sido tão pior para ele! Tio Jim estava aqui, viu Poppy deitada inconsciente, tentou salvá-la... sem sucesso.

– Mamãe! – exclama Millie, e eu vejo tia Grace ao olhar para cima, pálida, na porta.

– Então é aqui que estão se escondendo! – Ela sorri fracamente.

– A gente estava brincando de esconde-esconde, assim como eu fazia com Poppy. – Millie sorri, e eu também.

– Parece uma ótima ideia – diz tia Grace. – Juro que não conheço metade das pessoas na minha sala de estar.

– Vem sentar com a gente – pede Millie.

– Ah, não sei se cabe – diz ela.

– Sempre vai ter espaço suficiente para minhas garotas. – Tio Jim muda de lugar e dá um tapinha na cama ao lado dele. – Venha, Grace.

Ela hesita.

– Abraço grupal, mamãe! – exclama Millie, estendendo os braços gordinhos.

Tia Grace sorri, se senta com cuidado na beirada da cama, com o rosto perturbado. Assombrado por más lembranças, imagino.

– É bom estar em casa. – Tio Jim suspira, abraçando todas nós. – Fazia tempo demais.

Sorrio e o abraço forte. Fazia tempo demais, *demais* mesmo.

De repente, o som de "Yellow Submarine" interrompe o silêncio, e minha bolsa de mão vibra com violência.

Tia Grace fica paralisada.

– Não é...?

– O toque de Poppy, sim – digo, me levantando e indo apressada para a porta. – Nós usamos o mesmo.

– Melhores amigas, não é? – Tio Jim sorri.

– Isso. – Sorrio para ele. – Melhores amigas. Com licença.

Sigo rápido pelo corredor, entro no banheiro e tranco a porta antes de pegar o celular de Poppy e atender a ligação.

– Lou! – exclama Christian. – Ainda bem! Demorou tanto para atender que fiquei preocupado achando que tinha acontecido algo.

– Tipo o quê? – pergunto, cautelosa.

– Tipo ser presa por ficar mexendo escondido no quarto de uma desconhecida ou algo assim!

Ah, *isso*.

– Estou bem – sussurro. – Mas não posso conversar agora.

– Claro. Desculpe! Eu estava preocupado, só isso.

Fico mais relaxada.

– Conseguiu entrar na casa de Poppy? Encontrou alguma coisa? A senha? – pergunta ele com urgência.

Claro, é com *isso* que ele está preocupado.

– Acho que sim – digo. – Tem algumas possibilidades.

Hesito. Se eu contar agora, ele vai abrir os arquivos do pen-drive, mas o que vai encontrar? Mais evidências para destruir?

– Desculpe. Você disse que não podia conversar. – Ele suspira, interpretando erroneamente a minha hesitação.

– Vamos nos encontrar mais tarde – digo de repente. – E fazer isso juntos.

– Tá certo. Pode vir para a *lan house* às 17h30? Se chama Byte to Eat, fica em Dartford.

– Até lá.

– Ótimo – diz Christian, parecendo aliviado. – Afinal, estamos juntos nessa.

Desligo e sinto um calafrio gélido descer pelas minhas costas.

Capítulo trinta e dois

Entro nervosa na *lan house* encardida e endireito a postura, numa tentativa desesperada de parecer menos ansiosa do que estou. Tem uma garota digitando empolgada no celular atrás do balcão, mas ao olhar ao redor percebo que só tem um cliente: um senhor num canto, tão encolhido que quase não dá para enxergá-lo.

Merda. Suspiro pesado. Christian não veio. Ele fugiu. Alguma coisa na minha voz deve tê-lo alarmado, assustado.

A frustração e o alívio se debatem dentro de mim. Agora nunca mais vou precisar encará-lo, mas também nunca vou saber o que tinha no pen-drive nem o que aconteceu naquela noite, apesar de o mero fato de ele não estar aqui já dizer muito.

– Aí está você, querida! – diz o senhor para mim, e a garota no balcão olha para nós. – Chegou atrasada!

– O quê? – Eu o encaro. – Não, eu... – Ele ergue o boné e pisca, e meu queixo cai. *Christian!* – Quero dizer, desculpe... Não deu para vir antes. – Me aproximo depressa.

Ele recoloca o chapéu, e eu sorrio ao chegar no canto, fora da visão da garota. Mal o reconheci, agora que o cabelo dele está pintado de cinza por debaixo do chapéu e que ele está usando tweed dos pés à cabeça.

– Que alegria ver você. – Ele se levanta para me abraçar, mas eu fico tensa. – Desculpe, estou fedendo? – Ele se contrai, interpretando errado o meu desconforto. – A roupa é de uma loja de caridade, então é um pouco velha.

– Não, está tudo bem – digo. – A roupa é... legal.

– Você mente mal demais. – Ele sorri, e eu me sinto corar.

– Então, vamos lá tentar essas possíveis senhas – sugiro.

– Ótimo! – diz ele, animado.

Christian pega o colar com o pen-drive no bolso e o espeta no computador.

Chegou a hora. *É agora ou nunca.*

Sento na cadeira giratória e tento algumas possibilidades enquanto Christian observa perto do meu ombro, com a respiração bem no meu pescoço. Enfim, digito bem devagar o aniversário de Millie.

Os arquivos se abrem imediatamente.

– Isso! – Os olhos dele se arregalam, e ele vai mais para a frente.

Franzo o rosto. Ele parece *animado*, não *nervoso.*

Rolo a lista de arquivos, procurando alguma coisa que possa ser um diário.

– Merda – murmura Christian ao chegarmos no fim da lista. – Nada.

Não entendo. Ele *tem* que estar aqui. Reexamino a lista com cuidado, depois faço uma busca nos arquivos por “Leo”, “Glastonbury”, “ingressos” e “festival”. Mas não aparece nenhum resultado.

– Então é isso. – Christian suspira. – Nenhuma evidência.

Minha pele se arrepia. Nenhuma evidência para inocentá-lo ou nenhuma evidência de que ele está mentindo? O que ele teria feito se encontrasse o diário e ele desmentisse sua história? Destruiria o arquivo? Mas ele podia ter destruído o pen-drive se achasse que o incriminaria. Então por que quis me encontrar, se não para provar que era inocente?

– Merda. – Christian suspira. – E o celular de Poppy? Você trouxe? Apagou minha mensagem?

A ficha cai. Então foi *por isso*, por causa do celular. Claro. A única evidência que a polícia pode usar contra ele está comigo; além da camisa manchada de sangue que ele provavelmente já destruiu.

Finjo conferir os bolsos.

– Merda! Devo ter deixado no hotel, desculpe! – Minto.

Não vou entregá-lo de jeito nenhum.

– No hotel?

– Sim. Só posso pegar meu carro amanhã, então me hospedei no Premier Inn do outro lado da cidade – blefo, esperando que ele não queira correr o risco de atravessar a cidade para pegá-lo.

– Mas *apagou* minha mensagem? – pergunta Christian, ansioso.

– Claro! – Sorrio, mentindo entredentes.

– Pelo menos já é alguma coisa. – Ele suspira. – Não acredito que minha frase foi aquela... Minha única evidência! E agora nada de diário... – Ele suspira. – Já era. Acabou.

Olho para ele com cuidado.

– O que achava que ia encontrar no diário de Poppy?

– Não sei. Alguma *menção* a mim, pelo menos, para provar que eu não era uma pessoa qualquer, alguma prova de que ela me conhecia, de que eu era amigo dela.

– Namorado dela? – pergunto baixinho, encarando a tela.

– O quê? Não! – Ele gira a minha cadeira para ele. – Não, Lou... De onde tirou isso?

Dou de ombros.

– Eu era apenas amigo de Poppy, só isso – promete ele. – Apenas amigo.

As palavras de Sabina e de Joe ecoam nos meus ouvidos.

– Mas Joe disse que...

– Joe não tem nenhuma amiga mulher – interrompe Christian. – Ele acha que todas as amigas mulheres são namoradas, e é provavelmente por isso que ele não tem nenhuma amiga.

– Mas vocês iam viajar juntos também…

– Bem, sim, mas não *desse jeito*. – Ele suspira. – Poppy parecia estar passando por uma fase difícil e queria ir para Glastonbury. Ela me pediu para acompanhá-la para ter companhia, porque a gente gostava do mesmo tipo de música. Só isso.

– Só isso?

Ele ergue meu queixo com o dedo.

– Só isso. Juro – diz ele com sinceridade. – Nós éramos apenas amigos.

Faço que sim, surpresa com o alívio que inunda meu coração. *Mas que diferença isso faz?*, minha cabeça argumenta. Ele pode ter matado Poppy mesmo assim. Ele ainda pode estar mentindo.

– E agora? – sussurro, observando-o com atenção.

– Agora... eu não tenho escolha. Preciso desaparecer. Se a polícia me encontrar, vou voltar para a prisão. – Ele olha para mim, e seus olhos estão pesarosos. – Nunca mais vou poder vê-la.

Ele afasta carinhosamente meu cabelo da bochecha, e meu coração dispara sem querer.

– Obrigado, Lou – sussurra ele.

– Pelo quê? – pergunto.

– Por tudo. – Seus belos olhos penetram os meus. – Por tentar. Por alguns dias maravilhosos de esperança. Por ter acreditado em mim.

Ele me beija, e seus lábios são tão macios e quentes... Meu coração martela tão forte que é impossível lembrar por que eu deveria me afastar.

Christian não pode ter matado Poppy, é *impossível*! Todo o meu corpo, tudo o que sou se recusa a acreditar nisso. O que foi que Sabina disse? *Às vezes não importa o que as evidências dizem, o que o mundo diz, se o seu coração sabe a verdade.*

E o meu sabe. Christian não matou Poppy. É impossível. Nunca tive tanta certeza de algo.

Passo a ponta dos dedos pelo seu maxilar, suas maçãs do rosto, sua barba por fazer, e encaro seus olhos azuis nos quais eu poderia me afogar, tão claros, tão transparentes…

– Nós vamos encontrar alguma prova da sua inocência – prometo, com lágrimas embaçando minha visão. – Vamos, sim. E vamos ficar juntos.

Ele me abraça, e sinto uma dor no coração ao inspirar seu odor familiar de almíscar, de floresta, decorando a sensação do seu corpo contra o meu, com a mente cheia de pavor. *E se a gente jamais encontrar uma evidência que o inocente, jamais descobrir o que realmente aconteceu?*

Abraço Christian com mais força, incapaz de soltá-lo. Se eu soltar, talvez nunca mais o veja. Nunca vou saber se ele está em segurança ou correndo perigo, morto ou vivo. Fecho os olhos, desejando com todo o meu coração que esse momento possa durar para sempre.

– Amo você – sussurro, me surpreendendo com meus próprios sentimentos.

Ele beija meu cabelo.

– Também amo você.

De repente, ele congela nos meus braços. Escancaro os olhos e vejo o detetive Goldsmith e dois outros policiais invadir o lugar.

– Eles devem ter seguido você! – exclama Christian, com os olhos se lançando para o balcão enquanto mais três policiais entram correndo pelos fundos.

Ele não tem por onde fugir, nem onde se esconder.

– Leo Niles, está cercado – alerta o detetive Goldsmith. – Agora dê um passo para a frente com as mãos para cima.

Christian suspira e se afasta, mas eu o abraço mais ainda. *Só mais um minuto.*

– Lou – diz ele com doçura. – Me solte. Está tudo bem.

Ele beija minha bochecha, e por fim, relutante, eu o deixo escapar dos meus braços.

Lágrimas deslizam pelo meu rosto ao vê-lo ser algemado e levado para fora da *lan house*, depois colocado na viatura que aguardava.

Fecho os olhos.

Ele se foi. Acabou. E é culpa minha.

Afinal, fui eu que liguei para eles.

Capítulo trinta e três

– Precisa de uma carona, querida? – O detetive Goldsmith sorri enquanto observo a viatura com Christian desaparecer. – Afinal, devo esta a você. Não sabia se ia cumprir o que disse.

– Não, obrigada.

Eu me viro, sem conseguir encará-lo por mais nem um segundo, me sentindo nauseada por causa da minha traição. Sou uma judas, até mesmo no beijo.

"*Então, Cinderela, vamos fazer um acordo?*", perguntou o detetive Goldsmith para mim depois que o sargento revelou quem eu realmente era na delegacia. "*Se prometer me ligar da próxima vez que Niles entrar em contato, não a obrigo a perder o funeral da sua prima.*"

Não tive escolha. Foi uma promessa que fiz só para poder comparecer ao funeral de Poppy e que não pretendia cumprir de jeito nenhum. Só que, depois de encontrar Sabina e conversar com Vix e Kenny, não tive dúvida alguma da culpa de Christian, de que seria a minha última chance de capturá-lo e garantir que a justiça seria feita…

E se por algum milagre ele *estivesse* contando a verdade, se o diário de Poppy provasse o que ele dizia, então eu o mostraria para a polícia e limparia o nome de Christian de uma vez por todas.

Mas não tinha nenhum diário no pen-drive. E agora ele se foi.

O que foi que fiz? Caminho triste por algumas vias locais até chegar no carro de Kenny, que está me esperando.

– Lou, o que aconteceu? – exclama Vix enquanto entro no banco de trás, desalentada. – Você está bem?

Balanço a cabeça. Nunca estive tão mal na minha vida.

– Ah, querida! – Vix sai do carro e entra no banco de trás para me abraçar. – Vai ficar tudo bem.

– Não vai! – digo, arrasada. – Christian é *inocente*!

– *O quê?* – Os olhos de Vix se arregalam.

– Ele é inocente, e eu acabei de mandá-lo de volta para a prisão!

– Espera... encontrou provas no pen-drive? – pergunta Vix. – O diário de Poppy? Isso não é uma boa notícia?

– Mas, Lou – diz Kenny ao sair com o carro –, mesmo que isso prove que eles eram amigos, não significa que…

– Não tinha diário nenhum! – interrompo, lamentosa. – Nenhuma prova. Não tinha nada!

Vix e Kenny se entreolham.

– Então como sabe que ele é inocente? – pergunta ela baixinho.

– Eu... *sei* e pronto – digo, desesperada. – O meu coração sabe.

Vix aperta minha mão, com os olhos preocupados.

– O seu coração? – repete Kenny, incrédulo. Ele para no semáforo, se vira e olha para mim. – O seu *coração*?

Faço que sim.

– *Essa* é a forte prova que a convenceu de que Christian *não* matou Poppy? *O seu coração* saber que ele é inocente? – Ele ri, amargurado. – Puxa, ele é bom mesmo. Dessa vez nem precisou *mentir* pra você. A beleza e o charme dele fizeram tudo!

– Kenny, não está sendo justo! – exclamo.

– Não, Lou. Você acha que ele é inocente porque está *a fim dele.* Você se apaixonou por ele *e* por suas mentiras! Achei que fosse mais inteligente do que isso.

– Kenny, para com isso! – Vix me abraça forte. – Está tudo bem, Lou. Se Christian for inocente, a gente vai provar. E ele está mais seguro na prisão do que fugindo.

– *Está mesmo?* – contesto. – Confia mesmo na polícia, depois de tudo o que aconteceu?

– Ah, por favor! – grunhe Kenny, se movendo veloz quando o semáforo muda. – Ainda acha que existe uma grande conspiração policial contra ele?

– Na verdade, sim – digo com raiva. – Por que Neil estaria conversando com um dos membros da gangue no funeral?

– Porque, *como você mesma disse*, é provável que alguns dos homens que estão atrás de Leo conheçam sua família! – diz Kenny. – É por isso que estão tão determinados, estão tentando proteger vocês!

– Tudo bem, mas isso não explica como eles encontraram a casa dele em Sheffield, explica? – questiono. – Só a polícia sabia onde Christian estava, ou seja, foram *eles* que passaram a informação!

– Não era *só* a polícia – argumenta Kenny.

Reviro os olhos.

– Além de Christian.

– E de você – lembra ele. – E de mim.

– Bem, sim, mas... – Os olhos de Kenny encontram os meus pelo retrovisor, e de repente meu sangue congela.

– Você? – pergunto devagar. – Foi *você* que contou sobre o endereço de Christian em Sheffield?

Ele não responde.

– Kenny! – exclama Vix, horrorizada.

– Pare o carro – exijo.

– Lou…

– *Pare o carro AGORA!*

Ele dá uma guinada para o meio-fio, e eu saio.

– Aonde você *vai*? – chama Kenny.

Ele sai do carro e me segue rápido.

– Para qualquer lugar longe de você! – grito por cima do ombro, a mente acelerada.

Foi *Kenny* que contou a localização de Christian? E eu passei esse tempo inteiro achando que tinha sido a polícia! Ele *deixou* que eu pensasse isso, ele *mentiu* para mim!

– Lou, volte! – exclama Vix, com os saltos fazendo barulho na calçada atrás de mim.

– Lou, foi por sua causa! – grita Kenny. – Tudo que fiz foi por *você*!

Eu me viro para ele.

– Por *mim*?

– Estava preocupado com você – diz Kenny. – Estava se envolvendo demais, estava *saindo com Leo,* pelo amor de Deus, nada disso era parte do plano original. Eu precisava fazer *alguma coisa*! Não sabia do que ele era capaz. E se ele tivesse machucado você?

– Então pediu que criminosos violentos incendiassem a *casa* de Christian?

– Não! – exclama ele. – Não, só vazei o endereço dele no Twitter e no Facebook. Não sabia que Poppy tinha acabado de morrer, que eles reagiriam de uma maneira tão intensa. Achei que eles só dariam um susto nele e a polícia o obrigaria a se mudar para outro lugar. Longe de Sheffield. Longe de você...

– Você estava com ciúmes – diz Vix baixinho.

– E o apartamento de Joe? – pergunto. – Você vazou o endereço de lá *também*?

– Eu precisei! – protesta Kenny.

– *Meu Deus,* Kenny!

– Você mandou uma mensagem pedindo socorro! – lembra ele. – Disse que estava encurralada, correndo *perigo*!

– Então por que não ligou para a polícia? – questiono.

– Eu já tinha ligado – insiste Kenny. – Liguei assim que você parou num prédio, estava rastreando seu sinal. Eu disse à polícia que você estava desaparecida, que não atendia o telefone e que achei que estivesse com Leo, mas não pude dar o número do apartamento para eles porque o rastreador não distingue locais com muitos andares.

– E?

– E eles me disseram que você não estava desaparecida havia tempo suficiente, que dúzias de pessoas já tinham visto Leo, que o Condomínio Jonas era um conjunto habitacional enorme e eles fariam alguma coisa depois, mas que, como eu não tinha *visto* Leo, não ia ser uma prioridade. Disseram que você era adulta e que eu devia voltar a ligar depois de 24 horas. Entrei em pânico, Lou. Ainda estávamos na metade do caminho para Londres. Eu estava preocupado achando que não ia chegar até você a tempo, então tuitei a localização de Leo mais uma vez, dizendo que ele estava com uma refém. Então, quando você mandou a mensagem com o endereço de Joe, eles já estavam lá e eu só os atualizei. Era a maneira mais rápida que eu tinha de salvá-la.

– *Me salvar?* – Fico encarando-o. – Mandou uma gangue perigosa para o apartamento, colocando nós dois em perigo, para poder me *resgatar*?

– Não! Nunca quis que corresse perigo. Foi por isso que avisei que você era uma refém e, na vez seguinte, esperei até você estar segura na horta... – Kenny para abruptamente ao perceber o erro.

– Na vez *seguinte*? – Encaro-o. – Meu Deus, foi você que mandou eles até o Travelodge também! – Encaro-o, horrorizada. – Por que *faria* isso?

– Você não queria me escutar! – protesta Kenny. – Vix e eu avisamos que Leo era um golpista, mas você não ligou, não estava sendo sensata, então aproveitei a oportunidade enquanto estava fora. Não dava para confiar que a polícia ia chegar a tempo, e além disso eles teriam apenas prendido Leo de novo até ele cumprir os últimos meses da sentença por roubo. Não era o que você queria quando entramos nessa história. Você queria que ele pagasse, que sofresse, que passasse a vida com medo. Por isso vazei a localização dele quando você já estava longe, fora de perigo. – Ele olha para Vix. – Quando *achei* que estivesse fora de perigo.

Eu me viro para Vix.

– Você *sabia* disso? Estava por dentro? Estava me mantendo por fora da situação enquanto Kenny *pirava*?

– Não, Lou, eu não sabia, *juro*! – exclama Vix.

– *Eu* pirava? – grita Kenny. – Foi você que se apaixonou pelo golpista que matou Poppy!

– Ele *não* matou Poppy! – argumento. – Mas aqueles bandidos quase mataram *ele*. E podiam ter me matado!

– Eles não teriam nem *tocado* em você.

– Você não sabe disso, não sabe do que eles são capazes. São justiceiros violentos com uma missão a cumprir. Eles estavam fora de controle!

– Você é tão hipócrita! – exclama Kenny. – *Você* é uma justiceira, lembra? *Você* tinha uma missão a cumprir! Foi para Sheffield com a intenção de se vingar.

– Me vingar, não – argumento. – Fazer justiça!

– Mas terminou se distraindo por causa de um rostinho bonito. É ridículo! Deixou que ele a elogiasse, seduzisse e *enganasse*, fazendo você acreditar que ele é *inocente*, caramba! Esqueceu completamente por que estava lá... Para fazer Leo pagar, para vê-lo sofrer. Tudo o que aconteceu é por sua causa. É o que você *queria*!

– *Não!* – protesto. – Nunca quis que Christian se machucasse!

– Não – diz Kenny, amargurado. – Queria que ele a beijasse e a abraçasse e dissesse que a amava…

– Eu queria *justiça*!

– Bem, essa é a justiça mais *estranha* que já vi! – grita Kenny. – Transar com o *assassino* da sua prima!

Antes que eu consiga me conter, dou um belo tapa na cara dele.

Vix arfa, e Kenny fica me encarando, chocado.

Então ele engole em seco e diz, com a voz extremamente baixa:

– O mais trágico de tudo é que a lavagem cerebral ainda está funcionando em você. Até agora. Apesar de todas as evidências indicando que Leo é o *assassino* de Poppy.

As lágrimas fazem meus olhos arder. Eu viro e saio correndo, o mais rápido possível, para o mais longe possível.

Kenny tem razão. Fui eu que *comecei* tudo isso. Se eu nunca tivesse ido atrás de Christian, eu nunca teria pedido ajuda a Kenny, o endereço de Christian ainda seria segredo, a casa dele não teria sido atacada, ele não teria fugido nem teria se machucado, tampouco estaria preso mais uma vez.

E ele é inocente. Sei que não faz sentido, sei que todas as novas evidências provam que Tariq não pode ter sido o culpado, que tem que ter sido Christian, mas... eu simplesmente não consigo acreditar. Como, porém, posso *provar* que ele é inocente sem nenhuma evidência?

Que confusão!

E eu sou a única culpada.

***

– Querida! Ainda bem! – Tia Grace abre a porta e me envolve como um cobertor quentinho enquanto o táxi vai embora. – Você está bem? O detetive Goldsmith ligou e contou o que aconteceu.

– Você é uma garota corajosa – tio Jim acrescenta, dando um passo para a frente e me abraçando. – O que aconteceu? Como conseguiu encontrar Niles quando a polícia não conseguiu?

Hesito. Como explicar? Eles acham que Christian é um monstro, que ele machucou Poppy, então como posso contar que o protegi, que ele é inocente? Como explicar que, depois que a pessoa passa a conhecê-lo, ele é o rapaz mais meigo, bondoso e gentil do mundo?

– Não quero falar sobre isso – murmuro.

– Claro que não, querida. – Tia Grace aperta minha mão.

– Só estou contente por ele não estar mais à solta – acrescenta tio Jim. – Por ele estar seguro atrás das grades.

– Eu também – digo honestamente.

Seguro atrás das grades. Espero que sim.

– Quer comer alguma coisa? – pergunta tia Grace. – Deve estar morrendo de fome. Sobrou um monte de sanduíches.

– Não, estou bem, obrigada. Estou apenas cansada. Você se importa se eu for me deitar?

– Claro que não, querida. – Tia Grace sorri. – Millie vai ficar animadíssima com você aqui em casa, talvez ela se alegre um pouco.

Franzo o rosto.

– O que ela tem?

– Vou ter que ir embora daqui a meia hora. – Tio Jim suspira, olhando para o carcereiro, que toma chá no sofá. – O sistema judiciário só é compassivo até certo ponto. Millie não está aceitando isso muito bem. Ela escondeu meus sapatos.

Sorrio com tristeza.

– Onde ela está agora?

– Na cama, esperando que eu a coloque para dormir – diz tio Jim.

– Já? – pergunto. – São apenas 18h30.

– Eu sei, mas ela estava louca para que eu lesse uma história de dormir para ela antes de ir embora, e tinha que ser *Don't Get Dirty, Gerty!* por algum motivo. Demorei uma eternidade para encontrar! – Ele ergue o livro com o urso-polar bagunçado na capa.

Esconde-esconde e *Don't Get Dirty, Gerty!* Acompanho-o sorrindo até lá em cima. Ele está demonstrando tanta coragem com tudo, mas deve estar arrasado por ter que voltar à prisão depois de passar tão pouco tempo em casa. Suspiro e olho para tia Grace lá embaixo, tão abatida após ter enterrado a filha mais velha, e agora ela vai ter que se despedir do marido mais uma vez.

Tio Jim entra no quarto de Millie, e vou para o meu.

– Princesa! O que aconteceu? Por que está chorando? – Ao ouvir essas palavras, paro e olho na mesma hora para a porta aberta de Millie.

– Você demorou um tem-tempão e eu a-achei que tinha ido em--embora de novo! – choraminga Millie. – Se-sem dar tchau!

– Ah, querida, eu prometi que leria uma história pra você antes, não foi? E eu sempre cumpro minhas promessas, princesa – diz ele baixinho. – Agora vamos ver o que o levado do Gerty está aprontando? *Gerty estava muito animado. Ele ia para a festa da Jenny naquela tarde...* – Ele começa a história familiar, com a voz cheia de uma animação forçada. – Não é legal?

– A-hã. – Ela funga, e meu coração dói.

Coitada da Millie. Como está sendo difícil para ela: perder uma irmã de quem mal se lembra e agora passar apenas algumas horinhas com o pai, sabendo que ele vai ser levado de novo a qualquer momento.

Entro no meu quarto e fecho a porta. Perder alguém que você ama depois de tão pouco tempo é algo que machuca. *Especialmente quando não há nada que você possa fazer.*

Enfio as mãos nos bolsos, arrasada. De repente, escancaro as pálpebras.

Talvez tenha *uma* coisa que eu possa fazer. Sigo até meu velho computador, tiro o colar com o pen-drive do bolso e o espeto.

Vale a pena tentar, raciocino. Talvez seja apenas dever de casa e fotos e tal, mas talvez por algum milagre tenha *alguma coisa*, *qualquer coisa*, que prove a inocência de Christian, e eu vou pesquisar em cada um dos documentos até ter certeza.

Digito a senha, e vários arquivos aparecem na tela. Meticulosamente, abro cada um e examino com cuidado. Redações, trabalhos, fotos... Então, de repente, um documento se abre, cheio de números de identificação pessoal e senhas diferentes.

Olho para o nome do arquivo: *Criptologia*. Legal.

Investigo a lista de senhas. Bancos, e-mail, Facebook, blog, Twitter, Movie-Memories... Franzo o rosto. Nunca ouvi falar de Movie-Memories.

Abro o navegador, digito o endereço, e um site abre: *Movie-Memories: a maneira segura de compartilhar o seu diário em vídeo com família e amigos.*

Encaro a tela. Um diário em vídeo?

Checo mais uma vez o arquivo com senhas e faço o *login*. Uma lista de datas e horas aparece na minha frente, cada uma com uma imagem congelada de Poppy olhando para a câmera.

Clico num vídeo qualquer, e meu coração acelera quando Poppy ganha vida, sorrindo para a câmera, usando um chapéu de festa e assoprando um apito de plástico.

– Não acredito que fiz dezesseis anos! – grita ela, animada, com os olhos brilhando. – Já tenho idade suficiente para fumar legalmente, mas argh! – Ela enruga o nariz, e eu sorrio. – Idade suficiente para casar, que assustador! – Ela faz uma cara horrorizada. – Idade suficiente para jogar na loteria... – Ela acena um bilhete rosa para a câmera. – Quem sabe, talvez quando alguém vir isto eu já seja uma multimilionária! Assim o meu aniversário seria *muito* legal!

Sorrio. Ela parece tão feliz!

– Bem, ele já foi bem legal, pois ganhei presentes *incríveis*! Olha só isso. – Ela ergue a perna no ar para mostrar uma bota de couro marrom na altura do joelho. – Dez centímetros de salto! – grita ela. – Não preciso mais ser uma anã!

Rio bem alto. Poppy sempre foi paranoica a respeito da altura, e eu sempre invejei o fato de ela ser tão pequenina e delicada.

– E olha só o que Lulu me deu! – Ela estende um tocador de MP3 reluzente. – E ela colocou todas as minhas músicas preferidas aqui, tenho a minha própria trilha sonora! Não é a coisa *mais* legal de todas? Eu tenho a melhor prima do mundo ou não? Obrigada, Lulu! – Ela assopra um beijo para a câmera, e eu fico feliz. – Estou me sentindo a garota mais sortuda do mundo. – Ela sorri para a câmera. – Onde será que estarei daqui a dezesseis anos? *O que* eu estarei fazendo? O que você está fazendo agora, Poppy Willoughby-White? – Ela dá um tapinha na tela. – Abandonou a faculdade? É uma dona de casa? Ou finalmente realizou o sonho de tocar guitarra numa banda? Claro que, se eu ganhar na loteria hoje, nada disso vai importar! A vida de uma multimilionária combinaria muito bem comigo, claro, e eu poderia começar a minha própria banda! Agora com licença, queridos, mas a minha presença está sendo requisitada na cozinha para comer quantidades enormes de bolo de aniversário! – Ela assopra mais um beijo para a câmera, estende o braço para a frente e desliga a webcam.

Não tiro os olhos da tela. *A garota mais sortuda do mundo.* Sinto um aperto no coração. Ela teria sido uma guitarrista excelente. Ou qualquer outra coisa excelente, se tivesse tido a oportunidade.

Dou uma olhada na lista de vídeos no diário até encontrar o último, com data de 24 de junho, *o dia em que foi atacada*! Clico no link.

– Então, este vai ser o meu último vídeo por alguns dias... – Poppy sorri. – Porque eu vou para... – Ela faz um barulho de bateria na mesa. – Glastonbury! Eba, eba! Só espero que não inunde este ano, pois galochas não combinam comigo. *Por que* ninguém nunca inventou uma galocha com salto? Hein? – Ela revira os olhos. – Na verdade, só estou com tempo de conversar agora porque Leo está atrasado. De novo. Que *típico*!

Encaro o monitor sem acreditar: uma prova! Uma evidência de que Christian estava dizendo a verdade. Poppy ia *mesmo* viajar com ele, eles *eram* amigos, e neste vídeo a prova sai dos próprios lábios dela!

– Mas queria que ele chegasse logo. – Ela confere o relógio, ansiosa. – Não vejo a hora de viajar. Mamãe e Millie foram passar o fim de semana na casa de vovó e…

De repente há algum barulho no fundo, e Poppy olha pela janela. Seu rosto desanima. De algum lugar dentro da casa, escuto uma porta bater, e depois passos pesados sobem a escada.

Merda. Chegou o momento.

Assisto às imagens atenta, observando, esperando, com a respiração presa no peito e meu coração em disparada.

Mas será que é Tariq? Ou Christian?

Poppy mexe depressa no mouse do computador, no teclado, na webcam, e de repente a porta do seu quarto é escancarada ruidosamente, sobressaltando a nós duas. Um homem aparece na porta, com o rosto vermelho de tanta raiva, e meu queixo cai enquanto todos os sentimentos se esvaem do meu corpo.

É tio Jim.

Capítulo trinta e quatro

Observo a tela, a respiração presa nos pulmões.

– Poppy – diz tio Jim, ofegante. – Você está aqui.

Mas o que *ele* está fazendo ali? Minha cabeça rodopia que nem louca. Não faz sentido, não era para ele estar lá ainda. Ele disse que só chegou em casa depois. Por que ele *mentiria*?

– Poppy. Querida. O que sua mochila está fazendo perto da porta da casa? – Ele a encara com olhos sérios e respiração ofegante.

Poppy se retrai.

– Eu…

– Vai a algum lugar, anjo? – Ele dá um passo na direção dela, misturando as palavras. – Vai fugir?

– Não... Não, eu apenas…

– *Mentirosa!*

Eu me contorço quando ele derruba uma pilha de DVDs no chão. Christian tinha razão: tio Jim estava completamente embriagado. Nunca o vi desse jeito. Mas *por quê*? Por que ele beberia naquela tarde se raramente bebe?

– Ia sair escondida sem me dizer nada? – grita ele, a voz falhando. – Ia me abandonar?

– Não, pai, desculpe, por favor... – implora Poppy.

– Você não me ama – diz ele de maneira arrastada, balançando a cabeça. – *Seu próprio pai.* – Ele se vira.

– Eu amo! – protesta Poppy, correndo até ele e segurando seu braço. – Pai, eu amo, sim!

– Faça o que quiser. Me deixe sozinho. – Ele afasta-a, mas ela se agarra nele.

– Papai, por favor!

– *Sai de cima de* mim! – Ele tenta se livrar dela.

– Papai…

– *Sai de cima de mim!* – berra ele, empurrando-a com força.

Meu coração para quando ela bate a parte de trás da cabeça na coluna da cama, derrubando o abajur do criado-mudo ao cair no chão.

Meu sangue congela, meus olhos se arregalam, sem acreditar.

Tio Jim matou Poppy.

Fico nauseada ao olhar para o corpo imóvel dela. *Chame uma ambulância!* Quero gritar com ele. *Ajude-a! Faça alguma coisa!*

Mas ele só cambaleia para trás, com as mãos cobrindo o rosto, e grunhindo miseravelmente.

Consigo escutar no fundo alguém gritando, então escuto alguém batendo à porta com força, mas tio Jim não parece perceber. Ele nem percebeu que Poppy está machucada.

– Merda, desculpe. – Ele encurva os ombros ao se agachar e pegar cuidadosamente os pedaços quebrados do abajur. – Era o seu preferido... Merda! Ai! – Ele faz uma careta de repente e chupa o dedão. – Maldito vidro! – Ele pega uma tesoura na mesa de Poppy e começa a tirar os cacos de vidro do dedão. – Desculpe, anjo, é só... Não consigo fazer isso! – Ele começa a soluçar. – Não consigo pegar os pedaços, não consigo consertar! Não consigo consertar, e dói tanto! – Lágrimas escorrem entre suas palavras, e ele enterra o rosto nas mãos. – Por favor, Poppy, não vá, eu preciso de você. Por favor?

Mas Poppy não responde.

Escuto o barulho de vidro quebrando ao fundo. A janela lá de baixo.

– Por favor, Poppy.

Tio Jim se vira para ela, mas ela não se mexe. Uma poça de sangue escuro escorre de sua cabeça.

– *Poppy?*

O tom de voz dele muda, e tio Jim vai para o lado dela. Meu coração acelera e meus olhos se enchem de lágrimas, pedindo a Deus o impossível, mas já sabendo que não adianta ter esperança.

– Poppy, querida, você está bem? – Ele acaricia o rosto dela, com sangue cobrindo suas mãos. – Meu Deus, não. *Poppy!* Poppy, me responda, anjo! Acorde!

De repente, a porta do quarto dela se escancara, e um rapaz árabe entra.

Tariq.

– Desculpe me intrometer, mas escutei um tumulto e... Meu Deus! – Ele encara o corpo ensanguentado de Poppy. – Já chamou uma ambulância? O que aconteceu? – Ele tira o celular do bolso.

– Quem é você? – Tio Jim se levanta, agarrando a camisa de Tariq e o empurrando contra a parede, fazendo o celular dele cair no chão. – O que está fazendo aqui?

Tariq o encara.

– Sou Tariq. Tariq Khan. Vim buscar Poppy, mas…

– Você veio buscar... *Poppy?* – Tio Jim franze o rosto.

– Sim, mas…

– Você! *Você* que fez isso!

– O quê? *Não!*

– Você ia levar ela pra longe! – diz tio Jim enfurecido, com as bochechas molhadas pelas lágrimas. – É por sua causa que ela ia embora! *Foi por isso que a gente brigou!*

– Não, eu...

– Como se *atreve*! – grita tio Jim com ele. – Como se atreve a entrar na minha casa! Como se atreve a tirar minha filha de mim! Seu ladrão paquistanês de merda. Vocês são todos iguais!

– O quê?

– Olhe para ela, *olhe* o que você me obrigou a *fazer*!

Ele aponta para Poppy e Tariq aproveita a oportunidade, soltando-se de tio Jim, mas não consegue ser rápido o suficiente.

Tio Jim se vira para agarrá-lo, e as lâminas da tesoura perfuram as costas de Tariq. Ele grita de dor.

– Merda! – Tio Jim arregala os olhos, com as lâminas reluzindo na sua mão trêmula. – Não queria...

– Socorro! – grita Tariq, correndo até a porta. – Socorro! Alguém me ajude!

– Não! Pare! – exclama tio Jim, se lançando em cima de Tariq e o derrubando. Tariq grita de novo quando a cabeça dele colide contra o chão. – Acalme-se! – sussurra tio Jim. – Foi um acidente! Me desculpe!

Tariq geme e fecha os olhos.

– Merda! – Tio Jim entra em pânico. – Merda! Merda! *Merda!* Isso é culpa sua! Olha só o que você fez! – Ele pega as algemas, chorando muito. – Fique aqui e se acalme enquanto eu... enquanto eu vejo o que fazer.

Ele algema o punho de Tariq na cama, mas o rapaz não reage.

– Merda! – Tio Jim desvia o olhar do corpo imóvel de Tariq para o de Poppy e o encara por um longo momento, soluçando e passando as mãos trêmulas no cabelo, com uma expressão selvagem, desesperada, de pânico. Ele pega a tesoura ensanguentada e a encara, horrorizado.

De repente, meu coração para quando Christian aparece na porta do quarto atrás dele.

Corra! Quero gritar. *Saia correndo agora!*

– Poppy, você está pronta? Meu Deus! – Christian agarra o braço de tio Jim e ele se vira, assustado.

A tesoura arranha o peito de Christian quando ele salta para trás. Ele fica encarando tio Jim apavorado e volta correndo para a porta do quarto, com a mochila rosa de Poppy nas costas.

Tio Jim começa a ir atrás dele, mas para, solta a tesoura e cobre o rosto com as mãos. Ele solta um grito arrasado.

Eu me contraio involuntariamente enquanto ele cambaleia na direção da webcam e desaba contra a mesa de Poppy, fazendo livros e canetas se esparramar no chão. De repente, o vídeo sacode e termina abruptamente.

Fico encarando a tela vazia, me sentindo pegajosa, fria, enojada de horror.

Foi tio Jim que fez isso. Tio Jim fez tudo isso.

De repente, percebo um segundo rosto refletido na tela preta, e quando me viro vejo uma silhueta sombria parada na porta.

Tio Jim.

Capítulo trinta e cinco

– Lulu, eu... – Tio Jim dá um passo na minha direção, e eu salto da cadeira do computador, me afastando.

– Foi você que fez isso – digo baixinho, de olhos arregalados.

– Lu, por favor…

– *Você matou Poppy!*

Com um rápido movimento, ele chega do meu lado e cobre minha boca com força. Eu me debato contra ele, me contorcendo e chutando enquanto ele me segura com o enorme braço.

– Por favor – implora ele. – Por favor, Lulu, só me escute. Eu vou soltar, mas, por favor, me escute.

Olho com raiva para ele, mas até parece que vou conseguir sair daqui, ele é forte demais. Relutante, faço que sim.

Com hesitação, ele afasta a mão da minha boca. A vontade de gritar é enorme, mas algo em seus olhos me detém. Ele parece mais apavorado do que eu. Afinal, tia Grace e Millie estão aqui perto. Um único grito, e elas chegariam correndo. Sem falar no carcereiro.

– Obrigado – diz ele, a respiração pesada. – Obrigado.

Massageio meu maxilar, encarando-o furiosa.

– Você me machucou.

– Desculpe – diz ele. – Desculpe mesmo, não era minha intenção. Eu só queria... Preciso de uma chance para me explicar.

– O diário em vídeo de Poppy já explicou o suficiente – digo com frieza. – Você a matou. E matou Tariq. – Lágrimas escorrem pelas minhas bochechas. – É um assassino.

– Não! – exclama ele com os olhos sofridos. – Não, foi um acidente!

– Você o algemou à cama! – argumento. – E depois disse para todo mundo que *ele* atacou Poppy, que foi um roubo que deu errado!

Ele abaixa a cabeça e cobre o rosto com as mãos.

– Meu Deus…

– Aposto que achou que ia se safar quando ele morreu e Poppy entrou em coma, quando não tinha mais ninguém para contar a verdade. Escapou por sorte!

– Não! – Ele vira a cabeça para mim. – Não. Eu... eu faria de tudo, de *tudo*... – Ele fecha os olhos, com a voz se transformando em lamúria. – Eu faria de tudo para tê-la de volta, tudo mesmo.

– Então talvez não devesse tê-la matado – argumento.

– Lulu. – Ele olha para mim com o rosto enrugado de aflição. – Foi um acidente, precisa acreditar em mim. Eu nunca quis... – Ele balança a cabeça com tristeza. – Eu tinha saído para beber... bebi demais... Mas tinha sido um dia tão difícil! Grace tinha viajado, e eu... eu precisava de um drinque. – Ele suspira miseravelmente. – De mais de um. Então voltei para casa e encontrei a mochila de Poppy arrumada, perto da porta, e eu só... Não sei o que aconteceu, eu me senti tão magoado, tão zangado. Não estava pensando, *eu surtei*. Não podia deixar ela ir, precisava detê-la, e nem me lembro do que aconteceu. Num minuto a gente estava discutindo, e no outro… – Ele para de repente, com o rosto pálido, como se estivesse prestes a vomitar.

– Você a empurrou – digo. – Você a empurrou, e ela bateu a cabeça na coluna da cama.

Ele assente, com lágrimas molhando suas bochechas e o rosto se enrugando.

– Não consegui acordá-la. Ela não estava respondendo, nem se mexendo. – Ele respira rapidamente. – Ela estava morta, achei que ela estava morta…

– Mas não tinha certeza! – protesto. – Por que não chamou uma ambulância? Talvez eles a tivessem salvado!

– Eu sei! – Ele soluça. – Não acha que já me repreendi um milhão de vezes por não ter feito isso? Eu não estava *raciocinando* direito, tinha bebido demais. Fui idiota. E achei que ela já estivesse morta. – Ele cobre o rosto com as mãos e se encurva como uma criança.

– E Tariq?

– Ele apareceu do nada! – O rosto de tio Jim fica furioso. – Ele ia chamar a polícia! Não podia deixar ele ligar para eles, eles não entenderiam... Eu precisei detê-lo!

– Então enfiou a tesoura nele.

– Não foi minha intenção! – protesta ele. – Só queria agarrá-lo, mas a tesoura ainda estava na minha mão... Foi um acidente. – Ele balança a cabeça. – Mas depois eu não podia deixar ele ir embora, eu precisava explicar!

– Então o algemou na cama.

Ele faz que sim.

– Entrei em pânico. Eu precisava detê-lo, só isso. Era só nisso que eu conseguia pensar: *preciso detê-lo!* Nunca quis... – As palavras dele se dissolvem e viram soluços. – Coitado daquele garoto. Coitado, coitado do garoto.

Fecho os olhos, mas ainda consigo ver a expressão terrível no rosto de Tariq e o sangue manchando sua roupa.

– E então chegou outro garoto.

Abro os olhos. *Christian.*

– Eu nem escutei ele entrar. Ele simplesmente agarrou meu braço, me assustando, e quando me virei... – Ele pisca depressa, e lágrimas jorram pelo seu rosto. – Não sei o que aconteceu, mas de repente ele também estava sangrando. E aí ele saiu correndo. Saiu correndo da casa, e eu... – Tio Jim balança a cabeça. – Eu não sabia o que fazer.

Engulo em seco.

– Por que não contou a verdade para a polícia?

– Eu... não consegui. Não conseguia nem falar, raciocinar. Apenas fiquei sentado naquele quarto terrível, encarando o que tinha feito, sem conseguir acreditar que era verdade. Foi um pesadelo. Eu *queria* que tivesse sido um pesadelo. – Ele fecha os olhos. – Aquilo tem assombrado meus sonhos todas as noites, fico revivendo aquela cena, rezando para que quando eu acordar tudo tenha desaparecido, que eu tenha uma segunda chance, que Poppy ainda esteja aqui, ainda esteja viva. – Lágrimas inundam suas palavras. – Mas isso não vai acontecer. Ela nunca vai voltar. Por minha causa. Eu a matei; minha filhinha, meu anjo…

Balanço a cabeça.

– Como pôde... Como pôde deixar Tariq e Leo levarem a culpa?

– Como eu contaria a Grace o que tinha feito? – pergunta ele, os olhos avermelhados e arregalados. – O que aconteceu acabou com ela. Como eu contaria que fui eu que machuquei Poppy? Como contaria para você, ou para Millie? Todos já estavam sofrendo tanto, como eu poderia piorar as coisas? – Ele engole em seco. – Eles poderiam ter me deixado preso pelo resto da vida que eu não me importaria. Perdi minha filha. E saber que ela se foi, saber que foi tudo culpa minha... – A voz dele falha. – É pior do que qualquer sentença de prisão. Mas perder todas vocês também? Isso me mataria.

Mordo o lábio.

– A polícia... Minha antiga equipe, Harry Goldsmith... Eles tiraram suas próprias conclusões, e no início eu estava desalentado demais para pensar no que tinha acontecido. E depois foi mais fácil aceitar a história. Tariq... já estava morto. Eu não podia fazer nada para ajudá-lo – diz ele com tristeza. – E Leo... Eu tentei fazer com que Leo pegasse uma sentença mais leve, disse que ele só chegou depois, que não tinha certeza se ele estava envolvido.

Olho para cima. Ele tentou *ajudar* Leo?

– Eu não fazia ideia de que a mídia ia reagir tão mal, de como todos ficariam revoltados com ele. Estou tão contente por ele estar de volta na prisão, em segurança. Aqueles justiceiros são apavorantes.

Encaro-o. Ele estava *preocupado* com Leo?

– Hoje mesmo um cara chegou perto de mim depois do funeral e disse que foi ele que incendiou a casa de Leo e o perseguiu de volta até aqui.

– O quê?

– Ele parecia tão contente. Orgulhoso. Como se esperasse que eu lhe *agradecesse* ou algo assim – conta ele, amargurado. – É terrível. Repugnante. *Justiceiros*. Para algumas pessoas, não tem nada a ver com certo e errado, é só uma desculpa... uma válvula de escape para a própria raiva acumulada, para uma violência irracional. Eu nem o conhecia muito bem! Parece que era um amigo de Neil.

Era de esperar, penso, amargurada. É por isso que eles pareciam tão íntimos no jardim. Neil também devia saber tudo sobre os ataques, se é que ele mesmo não estava envolvido. Afinal, ele estava em Sheffield naquele fim de semana...

– Mas isso não impediu Neil de prendê-lo quando contei o que tinha acontecido, apesar de ele parecer arrasado quando fez isso.

Olho para meu tio, assustada.

– Neil é um homem correto. Extremamente honesto. Sempre foi, desde que era um garoto no colégio. – Tio Jim olha para mim. – Foi por isso que sua mãe o escolheu como seu padrinho. Foi uma das razões pela qual eu... eu não consegui contar a verdade sobre o que tinha feito. – Tio Jim suspira. – Ele é meu melhor amigo. Isso tudo teria acabado com ele.

Uma enorme vergonha percorre meu corpo quando as palavras de Neil ecoam de repente nos meus ouvidos: *Se a pessoa é inocente, ela deve ficar livre; se ela infringe a lei, deve pagar o preço e fim de história.*

Como eu suspeitaria dele – meu próprio padrinho?

Ao mesmo tempo, acabei de descobrir que meu próprio tio matou minha prima.

– Acredite em mim, Lulu, não tem *nada* que eu desejaria mais do que apagar aquele dia e tudo o que aconteceu. Mas não posso. E tenho que conviver com isso todos os dias da minha vida. – Ele respira com dificuldade, e percebo que suas palavras ecoam as de Christian: *Não dá para mudar o passado, por mais que a pessoa queira. Essa é a maior tragédia de todas.* – Mas *eu* posso mudar. E mudei. Não sou mais aquele homem, querida. Juro. – Os olhos arregalados de tio Jim me focam, suplicando. – E sou muito grato por ter uma segunda chance. De viver. De ser um pai, para Millie. Para minha querida Millie Milk-Shake. Com minha esposa maravilhosa. Com você. – Ele aperta minha mão.

Desvio o olhar.

– Minha família é tudo para mim, Lulu. – A voz dele treme. – É por isso... É por isso que nunca consegui contar para ninguém. – Ele engole em seco. – É por isso que estou pedindo... *implorando.* – Ele pressiona a mão no meu coração, e seus olhos procuram desesperados os meus enquanto sussurra: – Por favor. *Por favor*, não conte a elas.

Encaro-o, com o pulso em disparada e a cabeça emaranhada de sentimentos. Horror, confusão, desprezo, pesar. Até mesmo pena. Lágrimas escorrem pelas minhas bochechas. Hesito.

– Jim? Chegou a hora de ir. – Alguém bate delicadamente à porta, e tia Grace dá uma olhada dentro do quarto. Arregala os olhos. – O que aconteceu? Está tudo bem?

Ele engole em seco.

– Estou apenas... me despedindo. – Ele funga e enxuga os olhos. – É sempre mais difícil do que se imagina.

Ela sorri triste e faz que sim. Tio Jim me puxa para perto, com a respiração quente e úmida na minha orelha.

– Amo você – sussurra ele. – Cuide delas por mim.

Entorpecida, observo-o descer a escada devagar para se despedir. Ele abraça tia Grace como se ela fosse a coisa mais frágil e preciosa do mundo e a beija com carinho, com uma lágrima escorrendo pela bochecha.

– Você não pode ir.

Nós nos viramos e vemos Millie descendo a escada.

– Não pode ir sem sapatos – diz ela teimosa. – E eles estão perdidos!

Tio Jim abraça-a delicadamente, cercando todo o seu corpo.

– Cuide delas para mim – pede ele. – Posso contar com você, não é?

Ela assente solene, e um nó se forma na minha garganta quando eles esfregam o nariz um no outro num beijo de esquimó antes de tio Jim se separar dos braços dela e a entregar para tia Grace.

Ele força um sorriso lacrimoso, assopra um beijo para a gente e se junta ao carcereiro na porta, saindo no meio da escuridão, com os pés descalços reluzindo sob o fraco luar.

Capítulo trinta e seis

– Você está bem?

Eu me sobressalto quando tia Grace toca no meu ombro. Nem percebi que ela tinha entrado atrás de mim no quarto de Poppy.

– Sim, sim. Estou bem – digo rapidamente.

Ela acaricia meu cabelo.

– Parecia tão distante!

Quem me dera. Onde quer que eu olhe, só vejo imagens horríveis: Christian fugindo escada abaixo, Poppy batendo a cabeça na coluna da cama, tio Jim enfiando a tesoura em Tariq...

– Liguei para o hospital – diz tia Grace. – Não houve nenhuma mudança, ela ainda está estável. Eu ia para lá agora à noite, mas... Millie está deitada e o dia foi muito longo, então pensei que a gente podia ir para lá amanhã de manhã.

– O quê? – Fico surpresa. – Para onde?

– Sheffield. – Ela franze o rosto e toca na minha testa. – Tem certeza de que está bem? Está tão pálida!

– Estou bem, sim! – Eu me levanto depressa. – Parece ótimo. Eu só preciso... Posso pegar seu carro emprestado? Preciso sair desta casa, senão vou acabar explodindo.

– Claro – responde ela, com os olhos preocupados. – Ou posso levá-la para algum lugar, se preferir.

– Eu estou bem. – Sorrio. – Mesmo. Só o dia que foi difícil, e eu queria tomar um pouco de ar fresco, esvaziar a cabeça. Volto mais tarde – digo a ela, sem saber se é verdade ou não.

– Tá bom. – Ela me entrega as chaves.

– Obrigada. – Quando passo por tia Grace, ela agarra meu braço.

– Tome cuidado, por favor – diz ela, os olhos claros bem focados nos meus. – Amo você.

Ela beija minha testa com os lábios macios e frios, e eu fecho os olhos, apreciando o momento, me perguntando se ela vai continuar sentindo esse amor por mim durante muito tempo.

Tia Grace me solta e eu vou embora, estremecendo quando a brisa noturna faz esvoaçar meu cabelo, com o céu límpido parecendo um buraco negro acima de mim.

Bato a porta do carro, e meus pensamentos se aglomeram dentro do veículo apertado. Minha cabeça vira um emaranhado de terror e confusão. Aquela cena terrível se repete sem parar na minha mente. Eu me encosto no volante e fecho os olhos, mas as cores estão mais vivas do que nunca, e aquele *tum* terrível da colisão da cabeça de Poppy na coluna da cama lateja na minha mente, me deixando nauseada e trêmula.

Abro os olhos e ligo o motor, desesperada para sair daqui, para me afastar o máximo possível deste lugar, enquanto decido o que fazer com essa prova crucial dentro do meu bolso que está louca para ser usada.

É isso, percebo tristemente. É isso que eu queria, a prova que vai limpar o nome de Christian de uma vez por todas. Mas a que custo?

Penso em tia Grace e Millie. Elas já sofreram tanto, como é que sobreviveriam se soubessem a verdade, se descobrissem que o homem que acabou com a vida delas, que matou a amada Poppy, não era um estranho sem rosto, um monstro tão fácil de odiar, mas o chefe da família, o pai, o marido?

É algo que as destruiria de vez.

Não sou mais aquele homem, prometeu tio Jim. Ao mesmo tempo, porém, ele não é o homem que todos acham que é. Nesse momento, ele é um herói. Um pai amoroso, preso por tentar proteger a filha indefesa.

A verdade está a um oceano de distância: o pai bêbado que matou a própria filha.

Mas foi um acidente!, implora meu coração. Eu conheço tio Jim. A família é *tudo* para ele, e nada neste mundo o magoaria mais do que perdê-la, e saber que a culpa foi dele mesmo é a pior tortura de todas. Poppy era a luz da vida dele, seu anjo, e ela se foi. Ele vai se odiar para sempre. Mas será que ele merece perder tia Grace e Millie também?

Como eu poderia fazer isso com ele? Logo *eu*? É meu tio. Mais do que isso, ele tem sido como um *pai* para mim. Ele me acolheu quando eu não tinha ninguém, me recebeu na sua família, na sua casa. Devo tudo a ele. Então como posso ser a pessoa que vai tirar tudo isso dele? E, de todo jeito, quem sou eu para tomar essa decisão? Não sou Deus, não sou a polícia, sou a *sobrinha* dele, caramba. Cadê a minha lealdade?

De repente, o toque de "Yellow Submarine" enche o carro, e fico paralisada.

Christian.

Uma buzina soa atrás de mim, e percebo que acabei de ultrapassar o sinal vermelho. Piso no freio e desvio para a lateral da rua, com a cabeça latejando loucamente enquanto o tráfego passa por mim com velocidade e meus dedos procuram o celular de Poppy.

Tiro-o do bolso e o encaro. Ele toca a melodia alegre na minha mão, partindo meu coração ao meio.

Como posso sequer *pensar* em esconder a verdade de Christian? Ele sofreu por tanto tempo e não fez nada de errado. Como posso estar com a chave da liberdade dele nas mãos e não entregá-la a ele?

Mas ele já está preso, argumenta uma voz na minha cabeça. Ele já cumpriu quase metade da sentença... e pelo menos agora está em segurança. Sei que não foi a polícia que vazou a localização dele.

No entanto, o que vai acontecer com ele? Será que terá que passar o resto da sentença na prisão? Ou mais tempo, como punição por ter infringido seu horário?

Mas ele só tinha mais alguns dias de horário obrigatório. Isso tem que significar alguma coisa, não é? E a casa dele foi incendiada, ele não teve escolha, precisava infringir o horário. Só que ele podia ter ido direto à polícia…

E o que vai acontecer quando ele finalmente sair da prisão? Será que vai desaparecer de novo, com uma nova identidade, uma nova vida? Será que as pessoas que querem machucá-lo vão deixar isso para trás um dia?

A polícia vai protegê-lo, acalma a voz. A revolta pública está no auge agora por causa da morte de Poppy. Quando ele sair, isso já terá passado e eles terão esquecido. E, afinal, ele só foi condenado por roubo. Não por assassinato, como tio Jim seria…

O celular brilha forte no carro escuro, exigindo uma decisão. Meus dedos tremem. Aperto o botão de atender.

– Louise?

Meu coração afunda como uma âncora.

– Oi.

– Ainda bem, estava quase desistindo!

Eu me chuto mentalmente.

– Christian, como você está? Não está preso? – Franzo o rosto.

– Sim, mas posso fazer uma ligação. Quase enlouqueci quando você demorou tanto para atender! Tinha alguma coisa no pen-drive? – pergunta ele, a voz tão cheia de esperança que meu coração se parte. – Diga que encontrou alguma coisa, alguma menção a mim... *qualquer coisa.*

Fecho os olhos.

– Não. – Forço a mentira a sair, com todo o meu interior se sentindo feio e tóxico. – Nada de útil. Apenas trabalhos do colégio e tal.

Ele suspira com pesar, e escuto todas as gotas de esperança se esvair dele.

– Tá certo – diz ele, a voz quase inaudível. – Então é isso.

A verdade faz meu peito encher dolorosamente, se debatendo, querendo irromper para fora de mim. Estou louca para contar que encontrei a prova de que ele é inocente, que ele está livre, que vamos poder ficar juntos...

– Amo você – sussurra ele, e as lágrimas escorrem sem parar no meu rosto. Nunca me senti tão mal, tão triste, na minha vida inteira. – Escute, preciso ir – diz ele baixinho. – Mas só queria agradecer. Do fundo do coração. Você tem sido incrível, Louise. Mais do que eu jamais merecia. E me desculpe por tudo. Por todos os problemas que causei pra você. Pelo perigo em que a coloquei. Só quero pedir mais um favor.

Prendo a respiração. *Qualquer coisa.*

– Me esqueça. Parta pra outra.

– O quê? Não... Christian...

– Não podemos ficar juntos – argumenta ele. – Quando eu sair daqui, vou precisar de uma nova identidade. Eles podem me mandar para qualquer lugar, e eu... nunca mais vou poder vê-la.

– Christian...

– Não, Lou. Não vou deixá-la correr riscos de novo. É perigoso demais, difícil demais.

Eu me esforço para me controlar enquanto os soluços formam um nó na minha garganta.

– Espero que tenha uma vida maravilhosa. Sei que vai ter. Você merece. – A voz dele falha. – Você é incrível, Louise Shepherd, e eu amo você. Sempre vou amá-la.

– Eu também amo você – sussurro, as primeiras palavras verdadeiras que disse desde que atendi o telefone.

– Adeus – sussurra ele com a voz rouca.

Tento formar a palavra nos meus lábios, mas não consigo. *Não vou conseguir fazer isso*, não vou conseguir perdê-lo e deixá-lo levar a culpa. Respiro fundo.

– Christian…

A ligação termina na minha mão. Só escuto o contínuo tom de discagem no meu ouvido.

Ele se foi.

Para sempre.

Capítulo trinta e sete

O que foi que eu fiz?

Fico encarando o telefone na minha mão e caio em prantos.

Qual a ação correta neste caso? O que Poppy faria? Se ela tivesse acordado e se lembrado de tudo, será que ela teria ficado quieta para proteger o pai? Ou teria contado a verdade? O que ela ia querer que *eu* fizesse?

Fecho os olhos, e o mundo ao meu redor vira um borrão. Tudo o que consigo enxergar é o rosto assustado de Poppy, os olhos desesperados de tio Jim e o sorriso triste de Christian.

Não importa minha decisão, alguém que eu amo vai se machucar, então como posso *escolher?*

Não posso. Não posso fazer isso sozinha. É impossível tomar essa decisão sozinha... Mas com quem posso conversar? Não posso contar a Christian nem a tia Grace, não posso contar a Neil porque ele é um policial e o seu código moral o obrigaria a usar a prova, independentemente da minha vontade e, depois do que aconteceu com Kenny, será que posso mesmo confiar em Vix?

Não. Isso é um problema familiar. Não é mais uma questão de verdade e mentiras. É mais complexo.

Só tem uma pessoa com quem posso conversar, percebo de repente. Só uma pessoa para quem posso contar.

Abro os olhos, ligo o carro e saio dirigindo por horas, até entrar no estacionamento e passar correndo pela entrada, parando apenas quando chego ao lado dela.

Ela ainda está dormindo e provavelmente nem está me escutando, mas está aqui.

Me afundo numa cadeira, e vovó está deitada em silêncio, ligada aos aparelhos. Caio em prantos, fazendo minha história encharcar os lençóis do hospital e esperando com fervor que a infinita sabedoria da minha avó se infiltre em mim em troca.

– Por que fazer o certo é tão complicado? – digo gemendo. – Se ao menos existisse uma maneira de proteger *todo mundo*, alguma maneira de inocentar Christian sem apontar o dedo para tio Jim... – Raciocino, remexendo no colar com o pen-drive na minha mão sem parar. – Talvez... Talvez eu pudesse editar o diário em vídeo de Poppy para tirar a parte depois que tio Jim chega em casa? Assim isso provaria que Leo e Poppy eram amigos, provaria que ele estava dizendo a verdade... – sugiro a mim mesma, esperançosa.

Vovó franze o rosto, adormecida.

– Mas e a mensagem que ele enviou para Tariq? – Suspiro. – Aquilo não é bom, aquilo liga os dois. Como posso *escolher?* Como posso decidir o que fazer, a quem magoar, quando estou tão envolvida, tão parcial? Será que devo entregar meu tio para salvar meu namorado, ou deixar Christian levar a culpa para proteger tio Jim? Como posso fazer a escolha certa com meus sentimentos tão misturados? – Amasso os lençóis nos punhos. Meus pensamentos estão emaranhados demais. – E não é algo que só afeta Christian ou Tariq ou tio Jim. – Suspiro, arrasada. – É algo que magoaria também a família deles. Tio Jim disse que não teria se incomodado em contar a verdade e ir preso, mas que achava insuportável o que a verdade faria com a nossa família. E Sabina e o filho dela? Eles também merecem justiça. – Penso no lindo garotinho de bochechas gordas e cílios longos. Tão inocente... – É muito fácil colocar toda a culpa num homem morto, mas ele também tem uma família. Que está sofrendo pelo que ele fez. Pelo que as pessoas *acham* que ele fez, mas que não é verdade. Ele era inocente. Ele tentou *ajudar* Poppy, e por causa disso morreu.

"E Christian... – Minha voz falha. – Tudo o que Christian quer é sua antiga vida. Sua família. Sua mãe. Seu pai. – Penso na sombra de olhos tristes de um homem se escondendo de suas lembranças na horta, e meu coração se torce dolorosamente. – Afinal, eu não roubei dele apenas alguns meses de liberdade. Eu tirei sua segurança, sua família, sua vida inteira! – Balanço a cabeça.

"Mas, se eu contar a verdade... – Fecho os olhos. – E tia Grace e a pequena Millie? Devia ter visto o rosto das duas quando tiveram que se despedir dele novamente, vovó. – Lágrimas mancham minhas palavras. – Como eu faria isso com elas? Trair minha própria família assim... E pelo quê? Será que tio Jim não merece uma segunda chance?

"Mas e se acontecer de novo? – Meu coração despenca. – Devia ter visto, vovó, ele estava muito bêbado, fora de controle. Nunca o vi daquele jeito, fazia anos e anos, desde que ele esmurrou aquela parede. Não sei o que aconteceu, *por que* ele tinha bebido. Ele disse que tinha sido um dia difícil. Mas, vovó, se ele vacilou uma vez... e se acontecer de novo? E se ele machucar outra pessoa... machucar Millie?"

Minha barriga se contorce com essa ideia, e minha cabeça rodopia com tanta força, velocidade e dor que demoro um instante para perceber vovó apertando minha mão, com seus olhos verde-claros olhando para mim e seus lábios se movendo silenciosamente.

– Vovó! Está acordada! – exclamo, com o alívio me deixando entusiasmada. – Enfermeira!

Começo a me levantar, mas vovó segura minha mão com mais força, me impedindo de sair do lugar, ainda movendo os lábios. Eu me aproximo, sentindo sua respiração delicada na minha bochecha, e sua voz sussurra bem baixinho:

– *Você sabe o que deve fazer.*

Olho para ela, com os olhos tão claros, tão sábios…

– Vovó?

Ela aperta minha mão.

– Está tudo bem aqui? – Uma enfermeira põe a cabeça dentro do quarto. – Senhora Brown! Que bom que se juntou a nós!

A enfermeira se move em torno de vovó, que olha para mim. Engulo em seco. Ela tem razão. *Eu sei exatamente o que preciso fazer.*

Mas nem por isso me sinto melhor.

Capítulo trinta e oito

– Tem certeza? – pergunta Vix no dia seguinte enquanto encaro pela janela os estudantes perambulando na área externa da residência, rindo e fofocando despreocupados. Que inveja. – Última chance de mudar de ideia.

Mordo o lábio, sentindo como se estivesse na beira de um precipício. Mudei de ideia várias vezes durante o dia de hoje e a noite de ontem, refletindo sobre o que é mais correto, tentando analisar todas as consequências e ramificações.

Suspiro com força.

– Tenho.

– Tudo bem. – Ela aperta meu ombro. – Está fazendo a coisa certa, sabia?

Eu me viro para ela.

– Obrigada, Vix. Por fazer isso. Por ter voltado até aqui. Por tudo.

Abraço-a forte e de repente percebo que ela é a única amiga que me restou.

– Kenny não voltou com você? – pergunto.

– Não, ele... não vai voltar – diz ela baixinho. – Ele vai abandonar a universidade, disse que vai estudar em Oxford ano que vem.

– Desculpe, Vix – digo com delicadeza. – Sei que gostava mesmo dele.

– Ah, não, desisti disso na semana passada. – Ela sorri. – Não invisto em rapazes que obviamente não gostam de mim, não faz o meu estilo. Além disso, Matt tem me ligado e mandado umas mensagens bem fofas.

– Que bom. – Sorrio. Se eu nunca mais vir Kenny, vai ser ótimo! – Ainda não consigo acreditar que ele contou sobre Christian para os justiceiros. Por que ele faria *isso*?

– Não sabe mesmo? – Vix ergue a sobrancelha.

– Ah, sei que ele disse que achava que era o que eu queria, mas *nunca* quis que Christian se machucasse, e ele sabia disso, então por que ele passaria a informação para os justiceiros depois de vir até Sheffield para me ajudar a *infernizar* a vida de Christian? Não faz sentido. Eu mesma poderia ter vazado a informação, mas o plano era ser *sutil*. Não entendo.

– Não está entendendo mesmo, não é?

– O quê?

– Ele está apaixonado por você, Lou. – Vix suspira.

Fico surpresa.

– *O quê?*

– Acha que Kenny a seguiu até aqui só para ajudá-la com Christian? Ele recusou a chance de estudar em *Oxford*, puxa vida.

– Eu sei, mas...

– Foi uma *desculpa*, Lou. No seu aniversário, ele estava dizendo a verdade. Ele só veio estudar em Sheffield por achar que ainda tinha chance com você.

Franzo o rosto, me lembrando da expressão no rosto dele quando disse a Vix que estava apaixonado por mim, lá fora da casa de Christian, e de como fiquei impressionada por ele ter soado tão sincero. *Foi porque ele estava falando a verdade?*

– Sim, ele queria ajudá-la – prossegue Vix. – Afinal, a sua missão contra Christian foi o que uniu vocês dois de início, era o que vocês tinham em comum, e assim ele tinha um motivo para passar um tempo com você. Um segredo compartilhado. Uma *ligação. Parceiros no crime...* Então você começou a ficar a fim de Christian, e *isso* não fazia *mesmo* parte do plano dele, por isso ele decidiu resolver logo tudo e se livrar de Christian de uma vez por todas. E depois, eu acho, acabou virando uma bola de neve. O amor mexe mesmo com a cabeça da pessoa, sabe?

O amor mexe mesmo com a cabeça da pessoa…

Suas palavras me assombram enquanto tento pegar no sono naquela noite, com imagens de Christian e tio Jim enchendo minha mente. Minha decisão teria sido bem mais fácil se eu não amasse os dois, se tudo estivesse acontecendo com desconhecidos. Se eu nunca tivesse conhecido Sabina e Ash, seria muito tentador simplesmente jogar a culpa em Tariq. Se tio Jim não fosse meu tio, eu teria contado a verdade à polícia num piscar de olhos. E se eu nunca tivesse conhecido Christian…

Minha garganta incha dolorosamente…

Se eu nunca tivesse procurado Christian, nunca teria descoberto a verdade, nunca teria me *apaixonado* por ele, e tudo teria sido um *milhão* de vezes mais simples. A verdade é que certo e errado terminam se confundindo quando os sentimentos da pessoa estão em jogo.

Então quem sou eu para julgar Kenny no fim das contas? Afinal, fui eu que criei esse plano desgraçado.

Fico me revirando por horas, até começar a amanhecer e desistir de dormir. Eu me cubro com o edredom, observando o sol nascer num céu azul e límpido e me perguntando como é que algumas coisas podem ser tão simples, tão puras, tão lindas… Nada mais me parece simples. Tudo o que fazemos, todas as decisões que tomamos parecem ter um milhão de consequências imprevisíveis, todas elas emaranhadas. Minha cabeça lateja, pesada de culpa, fadiga, sem conseguir fazer nada a não ser ver o novo dia amanhecer.

Já fiz a minha parte. Acabou.

E acabou de começar.

As sombras deslizam lentamente por trás das latas de lixo e postes e cabines telefônicas, se escondendo à medida que o sol estende seus dedos escarlate investigadores por todas as ruas, todos os telhados, tão claro e imperdoável quanto a verdade, à procura de mentiras suspeitas. Algumas sombras, contudo, sempre permanecem.

Minha pele se arrepia, imaginando o que é que me aguarda hoje, depois que esse momento acabar, depois que o sol estiver lá no alto e as pessoas voltarem a encher as ruas, ligarem as televisões, lerem seus jornais...

Um barulho na porta me assusta, e quando me viro vejo um jornal sendo empurrado para dentro do meu quarto. Fico olhando para ele por um longo momento, com o coração martelando de pavor. Então fecho os olhos e me deito, sem uma gota de energia.

Agora já está feito. Não tem como desfazer.

Só espero que eu tenha feito a coisa certa. *Se é que isso existe.*

* * *

Passo a manhã inteira na cama, tentando isolar o dia que surge e adiar o inevitável o máximo possível, pedindo a Deus para cair no esquecimento alegre que o sono provê. Desligo o telefone de Poppy e ignoro quando Vix bate à porta, sem querer encará-la. Sem querer encarar ninguém. Pelo resto da vida.

Mas é o que preciso fazer.

São quase 13h quando finalmente me obrigo a sair do quarto cambaleando. O sol baixo do inverno me cega e me julga como um holofote enquanto me escondo atrás dos óculos escuros e entro no carro de tia Grace.

O rádio soa bem alto assim que ligo o carro, e o desligo depressa, louca para preservar o silêncio, a paz, só mais um pouquinho.

Baixo a cabeça ao passar pela televisão da área de espera do hospital e vou direto até a loja de presentes, onde escolho belas rosas amarelas para vovó. Quando me viro para pagar no balcão, porém, lá está:

WILLOUGHBY-WHITE: MENTIRA DA POLÍCIA?

QUEM REALMENTE MATOU POPPY?

NOTÍCIA CHOCANTE – POLICIAL ASSASSINO!

Meu coração afunda ao ler as manchetes, todas elas construídas para incitar o máximo de indignação e ódio do público.

Mas o que eu esperava?

Cheia de culpa, eu me lembro das pilhas de recortes de jornais sobre Christian que juntei com voracidade, cada um deles me deixando mais zangada e determinada a fazer justiça, pois eu acreditava piamente em cada palavra do que diziam. Não só eu acreditava nelas como agia com base nelas. Kenny tem razão: o poder da imprensa é assustador.

Penso nos violentos justiceiros e fico nauseada.

Dou uma olhada nos outros jornais na prateleira. Todos entrando no mesmo jogo, com uma manchete mais obscena do que a outra. Todos exceto um, que tem a notícia com exclusividade:

LEO NILES INOCENTE – A PROVA!
por Victoria Keeley

Ela enfim conseguiu a sua grande oportunidade.

Sabia que Vix faria um ótimo trabalho. Ela é a única pessoa em que eu confiaria para contar toda a verdade, e para focar Christian, em vez de destruir com alegria o nome de tio Jim, como os outros jornais.

Seu rosto barbado, de uma foto do funeral, me encara pesaroso. Sinto um aperto na barriga. O que ele deve estar sentindo agora de manhã? Medo? Culpa?

Traição.

Pago as rosas e sigo apressada até a ala de vovó. Encontro-a se deliciando com um macarrão com queijo e assistindo ao noticiário da tarde.

Seu rosto se alegra-se ao me ver.

– Vovó! – Beijo sua bochecha. – Está parecendo tão melhor!

– Boa tarde, querida! – diz ela, feliz.

– É mesmo uma boa tarde? – Suspiro, olhando para a televisão, que mostra de novo as cenas de hoje de manhã: o advogado de tio Jim na frente da nossa casa, dando uma declaração que confirma que uma nova evidência foi descoberta contra o sargento Willoughby-White, mas que nada foi provado ainda.

Os repórteres reunidos enchem-no de perguntas, mas só consigo olhar para o rosto pálido que observa da janela do quarto.

Tia Grace.

– O que foi que eu fiz? – Me afundo numa cadeira.

– Fez o que precisava fazer – vovó me tranquiliza. – Querida, não é culpa sua, nada disso é culpa sua. Raramente é fácil fazer a coisa certa.

– Mas foi *mesmo* a coisa certa? – digo, arrasada.

– Querida, você não teve escolha – diz vovó com doçura. – Até acidentes têm consequências que precisam ser enfrentadas, e pessoas inocentes estavam sofrendo.

– Mas pessoas inocentes *continuam* sofrendo – argumento. – Olhe só para tia Grace. Pense em Millie.

– Pense em Sabina e no bebê dela.

Vovó aponta a cabeça para a televisão, e eu arrasto meus olhos até a tela. Sabina aparece contente e alegre diante da câmera, com Ash no colo, que fica tentando pegar seus brincos que balançam.

– Estou aliviada por ver que a verdade finalmente veio à tona – diz ela, com os olhos escuros reluzindo orgulho. – Que meu filho vai poder crescer sabendo que o pai dele era um herói, não um criminoso.

– Um herói mesmo – comenta o repórter para a câmera. – Pois a nova evidência mostra que Tariq Khan entrou na propriedade *depois* que Poppy foi atacada e que foi assassinado enquanto tentava ligar pedindo socorro. Vejam o que o detetive Goldsmith teve a dizer sobre o assunto mais cedo.

A imagem muda para mostrar o mesmo repórter na frente da delegacia hoje de manhã.

– Detetive Goldsmith, por que erraram tanto nesse caso? – Ele aponta o microfone para o investigador, que envelheceu uma década do dia para a noite.

– As imagens ainda precisam ser verificadas – murmura ele. – Mas parece que o caso é mais complexo do que imaginávamos. O sistema judiciário não é infalível.

– Isso teve alguma coisa a ver com a posição do sargento Willoughby-White na polícia? A polícia escondeu alguma prova?

– De jeito nenhum. – O inspetor parece furioso. – Essa prova acabou de ser descoberta.

– Nesse caso, por que acha que a nova prova foi entregue para a imprensa e não para a polícia?

O inspetor olha raivoso para a câmera.

– Sem comentários.

Claro que, depois da confissão de Kenny admitindo que tinha vazado a informação para os justiceiros, eu não tinha nenhum motivo para duvidar da polícia, para acreditar que eles não estavam sendo imparciais ou duvidar de qualquer prova que tivessem relacionada ao celular de Poppy. Talvez eles tenham mentido, mas talvez, quando Christian lhes contou da mensagem e eles disseram que não encontraram nada, será que não estavam dizendo que não tinham encontrado o *celular* de Poppy? Pode ter sido apenas um grande mal-entendido. Eu não tinha nenhum motivo irrefutável para achar que não podia confiar a eles essa prova crucial contra um antigo membro da equipe deles…

Mas de todo jeito, Vix não tinha certeza se as imagens da webcam seriam admissíveis no tribunal, e demoraria uma eternidade para elas serem autenticadas, e eu queria que Christian fosse inocentado o mais rápido possível, mesmo que apenas na cabeça do público e, mais importante, dos justiceiros. Assim, mesmo que ele precisasse passar o resto da sentença preso, quando saísse estaria em segurança, inocentado, e poderia voltar para sua casa e sua família.

– Uma notícia acabou de chegar – diz o repórter de repente. – Após o vazamento das imagens da webcam, o sargento Willoughby-White *confessou* que é o responsável pela morte da filha.

Olho para cima, chocada. *Tio Jim confessou?*

– O relato dele alega que foi um acidente trágico causado pela bebida e corresponde exatamente à cena do vídeo. Além disso, ele admitiu que Leo Niles era amigo de Poppy e que sabia que Leo foi até a casa naquela noite para visitar a jovem, e não para roubá-los.

Meu queixo cai.

– Agora não há mais nenhuma dúvida – afirma o repórter. – O sargento Willoughby-White confessou a culpa e inocentou Leo Niles.

Não acredito. Olho para a tela sem reação, tentando assimilar tudo.

Eu devia estar feliz. É o que eu queria. Talvez a webcam não tivesse sido o suficiente para inocentar Christian, *mas isso...* isso deve ser. Tio Jim contou a verdade sobre Poppy, apesar de ter mentido sobre conhecer Christian. Uma última mentira inofensiva para que um homem inocente pudesse ficar livre e em segurança.

Ele fez a coisa certa no fim das contas.

E agora perdeu tudo.

– Acho que vou pegar um café – digo, me sentindo nauseada. – Quer alguma coisa, vovó?

– Não, obrigada. Querida? – Eu me viro, e ela sorri. – O que fez foi muito corajoso. Estou orgulhosa de você.

Sorrio fracamente enquanto empurro a porta. Assim que viro no corredor, murcho contra a parede.

Orgulhosa? Nunca me senti menos orgulhosa de algo na vida.

Fecho os olhos. Nas últimas semanas, traí todas as pessoas que amo. Tio Jim, tia Grace, Millie, Poppy, Christian…

Todos esses rostos flutuam na minha frente até eu não aguentar mais. Abro os olhos, mas Christian continua ali, andando na minha direção.

– *Christian!* – Eu arfo. – O que... como?

– Eles me soltaram! – diz ele com alegria.

Um belo sorriso toma seu rosto, e, pela primeira vez desde que o conheci, seus olhos também sorriem, reluzindo de felicidade.

– Está livre?

– Bem, oficialmente estou com uma licença até o meu direito de apelação ser marcado, mas não tem como questionar uma confissão! Viu o noticiário de agora?

– Sim. – Assinto. – Vi, sim.

Ele olha para mim por um momento, com os olhos brilhando.

– Estava no pen-drive, não estava?

Assinto mais uma vez.

– A senha para acessar o vídeo estava.

– E você a encontrou. – Ele sorri para mim. – Eu *sabia* que você estava por trás disso. Era muita coincidência isso acontecer agora. Você não desistiu de mim, mesmo depois que eu pedi. Você é incrível. – Ele joga os braços ao meu redor e me abraça tão forte que acho que vou explodir. – Obrigado. Obrigado mesmo. Você me devolveu minha vida!

A pura alegria da sua voz anima meu coração, e percebo que também estou sorrindo, o que não acontecia desde que descobri a verdade.

Era a coisa certa mesmo. Christian está livre. Ele *merece* ficar livre. Ele é inocente, não fez nada de errado, e agora tem sua vida de volta. Fiz o que precisava fazer. O que sempre quis fazer. Conseguir justiça.

Mas não foi da maneira como eu esperava.

– Joe me trouxe de carro até aqui – diz ele sorrindo. – Na verdade não foi ele que me traiu, nem acredito que duvidei dele! Meu advogado disse que vazaram meu endereço pelo Twitter, e Joe nem *tem* computador, ele tem pavor de tecnologia! Então deve ter sido a polícia!

Meu sorriso desaparece.

– Ainda bem que levou sua evidência para os jornais. Agora todo mundo sabe a verdade! É um milagre! *Você* é um milagre! – Ele me abraça de novo. – Precisa vir conhecer minha mãe. Devia ter escutado ela ao telefone, Lou; ela está radiante, não sabe se ri ou se chora. *Eu* nem sei se rio ou se choro! – Ele dá risada. – Ela não vê a hora de conhecer você. E está fazendo um bolo pra moça que me salvou! Um bolo de três camadas *e* com cobertura!

Dou risada.

– Ela quer me conhecer?

– Claro! Contei tudo sobre você, o meu anjo da guarda.

Mudo de posição, constrangida.

– Como sabia que eu estava aqui? – pergunto.

– Não sabia, mas, depois que não atendeu o celular de Poppy, liguei para o hospital para perguntar da sua avó, e eles me disseram que a neta dela tinha acelerado muito a recuperação dela. Como ela está? Está recebendo visitas?

– Sim, ela está bem melhor. – Sorrio. – Graças a você.

– Ótimo. Posso vê-la? – Ele passa por mim.

– Na verdade, Christian, espere!

Corro até ele. Ela pode acabar entregando minha verdadeira identidade!

Mas, ao dar a volta no corredor, vejo Christian parado na frente da porta de vovó, olhando pela janelinha.

– Ela está com alguém…

– Quem? – Sigo seu olhar e vejo tia Grace soluçando nos braços de vovó, e então perco o ar.

– Quem é aquela? – Ele franze o rosto. – Ela me parece familiar...

– Minha... hum... – Meu coração acelera loucamente, e entro em pânico.

– Espera. Eu a conheço. Ela é... *É a mãe de Poppy*... – Christian olha mais de perto. – Ela estava no noticiário hoje de manhã.

Prendo a respiração.

– Mas o que ela está fazendo aqui? – Ele olha para mim, confuso. – Como ela conhece sua avó?

– Ah, mãe! – lamuria tia Grace bem alto. – Como foi que isso aconteceu?

Sinto meu coração afundar ao ouvir o desespero em sua voz... e o choque que surge no rosto de Christian.

– *Mãe?* – Ele me encara. – Mas...

Eu me encolho diante dele, sem poder fazer nada enquanto sua confusão vira compreensão.

– Você é *prima* de Poppy?

Sem me mexer, faço que sim, temerosa.

Ele cambaleia para trás, como se eu fosse uma desconhecida. O que suponho que sou.

– Você... – Ele tenta encontrar as palavras, os olhos agitados. – Você sempre soube quem eu era?

Hesito e faço que sim, arrasada.

– Então você... Você *mentiu* pra mim. – Ele me encara. – Mentiu sobre tudo!

Estendo o braço para ele.

– Christian...

– Não encoste em mim! – Ele afasta o braço bruscamente, a mandíbula tensa. – Não sei mesmo quem você é. – Ele se vira.

– Espere! – exclamo. – Espere! Christian!

– Me deixe em paz! – retruca ele.

– Não, Christian, por favor, me escute! – Vou correndo até ele.

– Eu tinha razão, não é? – diz ele amargurado, andando mais depressa. – A gente ter se conhecido não foi um acidente. Mas também não foi o destino que planejou tudo, não é? *Foi você!*

– Christian!

– A gente ter se conhecido, ter se apaixonado... foi tudo uma farsa! – Lágrimas surgem nos seus olhos.

– Por favor – imploro. – Me escute!

– *Como* me encontrou? – Ele para de repente. – Como soube onde eu estava, se era segredo para o mundo inteiro?

– Eu... – Hesito. – Eu hackeei os computadores da polícia para acessar seus arquivos.

A expressão dele fica sombria.

– Ou seja, *Kenny* fez isso?

Engulo em seco ansiosa e faço que sim.

– Caramba, Lou, há quanto tempo estava planejando isso? Desde o colégio interno?

Faço que sim de novo, arrasada.

– Por quê? – retruca ele, os olhos azuis gélidos. – Por que não podia simplesmente me deixar em paz? Deixar eu tentar recomeçar minha vida, ter uma segunda chance?

– Porque... – Hesito.

– Por quê? – pergunta ele.

– Porque você destruiu minha família! – exclamo, com lágrimas inundando meus olhos. – Poppy estava em coma, meu tio preso, minha tia arrasada e minha priminha Millie não consegue nem se lembrar da própria irmã! – Minha garganta incha dolorosamente. – Por que *você* devia ter o direito de recomeçar quando a gente não ia poder fazer isso? Você tinha destruído a nossa vida!

Ele olha para mim, com uma fraca e triste compreensão nos olhos.

– Mas não fui eu – diz ele baixinho.

– Agora eu sei disso – digo, com lágrimas escorrendo pelas bochechas. – Mas todos disseram que você estava envolvido. Tariq estava morto, tio Jim estava preso e você estava livre, *livre*! Os jornais não paravam... Não era justo, não era certo... Você merecia ser punido!

– Punido? – Ele franze o rosto e de repente me encara. – *Você? Você* está por trás das ligações que eram engano? Das chaves desaparecidas? Do arrombamento? – Ele me encara, sem acreditar. – Caramba! Foi você também que começou o incêndio?

– Não! – Encaro-o. – Não, como pode achar isso?

– Não sei mais o que pensar! Não conheço você de verdade, nem sei do que é capaz.

– Nunca quis machucá-lo! – insisto. – Eu queria apenas... assustá-lo.

– Bem, funcionou. Sabe quanto fiquei preocupado com minha família, com a segurança deles? Fiquei apavorado! Como pôde fazer *isso*?

Fico encarando meus pés, sentindo as bochechas corar.

– Desculpe.

– *Desculpe?* – retruca ele. – Por sua causa eu infringi o meu maldito horário! Eu arrisquei *tudo* por sua causa!

Fecho os olhos.

– E em troca de quê? – pergunta ele. – Achei que fosse diferente. Achei que acreditasse em mim. – Ele avança pelo corredor.

– Eu acredito! – insisto, correndo para alcançá-lo. – Eu acredito *sim* em você. Provei a sua inocência, não foi?

– Mas quase não fez isso! – responde ele amargamente. – Eu perguntei se tinha alguma prova no pen-drive, e você disse que não. "Não, Christian, não tem nada nele. *Nada de útil*" – zomba ele. – Essa é a palavra-chave, não é? *Útil.* Útil para você. Útil para sua família.

– Eu traí minha família pra salvar você!

– Você contou a *verdade*! – corrige ele. – Mas não ia contar, ia? Estava disposta a se aproveitar de mim para salvar seu tio. O seu tio racista e assassino que agride menores!

– Você não *conhece* o tio Jim! – protesto.

– Não – diz ele com frieza. – Eu não conheço *você.*

– Conhece, sim! – insisto com desespero. – Christian, por favor.

– Então por que mudou de ideia? – Ele se vira de repente. – Por que decidiu contar a verdade no fim das contas?

– Eu... – Hesito. – Foi por sua causa.

Seus olhos se estreitam, céticos.

– E por causa de Sabina e Ash... e Millie…

A expressão dele desanuvia.

– Claro. – Ele assente. – Ficou com medo que ele fizesse aquilo de novo. Com Millie. Fez isso por causa dela.

– E por *sua* causa! – insisto. – Não ia conseguir arruinar sua vida e nunca mais vê-lo!

– Então era o nosso relacionamento falso que queria salvar? O que achou que ia acontecer? Que me inocentaria e nós ficaríamos juntos, vivendo felizes para sempre? Eu e minha gratidão eterna, e você, quem quer que seja, mentindo sem parar todos os dias em que a gente estivesse junto?

Encaro-o, desamparada.

– Achei que você era a única pessoa do mundo em quem eu podia confiar – diz ele baixinho, olhando bem nos meus olhos. – Mas você me contou mais mentiras do que qualquer outra pessoa, desde o instante em que nos conhecemos. Você mentiu sobre tudo, tudo.

– Sobre tudo, não! – protesto, agarrando a mão dele. – Não menti sobre meus sentimentos. Eu *amo* você.

– Por que eu acreditaria nisso? – Ele me encara friamente. – Como é que posso acreditar no que diz?

Ele puxa a mão para longe da minha e atravessa zangado as portas do hospital, que sibilam para mim ao se fecharem. Encaro meu próprio reflexo arrasado, vendo-o sair da minha vida para sempre.

Ele tem razão. Passei esse tempo todo preocupada que ele estivesse mentindo para mim, me usando, me enganando. Mas fui eu que menti o tempo inteiro. Eu o usei, o enganei. Christian só foi honesto comigo, e eu só menti para ele.

Fecho os olhos, sem conseguir me ver nem por mais um segundo.

Capítulo trinta e nove

– Lulu?

A voz fala tão baixinho que quase consigo fingir que não a escutei, que meu coração quase parou sem nenhum motivo.

– Lulu, podemos conversar?

Suspiro pesadamente e me viro para encarar mais uma pessoa cuja vida acabei de destruir. Tia Grace parece um vulto, o rosto manchado e pálido, com marcas profundas sob os olhos desolados.

– Podemos ir para o carro? – pergunta ela, passando por mim e atravessando as portas automáticas. – É mais isolado.

Sigo-a até lá fora com os pés pesados, destranco o carro e sento desolada no banco do passageiro. A porta bate atrás de mim, me deixando trancada dentro dele com minha culpa e as consequências das minhas ações.

Tia Grace senta silenciosa no banco do motorista.

– Tia Grace, desculpe mesmo – desembucho. – Não ia contar a ninguém, mas... – Hesito. – Mas achei que eu não tinha *escolha*. Outras pessoas também estavam envolvidas, outras pessoas inocentes estavam sofrendo... Mas você é tão boa comigo, você e tio Jim, e eu me sinto tão mal...

– Querida. – O toque da sua mão fria na minha me faz parar no meio da frase. – Não estou com raiva de você.

Lentamente olho para ela, para seu rosto pálido e esquelético.

– Estou com raiva *dele*. De mim mesma. Eu nunca devia ter deixado Poppy lá quando... quando deixei Jim. – Ela pisca os olhos depressa. – Quando nos separamos.

Encaro-a.

– As coisas entre nós dois... não estavam bem havia um tempo. – Ela suspira. – Estávamos muito ocupados e mal nos víamos. Acho que acabamos nos afastando.

Franzo o rosto. Desde quando? Por que eu não sabia disso? Como é que fiquei sem saber de nada?

Mas então lembro da ligação de Poppy. *O clima aqui em casa está péssimo desde que você foi embora, eles estão me deixando tão confusa. Mamãe está sempre no curso de culinária, e papai está trabalhando demais...*

– Acho que no início eu não tinha percebido. A casa estava sempre tão cheia de diversão e risadas com você e Poppy... E depois Millie chegou e foi uma surpresa para todos nós, foi como começar tudo de novo, um turbilhão maravilhoso de risos e fraldas. Mas depois... – Tia Grace hesita. – Depois, quando você foi para o colégio interno e Poppy passava o tempo inteiro na biblioteca estudando para as provas, e Millie foi para a escolinha, eu... comecei a ter mais tempo livre. Quando Jim e eu percebemos que éramos só nós dois, pela primeira vez em anos, eu de repente tive de assumir que a gente não tinha muito o que dizer um para o outro. E então comecei o meu curso de culinária e... conheci alguém.

– *O quê?* – Encaro-a. – Quem?

– Não importa. – Ela dá de ombros. – Acabou.

– *Amir* – digo, lembrando como ele olhava com afeto para tia Grace lá em casa. O professor de culinária dela.

Ela confirma com a cabeça.

– Ele fazia com que eu me sentisse... viva de novo. – Ela sorri com tristeza. – Só percebi o que estava perdendo quando o conheci. Era amor, Lulu. Um amor verdadeiro.

Tia Grace *traiu* tio Jim?

– Não fizemos nada. – Ela cora. – Eu não seria capaz de trair Jim daquele jeito, mas não sabia *o que* fazer. Eu queria... Eu precisava de um pouco de espaço para pensar nas coisas, esvaziar a cabeça. Combinei de passar aquele fim de semana na casa de mamãe. Levei Millie também e chamei Poppy para vir, mas ela preferiu ficar em casa por algum motivo. Acho que agora a gente sabe que é porque ela estava planejando ir a Glastonbury... Mas então Jim descobriu sobre Amir. – Tia Grace empalidece. – Ele leu uma mensagem no meu celular no almoço daquele dia e me perguntou sobre aquilo na frente de Millie... – Ela respira com dificuldade. – Foi uma briga terrível. Ele me acusou de traí-lo, de acabar com a nossa família. Foi péssimo!

Então foi *por isso* que tio Jim reagiu com exagero quando Tariq chegou. *Seu ladrão paquistanês de merda, vocês são todos iguais!* Ele achou que Tariq ia roubar Poppy dele, assim como Amir tinha roubado tia Grace.

– Eu devia ter esperado Poppy voltar para casa, ter contado o que estava acontecendo. – Tia Grace soluça. – Mas Jim estava gritando, e Millie chorando... Eu não podia ficar mais naquela casa. Precisei ir embora. – Ela balança a cabeça. – Liguei várias vezes para o celular de Poppy, deixei várias mensagens implorando para ela me ligar. Mas ela não ligou, nem sei se as recebeu.

Me lembro das mensagens não lidas no celular de Poppy, e de quanto ela parecia feliz na webcam. *Ela nunca soube.*

– Jim se embebedou por *minha* culpa! – Tia Grace se dissolve em lágrimas. – Por minha culpa ele se descontrolou quando viu a mochila dela pronta perto da porta, e é por minha culpa que ela está…

Ela treme descontrolada, com o corpo inteiro frio, e eu a abraço.

– Senti tanta culpa! Achei que o que tinha acontecido era uma punição. – Lágrimas mancham seu rosto. – E depois, quando achei que

Jim era o maior herói, que tinha sido preso por tentar salvar a nossa Poppy... Senti que devia a ele uma segunda chance para o nosso casamento, para a nossa família. Mas na verdade eu estava muito preocupada com a volta dele.

Assinto devagar.

– E agora?

Ela balança a cabeça.

– Não dá mais para voltar. Especialmente agora.

Engulo em seco enquanto tento assimilar tudo.

– O que vai contar a Millie? – pergunto baixinho.

– A verdade – diz tia Grace, com os olhos tranquilos. – Quando ela tiver idade suficiente. Não adianta fingir. – Ela suspira. – Já basta de fingimentos.

– Desculpe – digo. – Eu queria nunca ter descoberto…

– Não – diz ela, segurando minha mão. – Acho bom ter descoberto. Prefiro saber a verdade, por mais terrível que seja. Só assim podemos lidar com o que aconteceu, é a única maneira de tentarmos seguir em frente. – Lágrimas ferem suas palavras, e eu aperto forte sua mão.

Seguir em frente... Parece impossível neste momento. Ficamos sem chão mais uma vez, e vai demorar para as coisas se acalmarem, para nos acostumarmos à nossa nova vida. Sem Poppy. Sem tio Jim…

– A gente vai superar isso – prometo, lembrando as palavras de vovó. – Um dia de cada vez. Juntas. *Tudo vai ficar bem.*

Abraço tia Grace com força, puxando-a para perto e acariciando seu cabelo, assim como ela me consolou tantas vezes antes, esperando do fundo do meu coração que o que eu disse seja verdade.

Oito meses depois

– Está pronta? – pergunta tia Grace ao me ver sair sob o sol ofuscante de junho.

Respiro fundo.

– Mais pronta impossível.

A verdade é que hoje eu não queria acordar, nem vir aqui, nem lembrar que dia é. Mas tia Grace estava decidida.

– É importante – disse ela. – Não podemos desfazer o que aconteceu, mas também não devemos nos esquecer de que faz dois anos. Aquilo mudou nossa vida completamente.

Dois anos. Não acredito que se passaram mesmo dois anos.

Parece que foi ontem.

Parece que foi uma eternidade atrás.

Dou uma olhada no cemitério ensolarado enquanto sigo tia Grace, vovó e Millie pelo caminho sinuoso, que mudou tanto desde o dia em que enterramos Poppy. Naquela época, o chão estava coberto de folhas mortas e úmidas, mas agora há uma camada de flores bonitas nascendo, num sinal de vida nova, começos novos... esperanças novas.

– Vamos brincar de esconde-esconde! – exclama Millie.

– Eu... – Hesito.

Não estou muito a fim de brincar, e estamos num *cemitério.*

– Que ideia maravilhosa! – Vovó sorri. – Vamos nos esconder juntas e esperar alguém nos encontrar!

– Tá certo! – diz Millie alegremente.

– Poppy brincava *tão* bem de esconde-esconde – escuto vovó dizer ao se afastarem de mãos dadas.

– Eu sei! – Millie sorri. – É por isso que quero brincar.

Sorrio vendo-a saltitar no meio das sombras cobertas de folhas, com a luz do sol salpicando seu cabelo loiro.

– Ela superou isso melhor do que todos. – Tia Grace sorri. – Graças a você.

Balanço a cabeça.

– Eu não fiz nada.

– Você ficou do lado dela – argumenta ela, colocando o braço ao redor dos meus ombros. – Do lado de nós duas. Não sei o que teríamos feito sem você.

– Vocês sempre estiveram do meu lado – argumento. – Devo tudo a vocês.

– Você não me deve nada, é da família. – Ela beija minha cabeça. – Mas continuo me sentindo péssima por você ter abandonado a universidade.

– Eu recomeço em setembro. – Dou de ombros. – E espero conseguir notas melhores agora que refiz o vestibular!

– Vai conseguir, sim. Você se esforçou muito. Estou tão orgulhosa! – diz ela com alegria. – E... obrigada pelo seu apoio com Amir também. Sei que deve ser estranho, agora que começamos a namorar de novo. Deve parecer rápido demais.

– Você esperou meses. – Sorrio. – Mais de um ano, na verdade. E Amir é ótimo. Ele é ótimo com Millie, é louco por você, e a vida é curta. – Aperto-a forte. – Precisa fazer o que a deixa feliz, ficar com *pessoas* que a deixam feliz. Nunca se sabe... quando elas vão partir.

Penso em Poppy e em tio Jim... Apenas dois anos atrás, eu não percebia a importância deles, duas das pessoas que mais amo no mundo. Esquecia de retornar as ligações, deixava se passarem meses entre minhas visitas... Estava tão focada em mim mesma e na minha nova vida no colégio interno que não fazia ideia do que estava acontecendo em casa, nenhuma ideia de que as coisas não estavam bem entre tia Grace e tio Jim, não sabia que Poppy tinha conhecido um rapaz novo na galeria de arte... Se eu tivesse me esforçado mais, prestado mais atenção, me envolvido mais, talvez... Suspiro. Christian tinha razão. Não dá para mudar o passado.

Mas dá para aprender com ele.

É por isso que não vou mais cometer o mesmo erro em setembro, onde quer que eu vá estudar. Vou manter o máximo de contato possível, assim como tenho feito com tio Jim. Não tem sido fácil. No início, fiquei com medo de visitá-lo. Apavorada, achando que ele não ia querer me ver e até me odiaria depois da minha terrível traição. Contudo, antes que eu pudesse dizer uma palavra, ele jogou seus braços enormes ao meu redor e me abraçou tão forte que senti um aperto na barriga. Quando nos separamos, nós dois estávamos com o rosto coberto de lágrimas.

– Desculpe mesmo, Lulu. – Ele suspirou, com os olhos brilhando. – Você fez a coisa certa, algo que eu devia ter feito bem antes. Desculpe por eu ter demorado tanto. Desculpe por ter mentido. E... me desculpe *mesmo* pelo que eu fiz.

– Eu sei. – Assenti. Então nos abraçamos novamente até o carcereiro nos obrigar a nos separarmos.

Algumas visitas depois, Millie me acompanhou. Tia Grace ainda não estava a fim de encarar tio Jim, mas decidiu que Millie tinha idade suficiente para visitá-lo, e que era importante ter o pai presente de alguma forma na vida dela.

– Ele ainda é o pai dela, e ela precisa dele – disse tia Grace para mim. – E ele precisa dela. Independentemente do que ele fez, não merece perder as duas filhas.

Todas ficamos ansiosas pensando em como seria a reação dela ao vê--lo na prisão, mas ela gritou de alegria e pulou nos braços dele enquanto o rosto de tio Jim explodia de felicidade. E depois passamos uma hora inteira brincando juntos na área infantil, lendo histórias e desenhando.

Desde então, nós o visitamos a cada duas semanas. De vez em quando tia Grace nos acompanha, e eu escrevo para ele tanto quanto posso. Agora ele precisa do nosso apoio mais do que nunca, já que o país todo se virou contra ele, com os tabloides o demonizando pelo que aconteceu, assim como antes fizeram com Christian.

Mas tio Jim não é um demônio, nem Christian.

Ele é humano. Cometeu erros. E Deus sabe muito bem que está pagando por eles. A culpa e o sofrimento por ter matado Poppy vão torturá-lo pelo resto da vida. O país devia simplesmente cuidar de seu próprio nariz.

De repente, tia Grace para de andar e eu olho para ela, surpresa. Acompanho seu olhar e avisto uma mulher ajoelhada perto de um túmulo, com um carrinho.

Sabina.

Engulo em seco. É a primeira vez que a vejo desde o funeral de Poppy, mas *claro* que ela estaria aqui hoje; afinal, é o dia em que Tariq morreu também. Observo ela se levantar devagar e se virar... e ficar paralisada ao nos ver.

Antes que eu possa dizer alguma coisa, tia Grace se aproxima dela.

– Minha querida, você será capaz de me perdoar um dia? – pergunta ela, segurando a mão de Sabina, que arregala os olhos. – Você passou por tanta coisa, sofreu uma perda tão grande. – Ela se vira para a lápide de Tariq. – Ele era um jovem muito corajoso, e lamento o fato de ter demorado tanto para que isso fosse reconhecido. – Ela gesticula na direção do buquê na mão de Sabina. – Posso?

Sabina faz que sim, e tia Grace se curva para delicadamente colocar um cravo branco no túmulo de Tariq. Ela respira fundo e toca com cuidado a lápide.

– Desculpe mesmo pelo que aconteceu. – Ela suspira, balançando a cabeça. – Por tudo... – A voz dela falha.

Sabina a encara por um instante, dá um passo à frente e põe a mão no ombro de tia Grace.

– Não é culpa sua – acrescenta ela baixinho. – Você não sabia. Ninguém sabia o que realmente tinha acontecido.

Tia Grace balança a cabeça, arrasada.

– Mas eu *devia* ter sabido. Ele era meu marido, ela era minha *filha*.

– Sim. Ela era sua filha. Sua filha – diz Sabina, olhando para Ash. – E lamento muitíssimo a sua perda.

Tia Grace olha para ela, cheia de lágrimas.

– Ela era uma garota encantadora – diz Sabina para ela. – Era jovem demais para morrer.

Tia Grace faz que sim.

– Tariq também.

– É verdade. – Sabina suspira. – Mas agora pelo menos o mundo sabe a verdade sobre ele, sobre quem ele *realmente* era. – Ela olha para mim. – Leo me contou o que você fez. Obrigada. Deve ter sido bem difícil.

Assinto.

– Fazer a coisa certa costuma ser difícil.

Ela sorri tristemente.

– Isso nunca deteve Tariq.

– Ele foi um verdadeiro herói – diz tia Grace a ela. – É para você ter muito orgulho dele.

– Tenho, sim. – Sabina sorri. – Nós dois temos, não é, Ash?

– Olá, Ash! – Tia Grace sorri, se curvando perto do carrinho dele e apertando a mão da criança. – É o maior prazer conhecê-lo. Que menino mais lindo!

Ash sorri para tia Grace e puxa o cobertor por cima do rosto.

– Ele é um pouco tímido. – Sabina ri, e eu fico impressionada ao ver quanto ela mudou desde o funeral... Quanto ela parece mais jovem, com um sorriso natural no rosto e olhos animados. Felizes.

– Posso...? – Sabina hesita. – Quero dizer, você se incomodaria em dar uma flor para Poppy... enviada por mim? – Ela escolhe uma linda flor rosa do túmulo de Tariq e a oferece para tia Grace.

Tia Grace olha a flor por um momento e balança a cabeça, colocando o braço ao redor dos ombros de Sabina.

– Vamos juntas.

Sorrio ao segui-las pelo caminho até o túmulo de Poppy. Elas estão livres. Livres de culpa, de perseguição, da sombra do suposto crime de Tariq. A verdade as libertou, e agora Sabina e Ash enfim poderão viver em paz.

E Leo também. Onde quer que ele esteja. Ele é um homem livre. Não é mais Christian Webb. Nem um criminoso. Nem está mais preso como um pássaro engaiolado.

Observo um bando de pássaros se espalhar no ar, voando pelo vasto céu azul. Se tem uma criatura que nunca deve ficar engaiolada, é o pássaro. Vejo-os pairar e bater as asas, piando e cantando, e meu coração se alegra quando eles voam para longe, desaparecendo na distância.

Talvez eu nunca mais o veja, mas pelo menos agora isso é escolha dele. Ele é livre para fazer o que quiser.

E fico contente com isso. Sei que fiz a coisa certa.

– Não acredito – diz Sabina de repente. – Como é bom ver você, *Leo*!

Meu coração para.

Lentamente, sem conseguir respirar, eu me viro e olho para o outro lado do cemitério. Meus braços se cobrem de arrepios.

O cabelo dele voltou ao loiro natural e está curto, o que o faz parecer mais novo do que antes. Quando seus olhos azuis penetrantes encontram os meus, é como se os últimos oito meses se dissolvessem de uma só vez.

Christian.

Antes que eu possa analisar sua expressão, ele olha para Sabina, e ela ri e vai correndo encontrá-lo. Tia Grace vai atrás, mas meus pés estão enraizados no chão.

Observo-o abraçar Sabina afetuosamente e sinto uma dor no coração. Estou louca para sair correndo até ele, mas com muito medo de ser rejeitada.

Ele a solta devagar e se curva para colocar no túmulo um buquê de flores.

No túmulo de Poppy.

Meu coração despenca. Claro. *Poppy.* Ele está aqui para ver Poppy, não para me ver.

– Achou a gente! – exclama Millie, correndo para tia Grace enquanto vovó sai de trás de uma árvore.

Todos se reúnem ao redor do túmulo de Poppy, mas não consigo me mover, não consigo me juntar a eles.

Fico encarando meus pés, tentando ficar invisível. Ele tem todo o direito de me odiar. Só não quero piorar ainda mais as coisas.

De repente, escuto alguém limpando a garganta e olho para cima, assustada.

– Não estou interrompendo nada, estou? – pergunta ele, erguendo as sobrancelhas.

– Não... Não, desculpe, eu... Eu apenas... – gaguejo e desvio o olhar depressa. – Desculpe, não esperava encontrá-lo aqui. Desculpe. – Fico olhando meus pés.

– Lou, olhe para mim.

Mas não consigo. Não consigo olhar para ele depois de tudo o que fiz.

– Achei que fosse encontrá-la aqui hoje – diz ele baixinho.

Ele achou?

– Passei na sua casa há um tempo.

Mesmo? Hesitante, eu me permito levantar um pouco o olhar. Encaro os tênis dele.

– A gente se mudou – digo. – Eram muitas... muitas lembranças.

Ele assente.

– Fui na sua residência estudantil também.

Ele foi até *Sheffield*? Meu olhar sobe até seus joelhos.

– Eu... abandonei a faculdade – explico. – Decidi refazer o vestibular e me inscrever em algum lugar mais perto de casa. Começar de novo.

– Pelo jeito todos estão fazendo isso – comenta ele. – Vix também, não consegui encontrá-la em Sheffield, mas vi o nome dela no jornal. Ela está muito bem.

Sorrio.

– Está, sim.

– Ela deve muito a você – diz ele, se aproximando. – Nós dois devemos.

Meu coração acelera.

– Sou um idiota, Lou. Você devolveu a minha vida e me deu um futuro que vale a pena viver, e como foi que eu retribuí?

Meus olhos sobem devagar até sua barriga.

– Por sua causa, agora todos sabem a verdade. Não apenas sobre mim, mas sobre Tariq também. – Ele olha para tia Grace e Sabina, que conversam com vovó enquanto Millie e Ash disputam corrida entre as árvores, rindo. – Foi você que fez isso. Você contou a verdade. Era tudo o que eu queria. – Ele se vira para mim. – Até agora. Até você.

Eu me atrevo a levantar o olhar até seu peito, com meu coração disparando.

– Vamos ter o nosso próprio recomeço – sugere ele. – Sem mais nenhuma mentira. – Ele estende a mão, e, nervosa, eu levanto a vista e olho nos seus olhos. – Olá. – Ele sorri, com seus olhos azuis brilhando para mim. – Meu nome é Leo.

– Oi. – Retribuo o sorriso, sentindo sua mão quente na minha enquanto a aperto relutante. Respiro fundo, hesito. *A verdade.* – Meu nome é Lucinda.

Seus olhos se arregalam por um instante, e depois ele dá uma gargalhada pura e afetuosa, balançando a cabeça sem acreditar.

– Bem, é um prazer enfim conhecê-la, Lucinda. – Ele sorri, me puxando para perto. – De verdade.

Quando seus lábios encontram os meus e as últimas das nossas mentiras são carregadas pelo vento, finalmente, maravilhosamente, ficamos apenas eu e ele.

Agradecimentos

Agradeço imensamente…

Aos meus editores incríveis, Jane Griffiths, Michelle Poploff, Amy Black, Venetia Gosling e Rebecca Short, por terem acreditado em mim e nos meus personagens. Sem vocês, esta história, e a minha vida, seriam bem diferentes.

À minha genial agente literária e amiga encantadora, Jenny Savill, e a todos da editora Andrew Nurnberg Associates pelo carinho, fé, apoio e orientação incríveis.

A Guido Liguori, por ter compartilhado com tanta generosidade sua sabedoria, seus conselhos e seu conhecimento.

A todos os meus amigos da universidade, em especial Andy, Lander, Steve, Nick, Mach e Sean, que tornaram inesquecível a época que passei em Sheffield e viraram amigos para toda a vida.

Aos meus amigos autores de The Edge e SCBWI, por suas opiniões, bom humor e incentivos valiosos.

A Chris, por seu apoio e amor infinitos durante esta montanha-russa de sonho, por não ter enlouquecido quando virei uma eremita, por ter mantido minha sanidade me fazendo rir e lavando a louça mesmo quando não era sua vez.

E finalmente à minha família incrível, uma fonte constante, e muito preciosa, de amor, risadas e inspiração.

Do fundo do meu coração, obrigada a todos.